小时候有很多不理解的事，比如大人为什么爱喝酒，酒又没有可乐好喝，还有为什么他们总是唉声叹气的，总是抱怨自己好累。

只有当我也成为一个"大人"，我才明白成年人的生活都是有着没完没了的烦恼。

但就像《老友记》里的经典台词说的那样："Welcome to the real world！ It sucks. You're gonna love it！（欢迎来到现实世界，它糟透了，但你会喜欢的！）"

工作很烦、堵车很烦、调休很烦、下雨天很烦、处理人际关系很烦。

但下班后的一杯冰啤酒很快乐，在出租车的电台里听到一首好听的歌很快乐，和恋人轧马路很快乐，和朋友一起看球赛很快乐，吃到好吃的很快乐，周末一觉睡到中午很快乐……

我们也许会被无数琐事击溃，但又会被无数个微小的瞬间治愈。

At Will 藏在巷子里，安静又温暖，它于季恒秋，于江蕖，于它的每一位员工和顾客都是一个特殊的存在。

而故事外的我和每一位喜欢《共酣》的读者，也巧妙地好像能够一并感受着他们的幸福。

希望当你打开这本书的时候，这也是一个微小的治愈瞬间。

祝阅读愉快，生活顺利。

—— Zoody

视线交织在一起，暗涌的暧昧撕裂在光下，
任由绯色浪潮将他们席卷倾覆。

两个渴望爱的胆小鬼，在昏暗灯光下，在无人角落里，尝了一个疯狂而浪漫的吻

有爱的青春陪伴者

Gong
Han

共酣

猪蝶
·
著
Zoody

花山文艺出版社
河北·石家庄

图书在版编目（CIP）数据

共酣 / 猪蝶著. -- 石家庄：花山文艺出版社，
2023.5
　ISBN 978-7-5511-6733-8

　Ⅰ．①共… Ⅱ．①猪… Ⅲ．①长篇小说－中国－当代
Ⅳ．①I247.5

　中国国家版本馆CIP数据核字(2023)第071120号

书　　　名：**共 酣**
　　　　　　Gong Han
著　　　者：猪　蝶

责任编辑：贺　进
特约编辑：张　磊
责任校对：卢水淹
装帧设计：颜小曼　孙欣瑞
封面绘制：遐屿璐　果果卿
美术编辑：王爱芹
出版发行：花山文艺出版社（邮政编码：050061）
　　　　　　（河北省石家庄市友谊北大街330号）
销售热线：0311-88643221
印　　刷：长沙鸿发印务实业有限公司
经　　销：新华书店
开　　本：880mm×1230mm　1/32
印　　张：10.625
字　　数：393千字
版　　次：2023年5月第1版
　　　　　　2023年5月第1次印刷
书　　号：ISBN 978-7-5511-6733-8
定　　价：45.80元

目 录

第一章

好的开始

申城，九月。

雨点沾着初秋的寒气，滴在江蓁的胳膊上。她一路埋头走到屋檐下，收了伞，拍拍沾湿的衬衫。

雨雾天最恼人，天气阴沉，让人不畅快。

江蓁倒是不讨厌雨天，她早就习惯了，习惯之后就没什么讨不讨厌。

家乡山城就是个湿漉雾蒙的城，夏季四十天有三十七天都是阴雨。细细密密的小雨连绵不停，数十日不见太阳。

房子在二楼，楼梯间老旧，空气里弥漫着一股潮湿的水泥味道。

江蓁加快步伐，到了二楼见大门敞着，她喘口气，轻轻地叩了叩门，问："有人吗？"

脚步声响起，屋子里走出一个男人，穿着简单的黑色 T 恤和牛仔裤，年龄三十五岁左右。

江蓁上周来过一次，和这个男人是第二次见面。

上次只是匆匆地参观了一圈，比较完几套房子之后，江蓁还是最喜欢这里。

今天打算再仔细地看一遍，如果没问题的话就把合同签了，她想尽早搬过来。

男人看到江蓁，打了个招呼："江小姐来了。"

江蓁微笑着点点头："程先生。"

"快进来吧，要喝点什么吗？"男人一边说，一边接过她手里的伞，抬臂用力甩了甩，撑开晾在了门口。

距离他们原本约定好的时间已经过去快四十分钟，江蓁迟到了，但是对方似乎并不在意这件事，把她迎进屋，递给她一杯温水。

她接过道了声谢："那个，不好意思啊，雨天路不好走，让你久等了。"

男人摆摆手："没，我也刚到十分钟，路上太堵了。"

江蓁的租房经验匮乏，上一次就被人狠狠坑了，勉勉强强住了一年，终于达到她的崩溃极限，决定搬家。

吃一堑长一智，这次她小心翼翼地走过每间屋子，在重要的地方都驻足察看，细致地询问清楚。

这间房子采光好，家具齐备，基本的家电冰箱、洗衣机都有，煤气水电也没问题。

房租在她可接受的范围内，装修风格也合她心意。

江蓁没有表露过多的满意，又象征性地问了几个问题，心里大概有了数。

男人告诉她："这儿之前一直拿来做民宿，最近附近的居民嫌游客太吵才改成长租。这老巷子旧是旧了点，但老才有味道嘛。"

江蓁点点头，开玩笑道："是挺有味道的，我刚刚过来一路上都飘着香味。"

老街古朴，居民楼最高也就四层，一楼都拿来做店铺了，这一条巷子藏着好多家老字号。

男人爽朗地笑了笑："粢饭团吃过没？你要住过来，就认准街口王叔那家。"

江蓁也笑："那太好了，早饭不用愁了。"

这话的意思就是看中这儿了。

都是明白人，不说周旋话。男人从口袋里取出名片夹，递给江蓁一张："合同我准备了，是决定租了？"

江蓁接过，垂眸扫了眼上面的信息，点点头肯定道："对，我租。"

男人叫程泽凯，姓名下面一行是联系方式，职务上写着 At Will 大堂经理。

江蓁收好名片，问："程先生，听你说话是北方人？"

"对，我是青岛人。"

"那这房子是……"

程泽凯笑了笑，这姑娘倒是谨慎又聪明："我师兄的。他人懒，所以让我来办。你放心，没有中间商赚差价。"

和这样的人说话就是舒服，江蓁这么快决定要这间也是因为对程泽凯留了个好印象。

最后的顾虑解除，江蓁扬起微笑："行，合同给我看看吧。"

程泽凯从文件袋里拿出两份合同，递给江蓁一份，说："有什么问题可以再修改。"

江蓁信手翻阅起来，合同上都是常规内容，没什么问题，对方拟得也很仔细，条条项项都说得很明白。

浏览完最后一页，江蓁抬眸问程泽凯："有笔吗？"

程泽凯没料到江蓁会这么爽快，挑了挑眉梢，露出有些惊喜的表情。

"不再看看？"程泽凯把笔递过去。

江蓁接过，打开笔帽："已经看好了。"

她做事不喜欢拖泥带水，既然心里已经有了偏向，再犹犹豫豫就是浪费时间。

合同上甲方已经签好名字，字迹潇洒潦草，江蓁只能辨认出最后一个字是"秋"——他应该就是程泽凯所说的师兄，这间房子真正的主人。

江蓁在乙方后签上自己的名字，把一份合同还给程泽凯，另一份收进自己的包里。

合同签署完毕，租赁关系即刻生效。程泽凯起身，向她伸出手："你随时可以搬进来，祝你入住愉快。"

江蓁回握住，道了声"谢谢"。

说不清是为什么，但她能感觉到，程泽凯很希望自己能租下这间房子。时隔一周后再联系他，他也说房子还没租出去，像是特意给她留着。

不管怎样，租房过程一切顺利，这是个好的开始。

看房结束，程泽凯送江蓁下楼。

雨还没停，程泽凯问江蓁怎么来的。

江蓁回答坐地铁。

程泽凯抬腕看了眼表，说："我送你回去吧，你住哪儿？"

江蓁摆摆手拒绝："不用，等会儿堵车太费时间，还是坐地铁方便。"

"那行。"程泽凯往巷口指了指，"这儿左拐往里走，有家酒馆，我就在那儿上班，你要是有空可以来尝尝。"

江蓁顺着他指的方向看去，问："酒馆？"

她刚刚猜测程泽凯在餐厅或酒店工作，没想到是酒馆。

"对，酒馆。你平时喝酒吗？"

江蓁抿了下唇："还行，偶尔。"

程泽凯留着寸头，不笑的时候看上去挺酷，但一笑就显得憨实。他毫不谦虚地为自家酒馆打起了广告："我们家主厨厨艺很好，店里还有好几个帅哥员工，你要是有空就带着朋友过来玩。"

江蓁笑着应好。

在路口和程泽凯挥手告别，江蓁撑开伞步入雨中。

雨势小了很多，风吹上来带着凉意，江蓁躲过一个水洼，长叹了口气。

这段时间她的生活不太如意，租的房子漏水还时常跳闸，和相恋五年的男友没能熬过异地恋分了手，工作上接连出现失误被上司狠批，想发发善心转转运，喂楼下野猫的时候还被挠了三条血痕。

江蓁不是乖乖地任生活宰割之辈，有人水星逆行求锦鲤，她不信这些虚头巴脑的东西。

时来运转得靠自己，拨云见日也得靠自己。

切换心情的最直接方式是清理。

有人剪短头发，有人转手闲置，道理都是一样的——把旧有的断舍离，那些杂乱的情绪似乎也能被一起扔掉。

周晋安这些年零零碎碎送给她的东西不少，直接扔掉太浪费资源，江蓁把它们分类归置好，二手卖的卖，捐的捐，送的送。

刚开始还是不舍得的，牵连了感情，物就不单单只是物。这些东西曾经被她小心珍藏，前年情人节他送的永生花更是灰都不舍得见。

可现在留着也只是负担，在江蓁的观念里，既然要分就要分得干净，不留任何念想，这对双方都好。

江蓁卖的第一件物品是一条项链，他们在一起一周年的礼物。

这条项链她戴了很久，碎钻依旧闪着光，当初的情谊却在时间里暗淡了。

把项链打包好寄出去，江蓁办得干脆利落。

转身走出快递站，风一吹她眼眶立马红了一圈。

一瞬间委屈和不甘涌上心头，江蓁咬着牙没让自己哭出来。

她二十七岁了，没时间也不应该把失恋当成天塌的事。

挨过刚开始那阵难受，之后就变得容易很多。

东西一件一件处理掉，她残留的感情也一点儿一点儿被消磨。

搬家前的晚上，江蓁一个人去影院看了场"年度催泪巨制大片"——宣传海报上这么说。

电影里主角生离死别，配乐与场景将气氛烘托至高潮。

江蓁原打算借此机会让自己痛痛快快地大哭一场，但显然她低估了自己的泪点。

男主角坠落深渊时，旁边的小姑娘小声呜咽，她一脸平静地吃着爆米花。

女主角在男主角离开后得知真相，发现自己误会并"害死"男主角时，旁边的小姑娘哭得撕心裂肺，她掏出手机回复了几条微信消息。

男女主角历经磨难终于重逢，相拥在一起时，旁边的小姑娘阵阵抽噎，她内心毫无波澜，一心只想着终于结束了、憋尿憋死她了。

也许这就是成熟的代价，她变得冷漠而现实。

回到家，江蓁打开冰箱，其余东西都被清空，还剩五六瓶酒。

她把剩余的酒全部捧在怀里挪到茶几上，啤的、白的还有两瓶果酒，她就着两包薯片一瓶接着一瓶全喝了。

还是酒精实在，这才是真正的忘忧解愁。

酒意上头，思维迟钝，江蓁回卧室倒头睡下，一夜无梦至天明。

第二天起床时，她看着镜子里肿成蟠桃的一张脸，扑哧一声笑了。

哭不出来的成年人还能自己逗笑自己，也挺好的。

从看房子、签合同，到收拾东西、联系搬家公司，江蓁前后用了不过一周。

正式搬家那天，她坐在副驾驶上，耳机里播着英文歌，车窗外树木匆匆而过，从僻静郊外到车水马龙，申城的市区繁华喧闹。

高楼摩天，广告牌闪着荧光，城市是冷的；街上烟火气流转，吵吵嚷嚷，又是热的。

冷热人间构成一个独一无二的申城。

江蓁一年前初来乍到，莽莽撞撞地摸索前行，一年后，她逐渐习惯了这里的气候和生活节奏。

成年后烦恼总是接踵而至，不留空隙让人喘息。

好在她为数不多的优点里有一项叫作适应性强，还有一项叫作积极乐观。

凡事要往好处想，往后没有随时可能停电断网的小破房子，不用再为和周晋安吵架头疼，每天早上还能多睡二十分钟以有个更好的精神风貌迎接她"亲爱"的领导。

人是为明天而活的，人得往前看。

路过花店时，江蓁给自己买了一束洛神玫瑰，花蕊粉色，花瓣白色，花瓣层层叠叠呈波浪形，几朵拥在一处，显得更娇艳可爱。

她拿出手机精心选好角度拍了两张照片，又切换成前置摄像头自拍了一张。

山城多美女，江蓁就是典型的美人，鹅蛋脸、杏仁眼，稍加打扮便明艳动人，笑起来明眸皓齿，鼻尖一颗痣更是点睛之笔，媚而不妖。

江蓁点开微信，将刚拍好的几张照片上传朋友圈。

成功发布后立马有人给她点赞，在消息列表看到熟悉的头像后，江蓁心满意足，摁熄屏幕不再管它。

雨后初霁，缕缕阳光穿透云层，街口万寿菊绽放，秋风吹动红叶簌簌作响。

再次迈步时，江蓁昂首挺胸，步伐坚定，高跟鞋踩在水泥路上嗒嗒地响，她的笑和怀里的玫瑰相映生辉。

她无声地向世界宣告——

我重归单身，我焕然新生。

搬到新家的第二天早晨，也许是兴奋难耐，江蓁没等闹钟响起就自己醒了。

她起床洗漱，穿上新买的裙子，将棕色鬈发盘起用鲨鱼夹固定。她平时不吃早饭，只给自己热了杯牛奶，淋上胶囊咖啡。

化妆的时候，江蓁特地换了个色号，枫叶红棕，温婉大气而不失气场。

穿上高跟鞋，江蓁在手腕喷了两泵香水。

一切就绪，她在镜子前驻足，确认完美无缺后，才提包走出居民楼。

今天的她光彩照人，风姿绰约。

都市街头不缺美女，但江蓁是今日绝对的胜者。

她赢在这份难得的凌人自信和眼里如碎星闪耀的光。

昨晚江蓁晚睡一个小时，将周一例会报告的内容准备充分，就等着一会儿展示，好向陶婷证明之前萎靡不振的自己已经脱胎换骨。

一路到公司，江蓁走得风风火火。走过格子间的时候，她刻意放慢步调，只等谁先发现她的不同寻常。

但理想与现实总是相差甚远，"周一综合征"让打工仔们神情恹恹、无精打采，一大早办公室就弥漫着浓郁的咖啡香味。

江蓁迎面遇上刘轩睿，刚抬手想和他打声招呼，就见他拎着保温杯，脚步虚浮，面色苍白，似幽灵一般与她擦肩飘过。

别说注意到江蓁，大家一个个的哈欠连天，半睁着眼，像是随时都能倒头睡下。

而她头次这么期盼见到的上司陶婷临时出差去北京了，周一例会改为文字汇报。

江蓁坐到自己的位置上，无奈地耸了耸肩。

也好，无风无浪即是顺风顺水。

一天里没坏事发生就是最大的好事。

上司不在，江蓁手头没什么要紧的活儿。

大家难得地可以光明正大地摸鱼，一到下班点，办公室里立马就空了。

江蓁也收拾东西准备回家，走出写字楼的时候她伸了个懒腰，今天不赶着回去，选了公交车慢悠悠地行驶在城市街道。

傍晚六点，云层和余晖撕扯，天际被染成橘红色，路边的枯枝残叶被风吹过。

在夜与昼的交替时分，江蓁望着窗外城市风景，渐渐放松下来，心情平和。

秋日天黑得早，到站的时候七点多，但夜色已深，路灯亮起昏黄光芒。

江蓁走在老街上，林林总总的店铺都已经关门了，早上走的时候还热闹非凡，这会儿显得有些冷清。

整条街只剩一家店铺亮着灯，江蓁的视线被吸引过去。

她站在门口打量了一眼，竟没看出这是一家什么店。

没有显眼的牌匾，也听不见里面的声音，只能从玻璃窗隐隐约约探见几个人影。

瞥到一旁的展板上写着"At Will"的字样，江蓁这才反应过来，这就是程泽凯那天和她提起过的酒馆。

屋檐下的铃铛在风中摇曳，碰撞发出清脆响声，江蓁向前迈了一步跨上台阶，轻轻推开木门。

那天程泽凯问她平时喝不喝酒，江蓁回答说："还行，偶尔。"

这话是对生人的有所保留。

事实上，还行是很爱，偶尔是经常。

对于江蓁来说，成年之后每天的最大盼头就是下班回家打开冰箱的那一刻。

一瓶冰镇的酒、几样小吃和零食，伴着晚间综艺徐徐悠悠地享受片刻闲散。

酒精作用下，高速运转了一天的大脑逐渐迟缓，神经松弛，连带着整个人也放松下来，这是最简单也最有效的解压方式。

人们依赖酒，高兴时拿它庆祝，难过时拿它忘忧，疲惫时拿它舒心。

只要不过头，不成瘾，酒在大多数时刻还算是一样好东西。

那天听说附近有家酒馆时，江蓁立刻燃起了兴致。

没想到今天兜兜转转，能在回家的路上恰好经过。

咯吱一声响，木门后的喧闹从门缝中挤出，侵占她原本安静的四周。

江蓁推门而入，第一眼看到的是一幅字，挂在墙的正上方，字迹潇洒，似一挥而就，写的是"酒到万事除"五个字。

视线向下，一排木质高脚凳上三三两两坐了客人，吧台后是占据整面墙的酒柜，上面摆放着瓶瓶罐罐的酒瓶，来历、品种各不相同。

大堂里摆了六七桌座位，桌椅都是木质的，灯光是暖色调，摆设装饰也都是同一个风格，复古慵懒，偏日式。

酒馆里说话声、音乐声、各种器皿碰撞在一起的声音喧喧嚷嚷，这样的吵闹浑然一体，构成了一种独特的静，吸引人陷入其中。

江蓁感到惊喜，要早知道这附近还有一个这样的地方，估计第一次来看房她就会定下。

服务生小哥先注意到她，拿着菜单走了过来，说了声："欢迎光临，想坐哪儿？"

江蓁扫视了一圈，挑了个靠窗的位置坐下。

没见到程泽凯，估计是不在店里。

小哥见她面生，问："喝酒还是吃饭？"

江蓁翻开菜单的第一页，写的是啤酒，种类很多，普通的天涯、青岛，日式生啤，德国黑啤，调和过的果啤，还有种叫燕麦奶啤，来自各个地方的都有，好几样江蓁都没听说过。

她饶有兴致地翻着菜单，回答说："吃饭，也喝酒。"

"行。"小哥点点头，提示她，"吃的在最后一页。"

江蓁翻了两页，这 A4 纸大小的菜单竟然整整两页都是酒水，前一页啤酒，后一页特调，名字取得一个比一个有意思。比如这个"芳心纵火"，看下面的成分介绍，其实就是烧酒混莓果汁。还有一杯叫"白白胖胖"，朗姆混了可尔必思，表面打一圈奶油，再撒上糖碎。

江蓁一项项看过去，忍俊不禁，嘴角扬了又扬。

大体浏览完，她手指在菜单上的某一栏轻轻点了点，抬头说："我要这个，'冰川落日'。"

小哥一边在本子上记下，一边说："好的，那您看看吃点什么？"

酒挑了好一会儿，吃的就不用了，因为菜单上一共就写了两行。

第一行写着下酒小菜，括号里备注是卤牛肉、拌海带和炒花生三样。

第二行只有八个字——"主厨今日心情指数"。

江蓁轻挑眉梢，带着疑惑问："这是什么意思，我吃什么主厨定？"

小哥点了下头："对，这就是我们店的规矩。"

"意思是主厨心情好就给我吃鲍鱼捞饭，心情不好就是清汤面？"

"是这样，但您放心。"小哥腼腆地笑着，朝里头指了指，特别肯定地和她保证，"我们主厨做什么都好吃，您不会亏。"

江蓁想起这家酒馆的名字，笑了笑说："倒真的是随意。"

她合上菜单："行，那给我来一份这个。"

小哥问江蓁有没有什么忌口，江蓁摇头说没有。

末了，她又补一句："希望你们主厨今天心情不错。"

等菜期间江蓁刷了会儿微信朋友圈，不像前两天周末那般热闹悠闲，今天的微信朋友圈就现实很多，要么是哭着求问什么时候周五，要么就是抱怨打工仔的痛苦生活。

她给同事们一条条赞过去，突然看到陶婷转发了一篇公众号文章。

江蓁点进去，发现是《臻丽》杂志的每周推送，这期的标题是"茜雀&焕言，谁将有望入围 2020 年年度彩妆 TOP10 ？"。

茜雀就是江蓁所在的公司，而焕言是个新晋的国产品牌，也是目前他们最大的竞争对手。

《臻丽》创刊三十年，最为知名的就是其年度榜单。每一年《臻丽》都会进行一次年末盘点，对这一年里各大品牌推出的产品进行评估打分，部分分数来自业内专业人士，部分来自用户反馈和市场调查，客观公正，因此极具权威性。

因为综合考量了价格、质量、营销推广模式等方面，所以相较于一般的数据榜单，《臻丽》的排名榜上会出现许多平价品牌，甚至是一些闻所未闻的小众牌子。

上半年茜雀和焕言的成绩都不错，两者都是最有潜力进入榜单的新秀品牌，但《臻丽》这一则推送也暗示了，今年只有一个名额，最终花落谁家还未知。

江蓁匆匆浏览完，文章对比了两个品牌今年的数据，销售量和口碑都差不多，可以说平分秋色。

茜雀上半年最亮眼的表现是拿下国内知名服装设计师邹跃个人秀展的独家合作，而焕言和一部热播剧联名推出了特制限定款口红套装，拿下今年全行业联名款的销售之最。

榜单年底评选，在明年年初公布。谁胜谁负就看接下来的三个月。

无论是哪个行业，金九银十的说法都一样。现在又多了一个双十一，各家都铆足劲，这才是真正见分晓的时刻。

茜雀的新品即将发售，但很不巧的是，产品和焕言撞了，都是一套眼影盘。

如果真要硬碰硬，茜雀倒也不怕。但是焕言和敦煌文创搞了个联名，从产品包装到营销推广都是一次升级，优势太大。

茜雀想赢得稳当一点儿，就得换产品，陶婷被临时喊去北京开会应该也是为了这事儿。

　　江蓁知道陶婷不怎么喜欢自己，她也不喜欢总是摆臭脸的陶婷，但不妨碍她在领导面前讨好卖乖。

　　她戳开陶婷的聊天框，快速地在键盘上敲字点击发送。

　　江蓁：婷姐，在休息吗？

　　陶婷回得很快，回了个问号。

　　江蓁：这次出差怎么样啊？

　　陶婷：还行，挺顺利的。

　　见对方态度温和，江蓁继续编辑文字发送。

　　江蓁：最后定了哪个系列？公司有再提什么要求吗？

　　聊天框上方一直显示"正在输入中"，过了大半分钟，陶婷才发来一句话。

　　陶婷：不着急，等我回去说。

　　江蓁还想再说什么，店里的服务生端着菜盘来到她桌边，她最后打下一句"好的，您辛苦了"，收起了手机。

　　服务生小哥上的是酒，江蓁点它纯粹是因为名字特别，带着好奇心想看看"冰川落日"到底是什么。

　　桌上，玻璃杯里装着一块冻成山峦形状的奶白色冰块，几乎占满整个杯子，浸在透蓝色液体里。杯口用一瓣橙子作装饰，调酒师应该最后挤压了一下，使少许橙汁顺着杯口流下，冰块表面浅浅一抹橘黄色，像落日的余晖映在渐渐消融的冰川之上。

　　"冰川落日"，确实不负其名，做得别致漂亮，很赏心悦目。

　　江蓁端起杯子呷了一口，先尝到的是橙子的酸涩，再往下味道就丰富了。

　　杯子里的冰块是用乳酸菌冻成的，带着一股子甜味儿，真正的酒味来自底部的透蓝色液体，是调和过的朗姆。放了一会儿，冰块开始融化，乳酸菌混着醇厚的朗姆，入口冰凉顺滑，橙汁消解了甜腻，也让整杯酒多了一股清香。

　　甜而清爽，更像杯饮料，适合女孩子喝。

　　江蓁小口小口地喝着，不知不觉然快喝完了。

　　很快那份令她期待的"主厨今日心情指数"餐品也端上来了，餐盘里装着一口石锅和一个小瓷碗，都盖着盖子，到最后也不忘保持神秘。

　　初看到菜单的时候，江蓁以为不过是种营销手段，用新奇的噱头来刺激消费，但结合店名看，说不定这儿的老板就是个这样随意的人。

不得不说确实吸引人，一来让客人不用纠结，二来又给人一种期待感。

盲盒受欢迎的原因就在此，在已知范围内保留一份悬念，比起知晓答案后的失落或惊喜，也许真正让人欲罢不能的是在揭开之前的忐忑和按捺不住的兴奋。

这样的感觉奇妙又刺激，人有的时候就需要一点儿未知来吊起贫乏的情绪。

隐隐闻到一阵鲜香味，江蓁舔了舔下唇，抬手揭开盖子。

石锅里装着海胆豆腐汤，还沸腾着，咕噜咕噜冒着泡。

不说有多惊喜，但她并未失望。

江蓁用勺子舀了舀，豆腐汤料很足，辅以香菇、青菜，还有切成条的瘦肉。那股鲜味来自海胆，汤底浓稠咸香，色泽橙黄诱人，看着就很有食欲。

江蓁吞咽了一下，这样的汤最下饭，刚刚还不觉得饿，这会儿可太馋了。

她快速揭开另一个瓷碗，果然是碗白米饭，米粒饱满晶莹，上面还撒了几颗黑芝麻。

一锅汤一碗饭，江蓁吃得干干净净。

酒足饭饱，她餍足地打了个嗝。

酒馆里的客人们三五成群，或聊天或喝酒。

这儿热闹、暖和，但不闷也不吵。

江蓁舍不得走，一个人坐在窗边，不觉得孤独，就觉得很安静，整个人放松着，身子有些犯懒。

服务生小哥人挺好，也没给她收拾桌子，还给她倒了一杯茶，问她有没有醉。

江蓁笑着摇摇头，她一笑起来露出两颗虎牙，配上酒意熏红的脸颊，显得有些乖巧。

她抬头和小哥说："这酒没什么度数，没醉。你们什么时候打烊？"

小哥回答："我们一直开到夜里三点，但是我们主厨十二点就下班了，后面就只供应小食和酒。"

江蓁点点头："行，我知道了，我再坐会儿。"

小哥欸了声："您有什么需要再叫我。"

江蓁这一坐坐到了凌晨。

一开始打算九点就走，结果店里的电视机播了部老电影，那电影江蓁很小的时候就看过，那会儿金城武还年轻。

电影开始播放的时候，客人们都默契地安静下来，要说话也压低了声音。

小酒馆成了非典型影院，江蓁坐在角落里专心地重温了一遍《重庆森林》。

以前还小，没看懂，看到的也肤浅，现在再看体会出的东西就不一样了。

欲望都市中，人的灵魂孤独而封闭。

江蓁撑着下巴自嘲地笑了笑，竟然找到了某些共鸣。

影片落幕，江蓁觉得脑子有些发沉，到了这个点，也该困了。

在前台结完账，她转身走出了酒馆。

外头夜色已深，晚风瑟瑟，裹挟着初秋的凉意。

屋里屋外像是两个平行世界，屋外的月亮照不到屋里，屋里的热闹和屋外不相通。

她对这儿还不太熟悉，尽管离家就百米路了，一个人走夜路到底是怕的。

江蓁低头把半张脸都埋进外套里，身后一直有道沉稳的脚步声跟着，她不敢多想，只加快了步伐。

一直走到楼下脚步声还在，江蓁一咬牙，手机攥在掌心，噔噔噔地往上爬楼梯。

居民楼老旧，二楼的灯泡似乎是坏了，一闪一闪的，照不清什么，怪吓人的。

江蓁刚往上迈一步，抬眸的一瞬恍惚看到一抹绿光，没等她反应过来，脚边一道黑影飞速蹿过。

毛茸茸的触感擦着脚踝转瞬即逝，江蓁全身瞬间冒起鸡皮疙瘩，后背发凉发麻。

她本就神经紧绷，这下把魂都吓得出窍了。

尖叫哑在喉咙里没发出来，腿上发软，眼看着要往下倒，她的胳膊被人扯住扶了一把。

"小心。"

身后响起一道男人的声音，嗓音低沉，带着股上了年纪的磨砺感。

江蓁还在喘气，没缓过来。

男人的手很有力，把她扶稳了就松开，又说："就一野猫，不用怕。"

江蓁点点头，道了句"谢谢"。

她轻轻拍着自己的前胸，平复呼吸和心跳。

她冷静下来想想刚刚的表现还有些好笑，被一野猫吓成这样，太丢人了。

男人问她："新搬来的？"

江蓁嗯了一声。

男人没再多说什么。江蓁自觉丢人已经丢够，继续抬步往上走，想尽快逃离这个场景。

迈了两步，脚边突然多了束光，江蓁反应过来，是他开了手机的手电筒，

给她照着路。

江蓁用虎牙咬了下嘴角，心在暗处颤了颤。

到了二楼家门口，江蓁偏过头再次小声说了句："谢谢。"

男人没说话，停在二楼过道里，好像是在抬眼查看灯泡。

借着进门转身的时候，江蓁偷偷扬眸快速地瞥了一眼。

灯光一闪一闪，在或明或暗中她看见男人的身材高大，侧脸线条冷峻凌厉，有些凶。

但刚刚的举动却很温柔。

门轻轻合上，江蓁深吸了一口气，平复自己因为惊吓或是其他什么原因而错乱波动的心跳。

洗漱完，江蓁躺在床上，翻了翻相册，挑了几张拍得满意的照片发布微信朋友圈，没配文案，就四张图。

发完她也没管消息列表的点赞和评论，单纯记录一下，没想晒什么。

过了会儿她收到程泽凯发来的消息，对方认出图里的背景是 At Will。

程泽凯：去店里了？怎么样？

江蓁：不错，酒好喝饭好吃。

江蓁还配了一个猫猫竖大拇指点赞的表情包。

程泽凯：哈哈，有空常来。

江蓁想起刚刚的事，正好趁这个机会和他反映一下。

江蓁：对了，楼道里的灯泡坏了，能找人修一下吗？

聊天页面上跳出个微信名片的推荐。

程泽凯：这是房东，你和他说吧，我这两天不在申城。以后有什么事你直接找他也行。

名片上的头像是一只金毛幼崽，眯着眼趴在人怀里，一副很享受的样子。

微信名叫 Fall。

江蓁点进去，放大头像仔细看了看。

抱着狗的是只男人的手，看着挺宽大，骨节分明，皮肤偏深，手背布着青筋，拇指指甲盖下有道疤。

和那些白皙修长的手比起来，这称不上好看。

但不知为何拨了拨江蓁的某根审美神经。

成熟，带着点不羁的糙，带感，有味道。

手掌搭着只小金毛的脑袋，又有点儿说不出的温馨。

她忍不住多看了两眼，才退回页面，按下"添加到通讯录"。

对方似乎是有事没看手机，江蓁等了一会儿也没见他通过。

困意袭来，她打了个哈欠，将手机塞到枕头下拉上被子睡了。

陶婷是在隔天下午回来的，一下飞机就赶到公司，召集整个部门的人开会。

旁边跟着的助理一副被掏空的疲惫怠样，陶婷却依旧容光焕发。女强人形容她都轻了，她仿佛是不需要休眠的机器人，永远冷静、强硬，不会出现一点儿差错。

江蓁甚至没见过她脸上有哪块皮肤脱过妆卡过粉。

茜雀的市场策划部分为 A、B 两个组，顶头上司都是主管陶婷，A 组的组长是江蓁，B 组的组长是宋青青。

会议室里，陶婷坐在主位，两组人员一左一右。

江蓁猜得没错，开会就是为了新品发布的事。

产品研发出来，是个从无到有的过程，而如何让它漂亮地走到市场上，创造出更高的效益，就是他们现在需要做的事。

经过筛选和评估，新品最后选定为一套口红，整个系列共七个色号，从脏橘到红棕，质地雾面亚光。

口红的营销推广说简单也简单，说难也难。作为快消品，它很好卖出去，和衣服一样，永远不被嫌多。

但如今市面上平价或大牌的口红数以万计，想要脱颖而出，就得有过人的亮点。

从包装到品质，再到后续推广营销，每一步都得讲究，任何一个环节都有可能决定成败。

在这套口红的研发上，茜雀下了很多功夫，质地和色泽都较以前有了全面提升。

陶婷让助理把小样发给大家看，指了指背后 PPT 上的展示图，说："先讨论个事儿，你们觉得这个系列哪一支能定为主推？"

七支口红按照颜色深浅标上序号，放在一起看，各自的差别还是挺大的，浅的显气质，深的更有气场。

宋青青浏览完，先开口道："我觉得是 04，这支的颜色薄涂厚涂都好看，可以日常也可以镇得住大场面。"

江蓁抬眼看了看，04 是一支深浅适中的正红色，谁涂都不会踩雷，容易驾驭，拿它做主推最保险。

她从桌上找到 04，打开盖子抹了一道在手背上。

陶婷点点头，偏转目光看向江蓁："江蓁，你觉得呢？"

"我觉得这支不行。"

这话一出，对面宋青青的笑僵了僵，但还是保持她一贯温柔的语气："为什么呀？"

工作上的事江蓁向来直言直语："它太普通了，这个颜色的口红谁包里都有一支。"

宋青青倒也没急着再给理由，只问她："那你选哪一支？"

江蓁报出个数字："06。"

闻言，宋青青哼笑了一声，似乎是觉得不可思议："这支？这色太冷门了吧，喜欢这种棕调的人不多，而且一般的黄皮、黄黑皮能驾驭吗？"

06 是支红棕调，膏体颜色偏深，确实不是多数人会选择的颜色。

江蓁没有做过多解释，起身把卸妆巾和口红传递给自己的组员，让他们轮流上嘴试色，连两个男生也没逃过。

在场所有人的目光都汇聚在他们的嘴唇上。

几分钟后，一排人都抹上了江蓁选择的 06 色号，他们的肤色、妆容、穿衣风格各异，当场试色呈现出来的效果最直观。

除了于冰因为原本的唇色深，薄涂的效果并不好，它几乎是让所有人都惊喜了。

"这一支像焦糖、拿铁、栗子，是这一系列里最贴近秋冬的颜色。事实证明黄皮涂也没有压力，不说有多显白，但气质有明显提升。比起冷门，我更想用'特别、高级'形容它。主推之所以是主推，不是因为大部分人选择它，而是因为我们要让大部分人去选择它。"

江蓁一番话说完，胜负已然明晓。

始终抱着手臂安静观战的陶婷终于发话："就定 06。"

市场策划部分为两组是她做的决定，一般情况下，A 组制定广告策划和品牌推广方案，B 组负责完善细节并组织执行对应的营销活动。

两组各有所长，各司其职，一个需要创意和洞察力，构造出核心骨架，一个更考验细心和执行力，往里填充血肉。

原本是平行合作的关系，但陶婷现在不这么打算了，她觉得市场策划部近日来有些死气沉沉，一个个的都安于现状，没干劲没活力，她不喜欢这样的工作氛围。

竞争是激起斗志最有效的动力。

讨论主推色算是她一个小小的预热和试探。

陶婷起身，切换背后的 PPT，也不再多说别的，直接下达任务："这次的新品发布有多重要不需要我多说，以前呢，都是我直接安排工作，但这次咱们换个方式，A、B 两组同时竞争，各自给我一个方案。周一下午汇报，届时择优取用。"

听到"竞争"两个字，江蓁抬眸看向对面的宋青青，对方捋着头发回避了她的视线。

A 组的其他人面面相觑，策划的工作从来都是他们的活儿，怎么突然就要竞争？

B 组也挺意外的，尽管市场部对个人的综合能力要求很高，但这么久以来大家都习惯了，A 组出脑力，他们出腿力，谁能想到陶婷突然来这么一出。

何况大家心里都明白，陶婷马上就要升迁部门经理，她一走，策划主管的位置就空了下来。

论业务能力和工作分量，江蓁都是策划主管的不二人选。算上这一次的新品策划，就算她来茜雀仅仅一年多，也没人再敢质疑她的资历担不担得起。

江蓁一直知道陶婷在两个人之中更偏好宋青青，这她管不了，她本身性格也不算讨喜。

但是现在来这么一出就有点儿说不过去了。

先前怎么不说要公平竞争，偏偏在她升职前的考核上要来场竞争？

这个炸弹扔出来，对在场的人都是一个冲击，他们面上风平浪静，底下心思各异。

但会还得开下去，"元凶"陶婷不动声色，配合 PPT 继续讲解任务要求，给出更详细的说明。

江蓁用指甲掐着掌心，逼迫自己集中注意力，保持微笑撑到散会。

一走出会议室，她立马放平嘴角，拉下脸要去追陶婷问清楚。

刘轩睿没来得及拦她，拦也拦不住。

刘轩睿身后，于冰担心地问："咱组长是不是被针对了？"

陶婷喜欢谁不喜欢谁，有点儿眼力见的都看得出来。尽管她对谁都是不苟言笑，官方严肃得能去播新闻，但偶尔见到几次她对宋青青那如沐春风的笑，大家也都明白了。

人家就是不待见你，人家对喜欢的员工可温柔了。

刘轩睿抱着手臂叹了声气："是不是因为上次组长对接时出了失误？那也

不至于吧，就一小错，顶多算状态没在线。"

于冰压着嗓子，凑过去小声说："我看就是某人也眼馋主管的位置了呗，谁不知道这次干得好就是大功臣。"

江蓁是个急性子暴脾气，今天这事儿她觉得不能理解，觉得委屈，她就得当面说出来，憋不了也不想憋。

陶婷猜到她要来，办公室门都没关，看见她进来也不意外。

江蓁直接开口问："为什么这次要两组竞争？"

陶婷喝了口咖啡，指指面前的椅子让她坐下。

江蓁现在哪有心思坐，就想听到个合理的理由。

陶婷端着瓷杯，徐徐开口："你们最近过得太轻松了，我适当地给点压力促进工作积极性，不好吗？"

江蓁心里想说我信你个鬼，挑这种时候给我压力。

她深吸一口气，尽量放慢语速平和语气："我的工作状态已经调整回来了，您可以相信我的能力，我保证以后不会再犯愚蠢的错误。"

陶婷嘴角勾出一抹浅淡的笑意，扬起头看江蓁，带着领导者的威严和气场。

"我相信你的能力，你难道不相信吗？你需要做的事没有变，交一份让人满意的策划方案，和你以前所做的都一样，你在担心什么？"

江蓁垂眸把视线移开，顿了两秒，又重新对上陶婷的目光，她点点头，说："行，我明白了。谢谢主管。"

陶婷拿起手边的一份文件开始审批："去干活儿吧。"

江蓁走出办公室，刚坐回自己工位上刘轩睿就滑着椅子凑过来。

"姐，怎么样啊？陶婷怎么说的？"

江蓁打开笔记本电脑，目光专注在屏幕上："没说什么，咱干好自己的就行。"

她在A组的工作群里发布一条群公告，要求每人在下班前想一个idea（创意）。

见刘轩睿还傻不棱登地坐在她旁边，江蓁抬腿踹了一下他办公椅的滑轮："滚去工作。"

陶婷那番话说得还挺一针见血。

一瞬间江蓁也多多少少明白了。

个人能力上她比宋青青强，团队协作也不输，没什么好害怕的，竞争就竞争呗。

今天下班后她带着 A 组留下来开了个小会，大家提的 idea 中规中矩，没有太大的亮点。

头脑风暴也得看状态，上了一天班都疲惫了，江蓁不打算接着磨，给组员们点了外卖，让他们吃完回家好好休息，接下来几天有得忙。

走到家门口了，看楼梯间漆黑一片，江蓁才想起灯泡的事儿。

她忙忘了，没跟房东提，没想到这灯今天干脆直接熄了罢工了。

江蓁长长吐出一口气，突然觉得满身疲惫。

她解锁手机打开手电筒，迈步往上走。

刚踏上一层台阶，高跟鞋踩在水泥地上发出嗒的一声响。

刺啦——

暖黄色的灯光倏然亮起，映满整个楼梯间。

第二章

醉酒

灯泡已经被人修过，楼梯间里亮堂堂的。

手电筒的微弱光芒显得不值一提，江蓁收起手机，继续往上走。

暖光照亮脚下的路，让老旧的居民楼多了点温馨，周身的空气好像也没刚刚那样阴冷了。

到家之后江蓁打开微信，在消息列表里找到名为 Fall 的联系人。

看时间他是下午那会儿通过的好友申请，江蓁白天在上班没顾上。

她把对方的备注改为房东，想了想，又打了个空格，后面加上一个"秋"字。

也许是程泽凯和他说了灯泡的事？

办事还挺有效率的，今天就修好了。

江蓁一边从冰箱里拿了瓶啤酒，一边单手操作键盘打字。

江蓁：灯泡已经修好了，谢谢。

对方没立马回，估计又是在忙。

江蓁放下手机，摘下发夹揉揉被绑了一天的头发，打了个哈欠去浴室卸妆洗澡。

入睡前，江蓁躺在床上，抱着笔记本电脑敲敲打打，在文档里列出几个名字。

茜雀的品牌创始人是二十世纪德国的一位化妆师，二战后德国妇女自我意识萌发，许多女性产品也在这阶段取得飞快发展。茜雀的美妆产品以植物精粹为原料，主打自然科学地追求美丽，以"Jede Frau ist Künstlerin, jede Künstlerin hat ihren eigenen Stil（每个女人都是艺术家，每个艺术家都有自己的风格）"为创始理念，凭借优良品质和高性价比被越来越多的消费者喜爱。

2002 年，茜雀被芙敏莱集团收购成为其旗下的彩妆品牌，近两年走入亚洲市场，在中国成立了分公司，已逐渐跻身世界中高档化妆品牌之列。

陶婷在会上传达了总部的意思，上头想借这个新品上市的机会为茜雀中国区找一位品牌代言人。

市场策划部这次的主要任务就是敲定一位合适的代言人，并给出一个广告拍摄和后续推广的方案。

广告和推广的创意其实并不难想，他们本就靠这个吃饭，商讨的过程中总会有一个闪光的想法冒出来。

最大的问题出在找代言人上。

一线小花大花难请，怕人家看不上你这牌子。

二线的基本身上都已经有一个彩妆或护肤品的代言。

三线的身份地位又匹配不上，这可是茜雀首位中国区代言人，怎么着也不能找个名不见经传的小明星。

罗列了几个人选，江蓁打了个哈欠，瞟了一眼右下角，都快深夜一点了。

她保存文档合上，摘下近视眼镜揉揉酸涩的眼睛。

手机发出一声消息提示音，江蓁伸手够过来看。

是房东回复了消息，第一句是个"嗯"，第二句"有问题再联系我"。

江蓁想挑个比"OK"的表情包发过去，手一滑，点成了小黄鸭说晚安。

她下意识地想撤回，想想又算了，这表情还挺应景的。

她重新补发一句"好的"，留着那滑稽的小黄鸭没管。

对方没再回，江蓁又忍不住打了个哈欠，她摁熄屏幕收起手机，关了床头柜的台灯，躺进被窝里调整了一下姿势，合眼准备入睡。

在黑暗中手机屏幕亮起微弱的荧光。

她收到一条新的微信消息。

房东 秋：晚安。

第二天上班的状况不算太好，于冰和李骁根据江蓁列出的人选做了背景调查和商业价值预估，筛选出来符合要求的艺人再由刘轩睿和工作人员做初步联系。

结果都差不多，直接一点儿的表示已经有其他类似合约在接洽，委婉一点儿的就是说还需要团队商量一下，之后再给回复。

一天下来工作进度基本为零，B组遇到的问题也一样。

这种时候两组人对视一眼，纷纷都叹了声气，还意外地生出一分惺惺相惜之感。

大家都不容易，尤其是B组之前没怎么做过类似的工作，他们更愁。

傍晚六点多的时候，江蓁带着大家吃了饭，开了个小会做了下总结，再明确一下各自的分工。她不喜欢加班，与其在这儿耗到晚上十一点十二点，不如早点回家休息好了明天再精神满满地接着干。

不知道该不该说冤家路窄，出公司的时候江蓁恰巧碰上宋青青，她是本地人，自己有车，一辆和她本人气质并不符合的黑色越野。

喇叭响了一声，车窗缓缓降下，露出宋青青甜美的笑脸："江蓁，你怎么回家啊？"

今天白天下了点雨，地上还是湿的。这样的阴天，在申城的市区打车，前面排个一百多号是常事。

江蓁微微弯着腰回她："我坐地铁回去。"

宋青青说："我送你吧，你住哪儿？"

江蓁的第一反应就是拒绝，不管对方是真心还是客套一句，她都不想上这辆车："不用，不麻烦你，地铁挺方便的。"

宋青青倒是坚持："上来吧，我看天气预报说等会儿还有雨。"

见江蓁不动，她又放平嘴角故作认真地说："你难道住郊区啊？那算了。"

这话是玩笑话，言下之意就是送她回家并不麻烦。

江蓁弯唇笑了，没再推辞："那谢谢你了。"

她刚要迈步走过去，就听到一声"等等"。

"有水塘，你不好走。"宋青青扶着方向盘打了个转，往右前方挪了一段贴着路边停下。

江蓁抿抿唇，小心翼翼地踩着高跟鞋走过去打开车门。

这会儿的宋青青看着还挺顺眼。

怪讨人喜欢的。

这个想法突然在脑袋里冒出来，江蓁立马被自己恶心到了。

她偷偷撇嘴皱了皱眉了晃头，一副很嫌弃的样子。

宋青青全然不知副驾驶上这位此刻丰富的内心戏，边发动车子边问她："蓁姐，你住哪儿？"

江蓁调整好表情，微笑着，语气柔和地报了地址。

车里的气氛并没有江蓁预想的那样尴尬。

本来还担心宋青青会聊工作上的事，但她完全没提。天气、最近新上映的电影，甚至是楼下咖啡店的新品，琐碎的无关紧要的她们都聊了些。

偶尔两人都不说话，一个安安静静地开车，一个塞着耳机听歌，还挺和谐。

白天下了雨，天气阴沉，今晚没有星星，平时申城的夜也看不到，也许一直有，只是被闪耀的霓虹和城市灯光掩盖了光芒。

老居民巷车子不好开，江蓁让宋青青停在街口，她走一段路回去。

下车前江蓁再次和她道谢："谢谢你啊，回去开慢点。"

宋青青摆摆手，说了句"明天见"。很快那辆黑色越野再次启动，融于夜色，消失在视线中。

扪心自问，江蓁之前还是挺喜欢宋青青这人的，长得小家碧玉，但性格又不像长相上那么柔弱文静。两组偶尔会有工作上需要交接的地方，她见识过宋青青的领导力，有自己的想法，做事干脆利落。

但她心里又不能不硌硬这次策划案的事，宋青青今天送她回家，是真好心还是卖人情，她懒得再想。

她这会儿就想痛快地喝一杯，再回家睡上舒舒服服的一觉。

"欢迎光临。"

江蓁松开门把，朝着门口的服务生微笑了下。

今天店里的客人多，就吧台那儿还剩一张空位。

她坐到高脚凳上，面前就是调酒师的工作台，木质长桌上摆放着造型各异的餐具和碗碟杯子，但归置得很整齐。架子上陈列着酒水饮料，除了各种类型的酒，饮料的种类也挺丰富，碳酸汽水、鲜榨果汁，就连红色罐装牛奶也有。

吧台后就一个调酒师在工作，穿得很随意，一件黑色长衫，袖子捋到小臂处，留着灰蓝色短发。

因为专注于手上的动作，他视线微垂，睫毛浓密纤长，在眼下映出两片小阴影，嘴唇很薄，抿成一条直线，看上去带着点痞帅。

江蓁盯着人家的脸蛋看了好一会儿，注意力才被他手上的动作吸引过去。

她以前也见过调酒师调酒，大部分喜欢炫技，摇壶在手上能翻出花来。

眼前的这位虽然看上去年龄不大，但他调酒的姿势熟练老成、游刃有余，晃酒的动作有力而不夸张，用金属长勺小心混合各种液体时，安静认真的样子好像在做一场化学实验。

一系列的步骤过后，锥形玻璃杯里盛着冒泡的透明液体，看上去并没有什么特别之处。

调酒师插上吸管，但似乎还未完成整个作品，他又弯腰从底下柜子里取出一个罐子，里面装着五颜六色的小熊软糖。

看到他舀了一勺软糖轻轻倒在杯子里，彩色的"小熊"们漂浮在酒液表面，奇怪又可爱的组合，江蓁忍不住弯唇笑了。

她刚想开口问这杯酒叫什么，就见那调酒师拿起一旁的纸巾擦了擦手，脸上的表情从冷酷严肃瞬间转为一个明朗的笑，转身朝里头兴奋地喊："周明磊，周明磊！快出来！"

很快，垂布被人拉开，走出一个年轻男人，比调酒师高一些，穿着白衬衫，戴着细框眼镜，不像酒馆里的人，带着股温润的书生气。

他微微皱起眉，略带警告的语气："声音轻点，就你最吵。"

调酒师没怕他，脸上的笑意更盛，扯了一把年轻男人的胳膊："尝尝，我的新作。"

年轻男人端起杯子看了看，握着杯身的手指白皙修长，他说："你就喜欢搞些没用的花头。"

话听上去像抱怨，但语气里没有不满，年轻男人浅浅尝了一口，评价："还行，挺爽口的。"

调酒师笑着眨眨眼睛："那你再给我取个名儿。"

年轻男人左手握着杯子，转身的时候揉了下调酒师的脑袋："我不会取，我去拿给秋哥看看。"

调酒师喊了一声："一老男人能给我取出什么好听的名字。"

听着他们的对话，江蓁舔了舔下唇，视线紧跟在那杯酒上，好奇是什么味儿的。

她抬手指了指，开口问道："能给我做一杯那个吗？"

调酒师抬起头和她对视一眼，勾起嘴角，他笑起来的时候眼睛会弯，很有少年感："行，稍等。"

江蓁在吧台坐了一会儿，服务生小哥才匆匆拿着菜单过来，喘着气和她道歉："不好意思啊，久等了。"

"没事。"傍晚六点多的时候，江蓁喝了粥，这会儿不饿，就点了一杯酒。

调酒师给她上的这杯还做了点改进，底部呈粉色，应该是加了果浆，除了酒里有软糖，放杯子的木盘上也撒了几颗。

江蓁举起杯子抿了口酒，汽水冲淡了酒精的刺激，气泡很足，口感爽利。

应该是用雪碧兑了烧酒，底部的果浆很甜，但不会显得腻，隐隐能闻到白桃的清香。

她一只手撑着下巴，另一只手把玻璃杯抬高，借着顶上的灯光仔细看。

软糖漂浮在冒着气泡的液体表面，晶莹剔透，色彩斑斓，像被海水洗净过的七彩宝石。

近看之下，那小熊的姿势还挺有趣，两条短手臂搁在胸前，一副气鼓鼓的样子。

江蓁玩笑道："我看，就叫'小熊爱生气'得了。"

江蓁话音刚落，刚刚的年轻男人又走了出来，边走边说："秋哥说叫'花里胡哨'。"

调酒师啊了一声，琢磨了下觉出话里的味儿来："他是骂我这酒花里胡哨吧？"

年轻男人耸耸肩，不作回答，把空了的杯子搁在桌上。

"嫌花里胡哨还给我喝光了！我呸！"

调酒师哼了一声："用不着你们这些无趣的男人，人家美女姐姐帮我取好名了，'小熊爱生气'，就叫这名儿了！"

江蓁本来是随口一说，没想到真能被征用，她受宠若惊地问："真用这名啊？"

调酒师重重点了下头："嗯啊，挺可爱的，不错。"

江蓁刚想开口和他多聊两句，就听到屋里有人喊："陈卓，空了去帮潇潇搬东西。"

"欸，来了。"调酒师应了声，放下手里的杯子过去了。

陈卓？沉着？

江蓁默念了一下这个名字，寓意不错，就是好像和本人不太符合。

她坐着没事干，也不想玩手机，就撑着下巴发呆，偶尔端起杯子喝一口酒。

这样放空大脑很治愈、很舒服，感觉一天的疲惫都能被慢慢地释放出去。

再回来的时候，叫陈卓的调酒师喘着粗气，额前的头发被汗打湿，他往后捋了一把，露出光洁的额头。

嫌热，陈卓抖着领口扇风，他给自己倒了杯冰水，边喝边数落："我说裴潇潇，你批货呢买这么多洗发水？你有几个头？"

被他埋怨的女孩蹲着身子，正认真地清点地上的快递箱："又没花你的钱，我支持儿子的事业多买点怎么啦？"

江蓁闻言瞪大眼睛做惊讶状："你这么年轻就有孩子了？"

陈卓扑哧一笑："她有个屁。"

裴潇潇抬头瞪了他一眼，指了指印在箱子上的人，一脸骄傲地对江蓁说："他，我儿子。"

江蓁自己不追星，但对娱乐圈的人还算有些了解，上面的是今年年初凭借

一部校园剧爆红的流量小生吴桐，今年才十九岁。

她笑着打了个响指，心领神会："我懂了，妈粉。"

裴潇潇把快递箱拆了，足足两大盒的洗发水。她自己当然用不完，索性给店里每个人都送了一瓶。陈卓嘴上嫌弃，拿到手的时候还是很高兴，白捡个便宜谁不乐意。

店里的其他员工也都凑了过来，这瓶看看那瓶看看，一群大老爷们儿扎堆讨论洗发水，这画面太美了。

裴潇潇看不下去，催他们赶紧拿一瓶走人："不都一样吗？都挑多久了，有区别吗？"

有个服务生拿着一瓶洗发水从后厨出来，说："秋哥说不喜欢花香的，给换个味儿。"

裴潇潇立马答应："行，拿这瓶给哥，橙子味的。"

变脸速度太快，这下其他人不满了："潇潇，你区别对待啊！"

裴潇潇也坦荡，做了个鬼脸："我就区别对待、就区别对待。"

江蓁听着他们的对话，手指在桌面有节奏地敲打，脑袋里冒出几个零星的想法。

她拿出手机，在备忘录里打下几个词。

——"粉丝经济""购买力""年轻元素"。

小熊酒看上去可爱，尝起来也是一股汽水味儿，但后劲挺大。

江蓁坐了一会儿，觉得脑子有些发沉，是要醉的迹象。

她起身打算回家，到前台结账的时候店员没收她钱。

"妈粉"女孩裴潇潇指了指吧台后的调酒师，说："陈卓和我说了，这杯他请你，谢谢你帮他取名。欢迎你有空常来。"

江蓁感到惊喜，笑着点点头："行，帮我和他说声谢谢，酒很好喝。"

推开木门她才发现外头下起了雨，雨声淅淅沥沥，晚风吹动树叶落在地上。

江蓁站在门口，向外伸出手摊开掌心，雨势不大，落在手上的雨点细细密密。她没带伞，好在这儿离家不算太远。

屋檐下有个男人在抽烟，背靠在墙上，姿态慵懒，他系着半截棕色围裙，江蓁没在大堂见过他，应该是后厨的厨师。

路灯的光芒昏黄，空气冷而潮湿，风铃丁零地响，烟草味弥漫了过来。

男人偏头往旁边看了一眼，取下嘴边的烟，夹在指间转身回了屋里。

风吹在小腿上凉飕飕的，江蓁拢紧风衣外套，低着头小心抬步往外走。

身后木门又被推开，吱呀一声响，随后是一阵沉稳急促的脚步声。

"等等。"

刚走出一段路，江橥的胳膊被人轻扯了一下，还没等她反应过来，眼前是男人的胸膛，头顶多了把伞。

"拿着。"男人的嗓音低沉，沾染了夜色的凉意。

江橥愣愣地接过他递过来的伞柄，等她回过神，把伞举高抬眸望去，那人已经走了，留给她一个背影。

她提高声音喊了一声："谢谢啊！"

男人的个子很高，刚刚站在面前她只勉强够到人家的下巴。

江橥打着伞往巷子深处走，她轻轻缓缓地呼吸，微凉潮湿的空气混着淡淡的烟草味从鼻腔灌入肺腑，酒意散了大半。

雨点有节奏地落在伞面上，此刻她心跳的频率却有些错乱。

她晃晃脑袋，收回不知蔓延到何处的思绪，将注意力集中在脚下的路。

昨晚在酒馆，裴潇潇偶然之间给了江橥灵感。

随着粉丝经济崛起，如今流量"爱豆"的带货能力不可小觑。

合适的女明星不好找，那男艺人呢？

换了个方向，找代言人的进度就快了。

经过分析对比，A组将代言人的目标定为一个偶像组合，是去年年底通过选秀出道的七人男团，名字叫Kseven，粉丝数量庞大，发展很有前途，可以说是当前国内第一男子团体，与亚洲和同期海外男团比较，数据和业务能力也很不错。

江橥调查过，他们还没有美妆品牌的代言在身，经过初步的交涉，对方也有合作的意向。

代言人确定下来，下一步就是想广告创意。

开了一天的会，有人刚提出一个想法讨论两句又被否决，头发薅了好几撮，总算是有了个大家都认可的方案。

——以"秋日""温暖""情感"为主题，男团七人各自代表一个色号，对应不同的秋日典型饮品。

用饮品的名字命名，一来方便记忆，二来让口红的产品形象更立体可感。

广告的核心内容就是在温暖的秋日与七个少年邂逅，发生七幕浪漫场景，融合恋爱元素，触动少女心从而刺激消费者的购买欲。

"爆肝"了四天，周五晚上江蓁熬了个大夜，第二天睡到下午才醒。

醒来又是再改方案、抠细节和开不完的视频会议。等合上电脑外头天都黑了，她才想起今天还没吃饭。

江蓁换了衣服，把头发绾成一个清爽的马尾，收拾了东西出门觅食。

走出居民巷，附近有条商业街，热闹非凡，遍布各色小吃，整条街都飘着香味。

江蓁挑了家名字叫"老渝小面"的店进门坐下，向老板要了一碗红油抄手。

也许是任何地方特色的小吃，一半好吃在食物本身，另一半是沾染了当地的独特气息。

离了这地，在别处吃，总觉得没那个味儿，不够正宗。

眼前这碗抄手淋满辣椒油，飘着鲜香，江蓁舀了一只送进嘴里，味道不难吃，但她就是觉得哪里不对。

比起"红油抄手"，它更应该叫作"加了两勺辣酱的荠菜鲜肉馄饨"。

申城的人爱吃甜，连辣椒酱都泛着甜味，不够麻不够辣，不是她想要的味道。

突然没了食欲，江蓁硬逼着自己多吃了两口饱腹。和老板结完账，她走出小店。

夜晚六七点，申城的街道车水马龙，城市灯光如银河打碎。人站在街口，在钢筋水泥筑成的世界里渺小如蝼蚁。

这样的时刻很容易让人感到孤独。

江蓁不算是个恋家的人，不知道怎么这会儿犯起矫情来了。

想家了，想那个总是雾蒙蒙的城市。

想曾经习以为常，现在却无处可寻的一切。

没倾诉对象，没发泄方式，成年人的情绪全靠自己消化释解。

江蓁伸了个懒腰，戴上耳机慢悠悠地散步回去。

这两天忙得脚不沾地，现在能这么随心所欲地消磨一会儿时光是很难得的放松。

她一边走，一边拿出手机给家里打了个电话。

电话接通，她问："在干吗？"

那头的背景音热闹嘈杂，她妈扯着嗓子喊："在打麻将，乖乖，待会儿再和你说啊，妈妈先打完这把。"

还没等江蓁再说什么电话就被挂断了。

听着一阵忙音，江蓁哭笑不得地收了手机，想着等忙完这阵回家一趟吧，离年末也不远了。

周一下午两点五十分，一切准备就绪，江蓁最后在脑袋里过了一遍展示内容。

三点整，陶婷走进会议室坐在主位上，扫视了一圈，开口道："准备好了就开始吧，谁先来？"

江蓁和宋青青对视一眼，笑着起身："我们先吧。"

宋青青回以一笑，做了个请的手势。

刘轩睿将复印好的材料分发给每个人，江蓁走到展示屏幕前，清了清嗓子，正式开始汇报。

陶婷讲究效率，开会的时候不听套话废话，只听核心内容。所以材料上已经写明的背景分析、产品定位等内容江蓁只简单带过，把重点放在具体推广方案上。

"选择 Kseven，一是他们的主要粉丝群体与我们的目标客户极大重合；二是，我们希望在广告中让女孩们更多地得到代入感，而不只是单纯地在介绍产品。"江蓁控制好语速，从容而自信地娓娓道来。

屏幕上呈现出一段概念视频。

第一幕，初秋暑气未散，篮球场上男孩挥汗如雨，一个漂亮的投篮后，他擦着汗走向一旁休息，书包旁不知何时多了一杯西柚水。

第二幕，清晨阳光灿烂，推开窗户，少年站在楼下温暖地笑着，手里握着一杯冒着热气的甜橙汁。

第三幕，午后的咖啡馆里，抒情歌轻轻唱着，桌上摆着两杯乌龙蜜桃茶和一块芝士蛋糕。少年紧张得手心全是汗，但眼睛不受控制，总是偷偷望向对面。

第四幕，少年坐在长椅上，手中捧着一本诗集。一片红枫落下，画面随着落叶定格在纸上的一句情话。

第五幕，阴云密布，似要下雨。花店门口，男孩踌躇不决，几枝被遗弃的玫瑰低着头，花瓣干枯，色调压抑而孤独。

第六幕，枫叶漫天遍地，男孩坐在街口，发呆似的看着来往路人。日与夜短暂相遇，阳光淹没在云层里，黑夜笼罩，华灯初上，手边的咖啡变得冰凉苦涩，他终于起身离开。

第七幕，又是一年深秋，男孩褪去青涩，变得成熟稳重。他穿着棕色大衣，怀里捧着一束花，赴一场迟到多年的约。热可可香味馥郁，甜蜜融于苦涩，时光绵长，遗憾释怀在秋风里。

七幕场景，组成一段有遗憾却最终圆满的故事。

正式广告中，女主角会部分出镜，以下半张脸的特写为主。

"这就是我们组的想法，感谢各位聆听。"江蓁鞠躬致谢，回到自己的座位上。

掌声响起，无可否认，这是一次很出色的展示。

坐下后，江蓁偷偷瞥了一眼陶婷，对方的表情没有什么变化，手捂着嘴似乎是在思考。

接下来轮到B组展示，A组的表现给他们带来不小压力。其他组员面露担忧，但组长宋青青仍旧保持着得体的微笑，不慌不忙地开始解说。

B组挑选的代言人是最近因为一段采访而在网络上引起关注的女演员虞央。

虞央十八岁出道，第一部戏就担任知名导演的女主角，后又接连拿下两个新人奖。年少成名，一夜爆红，她的星途坦荡闪耀。但在日新月异的娱乐圈，花无百日红，神坛之上拥挤喧嚷，有人一朝登顶，有人在无声中被人遗忘。

三十岁的虞央不再年轻，当初一眼万年惊艳众人，被各个剧组争着抢着要，如今她也不过是花丛中的一朵，努力维持美丽的形象待人挑选。

面对镜头，虞央淡淡笑着："为什么男人的三十岁是收获的标志，女人却是失去？三十岁生日那天，我看了看媒体关于我的报道，每一个似乎都在替我担心。因为我还单身，因为我还没有结婚，因为我已经连续两部戏没有演女主角了。我很奇怪，这又怎么样呢？我三十岁了，没错，但我更自信、更漂亮、更成熟，面对选择时更洒脱，我比从前更加了解自己、爱自己。我也在收获呀，得不到的失去的那些，我也慢慢释怀了。不用替我担心、替我着急，我享受每一个年龄下的人生。"

采访中的虞央化着淡妆，温柔漂亮，一番话打动了许多人，当天"虞央三十岁"的热搜还登上了微博榜首。

B组的想法就是围绕虞央的个人经历，以"三十而丽"为关键词，聚焦女性成长与蜕变。

听上去，这是一个很不错的方案，能引起共鸣，又拔高了产品的立意。

但弊端也很明显，虞央方能不能同意合作暂且不论，"三十而丽"这句标语打出来，受众客户的范围就窄了。这个方案有利于舆论推广，但在产品销售上欠缺可行性。

江蓁能一下子看出来，陶婷也必然。

两组展示完毕，大家心里都有了个底。会议室里的气氛瞬间紧张起来，所有人都安静地在等着陶婷发话。

江蓁坐得挺拔，嘴角挂着从容的浅笑。

她花了这么多天铆足劲准备的方案，她有信心和把握。

"两组都辛苦了。"陶婷合上手中的本子，抬起头来。

她依旧是不苟言笑的样子，语气严肃："但是我都不够满意。"

江蓁垂下视线，在心里安慰自己她向来严苛，初步方案不满意是正常的。

陶婷顿了顿，接着说："两组里，B组更好，就按B组的方案先着手进行。"

和上次一样，陶婷回办公室的时候没关门，她知道江蓁要来。

"坐。"陶婷抬眼看了她一眼，端起手边的咖啡。

江蓁坐下，手放在膝盖上，看着陶婷，没先开口。

陶婷放下杯子，问她："想知道为什么？"

江蓁点头："对。"

茜雀主打的用户是年轻女孩，她们能从虞央身上得到的共鸣有限，销售额的上升空间不大。

但如果利用好Kseven的粉丝群体，她们抱着支持偶像的态度，就算原先不是茜雀的用户也会尝试性地购买使用。这些潜在客户就是促使销量突破新高的关键。

何况江蓁刚刚也表明了，Kseven的合作态度是乐观的，只要他们确定下来，方案立马就可以开始执行。

从各方面因素考虑，都应该选A组才对。

陶婷宣布完结果就散会了，江蓁现在来讨个理由，否则她不会甘心。

半响，陶婷才慢悠悠地开口："宋青青他们这个方案，马马虎虎，还有得再改。"

江蓁皱起眉，不解："那为什么不选Kseven呢？市场预估你也看了，如果由Kseven代言，销量不用担心，《臻丽》榜单咱们也稳了。"

陶婷看着她，微眯起眼："凭什么，就凭七个小男生冲着镜头耍耍帅？"

江蓁深吸一口气，算是听出来了，这刻板女人原来是瞧不上人家小"爱豆"。

她收回要往外发泄的情绪，言简意赅一句话："但事实就是如此，Kseven的带货能力比虞央强。"

陶婷浅浅地勾了勾嘴角，语气却冷了几度："江蓁，你可以理解为我有偏见。"

她换了个姿势，上身前倾，拉近两人的距离："我知道现在有很多彩妆、护肤品牌找了一堆男人代言，反响效果还挺好。但在茜雀，在我这里，这件事想都别想。尤其是这套口红，你的方案被市场选择，但不被产品选择。"

江蓁微张着嘴，无奈得有些想笑："都 2020 年了，男人也有用化妆品的啊，为什么不行？"

陶婷只问："你来茜雀之前，是在博雅工作的？"

江蓁顿了顿，点头："对。"

"那好，我问你，如果男明星都来代言口红代言眼影了，那么女明星们呢？"陶婷向后倾，靠在椅背上，笑得有些讥讽，"博雅找代言人的时候会考虑女明星吗？毕竟剃须刀也能用来刮刮腿毛呢。"

江蓁张了张嘴，像被人掐住了脖子，发不出声音反驳。

办公室里沉默了一会儿，陶婷启唇问江蓁："想方案之前，有再去看过产品创意吗？"

看江蓁眼神闪烁的样子，陶婷心里也清楚了："我要你写的是新品策划，你呢？自作聪明、本末倒置。"

陶婷哼笑一声，摇摇头说："江蓁，Ambitious, but not anxious.（有雄心，但不要焦急。）"

言语似锋利的刀子，江蓁被一刀一刀刺得有些蒙。

从进门开始，她尽力维持冷静克制的表象，不想表现得气急败坏，让人看了笑话。

而现在面对陶婷不留情面的指责，她什么话都说不出来，只想快点逃离，太难堪了。

掌心被指尖掐出一排月牙印，松开时泛起刺痛。江蓁微微鞠了一躬，转身走出办公室。

见江蓁出来，组员们都围了过来。

"蓁姐，主管怎么说的？"

"是啊，为什么不选咱们的？"

"我看就是想把升职机会给宋青青吧。"

刘轩睿说完这话，被于冰瞪了一眼。

江蓁这会儿没心情说这些，让其他人都回去工作，只把于冰留下，两人去了楼梯间。

她沉着脸色问于冰："这套口红原来是打算什么时候上线的？"

于冰回答："今年上半年啊，因为疫情当时耽搁了，后来也没合适的时间。

要不是原定的眼影和焕言撞了，也不会选这套顶上。"

"纪念 Carol 那套？"

于冰点头："对。"

——"Ambitious，but not anxious."

江綦这会儿知道陶婷为什么这么说了。

Carol 是茜雀的第一位女高层，在茜雀工作了近四十年，几乎是将一生都奉献于此。去年 Carol 退休，为了表达纪念，以她为创作灵感设计了这七支口红，原定于今年年初 Carol 生日的时候发行。所以相较于茜雀的其他产品，这个系列的主打受众其实是职场女性，而不是二十岁出头的年轻女孩。

"自信、独立、坚定"，是这套口红的三个关键词，也彰显出由 Carol 为代表的职业女性魅力。

宋青青的方案与产品理念不谋而合，所以陶婷说，市场也许会选择 Kseven，而产品选择虞央。

江綦懊悔地闭了闭眼睛，用手捂住脸，疲惫地呼出一口气。

陶婷出的题很简单，是她没看清题干就慌慌张张开始写计算步骤，导致完全偏离方向，得了个鲜红的大叉。

"把产品卖出去、卖得好，是推销；帮助消费者找到适合自己的产品，让产品更好地被了解，才是营销。"

这是当初面试时，她自己说的话。

江綦扶着楼梯扶手勉强站稳，整个人仿佛置身寒冰之中，凉意侵占四肢，耳边嗡嗡作响，刚刚发生的一切像走马灯一样飞速在脑海中闪过。

"初心"这词被用烂了，但人这辈子总得有要坚守的东西。

可她都干了些什么？

没了解清楚产品的最初立意，一门心思都在销量上，甚至还理直气壮地和陶婷谈市场。

别说陶婷想不想骂她，她这会儿恨不得抽死自己。

越是拼命想证明自己活得很好，现实却越糟糕。

她没能焕然新生，甚至连原本擅长的事都做不好了。

于冰看江綦脸色不对，主动离开，给她留点个人空间调节一下情绪。

江綦在楼梯间待了二十分钟，没哭，就发了会儿呆，乱七八糟什么都想了想。

她觉得泄气、疲惫，但不会哭，她本身就不是个爱掉眼泪的人，何况自己犯的错误，哭有什么用。

胸口堵着一团东西，压得难受，她只能不停地深呼吸，喘气再吐气。

等觉得好一些了，江蓁站起身，动了动发麻的腿。

她去洗手间洗了把脸，补了补妆，再若无其事地回到座位，像往常一样等下班。

刘轩睿凑过来问她没事吧，她回以一个微笑："没事。"

她在群里发了一条消息，先表示这次的方案是她带着大家走错了方向，她承担主要责任，再鼓励大家不要灰心，回去都好好反思一下，明天针对方案的问题开个会。

六点下班时间到，宋青青他们组还在忙，看上去是要加班了。

A组人这会儿收拾好了东西，却没一个敢起身。

江蓁看大家面面相觑的样子，笑了笑，说："怎么啦，平时下班不是很积极的吗？"

有个小姑娘嘀咕了一句："我现在还真希望能留下来加班。"

江蓁的笑容僵了下，往会议室里看了一眼，安慰组员也是安慰自己："来日方长，还有的是机会，这次是咱们技不如人。"

末了，她又自嘲道："看来给我们点压力和危机感确实是有必要的。"

见大家还是不动，江蓁夸张地挥动手臂："走吧，下班吧，下个礼拜就放国庆假了，都开心点儿！"

在组员面前保持积极乐观，一出公司大楼她就原形毕露了。

江蓁塌着肩走在路上，不想挤地铁，咬牙打了一辆车。

看着计价表上飞速上涨的数字，她拍拍自己安慰道：就当破财消灾，破财消灾。

现实残酷无情，但江蓁有她的避世桃源。

刘以鬯在《酒徒》里写："酒不是好东西，但不能不喝。不喝酒，现实会像一百个丑陋的老妪终日喋喋不休。"

江蓁从未觉得屋檐上的铃铛响有这么美妙，简直是如听仙乐耳暂明。

她推开木门进屋，走到吧台，拉开椅子坐下。

调酒师陈卓今天左耳戴了个耳钉，像日剧里叛逆不羁的校霸，又痞又帅。

他看见江蓁，挥手打了个招呼，问："姐，来喝酒？"

江蓁点点头："今天心情不好，来杯度数高的。"

陈卓听到这话打了个响指："行，就爱听这话。保你忘忧消愁，啥烦恼都想不起来！"

江蓁挑了下眉："那我拭目以待。"

还没吃晚饭，江蓁又点了份"主厨今日心情指数"。

陈卓给江蓁调的酒是他原创的，花里胡哨一堆操作，江蓁一开始还能看个大概，很快就不知道他都往酒里加了什么。

几分钟后，高脚酒杯被推至江蓁面前。

杯子里盛着紫红色液体，像红酒，但颜色更清透，底部沉着几颗饱满的红石榴。

陈卓勾着嘴角，眼眸在灯光下亮闪闪的，他指指酒杯，说："尝尝。"

江蓁抬起酒杯浅抿一口，口红印了一圈在杯口，让这杯酒莫名地添了几分风情。

看起来像果酒，但入口酒精味很重，辣得江蓁皱起脸，等那阵刺激劲过了，又能尝到一丝甜味。

口感顺滑，能闻到水果的清香，烈和甜都把控得刚好，多一分呛口，少一分又不够劲。

江蓁又喝了一口，问陈卓："这杯叫什么？"

陈卓咧着嘴笑："不知道，头次做的。"

江蓁哼笑一声："敢情我是试验品？"

陈卓喜欢创新，喜欢自己发明，菜单上的酒除了经典的长岛冰茶、玛格丽特等等，很多都是他的原创。一些时令的原料过季后，他也会不断更新菜单，这也是 At Will 常客多的一个原因——无论喝酒吃饭，这家店永远能带给你意想不到的惊喜。

"这杯酒送给你，今天不开心，那希望美女姐姐你明天开心。"陈卓说完就转身走了，晚上客人多，他还有得忙。

江蓁用手指抚摸着杯沿，低头弯唇笑了。

这种男孩子，没女生能抵挡。

早个十年八年，两杯酒换一颗少女心绰绰有余。

但在她现在这个年龄，心动就纯属玄学了。

她小口小口地尝着酒，不知道是累了还是酒意上头，她觉得脑袋越来越沉，晕乎乎的，又不是想睡觉的那种困。

很快菜也上齐了。

也许是赶巧了，江蓁今天心情欠佳，主厨看来也过得不是很开心。

今日的"心情指数"是一碗朴素家常的馄饨，清汤，荠菜鲜肉馅的，上面撒了紫菜和虾米。

江蓁嗜辣口味重，尝了一个觉得太淡，叫了服务员给她拿辣椒酱。

一碟辣椒酱被端上来的时候，杯子里的酒已经见底。

江蓁撑着下巴，双颊浮上红晕，还行，她还能平稳地夹起一只馄饨蘸了酱往嘴里送。

"啧。"舌尖刚碰到味，江蓁就嫌弃地皱起了眉。

这叫辣酱？甜蜜蜜的，一点儿辣味都没。

她吐出口气，挥挥手，叫来服务员："你们这儿，就没有辣……一点儿的辣酱吗？"

服务生小哥回她："行，我帮你去后厨问问啊！"

At Will 的主厨大人今天是不咋开心。

家里的小祖宗生病了，最近食欲不振，喘气声有点儿重，今天下午被他送去医院检查，医生说是肺炎。本来挺乖一小家伙，现在恹恹的没精神，看着怪让人心疼。

土豆被季恒秋留在医院里治疗，季恒秋走的时候，它趴在垫子上，可怜巴巴地望着他。

狗最通人性，那一双乌黑的眼睛太揪人心了。

季恒秋差点儿就想和医生说要不还是带回家吧，他明儿再给送过来。

刚刚护士给季恒秋发了段土豆吃东西的视频，季恒秋看完，给对方回了句：**谢谢，辛苦了。**

后厨的垂布被人掀开，杨帆探个头进来问："秋哥，客人嫌咱的辣酱不够辣，还有别的吗？"

季恒秋收了手机放进口袋里，起身走到架子前，上面摆着满满两层瓶瓶罐罐的酱料。

他随口问："谁啊？"

杨帆进来，走到他旁边："一美女呢，来过两回了。估计是川渝那儿的人，能吃辣。"

季恒秋点点头，从最里面拿了一瓶酱，用围裙擦了擦瓶身，递给杨帆："这瓶。"

"欸。"杨帆接过，刚打开盖子一股辛辣味就钻了出来，直冲鼻腔。

"嚯。"他捂着鼻子偏过头去猛咳两声，"这魔鬼辣啊？这么冲。"

季恒秋微不可见地翘了翘嘴角："给她吧。"

杨帆舀了两大勺酱，他一路端着调料碟都被呛出了眼泪。

这瓶酱是特制的，用的不是魔鬼辣，但也比市面上绝大多数的辣椒更辣。

季恒秋做饭很少会用到，偶尔做川菜也只加那么一点儿调味。

但凡有川渝的客人要来要辣酱，季恒秋都会拿这一瓶给人家尝。

嚷嚷自己能吃辣，仗着是川渝人嫌不够辣的，挑衅说要变态辣的，就拿这个治，保证服服帖帖。

以前程泽凯还给这瓶酱取了个没品的诨名，叫"菊花残"。

这原本纯粹是个下马威，基本拿筷子沾一点儿尝尝就知道厉害了，没啥人想不开真敢挑战。

但是季恒秋没能料到，外面那个是表面稳如泰山，实际早已神志不清的女酒鬼。

一分钟后，他听到大堂里杨帆撕心裂肺的求助声："秋哥，救命！你快来啊！"

闻声，季恒秋立刻关火扔了锅铲，边往外走路，边解下围裙，三步并作两步匆匆赶到大堂。

杨帆站在吧台边，两只手犹犹豫豫顿在半空，想伸上去又不敢碰。

"秋哥，我……这……"看见季恒秋来了，杨帆赶紧往旁边让了一步。

眼前的画面简直可以用惨烈形容。

空酒杯倒在桌上，馄饨汤汁和酱料混合滴得到处都是。坐着的女人弯着腰缩成一团，正捂着胸口猛烈地咳嗽，一张脸涨得通红，仿佛下一秒就会喘不过气。

季恒秋上前一步，踢掉脚边的勺子，上面还残留着少许鲜红色辣酱。

他偏头问杨帆："怎么回事？"

杨帆抬手擦了擦汗："一整勺酱直接往嘴里塞，我拦都拦不住。"

季恒秋倒吸一口气，手叉着腰，剜了杨帆一眼，等回头再收拾他。

这儿的动静惹得其他客人也把视线投过来，季恒秋侧身挡了挡，握住女人的胳膊放到自己肩上，轻而易举把她整个人拎起，腰夹在胳膊下。

他脚步迈得大，半拖半抱地把人带到后厨。

看见杨帆也傻愣愣地跟过来，季恒秋皱着眉吼了一声："收拾桌子去！"

杨帆被他凶得哆嗦一下："哎哎，好。"

啪的一声，水槽的龙头被打开。

季恒秋扯着江蓁的胳膊让她弯下身子，一只手把她的长发挽到一处，另一只手掐住她的下巴，用大拇指掰开唇齿，把她的脸送到水流下冲洗。

是真醉了，除了刚开始不适地嘤咛一声，反抗都不反抗，乖乖任由急速冰冷的水流在脸颊和唇上滑过。

季恒秋的动作称不上温柔，甚至有些简单粗暴，这幅画面也挺诡异。

辣是痛和热的混合感觉，水冲刷在皮肤上是最简单的降温、缓解疼痛的方法。

等过了半分钟，见她脸上的红潮消下去一些，呼吸也渐渐平稳，季恒秋冷着声音问："好点了没？"

隐隐约约听到她哼唧了声。

季恒秋关了水龙头，把人向上提了下，让她直起身子面对自己，又随手抽了张厨房用纸胡乱地在她脸上一抹。

他想说句什么，但话到嘴边就停住了。

大概是凉水冲过后，人也清醒了些。江蓁睁着一双眼睛抬头望向他，碎发和衬衣领口都被打湿紧贴在皮肤上，睫毛、鼻尖、下颌上还挂着水珠，口红被抹开，晕染在微肿的唇周。

季恒秋这么一个不文艺的人，突然想到了一个很矫情的词。

——破碎感。

她的五官属于很典型的美人样貌，眉眼含风情，鼻尖一颗痣，像九十年代末港片里的女明星。

眼尾泛着红，好像受了委屈，但神情又是有些冷漠疏离的。

是哭了吗？眼尾的是水珠还是眼泪？

这一眼，白瓷破碎、美玉击石。

有什么东西砸在季恒秋心上，丁零当啷碎了一地。

他突然什么话都说不出来了。

江蓁张了张嘴，似乎要说什么，嗫嚅两个音节。

季恒秋没听清，下意识地往前凑了凑。

他没想到，女酒鬼会突然伸手捏住他的耳垂用力扯了他一把。

力气还不小，季恒秋往前踉跄一步差点儿没站稳。

"我说——"

她的气息喷洒在他的耳周，酥酥痒痒的，季恒秋被迫弯着腰，生理反应使耳朵立马红了一圈。

"你们申城的抄手，好——难——吃——啊——"

江蓁说完就松手了，两只手贴在身侧，站得又乖又直。

季恒秋重新直起身，扶额认命地叹了声气，想了想又无奈地笑了。

人看上去挺正常，但说的这是什么乱七八糟的话？

也不能跟酒鬼计较什么，季恒秋转身从冰箱里拿了一瓶冰水递给她。

江蓁懒懒地掀起眼皮，没接，说："我想喝可乐。"

季恒秋重新拿了瓶可乐。

"谢谢。"江蓁接过，打开盖子喝了一大口，还餍足地发出一个气声。

喝完她盖紧瓶盖，抬步要出去，边走边说："老板结账。"

季恒秋是真迷惑了，这到底醉没醉啊？

有人喝醉发疯，有人喝醉睡觉，怎么还有人喝醉傻了吧唧的？

他跟着江蓁出去，大堂里杨帆已经收拾好桌子了，看见两人出来了赶紧跑过来。

江蓁看上去和来时没什么差别，除了妆容花了、头发乱了，整个人走得很平稳，说话也很清晰。

季恒秋抱着手臂看她顺顺利利结完账付完钱，要推门离开的时候，他看了杨帆一眼："去跟着看看。"

"欸，好。"收到指令，杨帆赶紧跟上去了。

第一眼的时候季恒秋就认出来了，这是刚搬到楼下那个，刷微信朋友圈瞟到过一眼她的照片，在楼梯间也短暂地打过一次照面。

杨帆很快回来，一脸惊喜地说："秋哥，那美女姐姐好像就住附近，我看着她上了楼的。"

季恒秋嗯了声。

店里这时候也没多少客人了，季恒秋坐在吧台边，他平时待在后厨不怎么出来，如今突然往这儿一坐其他店员还挺不自在，不知道他打算干什么。

季恒秋是这家酒馆的老板，但他一直是把自己放在员工层面上的。大大小小的琐事由程泽凯管，他每天晚上六点到十二点就待在后厨做饭，做什么随自己心情。

大多数客人也不知道，这家店的真正主人其实就是那位神秘且随性的主厨。

平时不把自己当领导看，但店里出了问题，季恒秋该管的还是得管，何况这两天程泽凯还不在家。

等最后一桌客人走了，季恒秋单独把陈卓和杨帆叫过来，老板请喝茶。

他坐着，也没让两个人站着。

周明磊见状也想过来，季恒秋挥挥手，让他别掺和。

江蓁不是二十出头的小姑娘，人家能一个人来喝酒，就是知道自己的酒量在哪儿，有分寸。那勺辣酱放嘴里她立马就吐出来了，不然一不小心咽进去，烧着胃，这会儿估计就得在医院挂号。

也好在她住附近，酒品……马马虎虎过得去，否则今天有得闹。

季恒秋抬起杯子喝了口茶，先问陈卓："酒是你调的？"

这话明知故问，店里就这一个调酒师。

陈卓啊了声，在季恒秋开口之前抢先说道："哥，是她张口就要烈的，我这杯度数真不算高了。"

季恒秋随手拿起桌上的纸巾砸过去，质疑道："不高能把辣酱当饭灌？"

陈卓最擅长的就是顶嘴："万一人家就喜欢吃呢。"

季恒秋啧了一声，脸色沉了下去："我说没说过这种酒别随便调，尤其是给女孩子。"

陈卓噘了噘嘴，小声地表达不满："都成年人了。我是调酒的我又不是她爸妈。"

这话换回季恒秋的一个眼刀，本身就是一糙男人，说话也直接："人家喝酒是为了寻欢还是寻死？你今天这杯大老爷们儿都不一定受得住。"

陈卓还想再顶两句，一抬头撞上周明磊的眼神，立马噤声不敢了。他摸摸鼻子，软了态度诚恳认错："知道了，我真不是故意的。"

像陈卓今天调的这杯，一般有个统称，叫"断片酒"。看起来普普通通，刚喝起来也觉不出什么，但一旦后劲上来，基本意识就飞到外太空去了。

这种欺骗性的特调酒，最经典的比如长岛冰茶，人畜无害的外表下暗藏一颗狂野的心，入口酸酸甜甜，感觉就是一杯带着酒味儿的柠檬可乐。整杯下去，天晕地眩，睁眼就是明早的太阳，而中间都干了些什么那得看个人造化了。

一般这种酒的名字取得也坏，"长岛冰茶"不是茶，反而混了好几种烈酒。酒吧里拿这酒骗年轻女孩的脏事儿很多，At Will 不是酒吧，但也卖酒。

不是没遇到过有男的带女孩来约会，上菜前偷偷地到吧台让调酒师往酒里加料。

这种事不少，但在他们的地盘上，能管的就得管。

季恒秋一早就和陈卓说过，烈酒不能随便调，尤其是给年轻女孩。

再者，At Will 一向是主张酒至微醺忘忧即可，不提倡醉到不省人事。

今天这事儿算不上陈卓错了，毕竟人家要的是烈的，那杯酒混了朗姆、伏特加和龙舌兰，红石榴糖浆和气泡酒缓冲了酒精的刺激，但保守估计也得有个四十度。

人家一个人来，又是个漂亮姑娘，真醉了倒在路边被人捡了，就算责任不在他们身上，良心也说不过去。

陈卓虽然不认可季恒秋这种"结果最糟糕化"的思想，但仔细想想还是后怕，他挺喜欢那美女姐姐的。

　　他也确实不是故意的，在酒馆工作，撑死了一杯酒二十度。陈卓早两年在酒吧混过，就喜欢调花里胡哨又后劲足的，今天好不容易逮着机会一展身手。

　　陈卓讨好地朝季恒秋笑笑，夸张了语气说："哥，别骂我了，骂得我都想'金盆洗手'了。"

　　旁边的杨帆没忍住扑哧一声笑了出来。

　　季恒秋冷冷地把目光移向杨帆，杨帆立马放平嘴角低头做忏悔状。

　　瞧把人家孩子吓得。

　　他没什么好说的，小孩做事麻利又听话，就是人太木了。

　　"杨帆。"季恒秋抬手在杨帆脑袋上胡噜了一把，"做事机灵点。"说完就起身走了。

　　身后陈卓瞪着眼睛，反复确认："就这？就这？这就没了？"

　　周明磊走过来，扶了扶眼镜，揪着陈卓的卫衣帽子把人提走。

　　秋哥教育完了，还有亲哥呢。

　　陈卓比周明磊矮半个头，人又瘦，被这么提着跟只小猴子一样。

　　他挣扎着挥动手臂："不公平！怎么就只骂我啊！你们偏心！小石头你也不爱我了吗！"

　　周明磊一巴掌打在他屁股上，让他消停点儿。

　　这名字是真没取好，应该叫陈猴。

　　季恒秋回了后厨收拾桌子，口袋里的手机响了一声，是程泽凯发来的微信。

　　程泽凯：听说季老板训人了？

　　季恒秋挑了下眉，打小报告的速度够快的。

　　季恒秋：不行啊？

　　程泽凯：哈哈哈，行行行。没出什么事吧？

　　季恒秋：没。什么时候回来？

　　程泽凯：后天就回。难得来一趟，带夏儿多玩了两天。

　　对方发来一张照片，灯光昏暗，熟睡的小朋友裹在被子里，就露出一张肉乎乎的圆脸。

　　程泽凯：今天带他到"紫禁城"溜达了一圈，一回来就睡了。

　　季恒秋的骨相冷峭，单眼皮，嘴唇薄，不笑的时候显得不好相处。

　　这时候看着图上的小家伙，他松弛了眉眼，嘴角染上笑意，整个人是柔和的。

季恒秋：秋叔也会做糖葫芦，赶紧回来吧。

退出微信聊天框，季恒秋随手刷了会儿朋友圈。

程泽凯刚发布了照片，九张图，不是景色就是程夏，小朋友很上镜，还挺会摆 Pose。

他点了个赞，继续往下划拉，发现备注为"201 房客"的某女酒鬼在半小时前还发了一条微信动态。

——申城的炒熟真难吃！！！怪不得叫美式荒漠！

两句话三个错别字，季恒秋艰难地读懂，冷哼了一声，又陡然想起她捏着自己耳垂附在耳边说的那句话。

耳朵泛起一阵怪异的痒，季恒秋抬手揉了揉。

出于某种说不清的心理，他动动手指，也给这条动态点了个赞。

第三章

记仇

江蓁是被一泡尿憋醒的。

凭着本能翻身下床，摸索到厕所解决完后，她长吁一口气，终于舒服了。

半梦半醒之间她意识到昨晚宿醉，脑袋昏昏沉沉的，像是被什么东西箍住，胀得疼。

洗手的时候，江蓁习惯性地抬眼瞟了一眼镜子。

打到一半的哈欠定格住，江蓁对着镜子里的人盯了足足有一分钟，才确定那就是她本人而不是哪儿来的野鬼。

衬衣皱皱巴巴，头发乱如杂草，眼袋沉到下巴，脸肿得比平时大了一圈，更可怕的是——

她发现她昨天没卸妆。

"救命啊！"

恐怖的现实让江蓁瞬间清醒，每个细胞都拉响警报。她龇着牙，火速从柜子上找出化妆棉和卸妆水往脸上招呼。心理作用使然，她觉得那些化妆品的毒素已经侵蚀皮肤进入血液，她的脸即将溃烂不堪。

她慌慌张张地把妆卸了，掬了两捧清水将脸上残留的卸妆水冲洗干净。

身上的酒味并不浓，但这时候她怎么看自己怎么嫌弃，赶紧脱衣开始洗头洗澡。

等二十分钟后她从浴室出来，才觉得自己恢复了点儿人样。

狠心拆了一片前男友面膜急救一下被残害一夜的肌肤，江蓁瘫在沙发上打开手机。

这时候也才不过清晨六点，天都没完全亮，大部分人还在睡梦中。

她检查了一遍聊天列表，还好，没有发表过失言论。

看到微信朋友圈的消息栏有红点，江蓁点进去。

她眯着眼睛，从沙发上坐起，把手机拿近了看。

别说别人，江蓁自己也是读了两遍才明白这句话是什么意思。

"申城的抄手真难吃，怪不得叫美食荒漠。"

啧，看来确实是不好吃，喝糊涂了还念念不忘这事儿。

万幸的是，出于"社畜"的自我修养，昨天在极度混乱的状态下，她居然还能凭借肌肉记忆顺手设置分组，把同事和领导屏蔽了，不至于造成严重的社会性死亡。

这种没头没脑的纯文字朋友圈，一般人瞟一眼就过去了。

就一个人点了赞，居然是她那新房东。

趁着没被更多人看到之前，江蓁默默把这条醉酒证据删除。

她活动活动脖子，检查了一下手臂和腿，还行，没哪儿伤了。

昨天那杯酒越喝越上头，中间有段时间江蓁觉得自己肉体还在地球上，灵魂已经飘到了月球。除了那段记忆模糊，她清楚记得自己在酒馆结完了账，回家后倒在床上，没几分钟脑袋越来越沉，眼睛一闭就睡了过去。

整个人放松下来，浑身都疲惫无力。到底是上了年纪不如从前，宿醉跟历劫一样。

不敢喝咖啡，江蓁小口小口喝着热水，不知道为什么，总觉得喉咙口发涩发痛。她咳嗽两声，清清嗓子试图发声，艰难地撕扯出两个气音，声音沙哑得像是混了颗粒。

江蓁被自己这难听的声音吓到，皱起眉一脸疑惑。

咋回事？嗓子给劈了？上火也不至于这样啊。

江蓁歪着头仔细回忆，某些记忆碎片在她脑内一晃而过。

哦——她记起来了。

当时她想用勺子舀馄饨蘸辣酱，但到嘴的时候发现馄饨不见了，吞了一大口的酱。

——没有任何准备，一沾到舌头痛麻感就钻上味蕾直击心口的辣椒酱。

然后被人像洗菜一样摁在了水槽里。

头更疼了，江蓁捂着脑袋绝望地蜷缩成一团。

要么就别让她醉，要么就让她醉到什么都别想起来。

又让她丢脸，还让她清清楚楚回想起是怎么丢脸的。

顶着这破嗓子又不能自欺欺人当作啥也没发生。

苍天啊！

等磨蹭到早上八点半，江蓁换衣服准备出门。

上班还算是一切顺利，除了中间好几次有人来关心她这破锣嗓子，江蓁都用秋天干燥上火打发过去了。

新来的实习生人挺善良，就是太爱脑补。

她一脸怜爱地看着江蓁，问："姐，昨天哭了多久？心里好受点了吗？"

江蓁刚想解释她没哭，那实习生就从包里拿出一袋润喉糖塞她手里，拍拍她的肩，微笑着点了点头，满脸写着"我懂，我懂"。

江蓁拿着那袋糖，苦涩又无奈地笑了笑："谢了。"

这两天江蓁回家都会走另一条路，想避开酒馆。她脸皮薄，嫌丢人，心里过不去那关。

但今晚的司机师傅直接把她放在巷子口了，要到家必然会经过 At Will。

碍于那天的惨烈回忆，下车后江蓁埋头赶路，一路疾行。高跟鞋踩在水泥地上嗒嗒作响，简直是脚下生风，健步如飞。

"江蓁？"

"欸！"条件反射地应答让江蓁被迫急刹车。她循声望去，发现是多日未见的程泽凯。

"你回来了？"

程泽凯朝她笑笑："啊，昨天刚回来。吃晚饭了吗？"

江蓁愣了一秒，随即十分肯定地点点头："吃了。"

程泽凯侧身用大拇指指着身后的木门："进来坐会儿不？"

江蓁瞪着眼睛摇头拒绝："不用了，我、我回家还有点儿事。"

程泽凯说："那行，你忙吧，有空来玩。"

江蓁连连点头："好的，好的。"

程泽凯在原地站了会儿，看着江蓁匆匆离去的背影耸了耸肩。

他转身打开木门进了屋里，越过热闹的大堂来到后厨。

季恒秋正在忙活，一大锅的牛肉炒饭，鲜香味四溢。

程泽凯抱着手臂靠在操作台边，和季恒秋说："刚在外面看见江蓁了。"

季恒秋的注意力都在锅上，没听清他说了什么，抬头看他一眼，问："谁？"

程泽凯说："楼下那租客，她好像来过我们店里几次，你没印象吗？"

季恒秋哦了声，脸上表情没有任何变化。

程泽凯简直是恨铁不成钢："真没什么印象？"

季恒秋看着他，一脸疑问："我能有什么印象？"

程泽凯啧了一声表示不满："我特地给你找的租客。来看房的那么多人里，就这个年龄合适还长得漂亮，你就没多留意两眼？"

炒成关火，季恒秋拿了三个盘子将饭装盘，而对于程泽凯的话全当没听到。

程泽凯端起盘子上菜去，走之前留下一句："你啊，也别老闷在后厨，有空多出去玩玩。"

季恒秋擦了擦手，从冰箱里拿出准备好的山楂和水果，说好要给程夏做糖葫芦串吃，一早就准备好了材料，等会儿做完让程泽凯带回家。

下午的时候就让裴潇潇将食材用木签穿成串了，这种自制的冰糖葫芦不难做，关键看熬糖的火候。季恒秋把白糖和水按比例倒进锅里，等糖浆熬至琥珀色的过程中，他走了会儿神。

他这几年越发沉闷，不爱说话，情绪没太大起伏。社交圈和生活范围也很固定，没人离开也没人再进来。他觉得这没什么问题，三十三岁的人了，性子稳一点儿成熟一点儿是好事。

反倒是程泽凯，明明自己也是个大龄单身汉，却整天替他着急，怕他再这样下去孤独终老，苦口婆心啰啰唆唆的，吵得他耳朵疼。

锅里的糖浆冒起小泡，季恒秋拿筷子沾了一点儿放进冷水里，见可以迅速凝固，他关了火，把盘子里的水果串小心地裹上糖浆。

这个步骤没什么技术含量，裹完一层再放置冷却，糖葫芦串就做好了。新鲜水果外包裹着晶莹的一层糖，酸甜开胃，这种零嘴很讨小朋友喜欢。

程泽凯不允许程夏吃糖，怕长蛀牙，季恒秋就偶尔做些这样的小零食给小孩解馋。

找了两个餐盒打包糖葫芦的时候，季恒秋突然想起江素。

刚刚程泽凯问的时候他没回答，其实他对她印象挺深的。

两个字概括叫酒鬼，再多个修饰词，那就是漂亮酒鬼。

储昊宇掀开垂布进来，递了张单子给季恒秋："秋哥，磊哥让你看看下个礼拜的菜单。"

季恒秋扫了一眼，都是常规的。他把单子还回去，说："再加三样，面粉、猪肉末、虾仁。"

储昊宇拿笔在空白处记下，问："又包馄饨啊？"

季恒秋挑了下眉梢："不，做抄手。"

今年的国庆和中秋撞在了同一天，三加七的假期却变成了四天。

正式通知下来，办公室里抱怨声一片。

江蓁倒是无所谓，她在申城没有什么朋友，节假日都是一个人过，通常的活动也只是在家睡觉，放几天都一样。

九月三十日那天，大家基本上都把手头的工作处理好等小长假了。

B组却没这个闲情逸致，联系代言人受阻，他们正焦头烂额。

虞央那边的态度一直不明朗，有一家老字号的护肤品牌灵秀也在找她，经纪团队估计是在犹豫。

这样两边吊着其实不太厚道，答不答应给个准话，要是不答应也早说，他们好着手接洽下一个，别浪费彼此的时间。

灵秀是国民老牌子，旗下的护肤品有百余年历史，民国时期在名媛小姐圈里曾风靡一时。

按江蓁的推测，虞央很有可能会选择灵秀，她本身的形象就温婉如玉，走的是亲民路线，下部戏又恰好饰演民国姨太太。

新品企划是整个策划部的事，B组工作进展不顺利，江蓁不可能带着A组置身事外。

B组在很多事宜上不熟悉，还是得A组帮着做，另一方面，江蓁也让组员们留意其他人选。她留给虞央的时间是这个国庆，如果还不给个准信，来不来他们都不会再考虑。

工作上的事永远忙不完，好在有个短暂的假期让他们忙里偷闲一会儿。

下班铃响，走到电梯口的时候，江蓁被宋青青喊住。

"蓁姐，晚上有约吗？"

江蓁摇摇头："没啊。"

宋青青摘了工作牌塞进包里，跟着江蓁进电梯："那和我一起吃饭呗，这几天没你我可真不行。"

江蓁愣了一下，然后笑着点点头："好，那走吧。"

原本那天开会过后，江蓁面对宋青青还是有些尴尬。以前大家互不干涉，还能做体面的同事，但现在闹了这么一出，两组的关系就有些微妙了。

江蓁见到宋青青能躲就躲，反倒是宋青青经常主动找她帮忙咨询些问题。

对方不介意，反倒谦虚地来请教，那江蓁也没什么好硌硬，大大方方地和她相处。有时候中午两人也会约着一起吃饭，这一个礼拜以来关系反倒更近了。

上了车，宋青青问江蓁："你有什么喜欢的餐厅吗？"

江蓁脑子里第一个跳出来的是At Will，一个礼拜过去，嗓子已经恢复，但一想起那勺辣酱她就臊得慌。

她摇摇头，说："没，我对这儿还不太熟悉，你给我推荐吧。"

宋青青："好嘞，那就我挑地方了啊。"

这两天气温回升，好像又回到了夏天。白日阳光灿烂，这会儿入了夜，街上灯火通明，双节将至，气氛热闹得像过年。

宋青青带江蓁去的是一家西餐厅，她们挑了一个露天的位置坐下。

简易的小舞台上有驻唱歌手抱着吉他弹唱，嗓音慵懒低沉。

晚风吹在脸颊上，带着暑气的温热，很舒服。

菜是宋青青点的，什锦蘑菇比萨、香橙鸭胸沙拉、牛肉芝士焗通心粉，还要了两杯黑莓威士忌。

宋青青比江蓁小一岁，土生土长的申城人，在英国留学过两年，看谈吐和气质，她的家庭背景应该很不错。

吃饭的时候免不了要聊起她们所在的这座城市，宋青青叹了一声气，说："我填志愿的时候，其实不想填申城的大学。我就想，要么去北方，能看见雪；要么就去广东那儿，一年四季都能穿裙子。"

江蓁喝了口酒，笑了笑："我也是，不想留在家里，但走得不远，在江城上的学。"

宋青青问她："那你怎么又来申城工作了？"

"嗯……"江蓁想了一会儿，耸了耸肩，"因为我喜欢挑战？"她进一步解释，"原先那家公司发展得比较平稳，不需要太创新的营销策略，模式也很固定，我在那儿越干越觉得无聊，就想换工作了。"

宋青青撑着下巴看着江蓁，眼神里带着崇拜和欣赏，她说："我要是领导，就喜欢你这样的员工。"

这话让江蓁微微一笑，心里暗想：你确实快成我领导了。

也不是酸，江蓁有野心想晋升，但她不会眼红别人什么，机会错失了她也不会一个劲儿地耿耿于怀。就像她说的一样，来日方长，该是她的她不会让。

上个礼拜还把对方当敌人当对手，这时候她俩面对面坐着，一起喝喝酒聊聊天，气场不同但意外地契合，倒成了一对不错的朋友。

半杯酒下去，她俩都不怎么说话了，安静地吃东西，听着慢歌眺望远处的城市夜景。

申城的漂亮是奢侈的，有人向往它，拼了命要留在这里，也有人厌倦了想逃离它。

江蓁将了将被风吹乱的头发，闪烁的霓虹灯倒映在眼眸中，像银河的小小一隅。

这家餐厅的环境很好，栏杆上花枝缠绕，灯光昏暗，氛围很浪漫，不少情侣在这儿约会。但江蓁不喜欢这样的地方，从她踏入这里的第一步起，一切都在预料之中，就像手中的这杯酒。

——无功无过，没有任何惊喜，因而也掀不起内心的波澜。

还是那家小酒馆好。

等吃完结束已经晚上八点。

宋青青也喝了酒，她俩回到停车场的时候，车边站了个穿西装的年轻男人。

江蓁正腹诽现在的代驾怎么都穿得这么正式了，就看到那个男人朝宋青青微微俯身，喊了一声"小姐"。

江蓁停在原地，微张着嘴呆滞住。

宋青青见她站着不动，拽了她一把催她上车。

江蓁坐在车上，也许是酒意上头，她有些反应不过来。

她指指驾驶座上的男人，压低声音问宋青青："这是谁啊？"

宋青青从车载冰箱里取出一瓶水递给她，语气稀松如平常："哦，是我家的司机。"

江蓁接过水，打开盖子灌了一大口以平复自己的复杂心情。

她知道宋青青家庭条件不错，但没想到家里能配司机的程度。

本以为大家同是天涯打工人，怎知你竟是申城名媛大小姐。

收回刚刚的话，她酸了，酸得牙都要掉了。

由俭入奢易，由奢入俭难。说的就是现在的江蓁。

明明以前就是一个人窝在沙发里喝啤酒，怎么现在却觉得索然无味。电视机上的频道一再被切换，轮了一圈都没找到一个有意思的节目。

江蓁放下遥控，平躺在沙发上，长长地叹了口气。

现在是晚上九点，假期的第一天，她无聊得快要发疯。

生物钟让江蓁第二天早上八点就醒了，想起今天休假，她又合眼继续睡下。

等再次转醒已经接近中午，江蓁起床洗漱，吃了个三明治。

昨天在家无所事事了一天，今天她不想再颓废，打算给家里进行一次大扫除。

做家务活在某种程度上也是一种解压方式，看着被归置整齐的屋子，心情也能变得愉悦些。

全部收拾好已经下午五点多了，江蓁打包好垃圾，去洗澡洗头换了身衣服，打算出门找点吃的。

At Will 依旧低调地藏在巷子深处，木门遮住屋里的热闹，分隔出两个世界。

傍晚时分夕阳斜下，照在皮肤上暖洋洋的。酒馆门口有只金毛懒懒地趴伏着，眯着眼，舒适得像是在享受这场落日余晖。

人类对于这类毛茸茸的东西是没有抵抗力的。

江蓁忍不住放慢了脚步，悄悄走近蹲在它的面前。她刻意侧着身子，不遮住阳光。

金毛似乎是感受到有人来了，睁开眼吐着舌头直起身。

江蓁伸出手摸了摸它的头，它也在她掌心乖巧地蹭了蹭。

金毛本就温顺，这只更是不怕人又讨喜。

"欸，你来啦！"

店里的服务生突然开门出来的时候，江蓁被吓了一跳。

她尴尬地站直身子，露出一个得体的微笑："嗯。"

"您好久没来了，我还以为是……"话说到一半他又打住，摸着后脑勺憨厚地笑了笑。

江蓁知道他原本要说什么，干脆装傻："我最近工作太忙了，没时间。"

懂的都懂，不用说破。

看见服务生在解开绑在柱子上的狗绳，江蓁问他："这是店里的狗啊？"

服务生回答她："对，我们老板的，叫土豆。"

话音刚落，金毛就汪了两声，听到自己名儿了。

江蓁弯腰揉揉它的脑袋："原来你叫土豆呀。"

服务生牵着土豆，十分懂事地往旁边退了一步，想让江蓁先进屋。

面对小伙子一双热情诚恳的大眼睛，江蓁回以苦涩一笑。

她其实真的只是路过，不想进去的。

抬头是男孩俊秀的眉眼，低头是金毛可爱的脑袋，效果加持，让人盛情难却。

江蓁深吸一口气，往屋里看去。

——熟悉的桌椅，熟悉的灯光，熟悉的气味。

像是受到某种指引，她心跳漏了一拍，等反应过来，左脚已经迈了进去。

酒馆后厨和大堂之间有一个小窗口连接，方便服务生递给主厨订单和端菜上菜。

杨帆给客人点完菜，回到前台。本应该在吧台的陈卓不务正业地溜达了过来，拍拍杨帆，问："女酒鬼点什么了？"

　　杨帆回答："点了份吃的。"

　　陈卓失望地啊了一声，再次确认："没点酒啊？"

　　杨帆点头："嗯，没点酒。"

　　陈卓不死心，又问一遍："真没点？不喝了？"

　　杨帆眨着人畜无害的大眼睛，说："没点，以后喝不喝那我就不知道了。"

　　陈卓撇撇嘴，双手插进口袋里，转身回了吧台，边走边嘀咕："没意思，没意思。"

　　裴潇潇坐在前台，手里拿着一包坚果，听着他俩刚才的对话，不由得评价道："陈卓是还没被骂够吗？"

　　周明磊靠在柜子边，手里一支笔一沓账单，他在纸上写下一个数字，抬头推了推眼镜："红颜知己没了，心碎呢。"

　　陈卓这两天天天盼着人来，眼睛望着门口都能盯出个洞来。结果这下好不容易把人盼来了，人家戒酒了。

　　说到底，元凶还是他上次调的那杯酒。

　　裴潇潇和杨帆忍不住闷声笑起来，笑陈卓自作自受，一招用力过猛让他那酒中知己直接退隐江湖了。

　　前台员工们聊得热闹，后厨的主厨大人就不开心了。

　　季恒秋从窗口探出个头，皱着眉，语气严肃地问："订单呢？"

　　杨帆这才想起来，赶紧撕下本子上的纸恭敬地递过去："三份，一个是生面孔，一个是丸叔的，还有女酒鬼。"

　　季恒秋瞟了一眼订单，问："女酒鬼？"

　　杨帆提示道："辣酱。"

　　季恒秋的右边眉梢挑了下，点点头，捏着纸转身回后厨做饭。

　　At Will 的菜单看似随意，吃什么主厨定，但其实客人来多了，他们也能摸清喜好，上什么菜都是有讲究的。

　　搞这个"主厨今日心情指数"也不是为了营销噱头，纯粹是因为季恒秋懒。

　　当初程泽凯催他好几天了还没把事情定下来，骂又骂不得，只能压着脾气问他："店名想好了没？还有，你的菜单什么时候能给我？"

　　季恒秋在后厨捣鼓他那些瓶瓶罐罐，随口说了句："随便。"

　　程泽凯气得两眼上翻，最后干脆直接就用了这名："店名随便，菜单也随

便，看主厨当天心情。"

一开始是赌气，谁让季恒秋不当回事儿，就故意整了这个名字。At Will 是后来周明磊给改的，真叫随便不像样，不好听。

现在看来，也许最好的安排都是从意外而来，要是当初真让他们想，肯定想不出一个这么有趣又不大众的名字。与众不同的菜单也成了这家酒馆的特色，连带着那位神秘随性的主厨都成了 At Will 招揽顾客的秘密武器。

据有幸一睹其真容的幸运顾客描述，主厨是个英俊型男，存不存在夸张的部分暂且不论，但看店里其他员工就知道，这家店选人肯定是把颜值也列为考查指标的。

陈卓刚刚说的丸叔是一个四十多岁的啤酒肚大叔，因为爱吃各类丸子，他们给取了这个外号。丸叔肚子圆脑袋也圆，长得就挺像颗丸子，他在附近一所高中当数学老师，经常得值班守学生晚自习，有时候晚饭就来这儿凑合一口。

除此以外，经常来的还有一男孩，是陈卓的朋友，绿色寸头，左耳戴着三颗金属耳坠，挺酷的中二少年，把索隆当偶像，手臂上的文身也是索隆的三把刀。

他本名说过一次，谁也没记住，大家都跟着陈卓喊他"拽哥"。拽哥话少脾气大，带着点青春期男孩特有的傲慢。这种性格放别人身上可能会招人厌，但拽哥是个名副其实的年轻帅哥，所以大家都乐意看他拽看他装，要不怎么说颜值即正义呢。

拽哥的饮食喜好也挺非同寻常的，和其他年轻男孩不一样，对肉并不钟爱，就喜欢吃土豆，还特别爱吃香菜。

酒馆开了三年，老顾客很多，大多是附近的居民。一年四季都穿着短裙的长发女人，大家管她叫"南极丽人"；隔壁做麻糍的阿姐家的小儿子经常跑他们店里玩，季恒秋要是做了糖葫芦也会分他两串，喊他小胖他不乐意，喊他小帅哥就回给你一个甜滋滋的笑；还有不吃鸡蛋、永远穿着黑西装的上班族，爱吃炸物爱喝啤酒、周末偶尔出来放肆一把又不敢到酒吧去的大学生。

哦，现在又多了一位——女酒鬼江蓁。

这名字不知道谁先喊的，反正那天之后大家都知道有这么一个客人，能吃辣爱喝酒还长得漂亮。

人们进进出出，这间酒馆安静地开在巷子深处。

"酒到万事除"，说的是这世上忧愁再多，酒意正酣，一切也都抛之脑后了。

偶尔人类需要的不是清醒是逃避，短暂的逃避，不可耻的逃避。

酒精是护照，带着灵魂出逃，前往一个未知的精神世界，没有抱负，没有责任，没有理想，没有俗世纷扰的一切。

At Will 是酒馆，是藏在这座城市角落里的一间庇护所，收容形形色色的人间心事。

后厨，季恒秋从冰箱中找到材料，取出洗净备用。

给生客的和丸叔一样，红酱烩肉丸，配几碟小菜和一碗白米饭。

给江蓁的就有来头了，山城的特色小吃红油抄手。抄手一早就包好放冰箱里了，就等着她什么时候来。

季恒秋做菜的速度很快，整个后厨就他一个人，偶尔忙不过来才找人打下手，灶台上两边一起开火，各个步骤交错进行，一切有条不紊。

三道菜分别装好盘，杨帆要端走之前，季恒秋又把人叫住，他随手拿了笔和纸，俯身在纸上写下一句话，潦草几笔，写完后将纸对折叠好压在抄手碗底。

季恒秋挥挥手："端去吧。"

杨帆低头看了眼碗中鲜红的一层辣油，担忧地问："哥，还给她吃辣酱啊？"

季恒秋叉着腰，摆出个无语的表情："不是上次那瓶。"

解释也解释不清，总不能说是因为他被挑衅了尊严，燃起了莫名又幼稚的胜负欲，想为申城为自己正个名吧。

没多说什么，季恒秋丢下一句"上你的菜去"，转身走了。

金毛土豆被牵回店里，找了个地方安静地趴下。

江蓁坐在靠窗的位置，有根柱子挡着——她特意挑的地方，就是想低调点，别引起别人的注意。

点好菜等候的期间，她悄悄探头扫视了一下店里，寥寥几桌客人，员工也都是眼熟的。虽然那天的记忆已经模糊了，但江蓁确认把她摁到水槽的男人不在这里，也许是后厨的厨师吧。

也好，她这辈子都不想再见着那人。

没点酒，就要了份吃的，很快菜就上桌了。

一碗红油抄手摆在她面前的时候，江蓁还挺意外。店员说完"请慢用"就走了，江蓁拿起勺子，开动前偷偷伸长脖子瞄了一眼别人桌上的菜，发现和她的并不相同。

还真是见鬼了。

作为一个地道的山城人，江蓁从小到大吃过的抄手少说也有几十家。眼前这碗从色泽上看还挺诱人的，辣油澄澈透亮，鲜香浓郁。一碗抄手大约八九个，馅料饱满，上面淋着红油，撒了一层白芝麻。单看外表像模像样，就是不知道味道怎么样。

江蓁用勺子舀了一个放入嘴中，温度刚好，入口就能感受到一阵鲜麻，味道足但不会过于辛辣。她咬了一半，细细咀嚼品尝。

无论是抄手、云吞，还是馄饨，各地叫法不同，但做法都是用面皮包了馅料。全国各地家家户户的饭桌上都能看见这样食物，但就算是用了一样的馅料，包的人不同，味道就会有差异。

包裹的馅料是抄手的灵魂所在，这一碗用的是鲜肉和虾仁各半，肉质筋道，咸淡适中。

江蓁不知不觉就嚼完了一个。麻辣会让人上瘾，这种对味蕾的直接刺激让人欲罢不能。

美食是坏情绪的灵丹妙药，口腹之欲被满足，心情也会得到治愈。

江蓁两口一个，一会儿一碗抄手就见底了。不说有多正宗，单这馅料和辣油就能一骑绝尘，超过市面上的绝大多数的店。

来申城一年多，江蓁头次遇到这么合自己胃口的，吃得急了点，但很爽快。

除了抄手，餐盘里还摆着一盅汤，她拿勺子搅了搅，是椰子鸡，味道清甜，刚好解辣。

吃饱喝足，江蓁摸着微微有了弧度的肚子，舒适地打了个嗝。

拿起纸巾擦嘴的时候，她这才看见一直压在碗底的纸。

江蓁打开，将便利贴摆正，上面的字迹随意而潦草，她微微拧着眉，把字条放到亮一点儿的灯光下看。

——申城有好吃的抄手，只是你没遇到。

一行字像魔法棒挥动施下咒语，混乱琐碎的记忆砰一下在脑中炸开，江蓁恍然想起，那晚她似乎揪着人家耳朵，耍无赖似的抱怨申城的抄手真难吃。

其实就是借着酒意上头找个豁口宣泄一下情绪，随口一说的，虽然在此之前她真的欣赏不来申城的抄手，或者说馄饨。但她没想到啊，人家厨师可在乎了，把这事放心上惦记着呢。

再一想到刚刚她狼吞虎咽的样子很有可能被人暗中观察，江蓁不禁老脸一臊，迅速把纸揉成一团随手塞进包里，太丢人了。

刚吃进去的美味转瞬变为毒药，江蓁捂着肚子，觉得腹中隐隐作痛，赶紧灰溜溜地结账走人。

什么厨师，这么记仇！

第四章

美女酒鬼

假期的第三天，江蓁又是一觉睡到下午。

她醒来后刷了会儿微信朋友圈，别人的假期生活精彩纷呈，看得她心里痒痒的，也想出去放个风，在家待着实在要憋坏了。

今天天晴，气温在三十摄氏度以上。起床洗漱后，江蓁麻利地化好妆，换了一件白色短 T，下面配一条棕色麂皮半身裙，再穿上马丁靴，休闲而干练的一身打扮，露出的两条腿又细又直，白花花的，很惹眼。

附近有个艺术展，江蓁前两天收到了推送，还挺感兴趣的，打算趁今天去逛逛。

来申城之后就是公司和家两点一线，江蓁没有什么特别热衷的爱好，但要是附近的艺术馆办了什么创意展，她都会去看看。

做他们这一行的，很需要眼界和知识面，吸收的东西越多越好，到了输出想点子的时候大脑才不至于太干涩。

像这样的艺术展就是一个很好的输入机会，艺术家们的创意层出不穷，江蓁对色彩和设计的理解有限，但能从各式各样的展品中捕捉到一个灵感，就算是有所收获不虚此行。

这一次她要去的艺术展主题叫"Chills and Fever（寒冷与炎热）"，和地球环保相关，参与者都是"90后"的年轻艺术家，也涉及了一些公益组织。

江蓁在门口检好票，根据工作人员的指引进入展厅。

游人寥寥，大家都保持安静，放慢步伐走过一件又一件展品，偶尔驻足欣赏或拍摄。

这样的气氛让人心情平和，沉浸式地享受来自艺术家们的思维碰撞。

江蓁不疾不徐地走过半个展厅，有风格各异的画作，二次利用废弃物制成的手工品,更特别的是占据一整个走廊的绘本故事。

大多数作品江蓁都是一晃而过,越往里走,展厅越空旷,纯白色的场景布置像把人拉进另一个空间。

走到摄影区的时候,江蓁停下了脚步。

白墙上陈列着三个相框,分别取景于天空、陆地、大海,最上面是如火焰一般的红橘渐变,最底下是沉寂的深蓝,而中间那幅灰黑色的场景,像灰烬像深渊。

燃烧的落日交融汹涌海水,chills and fever,寒与热,冰与火,两方极端争斗,撕扯出一片浓重的黑色地带。

照片无声,却具有穿透一切的力量。

当视线停留在这组图上时,江蓁的某根神经被拨了一下,随之而来的是心灵上的冲击和震荡。

这是观赏者与摄影师的短暂共情,眼前的图片是实体,却能将两者的精神世界连接。

江蓁站在照片前,某一瞬间又似乎被拉进照片里,借着作者的眼睛感受到落日与海水的痛苦、挣扎、呼喊。

驻足了整整两分钟,江蓁才缓缓将思维从照片中抽离。她偏移目光,落在一旁的作者简介上。

摄影师的名字叫溪尘,听着挺文艺的。江蓁拿出手机在搜索引擎上输入这个名字,竟然没有对应的词条,所获信息也寥寥无几。

也许是个新人?又或者是个隐世的大神。

江蓁默读了一遍这个名字,把它记在心里。

最后她又抬头看了一眼墙上的图片,将手机放进口袋里打算抬步离开。

旁边不知道什么时候站了个男人,她这一转身差点儿撞上人家。她微微低了下头说了声抱歉,往旁边让了一步继续向前走。

出了展厅是一片休息区,售卖咖啡和甜点。

江蓁找了个空位坐下,点了一杯冰美式。

这时候也才下午四点,和煦的日光投映在木桌上,落下斑驳光影。

窗外是艺术区的一个小花园,树上的叶子一半早早泛黄,一半依旧是鲜活的绿色。

江蓁翻着手机里刚刚拍摄的照片,时不时拿起手边的杯子喝一口咖啡。

"你好,请问这儿有人吗?"

听到声音江綦抬头望去，是个高个清瘦的年轻男人，年龄与她相仿。

她摇摇头，把自己的包往身前挪了一点儿，给他腾出位子。

男人礼貌地道谢，拉开椅子坐下。

刚刚背着光匆匆一瞥，江綦没来得及看清男人的长相，总觉得有些眼熟，尤其是声音，她肯定在哪里听过。

她忍不住偷偷偏过头去想再看一眼，却没想到男人也正在看她。

视线相撞在一起，是对方先开口："你想起我来了？"

在江綦微张着嘴表示茫然的时候，他又带着笑意说："江綦。"

"你是……"江綦蹙着眉，努力在脑海中搜寻匹配对应的名字。

没等她想起来，男人已经主动表明身份："2010级广告1班，樊逸。"

记忆中那个帅气清朗的男孩和眼前的男人渐渐重合，江綦瞪大眼睛，惊喜道："学长！"

江綦和樊逸在江城大学的交集其实不算多，几次活动组织上樊逸是主要负责人，指导过她而已。

当时樊逸是学院的学生会会长，成绩好，长得也不赖，妥妥的校园男神。如今的他更加成熟稳重，穿着白衬衫和黑色西裤，气质还是一如从前的温和谦逊。

他和江綦说："刚在里面我就认出你了，不方便打招呼。"

江綦想起那时导师不厌其烦地和他们提起樊逸的光辉事迹，不禁莞尔一笑："没想到你还记得我。"

樊逸挑了下眉，佯装失望的口吻："我也没想到你把我忘了。"

江綦赶紧摆摆手："我不是故意的，你往我眼前一站，我被帅晕了，脑子就不运转了。"

这种不走心的恭维话，樊逸听了还挺高兴的，他抿着唇，微微掀起嘴角。

樊逸问江綦："来申城玩的？"

"没，我来这儿工作了。"

樊逸眼神里露出惊喜，继续问："现在在哪儿工作？"

"茜雀，做市场策划。"

"挺好。"樊逸从口袋里拿出手机点开微信二维码，很自然地将其递给江綦。

江綦接过，打开微信扫码添加对方为好友："我听说，学长你后来自己开了工作室？"

樊逸纠正道："合伙人之一，也不算我开的。"

他又问："今天一个人来看展？"

江蓁点点头："假期闲着没事，出来逛逛。"

樊逸的视线落在手机上，似是不经意地一问："男朋友呢？"

这有些陌生的三个字让江蓁愣了一下，她用手指擦去沿着杯壁滑落的水滴，耸耸肩语气轻松地回答："分啦。"

樊逸抬起头看向她，小心翼翼地问："什么时候的事？我记得你们在一起挺久的。"

江蓁将一绺头发捋到耳后："就前两个月。大三到今年，五六年吧，也不算久。"

这个话题起得不好，气氛陡然变得微妙，樊逸自己也有些后悔。

大概沉默了半分钟，江蓁率先打破尴尬，她问樊逸："学长，你也喜欢看展吗？"

樊逸指了指展厅门口的广告牌，说："我们工作室参与了策划设计，我今天来巡查一圈。"

江蓁做了个"wow"的口型，发自内心地佩服。

这次的艺术展是公益性质的，所获收益将全部捐赠出去，樊逸的工作室负责策划自然也不会从中收取费用。

江蓁暗自叹了声气，她还是个卑微"社畜"，每天为生计奔波，人家却已经为社会做出更高价值层面的贡献了。

灵光一闪，江蓁挺了挺身子，问："学长，那你应该认识展会上那些作者吧。"

樊逸点头承认："是，工作上会有一些交集。"

江蓁的嘴角泛起不怀好意的笑："那你可不可以……把溪尘的联系方式给我一下啊？就是那个摄影师。"

江蓁的眼眸圆而乌黑，明亮有神，像是盛着碎星的夜幕。被这样的目光看着，人很难拒绝她提出的任何请求。

"我看看啊。"樊逸不着痕迹地滚了下喉结，在大脑进行思考之前，身体已经很老实地打开微信找到溪尘的名片推荐给了江蓁。

收到新消息提示，江蓁满足地露出一个明媚笑脸："谢谢学长！"

已经滥用公职了，樊逸这才想起来问她："怎么，你喜欢他啊？"

江蓁笑着摇摇头："说不上，但想找他合作。"

樊逸抿了口咖啡，友情提示："他脾气有点儿怪，也不太喜欢商业性质的工作。如果要合作的话，沟通的时候你千万要注意措辞。"

江蓁十分认真地点了下头，表示记住了。

樊逸是个温文随和的人，你给的话他会接，气氛冷下来他也会挑起另一个话题，和这样的人相处起来很舒服，江蓁不自觉地放松了下来，没了刚开始的拘谨。

两人并肩坐在窗边，边喝咖啡，边随意拣些话题聊。

看着天快黑了，江蓁起身打算离开。樊逸提出送她，被她委婉拒绝。

比起搭个便车，江蓁还是更喜欢自己在地铁或公交车上慢悠悠地消磨时间。

离开展馆，走到附近的公交站台，江蓁拿出耳机，用音乐声给自己与外界筑起一道墙。

恰逢晚高峰又是节假日，今天的交通格外拥堵，往常四十分钟的车程，江蓁到站下车的时候都快晚上七点了。

有了上次的经验，这次江蓁再进 At Will 就自然很多。本来嘛，只要她自己不尴尬，那尴尬的就是别人。

惯常见到的那个小服务生似乎是休假了，接待她的是另一个年轻小伙子。

上次江蓁是直接点的菜，没翻菜单，她这才知道菜单最近被更新过了——当然只是前两页的酒水，食物那页依旧是那简简单单的两行字。

江蓁一一浏览过去，拇指指腹在"美女酒鬼"四个字上点了点，好奇地问："这是什么？"

服务生微笑着为她解释："这是我们调酒师的新品，用红石榴果浆混了其他调和酒，很好喝，您要尝吗？"

听成分，江蓁隐隐觉得熟悉，她用指节蹭了蹭下巴，问："那为什么要取这个名字？"

服务生不知是想到了什么，抿唇笑起来："就是有一次，一个漂亮姐姐在我们店里喝了这杯酒，没想到后劲这么足，醉得整个人神志不清，您猜她后来干吗了？"

江蓁呵呵笑了两声："不会是把辣酱当饭灌了吧？"

服务生瞪大眼睛惊讶道："您怎么知道？！"

江蓁扶额闭上眼，因为她就是那个酒鬼啊！

"我、我听别人说的。"

"哦……"服务生点点头，又说，"姐，要来一杯不？后来调酒师被我们老板骂了一顿，现在的是改良过的，没那么烈了，您放心喝！"

江蓁抬头，露出一个皮笑肉不笑的诡异表情，咬着后槽牙说："那真是谢谢你们老板了。"

没眼力见的服务生以为她起了兴趣，还傻呵呵地说："那我给您来一杯？"

江蓁嘴角瞬间放平，伸出手掌做了个拒绝的姿势，肃着脸一身正气道："不用！我滴酒不沾！"

正值饭点，江蓁来时还有几桌空位，没十几分钟整个大堂就坐满了。

嘈杂人声充斥在耳边，空气里飘散着食物香味，服务生在桌子之间奔波忙碌，酒馆里热热闹闹。

今天客人多，菜上得慢，江蓁等了快半个小时还没来。她撑着下巴，无聊地一遍遍刷新微信朋友圈，直到再也没有最新动态。

随着铃铛声响起，木门又被开合，走进来一对年轻情侣。

大堂里就吧台那儿还剩两个空位，是被分隔开的，人家小两口肯定不愿意分开坐，站在门口像在纠结还要不要进来。

服务生注意到他俩，过去招待。

不知道他们说了些什么，三个人突然一前一后地把目光投向江蓁。

江蓁茫然地左右看看，确认他们就是在看自己没错。

很快，服务生就朝她走了过来，站到她桌边，微低下身子询问江蓁："不好意思啊姐，您看您方便换个位置吗，我给您安排到吧台那边。"

江蓁抬头看向门口的那对情侣，人家姑娘朝她友好地笑了笑。

自然是没办法拒绝的，江蓁点头同意，说了声"行"，拿起自己的包起身让位。

服务生觉得过意不去，再次和她表达歉意："不好意思啊姐，今天人太多了。"

江蓁无所谓地摇摇头："没事，让他们快进来吧。"

往里走到吧台，江蓁拉开高脚凳坐下。

调酒师陈卓今天忙得很，手上都没停过。察觉到动静，他抬头看了江蓁一眼，又不动声色地垂眸继续干着自己的事。

他的态度让江蓁挺意外，她问他："不认识我了？"

陈卓掀眼，拖着尾音懒懒地说："没。"

江蓁奇怪："那怎么对我这么冷淡？"

陈卓冷哼一声："你不是戒酒了嘛，咱俩没共同话题了，没什么好聊的。"

就因为这个？

江蓁笑了笑，也不多说别的："行，给我来一杯。"

陈卓挑眉，典型的得了便宜还卖乖："看来上次的事儿没给你留下阴影啊？"

江蓁眯起眼啧了一声："再提我可走人了啊。"

陈卓及时打住，抿着唇做了一个给嘴巴拉拉链的动作。

还有一事儿江蓁得讨问讨问他呢。

她拿起手边的菜单，翻开指着其中的某一行，语气严肃地问陈卓："这什么'美女酒鬼'，你取的名字？嘲讽谁呢？"

陈卓心虚地笑了笑，摆摆手急忙和自己撇清关系："这可不是我取的。"

江蓁回给他一个"我信你个鬼"的眼神。

"真不是！"陈卓伸直手臂指着后厨，理直气壮地甩得一手好锅，"是我们老板取的，真不是我。"

江蓁顺着他指的方向看去，垂布遮挡视线，隐隐约约能看见一个男人走动的身影。

她将信将疑，对陈卓说："你们老板也太损了吧。"

陈卓："就是啊，他太损了。我强烈反对来着，但他就要取这个名，太坏了。"

江蓁一掌拍在菜单封面上，严肃地为自己澄清："我可不是酒鬼啊，就喝醉那么一次怎么能叫酒鬼，顶多算个小小的失误。"

陈卓撇嘴笑了笑："行，你是美女，不是酒鬼。"

其实陈卓倒也没完全说假话，当时他最后调整好配方，给这杯酒取的名字叫"女酒鬼"。

后来拿给季恒秋看，季老板随意地瞟了一眼，然后提笔在前面添了一个"美"字，也没解释什么，转头又忙去了。

但现在经过陈卓这一番添油加醋，不管当初老板是何用意，现在在江蓁这里也已经落下一个缺德的印象。

今天的"主厨心情指数"是咖喱蛋包饭，配上酥脆的炸鸡块。

陈卓给江蓁调了一杯椰子酒，味道清甜，几乎没什么酒味。

这一套餐，咖喱加椰子，还挺有东南亚风情。

咖喱香味浓郁，土豆软糯，江蓁用勺子小口吃着饭，分量挺足的，她竟然还慢慢吃光了。

杯子里的酒还剩半杯，服务生收走了餐盘，江蓁就着半杯酒又坐了一会儿。

临近晚上九点的时候，吃晚饭的那一拨人基本走光了，大堂里倏然空了下来，只剩服务生在清理桌子。

这样的安静并没有维持多久，还有"夜宵党"呢。没过一会儿，铃铛声响起，有人推门进来，一行七八个，说话声交杂在一起，吵吵嚷嚷的。

江蓁偏头看去，门口站了一群男人，年龄大都三四十岁，穿得很休闲，但能看出身份气质不一般。

他们边说话边进屋，江綦这才看见原来同行的还有一位女士。

那女人穿着一身宽松的白色运动装，个子高挑，扎着马尾。江綦的目光从下至上，落在她的脸上。

本是无意的一眼，她却像是被电击中愣在原地。

这女的，怎么这么像陶婷？！

江綦放下酒杯，向前探身定睛细看。

尽管这是江綦第一次见到她这样打扮，但那就是陶婷没错。

江綦收回目光扫视了一圈刚刚进屋的男人们。

她刚没注意，现在仔细一看，竟都是业内有头有脸的人物。

——时尚杂志的主编 Karry Wu，广告公司的许总监，还有几个地位身份更厉害的，江綦没怎么见过，只是勉强眼熟。

她倒吸一口气，在心里犹豫是不是该上去打招呼的时候，陶婷已经发现了她，向这里走了过来。

江綦的寒毛瞬间竖起，脑内拉响一级警报，她噌地起身，身姿站得比小学六年级做升旗手还挺拔。

"江綦？好巧啊。"

江綦呵呵干笑了两声："是呀，好巧呀。"

她俩打招呼的期间，那位许总也过来了，指着江綦问陶婷："认识啊？"

陶婷点点头，对江綦做了个"过来"的手势。

江綦赶紧迈着碎步跟过去站到她旁边。

陶婷虚揽着江綦，把面前的一圈人都介绍了一遍。

陶婷身高接近一米七，江綦撑死一米六三，平时在公司大家都穿高跟鞋，差得不明显，今天两个人站一块儿，江綦瞬间显得像个小孩。

江綦不傻，陶婷没必要费这个劲儿带着她一个一个地认人。这是在帮她拓展人脉，是前辈提携后辈。尽管现在江綦的工作层面接触不到这些业内大拿，但多认识些总是好的，而且是被陶婷亲自带着，也算变相地认可了江綦的工作能力。

连师徒都未必能做到如此，更别提她俩只是普通的上下级关系，而且江綦一直觉得陶婷不大喜欢自己。

她受宠若惊地偷瞄陶婷，想着以后有机会再谢谢对方。

江綦谦逊有礼地跟着陶婷喊人，遇到特别熟悉的再恭维一句"久仰大名"。

最后陶婷拍拍她的肩，说："这是江綦，我手底下的策划。"

喊完一圈人江蓁都口渴了，其他人就座凑了两桌，陶婷没跟他们坐一块儿，和江蓁一起坐在了吧台边上。

好巧不巧，陶婷点酒的时候要了一杯“美女酒鬼”。

陈卓在旁边哼哧哼哧地闷声笑，刚刚的画面他看见了，也知道旁边这位是江蓁的上司。

江蓁知道陈卓在笑什么，面不改色，只在陶婷不注意的时候抬头狠狠瞪了陈卓一眼。

陈卓不收敛笑意，还无声地用口型和她说：“这名字取得真不错，真好卖。”

酒上来了，陶婷浅抿一口，问江蓁：“一个人来吃饭？”

也许是没了职业套装和精致妆容的加持，眼前的陶婷摘下了冷面主管的面具，语气轻松随和，看上去平易近人。

江蓁点点头，问：“主管，你们是刚聚完餐？”

陶婷淡淡地瞥了那群男人一眼：“嗯，他们吵着要一起看球赛，就找了家酒馆续摊。”

江蓁原以为他们是出于商业应酬组的饭局，但现在看他们聊天的气氛和陶婷的语气，这伙人应该是私底下就关系不错的朋友。

陶婷一直没结婚，尽管她现在的职位说高不高，但很多同事猜测，未来她的职场生涯大概率是平步青云，往上走的空间很大。

头次见到私下里这样一面的陶婷，江蓁忍不住好奇，试探着问：“婷姐，这些都是你朋友啊？”

江蓁心里这些小九九陶婷猜都不用猜，她喝口酒，一句话干脆利落地熄灭江蓁刚刚燃起的八卦欲：“都是认识很久的朋友，别瞎想。”

江蓁噘着嘴喔了一声。

椰子酒喝完了，江蓁又点了一扎生啤。

没过一会儿，有人喊陶婷过去，陶婷没立即起身，先问江蓁：“要一起过去吗？”

江蓁摇头摆手拒绝：“我坐一会儿就走了，姐你过去吧。”

陶婷握着玻璃杯碰了碰桌上江蓁的杯子：“那我走了。”

等陶婷一走，江蓁塌下肩松了口气。

陈卓擦着杯子和她搭话：“姐，你领导知道你私下是酒鬼吗？”

江蓁翻了个白眼回他：“你爸妈知道你这么欠揍吗？”

她又补充道：“还有，我不是酒鬼！”

说话间，后厨的垂布被人掀开。

原本嬉皮笑脸的陈卓看见走出来的人，收起表情恭敬地喊了声："秋哥。"

江蓁讶异地看陈卓一眼，没想到他还有这么老实的一面。

她带着好奇抬眸，却看见被陈卓喊"哥"的男人拉开她旁边的椅子坐了下来。

仅仅瞟了一眼，江蓁就认出了这是谁。

辣酱、水槽、抄手和字条，一幕幕飞速在江蓁脑海里闪过。

他俩算起来都没正式见过面，但竟然已经结下这么多笔孽债。

江蓁火速收回视线，目视前方一动不动，屏着呼吸如临大敌。

陈卓问男人："喝啥？"

"啤酒。"

低沉的嗓音烫红了江蓁的耳朵，她埋头抱着玻璃杯，牙齿咬在杯口上，缩成一团拼命降低自己的存在感。

好在球赛很快开始，但凡有比赛，酒馆里的电视机都会调到体育频道，挺多球迷也会三五成群地来小聚。

今天他们看的是德甲联赛，斯图加特对勒沃库森。

江蓁不懂足球，以前陪着周晋安看过两场。

由于时差的原因，球赛直播大多都在半夜，江蓁往往看个开头就睡着了，到赛点再被激动难以抑制的周晋安摇醒。

习惯造成了条件反射，导致她现在一看到球赛就犯困。

电视机上画面跳转，比赛正式开始。

大家都默契地不再说话，尤其是陶婷那块的人，一个个的双手握拳跃跃欲试。职场上是光鲜靓丽的高层精英，这会儿穿着简单的 T 恤，手边一杯啤酒，又都很接地气。

在这个紧张又兴奋的时刻，酒馆里突兀地响起了一声长长的哈欠。

察觉到大家的目光纷纷聚了过来，江蓁也意识到这有多不合时宜，她用手捂着嘴不好意思地低下头，眼角还泛着生理泪水。

电视上响起现场观众的热烈喊声，大家的注意力很快又转移走。

江蓁刚放下手松了口气，就听到旁边男人发出一声轻笑。

带着嘲讽、轻蔑的一声笑。

江蓁的脸颊瞬间泛起烧灼感，脑袋一热，她脱口而出："笑屁啊你。"

一时嘴快之后，即使心里怂了一半，但面对男人略带审视的眼神，江蓁挺了挺身子，虚张声势地瞪着眼睛回视过去。

就是杠上了，放马过来吧，老娘接着。

季恒秋张了张嘴，欲言又止，最后收回视线喝了口酒，玻璃杯搁在木桌上发出一声闷响。

　　他的五官线条冷峻，眼睛狭长，嘴唇薄，左边眉毛上有道凹陷下去的小疤，不怒不喜的时候显得有些凶。

　　被这么凉凉淡淡地看上一眼，江蓁吞了口唾沫，气焰熄了一半。

　　她清清嗓子低下头，抬起酒杯灌了一大口，又点开手机不断切换着 App，给自己没事找事干。

　　好在男人大概是选择全程无视她，比赛开始后大家的注意力也都放在了电视屏幕上。

　　江蓁看了一会儿，觉得无聊，时不时地喝两口酒，大多数时间里她都在用余光偷偷地留意身边的男人，偶尔借着比赛里掀起的一两个高潮大着胆子看他一眼。

　　其他人边看比赛边与身边的人谈论，情绪高涨，再加酒肉助兴，三五好友扎堆在一起，气氛热闹得仿佛就在现场。

　　今天的两支战队算是棋逢对手，战绩有来有回，酒馆里挥臂称赞和遗憾叹息声此起彼伏。

　　和别人的情绪分明不同，谁先下一城谁逆转劣势，身旁的男人始终没什么太大波动，江蓁看了半天也没猜出来他到底支持哪个队伍。

　　一杯 500 毫升的啤酒见底，江蓁觉得脑袋沉，胳膊架在桌子上，双手托住脸，歪头看了看旁边的男人。

　　他从后厨出来，应该就是酒馆的主厨，上次那碗抄手是他做的，字条也是他写的。

　　但他要是个厨师，怎么和她印象里那些不大一样？

　　这个男人身上看不见烟火气，反倒有些冷清。

　　说白了，就是没什么人情味，偏偏做的饭还挺好吃的。

　　陈卓刚刚喊他"邱哥"，这个称呼江蓁耳熟，店里的员工常常挂在嘴边上。

　　邱哥……

　　灵光一闪，江蓁猛地挺起身子。

　　她悄悄靠过去，问男人："你就是这儿的老板吧？"

　　男人偏过头看着她，点头承认："我是。"

　　江蓁勾起嘴角得意地打了个响指，喊他："邱老板。"

　　男人的眉心因为不解而拧在一处："秋老板？"

　　江蓁点点头，又十分肯定地喊了一遍："邱老板。"

男人的手指在脖子上刮了刮，妥协道："也行吧。"

不知道比赛进行到哪儿了，大堂里突然爆发出一阵欢呼声，气氛热闹得像是要掀了房顶。

季恒秋盯着江蓁一张一合的嘴唇，想努力分辨她在说些什么。

江蓁一番话说完，见对方神情茫然，她不满地啧了一声，把身子靠过去，对他招了招手。

季恒秋觉得陈卓一定是在酒里给他加料了，他脑子糊涂了才会真把耳朵乖乖凑过去。

江蓁那身高，坐高脚凳脚根本沾不到地，这么侧身靠过来，好像下一秒就会重心不稳摔下去。

季恒秋伸出手臂虚揽着，像是做好了随时接住她的准备。

但他没想到先重心不稳差点儿踉跄的是他自己。

还未完全适应耳垂被人轻轻捏住的异样感，她的声音就伴着温热的呼吸传进耳朵，细细密密泛起一阵酥痒。

江蓁贴在他的耳边说了一句很不着调的话："我说，我是美女，不是酒鬼。"

说完，她就松开了，挺直身子重新坐正，还朝他傻乎乎地笑了一下。

季恒秋伸出的手还没收回，就这么在距离她三四厘米的地方举着，形成一个保护的姿态。

基于上次的经验，他突然意识到了什么。

江蓁手撑在椅子边，两条腿悬在空中一晃一晃，整个人看上去没什么问题，眼睛有神，说话清晰，甚至脸都没红。

但是凭借这副和她刚刚状态完全不同的傻帽样儿，季恒秋确定了，这女的又醉了。

一醉就喜欢拉人耳朵说悄悄话，什么毛病？

季恒秋收回已经有些酸麻的左手，揉揉自己的耳朵。

他皱着眉，凶神恶煞地朝吧台喊："陈卓！过来。"

陈卓正悠闲地靠在桌子边看球赛呢，听到季恒秋喊他，边抱怨边走过来："干吗呀，哥，正精彩呢。"

季恒秋屈起四根手指用大拇指指着江蓁，语气里带着质问："怎么回事？你又给她喝什么了？"

陈卓张大嘴巴做出不可思议的表情，急得都有些语无伦次："我能给她喝什么？就啤酒啊，和你喝的一样，撒泡尿就排泄完的那种。"

季恒秋不信："真的？"

陈卓比窦娥还冤："真的啊。哦，吃饭的时候，她还喝了一杯椰子酒。"

他用手比出一个数字，补充道："九度。"

季恒秋瞟了一眼江蓁，后者正抱着一个空杯仰天豪饮："那她醉成这样？"

陈卓摊着手耸了下肩表示他也不知道啊。

季恒秋勉强信了陈卓，挥挥手放他看球赛去。

陈卓见状赶紧溜了，还找了个更远的位置坐下，生怕又惹上一顿骂。

这事说来离奇，季恒秋确实错怪陈卓了。

江蓁的酒量不差，白酒都能喝个小半斤，正常一杯中低度的酒远不至于醉。

但她有个毛病，不能白的、红的、啤的混着喝。

混饮本就容易醉，在江蓁身上效果更显著。

今天是她一时大意，自己也没想到两杯低度酒还能喝醉了。

偏偏她喝醉的表现又挺清奇，不哭不闹，不睡不笑，就是会短暂性地降低智商。

简单地说，就是脑子不好使了。

季恒秋挠挠眉毛，正发愁，就见江蓁跳下凳子，拿起包似乎是要走。

她往前台走，季恒秋也站了起来，跟在她身后。

今天她穿了平底鞋，两个人差了少说也有十七八厘米，一前一后，一个身型娇小，一个高大颀长。

这幅画面乍一看像大灰狼尾随小红帽，但仔细一品，又有点儿像老父亲放心不下女儿，一路跟随护送。

啧，真是父爱如山，无声却厚重。

江蓁扫码输入数值的时候，季恒秋死死盯着她的手指，生怕她一个手抖眼花多打一个零。

裴潇潇取出小票递给江蓁，道了句："欢迎下次光临。"

因为老板就站在旁边，她说得格外亲切，笑得格外甜美。

江蓁接过小票随手塞进包里，走之前还记得去陶婷那桌打声招呼。

季恒秋一直跟在江蓁身后不远不近的距离，除了临走前她突然给桌上的众人鞠了一个九十度的躬引得大家纷纷表示使不得使不得，还算是一切顺利，没出什么岔子。

走到门口，储昊宇挺有眼力见地过来问季恒秋："哥，要我去跟着看看吗？"

他刚起步要走，季恒秋伸手拦住他，说了句："不用。"

话音刚落，季恒秋就自己推开木门出去了。

耳边突然没了各种嘈杂声，置身于空旷安静的黑夜，季恒秋深吸了一口气。

夜深露重，晚风习习，梧桐叶子铺了满地。

季恒秋左右张望了一下，看到江蓁的身影后大步流星地追了上去。

还是一样，保持一个不远不近的距离。

江蓁没往居民楼那个方向走，这或多或少让季恒秋有些不满。

大晚上的喝醉了还一个人瞎跑，太没安全意识了。

小巷的路灯昏暗，谁家的狗吠了一声，惊扰了安静的长夜。

江蓁步伐缓慢地走到巷子口，在一家小卖部前停下。

季恒秋站在二十米开外的地方，看着她弯腰趴在冰柜上，挑挑拣拣了好一阵才最终拿了一根冰棍和门口阿公结账。

买完冰棍江蓁拆开包装袋，边吃边往回走。

白日天气晴朗，入夜后温度陡然降了下来。

江蓁嗛着冰棍，夜风一吹忍不住打了个哆嗦。

走着走着，江蓁突然又停了下来。

她从口袋里拿出手机，举高对着手里的冰棍拍了一张，然后在屏幕上一阵敲敲打打。

鬼使神差地，季恒秋也拿出手机，解锁屏幕点开微信朋友圈。

这棒棒糖好冰！

下面的配图是一根已经被啃了一半的冰棍。

季恒秋冷笑了一声，收起手机叹了声气。

他就不该对一个喝醉酒的智障抱有什么期待。

江蓁舔完一根冰棍，正好走到楼下。

季恒秋站在路灯下看着她上了楼，两三分钟后二楼客厅亮起灯光，他转身起步离开。

没走两步兜里的手机响了，季恒秋按下接听键放在耳边。

电话那头，程泽凯火急火燎地朝他喊："你人呢！到现在还不回来？"

季恒秋这才想起来，这两天客人多，晚上程泽凯也在厨房帮忙，刚刚他说出去抽根烟，后来又索性坐下喝了杯酒。

到现在都快过去一个小时了，把程泽凯一个人丢后厨，他估计忙得够呛。

负罪感袭来，季恒秋加快步伐，回："快到店里了。"

程泽凯催他："赶紧给我回来！老子真忙不过来了！"

季恒秋轻笑一声："你不是还有空给我打电话嘛。"

程泽凯的分贝因愤怒又升了不少："季恒秋，你是厨子还是我？！"

季恒秋把手机拿远了一点儿，对着话筒说："我是老板。"说完就把电话挂了，隐约听到程泽凯开始破口大骂。

季恒秋突然心情大好，哼着不成曲的调迈着大步赶回酒馆。

夜深了，突然又来了几拨吃夜宵的客人，后厨里程泽凯忙得腰酸背痛手抽筋。

服务生储昊宇进来给他打下手，让裴潇潇先兼顾招待客人。

程泽凯把锅里的乌冬装盘，嘴上不忘吐槽没良心的季恒秋："你说他像话吗？"

储昊宇连连摇头："不像话，不像话。"

程泽凯继续碎碎念："我说再招个厨子，他说不喜欢和别人共用厨房。每天一到十二点就走人我也没说过啥。自己是个老板从来不管事儿，闷在后厨也不出来见人。那行啊，你倒是给我乖乖把饭做完再出去悠哉啊！"

储昊宇擦着盘子，随口接过话道："其实也不是悠哉，秋哥送客人去了。"

程泽凯停下手中的动作，听到这话觉得稀奇："他？送客人？哪个？"

储昊宇老实地回答："一美女，好像有点儿喝醉了吧，秋哥就跟出去看看了。"

"美女？"

储昊宇用力地点点头，眉飞色舞地开始分享："嗯，可漂亮了，我刚看他俩在吧台还聊上了。我说我去送，秋哥不让，非要自己去。"

程泽凯挑了挑眉梢，一改怒容，脸上泛起一个颇具深意的笑。

"哦嚯，老树开花。"

第五章

温柔乡

第二天江蓁照常醒来，全身乏力犯懒，赖赖唧唧了好一会儿才起床。

她喝醉酒吧，不会断片，干过什么事细细一回想都能记起来。

此刻蹲在厕所，江蓁随手翻看微信朋友圈，脑海里的碎片一点儿一点儿拼凑起来串成一条完整的记忆链。

昨晚她在酒馆喝酒，一不小心又喝多了，结账走人之后觉得口腔里残留一股酒味很难受，想去买根棒棒糖吃。

至于为什么棒棒糖会买成了冰棍，她那个时候脑子不在身上，这就不得而知了。

江蓁没敢看底下的评论，选择直接删除动态。

只要她当作不记得，这件事就没发生过。

这都叫什么事啊，江蓁撑着脑袋怀疑人生，她这辈子喝醉酒的次数屈指可数，短短半个月连续栽两次跟头还能摔在了同一个地方。

江蓁胡乱地揉了一把头发，心情没来由地烦躁。

很快让她更崩溃的事情就来了。

江蓁发现自己的生理期整整提前了一周，原因很可能来自昨天晚上那根冰棍的刺激。

说不清是不是心理作用，腹部的扯坠感越来越清晰，江蓁捂着肚子痛苦地皱起一张脸。

宿醉的头疼再加生理期痛经，江蓁觉得自己快四分五裂，好像有人一拳一拳打在她身上，持续闷钝地疼。

她草草洗漱完，整个人实在是没精神，又爬回了被窝。

江蓁裹着被子，蜷缩成一团，随手拿了个枕头捂住肚子，希望用睡眠逃避疼痛。

意识很快昏沉发白，江蓁又断断续续做了几个杂乱不成章的梦。

再次醒来外头已经是夜幕低垂，她昏睡了整整一天。

眼睛睁着，但脑子是糊涂的，她睡得太多有些蒙了。

腹部的疼痛没有强烈到无法忍受，但也没办法忽视。

也许吃些东西会好一点儿，江蓁躺在被窝里，伸出一只手摸到枕边的手机。卧室里漆黑一片，只有手机屏幕散着荧光照在她的面孔上。

她调低亮度，眯着眼睛想给自己点份外卖。

生理期本就胃口不佳，再加上一天没吃东西了，此刻翻着菜单栏里的麻辣烫、串串香、炸鸡，江蓁只觉得油腻反胃。

挑了半天也没找到想吃的，江蓁泄气地放下手机，突然有点儿想念妈妈煮的白粥——曾经一直被她嫌弃寡淡没味的白粥。

人一生病就会特别脆弱。

腹部的撕扯拉坠感持续不断折磨江蓁的神经，江蓁缩在最能给她安全感的被窝里，侧过身子把脸埋进枕头，一瞬间鼻酸红了眼眶。

小女生这个词在江蓁身上似乎从来没出现过。

从小到大她一直自信、开朗、外向，比同龄人更早熟更知世故，再加上漂亮明艳的长相，很容易就从人群中脱颖而出，成为极亮眼的存在。

江蓁虽然个子不高，但身上的气场一向是有些强势和压倒性的，她极少露出脆弱的一面，甚至在她身上看不到太多消极的情绪。

这样的人强大惯了，会对自己的要求越来越严苛，近乎逞强，不肯服软不会认输。

一年多前她毅然辞职孤身一人跑来申城，这个决定看似勇敢果断，但只有江蓁知道她当时赌气的成分多，根本就没经过深思熟虑。但在申城遇到的挫折再多，江蓁心里再烦再累，也都没抱怨一句。

抱怨了就显得自己后悔了，她不让自己后悔，错了也得硬着头皮走下去。

她就是这样一个人，意气用事，逞强嘴硬，有时候自信过了头，有时候锋芒太刺眼。

江蓁把自己闷在枕头里，直到快喘不过气才翻了个身。

情绪来得快散得也快，眼角湿润，江蓁抹了一把，一鼓作气起身下了床。

她洗了把脸，烧了壶热水。

搬家之后很多东西一直没补上，她找了半天也没找到布洛芬。

好在附近有个 24 小时药店，江蓁打算出去买药，顺便找点吃的垫垫肚子。

她没换睡衣，随便套了一件连帽卫衣拿了手机出门。

走出楼道，脖子上淋到一滴冰凉的水珠，江蓁往回缩了一下，才意识到下雨了。

雨势不大，雨点落在皮肤上冰凉冰凉的。

要是平时她就干脆冒雨走了，但现在在特殊期间，她只好返回上楼去取伞。

打开门口的柜子看到一把陌生的长柄伞的时候，江蓁愣了一下。

她皱着眉想了一会儿才记起，这是好几天之前，有次下雨，酒馆外面的男人借给她的。后来被她随手放进柜子里，竟然一直忘了还。

江蓁取出长柄伞，握在手里关门下楼。

夜空萧索，细雨如丝。

江蓁走在寂静无声的街道上，冷风吹拂，她将领口提高遮住下半张脸。

在药店买好止痛药结完账，江蓁又去隔壁快捷超市买了面包和牛奶。

她把温热的牛奶瓶放在卫衣口袋里，正好能焐着肚子，暖乎乎的，缓解了部分的疼痛。

买好东西，江蓁撑开伞，步行回家。

走到酒馆门口，看屋里还亮着灯光，江蓁犹豫了一下，迈步走了上去。

她知道 At Will 每周日店休，也许是国庆期间今天也照常营业了？

热乎的饭菜总比牛奶面包好，她走到屋檐下，收了伞，推开木门探身进屋。

和往常不同，酒馆大堂里空无一人。

她一边往里走，一边试探着朝里头喊："有人吗？"

后厨响起动静，垂布被掀开，走出来一个穿着黑色无袖 T 恤、系着半截围裙的男人。

是"邱老板"。

江蓁朝他微微笑了一下，有些尴尬。

前脚义正词严地说完自己不是酒鬼，后脚就又当着人家面喝醉了。

心中的小人默默捂住脸，打得可太疼了。

季恒秋先开口问她："来吃饭？"

江蓁嗯了一声，张望了一下大堂，问他："现在给做吗？"

季恒秋没立即回答，不动痕迹地上下扫了一眼眼前的人。

刚刚乍一看，他其实没认出这是江蓁。

穿着睡衣，头发随意地披散着。没化妆，和平时差别倒也不大，但她皮肤白，整个人显得没什么气色，病恹恹的。

今天是不营业的，下午程泽凯的朋友送来两大箱柿子，一箱分给员工们了，另一箱他今年想试试自己做柿饼。

晚上酒馆没人，正好给他一个人安静地倒腾。

季恒秋的视线落在她手里的塑料袋上，上面写着药店的名字。

"冰箱里就只有馄饨，给你下一碗，吃吗？"

江蓁眼睛亮了亮，圆圆的像小狗一样，她扬起笑点点头："吃！"

男人回了后厨，江蓁拉开吧台的凳子坐下。

兜里的牛奶被她拿出来，打开瓶盖，她小口小口喝着。

外头下雨降了温，也许因为大堂空旷，灯光又昏暗，屋子里似乎更潮湿阴冷。

从前台和后厨连接的小窗口，江蓁看见男人忙碌的身影。

她跳下高脚凳，抱着牛奶瓶走到后厨。

她也不说话，就靠在门边上看着。

后厨比外头暖和多了，江蓁一小步一小步往里面挪，也不打算走了。

锅里下着馄饨，中间那张大操作台上摆着一堆柿子，看来他刚刚一直就在忙活这个。

江蓁插着口袋看着看着，视线就从柿子跑到别的地方去了。

她穿着外套都嫌冷，男人却只穿着一件无袖 T 恤，露出的手臂线条匀称紧绷，肌肉不夸张，但看上去健壮有力。

江蓁默默地挑了挑眉点着头，身材还挺不错的。

她不自觉地往前走了两步，带着好奇开口问："这是在做什么呀？"

柿子被削了皮，保留叶柄，用绳子穿过打好结，一段能绑七八个，再放在外头的架子上挂起，晾晒月余，风干后密封保存，等凝结出一层糖霜就可食用了。

季恒秋现在做的步骤是穿绳，熟练之后速度就快了，他利落地又绑好一颗柿子，抬头回答她："柿饼。"

江蓁的嘴巴形成一个"〇"，惊讶道："原来是这么做的啊。"顿了顿又感叹一声，"好神奇！"

季恒秋依旧是那副冷冷清清的样，没给什么反应。

等绑好一串，季恒秋掐着时间，锅里的馄饨应该好了。他放下柿子洗了把手，回到灶台边打开锅盖，用勺子舀了舀，馄饨皮已经煮得晶莹半透。

季恒秋关了火，拿了一个大碗将馄饨盛出锅。

碗里少说也有十五六个，江蓁倒吸一口气，摆摆手说："我吃不了这么多的。"

男人抬眸看她一眼："还有我的份。"

"哦。"江蓁讪讪地笑了笑，给自己"挽尊"，"我说呢，原来你也吃啊。"

季恒秋又拿了个小一号的碗，盛之前象征性地询问了句："你能吃多少个？"

江蓁斟酌了一下："八个吧。"

也许是一天没吃东西了，闻到面汤香味江蓁的肚子咕噜叫了两声。

一碗荠菜鲜肉馄饨，汤底鲜香，馅料扎实饱满，最后撒上紫菜、蛋皮和虾米丰富颜色和口感，很具有老申城风味。

季恒秋把两碗馄饨端到大堂的桌子上，开动前先问江蓁："要蘸酱吗？"

难堪回忆顿时涌入头脑，江蓁紧绷着摇了摇头："不用，我不吃辣。"

她的反应让季恒秋也想到了什么，嘴角微不可见地勾了勾。他转身回厨房，用小碟子装了一勺香菇牛肉酱做蘸料。

缘分有的时候就是这么奇妙。

江蓁怎么也不会想到有一天会和面前这个男人在深夜十点一起吃碗馄饨。

男人不多话，安静地进食。

江蓁先舀了一勺汤喝，咸淡适宜，鲜香在味蕾上跳蹿，她满足地发出一声喟叹。

胃口打开，她两口一个馄饨，真饿了，吃得有些急。

八个馄饨是她平时的饭量，胃里填了东西，生理期的不适似乎也缓解很多。

最后一个馄饨嚼完，江蓁还有些意犹未尽。

饱是饱了，但她还想再吃。

她叼着勺子，喊："邱老板。"

男人抬起头："嗯？"

江蓁双手放在胸前，身体前倾，笑嘻嘻地问："锅里还有吗？"

下馄饨的时候季恒秋就估了量，一共二十四个，他碗里十六个，锅里自然是没了的。

碟子里还有最后一个馄饨，他抬手刮了刮下颌，用勺子舀起递过去，有些犹疑地问："要吗？"

"要！"江蓁捧高自己的碗，接过最后一个馄饨。

那上面蘸了酱，江蓁尝了一口眼睛都亮了："这是什么酱，好好吃。"

季恒秋收拾好自己的碗筷，等着她吃完，随口回答："香菇牛肉。"

江蓁："哪儿买的？"

季恒秋："自己做的。"

江蓁哇了一声，听上去像拍马屁但确实是由衷感叹："你怎么什么都会做？！"

季恒秋挠挠眉梢，不太确定地说："因为我是个厨子？"

这话不知道哪里戳中了江蓁的笑点，她哼哧哼哧自己一个人乐了好一会儿。

季恒秋收拾了碗筷回后厨，江蓁喝着杯子里剩下的牛奶，心满意足地打了个嗝。

吃饱喝足，痛经也缓和许多，心情自然就跟着好了起来。

季恒秋不喜欢洗碗，扔水槽里就不想管了，等明天裴潇潇上班了让她洗。

他系好围裙，拿了抹布出来擦桌子。

江蓁从兜里掏出手机，对他说："老板结账。"

"不用，早点回去休息吧。"季恒秋利落地擦完，转身走了。

江蓁赶紧跟着过去："那我多不好意思啊。"

这事儿还真不是季恒秋客气。今天不营业，换了别人他肯定懒得折腾。但刚刚看江蓁精神不振，手里又拎着药，他想下一碗就下一碗吧，他也正好跟着吃点。

季恒秋洗了手，刚想抬头再说什么，就看到江蓁走了进来，指着桌上的罐头说："这就是刚刚那酱？"

季恒秋点点头。

江蓁拿起瓶子，打开盖凑上去拱着鼻子嗅了嗅："好香，闻上去就好下饭。"

季恒秋看着她像小狗一样的动作，抬手挠挠眉毛。

他不太会和别人打交道，这个时候是不是该说"喜欢的话就送你了"？

于是季恒秋一挥手说："送你了。"

江蓁噌地抬头，眼瞳乌黑，眼眸亮晶晶的："真的吗？！"

最后的结局是嘴上说着不好意思的江蓁临走前又顺了一瓶酱。

走到门口，她拿起门边的伞，突然动作一顿，恍惚间意识到了什么。

江蓁看了看手中的伞，又转头望向屋里。

黑色T恤，棕色围裙，无论是看身型还是听声音……那天借给她伞的人，是不是就是"邱老板"？

越想越觉得是，江蓁掂了掂伞，突然有些感慨。

这个人外表说不上多英俊，但又酷又带着点成熟男人独有的魅力。总是穿着黑色衣服，面无情绪，冷冷清清，看上去不好接近，眉骨上还有一条来历不明的疤。

但是他说话做事又很正，性格冷，却不架着不端着，不会让人排斥，不会让人觉得有压迫感，有的时候还挺暖的。

总体来说，是个好人。

江蓁琢磨了一会儿，收回思绪，走之前又往里头看了一眼，才撑开伞步入雨中。

四天的小长假一晃就过，也许是前一天睡得太多，深夜两点睡下的江蓁清早七点就又醒了。

难得早起，离上班还有一段时间，她起床洗漱完，起了兴致要去吃早点。

早上七八点是这条居民巷最热闹的时候，各色各样的早餐铺雾气蒸腾，上班族或学生党步履匆匆地穿过大街小巷。

喝一碗醇香的豆浆，再配一个粢饭团，申城人的一天就此开始。

江蓁在王叔那儿排队买了饭团，又在隔壁早餐店挑了个空位坐下，简陋的塑料桌椅，但收拾得很干净。

老板娘看江蓁面生，笑意盈盈地问她："小姑娘，吃点什么？"

江蓁说："一碗豆腐花。"

老板娘拿了空碗舀了一勺白嫩的豆腐花，又问她："香菜吃不吃？"

"吃，都吃的。"

申城的豆腐花是咸口的，一勺酱油，撒上榨菜、虾米、紫菜、葱花和香菜碎，豆腐口感顺滑，汤汁咸香四溢。

江蓁喝了一口豆腐花，舌上沾了味，胃口也被打开。她打开塑料袋，咬了一口粢饭团，还热乎着呢，软糯的米饭包裹酥脆的油条，最简单的两样食物组合在一起的口感丰富而美味。

一碗豆腐花喝完，饭团还剩小半个，江蓁打了个饱嗝，觉得今天的午饭应该是吃不下了。

人一吃饱就不愿意动，想找个地方瘫着。

江蓁坐在公交车站台，伸了个懒腰。上班时间还很宽裕，她看这辆公交车人太多，索性继续坐着等下一班。

目光随意在街道上流转的时候，她看到街对面有个在晨跑的年轻男人。

满街都是买菜或遛街的老大爷老大妈，要么就是哈欠连天的上班族、学生党。

视线中突然冒出这么一个活力元气的运动男青年，江蓁的目光自然被吸引跟随了上去。

那男人看着个子很高，身材健壮，背脊挺拔，穿着一身黑色运动装，外套的帽子兜住了脑袋。

看不太清脸，但凭直觉江蓁也觉得那人肯定长得不赖。

遮挡视线的轿车驶过，她才看到原来男人身后还跟了只金毛，正吐着舌头欢快地摇尾巴。

一人一狗，一前一后，男人跑的速度不快，金毛始终乖乖地跟在他身后。

江蓁撅起嘴吹了个没声的口哨，也不知道跟谁学的，一看见帅哥就想吹口哨，还吹不响。

在这美好的周一早上，这幅画面太赏心悦目了。

直到男人和金毛在视线中彻底消失，江蓁才意犹未尽地收回目光。

正好公交车到了，她跟随人流上车，在靠窗的位置坐下。

车子发动之前，江蓁拿出手机，取景框对准窗外的街道拍了一张。

手一抖有些模糊，但这么若实若虚还挺有氛围感。她把这张照片发布微信朋友圈，配字——

闹钟叫不醒周一早上的你，但是帅气的男人可以。

常言道心态不崩掉的周一都不配叫周一。

一上午，办公室里咖啡味弥漫，除了键盘打字声就数此起彼伏的哈欠声最大。

虞央最后选择了灵秀，其实大家都预料到了这个结果，但一想到被拖了这么多天，心里多少有点儿不爽。

代言人不尽早定下来，后续的工作都得跟着延期。

早会陶婷把他们严厉痛批了一顿，也挺好，正好提提神醒醒脑。

批评完之后陶婷长叹一口气，无奈和失望都摆在脸上。

大家都低头噤声，没人敢发出动静。刘轩睿的哈欠硬生生被忍住，瞪着眼睛抿着嘴差点儿憋出病。

陶婷原本就是品牌部出身，代言人的工作她接触过很多，知道他们现在的难处是什么。

撒完气就得好好想怎么解决问题，陶婷缓和了语气，给他们指点了两句："不要总是把目光聚集在当红的女明星上，自身带了流量是好，但也不一定非她们不可。花园里最醒目的那朵不一定是最漂亮的，有些花被树叶遮挡，需要你们去找出来。"

多的她也不再说了，聪明的一听就能悟出来。

散会的时候陶婷叫住江蓁，让她等会儿到办公室来一下。

江蓁乖乖地拿了本子和笔去了，坐在椅子上态度好得不行。

想起前两次她的剑拔弩张气势汹汹，这下对比显著，陶婷不动声色地勾唇笑了笑。

脾气冲是冲，但一打磨就能乖顺，也就这种时候看着讨喜一点儿。

开口说话之前，陶婷先递给江蓁一份文件。

江蓁打开封面，发现是一封品牌推广大使的拟订合同，而合作的对象正是Kseven。

"这是什么意思？"江蓁疑惑。

陶婷回答说："眼影盘在圣诞节发售，你上次那个方案，我看改改用在这上面不错。"

那套眼影盘一共三个色系，每盘九个颜色，可以日常清纯少女，也可以成熟御姐，就算是蹦迪妆亮片也够闪，实用性很高。

江蓁，典型的得了便宜还卖乖，她一边假模假样地翻着合同，一边忍不住怪声怪气道："您不是说在您这里想都别想吗？怎么又决定要和咱们'王团'合作了？"

陶婷皱起眉："王团？"

江蓁指指 Kseven："他们的花名，'王'，粉丝都爱这么喊。"

陶婷翻了个白眼，一脸嫌弃："什么乱七八糟的。"

她抱着手臂，好整以暇地看着小人得志的江蓁："看来国庆四天，你从打击里彻底恢复了？"

江蓁眨眨眼睛，小声反驳："我也没怎么受打击。"

陶婷只当她不愿意承认："那还哭得嗓子都哑了？"

江蓁张了张嘴想为自己解释，但总不能说"那是因为我醉得不省人事生吞魔鬼辣"吧？

算了，误会就误会吧。

她合上文件夹，站起身毕恭毕敬地朝陶婷鞠了个躬："谢谢主管！"

陶婷挥挥手："忙去吧。还有，代言人的事你也帮忙留意一下，有空多帮帮 B 组。"

江蓁这时候也没什么芥蒂了，爽快答应："行！"

下班之前宋青青和江蓁坐一起讨论了一下，列出几个合适的人选，都是颜值和口碑不错的小花，之前因为本身热度不够就没放在考虑范围内。

除了代言人的事，Kseven 那边江蓁也着手准备起来。圣诞节新品是公司留的后手，假如这一次的产品发售一切顺利，那就是锦上添花，确保万无一失。假如代言人出了岔子，反馈不够理想，那作为品牌大使的 Kseven 就是绝地反击的底牌。

在短期内发布两个产品是个不小的挑战，这个秋天注定要在忙碌中匆匆度过。

下了公交车，街道安静，路灯昏暗，江蓁迈着轻盈步伐前往那栋灯火通明的小屋。

任他俗世非非，日后再去烦忧，现在她要前往她的温柔乡，一醉解千愁。

手机铃声响起的时候，江蓁刚坐下点完菜。

看着屏幕上熟悉的名字，江蓁立刻摁下接听把手机放在耳边。

"喂。"

"喂，干吗呢？"电话那头传来熟悉的声音，对方似乎是在走路，喘气声有些重。

江蓁嘴角泛起笑意，语气柔和地回答："我刚下班，吃饭呢。"

"一个人啊？"

"不然呢？怎么，我们的大科学家忙完啦？"

电话里传来笑声："那群老头啰啰唆唆，本来前天就能出研究室的。你看我多爱你，刚换下衣服就给你打电话了。"

江蓁装作不屑地喊了一声，嘴角的笑却扬得更长。

给她打电话的人叫陆忧，是她为数不多的朋友。

陆忧，性别女，比江蓁大一岁，个子却整整比她高了十三厘米。两个人从初中开始就是同学，到了高中一个读文一个读理。要说江蓁是学霸，那陆忧就是实打实的学神级别。

大学研究天体物理，硕士毕业后被一个德高望重的老教授看中跟着进了西北的研究基地，现在一边读博一边在研究所实习，妥妥的国之栋梁。

工作原因，陆忧经常连续好几个月联系不到人，两人一年里也见不上几次面。但所谓 soulmate，是灵魂上的契合，无所谓这些，也用不着特意维护感情，关系一直好着呢。

陆忧上次给江蓁打电话都是一个月之前的事了，短短几十天江蓁的生活天翻地覆，但真要总结起来也就一句话："我搬家了，还和周晋安分手了。"

电话那头的人啊了一声，担忧地问："蓁儿，没事吧？"

"还行吧，失恋也就这样，没多大感觉。"

她用不着和陆忧逞能，说没事就是真的没事了。

陆忧不会安慰人，心思也粗，她生硬地试图转个话题："啊，那个，怎么样，申城的帅哥是不是挺多的？最近有没有艳遇啊？"

酒端上来了，冰镇的青梅酒，江蓁抬起杯子抿了一口，入口酸涩清爽。她咂咂嘴，美滋滋地说：“那当然了。”

如果单方面的短暂 crush（一时好感）也能算艳遇的话，刚搬家那会儿在楼道里扶住她的好心邻居、房东微信头像上那只搭着金毛幼崽的手，还有今天早上偶遇的晨跑男人……

这么细细一回想，她最近心动的次数还挺多，尽管都是转瞬即逝，只发生在当下的片刻。

陆忧哟了一声，玩笑道：“你这语气，遇到新欢了？”

像受到某种感应，江蓁突然抬起头，鬼使神差地向后厨看去。

而恰好这个时候垂布被掀开，穿着黑色 T 恤的男人走了出来。

——哦，还漏了一个。

大堂喧喧嚷嚷，他们的视线隔着人群碰撞在一起，竟然谁都没有先挪开，就这么安静地对视许久。

空气碰到冰凉的杯壁转化为水珠，沾湿了江蓁的指腹。一颗青梅沉在杯底，酒意微醺。

有那么一瞬，陷入男人浓黑的眉眼，江蓁差点儿想说：“对，遇到新欢了。”

“江蓁？江蓁？”迟迟没听到回答，陆忧还以为是大西北的信号又出问题了，她拍拍听筒，又喂了两声。

江蓁恍然回神，仓促地收回目光：“啊？啊，我刚想事情呢。”

刚刚盯着人家那么坦然直接，一挪开视线她突然就害羞起来，余光瞥到男人往前台走了，江蓁不自然地捋捋头发，也不知道自个儿在这儿瞎紧张什么。

陆忧在电话里说：“老师喊我吃饭去了，蓁儿，先挂了啊。”

江蓁：“行，你快去吧。”

放下手机，正好菜也上桌了。

一碗台式卤肉饭，配料很简单，卤肉、青菜，再加一颗水煮蛋。

卤汁浸透米饭，酱香浓郁。五花肉经过烹调，肥瘦适中，丰腴而不油腻，入口香滑绵软。

江蓁尝到第一口的时候，眼前的世界都增色亮丽了几分。

美食治愈心灵，最基础的口腹之欲被满足，却能生出无限幸福感。

一碗饭吃得干干净净，江蓁放下勺子，把杯子里的酒也喝完。

她借着手机黑屏摸摸自己下巴，是不是圆润一点儿了？

没办法，最近吃太好了。

结账的时候，江蓁把那把长柄伞也放在了前台，附带一张字条，请收银的姑娘转交给他们老板。

不知道为什么，江蓁总觉得那小姑娘看自己的眼神有点儿……八卦意味？

面对小姑娘眼里呼之欲出的好奇，江蓁不动声色地移开目光，微微颔首，再次道了声"麻烦了"。

小姑娘热情地和她挥挥手："不麻烦不麻烦，您慢走！"

走出两三步，江蓁又停下，折返回来，她问前台小姑娘："你们店里，主厨就是老板，对吧？"

小姑娘回答说："对，我们老板就是主厨。"

"菜都是他做的？"

"一般来说都是他做。"

江蓁若有所思地点点头，朝小姑娘微笑了一下，转身离开酒馆。

走在路上，她捧着手机，屏幕上停留在和程泽凯的聊天框，编辑栏里有一行字：方便的话，能把你们店里的主厨微信推给我吗？

为这一行字，江蓁咬着指甲盖犹豫了半天。

再果断干脆的人都有踌躇不决的时候，江蓁无数次想心一狠按下发送键，手指就是怎么都触不到屏幕。

拇指往下又收回，反反复复好几次，江蓁揉了一把头发，心里烦躁地对空气一顿拳打脚踢。

风刮着树叶沙沙地响，江蓁长舒一口气冷静下来，突然像是如梦初醒。

要了联系方式又能怎样呢？

一个是老板一个是客人，一个是主厨一个是食客。

他们相遇的地点只可能在酒馆，除此以外毫无交集，他甚至都不属于她的社交范围，要微信完全没必要。

难道你还真看上人家了吗？

江蓁晃晃脑袋，在心里否定这种可能。她重新拿起手机，想退出和程泽凯的聊天框，却不料夜风一吹她一抖，手滑点到了发送键。

5G网让她眼睛都还没来得及眨，消息就被成功发送。

江蓁尖叫一声，手忙脚乱地按下撤回。

呼——好在科技不断进步，也在不断人性化。

季恒秋从后厨出来是想找周明磊，程泽凯刚刚打电话来，说他那边在忙，抽不出身去接程夏。

他前脚刚走到吧台，身后陈卓就跟了过来。

陈卓这两天换发色了，整了个粉毛，季恒秋看一次觉得扎眼一次。

陈卓贼兮兮地凑近季恒秋，用手挡着嘴小声说："哥，告诉你个好消息。"

季恒秋狐疑地看他一眼。

陈卓勾起一边嘴角，低着声音却压不住语气里暗藏的激动："美女姐姐刚和男朋友分手，现在正好空窗期，你抓把紧！"

他刚刚在吧台，表面上一本正经地认真调酒，其实偷偷竖着耳朵把江蓁打电话的内容听了个一字不落，这会儿赶紧来贡献情报了。

季恒秋摆出个看智障的表情，权当陈卓哪根筋搭错了在抽风。他喊了声周明磊，把车钥匙递过去："去接一下小夏，他爸在忙没空。"

"行。"周明磊接过钥匙就往外走，小孩晚上八点下课，这会儿都已经七点多了。

走之前周明磊伸手掐了掐陈卓的后脖颈，叮嘱他："好好上你的班，别在这儿胡说八道。"

陈卓不乐意了，拍开周明磊的手："我没胡说八道。"

他转向季恒秋，说："你刚不还和人家暗送秋波吗？"

季恒秋眼神闪了一下，移开目光，冷着脸不理他。

陈卓插着口袋，得意地挑挑眉："昊宇都跟我说了，你那天和人家相谈甚欢，还送人家回家了。"

季恒秋停下脚步，拖长尾音哦了一声，原来是储昊宇这小子。

除了来兼职打工的，店里的长期服务生就杨帆和储昊宇。

两个小伙子年龄差不多，性格却是两个极端。

一个老实巴交，一个古灵精怪还嘴碎爱八卦。

要能综合综合就好了。

季恒秋在心里记了储昊宇一笔账，掀开垂布回了后厨。

陈卓追着他喋喋不休："秋哥，那姐姐是真不错，你可要上点心啊。"

季恒秋不耐烦地啧了一声，拎着他衣领把人赶出去："别瞎说，没有的事。"

在季恒秋这儿撬不到什么消息，陈卓觉得没趣，回了吧台，在群里噼里啪啦激情地打字。

这群是酒馆的工作群，员工们都在里面，季恒秋也在，但他除了逢年过节发个红包，从来不看消息也不加入群聊，所以陈卓放心大胆地开始分享八卦。

陈卓：/得意/得意 **最新情报，秋哥和美女酒鬼眉目传情暗送秋波，两**

个人对视了得有那么个十七八九秒。

储昊宇：我就说说他俩有情况！

裴潇潇：我去，什么时候开始暗度陈仓的！谁来和我说说？

杨帆：/偷笑/偷笑

陈卓：@杨帆，是不是上次辣酱那事儿？我觉得是。

储昊宇：什么辣酱，我怎么不知道？！

……………

程泽凯靠在窗户边，手里一根烟燃了半段，他抖抖烟灰，拿起吸了一口。

奶白色烟雾缭绕，他拿着手机，翻着历史消息一条一条地看过去。

酒局他参加得多，就怕遇到爱劝酒的，他再圆滑也有招架不住的时候。刚刚被人灌了好几杯，这会儿头昏沉沉的，发晕，胃里也不舒服，找了个借口出来抽根烟缓缓神。

醉倒是没醉，他饶有兴致地看着酒馆里那群小孩聊八卦，偶尔被逗乐笑出声。

浏览完，他退出微信，给季恒秋拨了个电话过去。

那头很快接起："喂。"

程泽凯问："喂，夏儿接到了没？"

季恒秋估计是开着免提，声音听起来有些远："周明磊去的，这会儿应该到家了。"

"哦，行。"

见他一直不说话又不挂电话，季恒秋问："还有事啊？"

程泽凯笑了两声，把烟掐灭在窗台上："上次问你还说没印象，和江蓁怎么开始的？"

上次储昊宇和他说完，程泽凯留了个心眼儿，稍微一打听，就知道陈卓他们嘴里那"美女酒鬼"是谁。

挺好的，不枉他费心费力跟女团海选一样在众多房客里看中了江蓁。

老爷子以前总爱和他说，他和季恒秋，都是独来独往的性格，但一个是洒脱，自由自在不爱被人管；一个是孤独，身边的人都离他而去，从此自己也不再期待什么了。

程泽凯再怎么样，身边还有一个程夏。他不想看着季恒秋真这么孑然一身过一辈子，几年后土豆走了，季恒秋就真的是个可怜的小老头了。

一个漂亮优秀的女孩放在楼下，其实他也没一定要两个人发生点什么故事。当时就是看着合眼缘，觉得这姑娘不错，配他家阿秋挺好的。

现在两个人还真冒出点小火花，他又突然开始担心。

季恒秋老说他最近越来越老妈子，看来没错，小儿子大儿子心操不完了。

季恒秋给的回答在程泽凯预料之内："听储昊宇瞎说的？没有的事。"

风吹散窗台上的烟灰，程泽凯转过身子，背靠在墙上："怎么就没了？人家在大公司上班，长得漂亮，性格又好，你没点想法？"

电话那头的人沉默了一会儿，季恒秋低沉喑哑的声音才传来："她哪里都好，所以配我可惜了。"

程泽凯动动嘴唇，半晌叹了一声气，说："阿秋，不要吝啬爱，也不要恐惧爱。"

季恒秋淡淡地嗯了一声，也不知道听没听进去。

挂了电话，程泽凯放下手机，想锁定屏幕的时候，看到一条新的消息弹出，他条件反射地点进去，切换到微信界面，却发现只有一句"对方撤回了一条消息"。

凭借刚刚捕捉到的几个字，程泽凯琢磨了一下，猜测她说的是——可以把你们店里主厨的微信推给我吗？

哈！

惊喜来得太突然，程泽凯摸着下巴，嘴角的笑意掩不住。

他清清嗓子，收敛内心的兴奋，点开季恒秋的聊天框，摁下语音键，语重心长道："阿秋，相信哥，就她了，上吧，冲啊。"

屏幕上很快出现一条新消息。

季恒秋：白痴吗你。

过了会儿，又来一条。

季恒秋：醉了就早点回家。

深夜十二点，季恒秋解下围裙准备下班，看今天也没客人再来，他让大家收拾收拾准备打烊。

"欸，秋哥。"裴潇潇叫住他，从桌上拿了一把伞递过来，"美女酒鬼让我给你的。"

季恒秋瞄了那伞一眼，原来是在江蓁那儿，他都忘了，前两天还找伞来着。

季恒秋没接伞，说："就放店里吧。"

"还有这个。"裴潇潇又递了张便签过来，"也是她留给你的。"

季恒秋接过，打开折叠好的纸。

上面的字迹清秀隽丽，一共两行。

第一行是"谢谢"。

第二行是"我遇到了"。

第六章

攻陷他

电视剧里，主角遇到瓶颈期一筹莫展，一般都该有个贵人出现来推动推动剧情发展。

江蓁没想到，她的贵人竟然是陆忧随口一句的八卦。

陆忧每年一大半的时间都在研究室，一投入科研的世界，她会自动屏蔽外界一切干扰。而每当一个课题结束，进入短暂的休息期，陆忧就会报复性地开始吃喝玩乐，游手好闲。

给江蓁打电话的时候，她正躺在床上，手里一包麻花，腿上一台平板电脑，津津有味地刷着一个月来堆积的微信朋友圈。

她兴致勃勃地分享的那些事早就不是新闻了，江蓁手机开着免提，一边干着自己的工作，一边有一搭没一搭地应她一句。

"欸，周以回国啦？蓁儿，你的老对手现在也在申城。"

江蓁打下一行字，重重地敲下回车键，随口问："谁？哪个周以？"

陆忧啧了一声："就是高中和你争校花的那个啊！也是文科班的。"

"哦，她啊。"江蓁双手离开键盘，拿起手边的杯子喝了口水。

周以她记得，高中的时候英语很好，大学也是学的外语专业，听说后来出国深造了。

她俩的渊源，说起来挺可笑的。

少年人血气方刚，一点就炸。高中那会儿有人为她俩谁更漂亮吵了起来，还差点儿动了手。

这一闹好比星火燎原，此后"周粉""江粉"自动抱团，两边队伍日渐壮大，彼此不屑，还在学校表白墙吵过上百条评论，颇有如今粉圈的架势。

年级里掀起"腥风血雨"，这两个姑娘莫名成了对头，其实江蓁和周以压根儿就不认识，谁也没想要那校花的头衔。

说到底，就是这群高中生作业太少，闲得。

难得听到一个自己不知道的消息，江蓁问陆忱："她现在在申城做什么工作？"

陆忱嘿嘿笑了两声："想知道你俩谁过得更好啊？"

江蓁张口否认："我就随便问问。"

陆忱一边嚼着麻花，一边口齿含糊地说："她好像在大学里当老师呢。欸，这照片上的人不是那个那个，那个谁？"

"谁啊？"

"那个女明星！"

听筒里嘎嘣嘎嘣的清脆声让江蓁也有些嘴馋，她伸长手臂在零食盒里够到一包饼干："哪个女明星？"

"名字我忘了，就是前两年和公司解约，说被老板 PUA 那个，当时还闹得挺大的。"

江蓁愣了两秒，反应过来后不自觉地提高了声音："乐翡？！"

"对对对，就她。周以怎么和她认识的？"

江蓁拿下嘴里的半块饼干扔在一旁，拍拍手上的碎屑在键盘上敲字："她回国了？"

"应该吧，她是不是要复出了啊？"

等电脑屏幕上页面跳转，江蓁滑动鼠标滚珠飞速地浏览词条："我怎么查不到她在申城参加什么活动？"

陆忱笑了笑："哟，你是乐翡的粉丝啊？"

"才不是，有个工作想找她合作。不说了，有事。"没等陆忱回复，江蓁就无情地挂了电话。

一投入工作，江蓁就是打了鸡血的新时代女强人。

她点开微信，给宋青青发消息，问问宋青青能不能打听到乐翡在申城的行程。

自从知道宋青青是个小名媛，有些事情打听起来就方便很多，她身边不乏有钱有闲、热衷追星、掌握娱乐圈一手资讯的小姐妹，稍微一问就能知道全部消息，比搜索引擎还好用。

宋青青很快把问到的聊天记录分享给她。

乐翡，九五后，颜值在娱乐圈不算出挑，但很有自己的风格，能让人一眼记住。唱跳女团出身，后来转型做了演员。

她的人气不错，业务能力强，也没什么黑料，性格务实不张扬，还会自己作词谱曲，很快就收敛了一拨粉丝，发展前景可观。

但是两年前乐翡突然陷入和公司的解约风波，她控告老板黄凯自她出道以来就不断对她进行人格侮辱，出道四年里她受到种种不公平对待，导致她精神状况一再恶化，演艺事业也难以再进行下去。

根据乐翡的文字和爆出的录音，黄凯不仅一再打击她长得不漂亮，说她不会演戏、唱歌难听、一直在给公司丢脸，还借口她不适合剧本角色，把她手头的资源拿走给了其他艺人。

当时新闻一出来，别说是粉丝，许多路人听了也于心不忍。

职场 PUA 的本质就是精神掌控，不断打击对方信心，让其怀疑、否定自己的价值，依仗领导者的权威逼迫对方承受羞辱和欺凌。

这一事件闹得沸沸扬扬，许多圈中明星也为乐翡声援。

后来乐翡与原公司顺利解约后，却没急着找下家，而是宣布暂时退圈，去美国学习音乐和表演。她说这是她一直以来的心愿，终于有机会得以实现，希望大家能够理解她的决定，也不要太担心。

走的那天，粉丝们都围聚在机场为乐翡送别，给她合唱了一首她的出道曲。

一张乐翡在登机口转身时红着眼眶的照片，大家齐声喊的一句"姐姐，我们等你"，风波至此最终平息。

这两年里乐翡也会在社交账号上更新日常动态，也不算是完全淡出公众视野，反倒因为偶尔分享的自弹自唱又吸了很多粉。

按照宋青青打听到的消息，乐翡在美国学习之余，成功通过了一个外籍导演的试镜。

电影是一部高科技犯罪片，主角是四位女性，各自身怀绝技，性格迥异却意外组成了一个团队。

乐翡要扮演的角色是一个女黑客，精通计算机，对数字极其敏感。

但因为电影要求原声出演，对乐翡的口语要求很高，周以是她聘请的私人老师。

来申城是为了电影的拍摄取景，这也将成为乐翡的复出首作。

乐翡原先不在他们考虑的首选名单上，也是赶巧了。

江蓁给宋青青拨了个语音通话，按捺不住兴奋，手指都有些微微发抖。

"喂，青青。乐翡，我们得争取乐翡做代言人！"

陶婷让他们留心被隐藏起来的花，乐翡就是一朵。

风雨侵袭没有摧毁她，离开聚光灯的两年里，花瓣上的伤口随着时间渐渐愈合，也让她以更挺拔更坚韧的姿态重新傲然绽放。

　　在江蓁要她打听乐翡的时候，宋青青就猜到了，她回复说："好，你能联系到她吗？我这儿打听不到她现在签了哪个公司。"

　　"我去试试看。你先带着其他人改方案，根据她此前的个人经历，针对如今的容貌焦虑、身材焦虑，鼓励所有女生都自信勇敢起来。主题就是……"

　　江蓁顿住，抿着唇思考。

　　宋青青开口接话道："杜绝生活中的 PUA？相信你的美？"

　　江蓁否定："不行，得简单一点儿，像一句标语、口号，要有力量。"

　　宋青青灵光一闪，说："'谁说我不行'，你觉得这句话怎么样？"

　　简单好记又霸气，江蓁打了个响指："就这个！'谁说我不行'。"

　　脸皮这种东西，该放下的时候就要放下。

　　从加了周以的微信，到盛情邀请对方一起吃饭，再到此时面对面坐在酒馆里，江蓁都佩服自己。

　　明明以前话都没说过一句，硬生生地被她掰扯成老同学好久不见分外想念。

　　周以的五官和江蓁一样，都属于浓颜系，但周以更瘦一些，脸上没肉，棱角分明，比她更英气。

　　两个美女坐一桌，无论是店员，还是其他客人都忍不住偷偷地往这儿多瞄两眼。

　　酒先上桌，江蓁喝的是果酒，周以点了一杯百利甜。

　　看对方神情放松，江蓁笑着开口道："这家酒馆我经常来，菜很好吃。"

　　周以放下酒杯，点点头说："我前两天还来过一回，确实不错。"

　　江蓁有些意外："你来过啊？"

　　周以嗯了一声："它好像还挺火的。"

　　江蓁眨眨眼睛，嘴角的笑有些僵硬："是吗？"

　　想想也对，就算 At Will 再低调，来的客人多了，在网络平台随手发布一条动态，热度也能带起来。

　　江蓁摸着杯口，有些心不在焉地往后厨看了一眼。

　　周以凑近她，放轻声音问："我还听说这儿的主厨很帅，你见过吗？"

　　江蓁愣了愣，突然警惕起来，语焉不详地说："啊，见过吧，好像也就那样。"

　　周以露出个失望的表情："我还想有机会饱饱眼福呢。"

江蓁笑笑，揶揄："你身边还缺帅哥看啊？"

她抬起酒杯，放到嘴边的一刻脸上的笑容也消失。

失落感来得莫名其妙，又怪让人难受的，这种感觉好像是原本以为只有自己知道的秘密，小心守护着，到头来却发现"哦，原来大家都知道啊"。

气氛陡然冷了下来，江蓁收起自己乱七八糟的心绪，清清嗓子，回归正题："听说你现在在给乐翡当口语老师啊？"

周以没立即回答，一只手撑着下巴，另一只手摸着酒杯杯口，看着江蓁，掀唇露出一个颇具深意的笑。

江蓁暗自提了一口气，总觉得自己被这一眼里外看了个穿。

她敢肯定，周以其实早知道她请这顿饭心里打的什么主意。

没让江蓁等太久，周以懒懒地启唇道："说吧，想打听八卦，还是要我帮你什么？"

江蓁松了口气，摇摇头："我不想听八卦，就想找你要个乐翡的联系方式，我们公司有意向找她做代言人。"

周以听罢，问："就这样？"她从口袋里拿出手机，在屏幕上轻点几下，"经纪人的电话和邮箱都发你了。"

那不屑的口吻，那爽快的动作，让江蓁忍不住眼冒桃心。

看到手机上新弹出来的消息，江蓁提起一口气，拉过周以的手，语气认真而诚恳："我在此严肃地承认，你才是七中校花，我甘拜下风！"

周以嗤笑一声："能不提这事儿了吗？你那个时候不嫌丢脸啊。"

江蓁也笑起来："别说了，丢死人了！还有写横幅的！"

把话说开了，两人也不再拘谨，一边喝酒吃饭，一边闲聊谈笑。

周以做了个"嘘"的手势，说："悄悄告诉你，我那时候还差点儿迷上陆忱。"

江蓁忍不住飙了句脏话："不是吧，你……"

周以一拍桌子："当然不是啦！"

江蓁咯咯咯地笑起来，哦对，她忘了，高中时候陆忱嫌洗头麻烦，直接剃了个板寸，还挺帅。

相隔几十米的吧台后，陈卓一边战战兢兢地调酒，一边小声试探地问："秋哥，你不用回后厨做饭吗？"

男人的声音低沉，薄唇轻启说了三个字："做完了。"

陈卓上下打量他一眼，表情一言难尽，忍不住在心里偷偷吐槽。

不好好待在后厨，抱着手臂往吧台边一站，穿着一身黑，表情还凶神恶煞，跟个保镖一样。

这么一根"柱子"立在这儿，陈卓怎么着都觉得不自在，过了一会儿他实在忍不了了："哥，要不你去前边找个位置坐下，我给你调杯酒行吗？"

季恒秋冷冷地回他："坐着看不见。"

"看不见什么？"陈卓顺着季恒秋不曾偏移的视线看去，看到不远处的某一桌上有两个相谈甚欢的美女，一个他认识，这不是女酒鬼嘛；还有一个面生，也许是女酒鬼的朋友？

两个美女聊得挺欢，笑声阵阵，就是姿势有些放荡不羁，一个左脚架在右腿大腿上，坐得像个老大爷，一个叼着牙签像流氓。

陈卓心里嘀咕：这是喝醉了吧。

哦，一瞬间陈卓有些明白季恒秋站在这儿是为什么了。

守护公主的是骑士。

那守护女酒鬼的是什么？

江蓁和周以其实喝得真不多，就是相见如故聊嗨了，有点儿放飞自我。

走的时候，周以接了个电话，说明天有课，要帮乐翡纠正发音。

江蓁踮脚努力勾住对方的脖子，拍拍她的肩说："好姐妹，事情要是能成，我给你在黄浦江上包艘游轮！"

周以听了这话乐出声，也搭上江蓁的肩："好姐妹，你放心，我届时肯定帮你司美言两句，助你升职加薪一臂之力！"

她俩勾肩搭背地站在门口，一口一个好姐妹，情深义重肝胆相照。

季恒秋懒懒地靠在门边，左手插在裤袋里，右手夹着根烟，饶有兴致地看她俩演小品。

笨蛋美女的朋友也是个笨蛋美女，季恒秋意味深长地嗯了一声，怪不得说物以类聚，人以群分。

他取下嘴里的烟，食指掸了掸烟灰，低头的一瞬又忍不住掀唇笑了，眉眼都沾染了笑意，一副心情很不错的样子。

看江蓁走了，季恒秋转身回屋。

陈卓嬉皮笑脸地走过来，喊："秋哥，饿了，给我炒个饭呗。"

季恒秋叼着烟瞥他一眼，刚想说"大晚上少吃点"，话到嘴边又咽了回去，改口说："行，等着。问问其他人吃不吃。"

季恒秋把烟碾灭在烟灰缸里，回了后厨系围裙做饭。

他一走，陈卓立马掏手机打字。

陈卓：绝对谈恋爱了，绝对谈了！

陈卓：他什么时候这么好说话过！

陈卓：平时不骂我一顿就好了！

储昊宇：这样子我熟。

储昊宇：我室友每次约完会回来都会把全宿舍的袜子给洗了。

裴潇潇：秋哥今天笑了，这是我认识他以后第一次看他除了冷笑以外的笑。

杨帆：/强/强

放下手机，散落在酒馆里的年轻人们对视一眼，嘴角勾出一个相似的弧度，眼神里写着"懂的人自然懂，反正我嗑死了"。

程泽凯看到群里的聊天记录后立马给季恒秋拨了个电话。

千载难逢占便宜的机会，岂容错过。

"季恒秋，这个礼拜帮我接送一下小夏呗。"

季恒秋噢了声："知道了。"

程泽凯看对方的态度良好，继续得寸进尺："这周六赵楠的店开业，你和我一起去呗？他们都让我叫上你。"

季恒秋："嗯。"

程泽凯惊讶得瞪大眼睛，真见鬼了，这么好说话。

季恒秋问他："还有事吗？"

程泽凯："每天多上一个小时班吧。"

"滚。"

啪！

电话挂断。

入秋之后的申城天气凉爽，出了太阳照在皮肤上又暖暖和和的。

早上六点半，季恒秋准时醒来。

起床洗漱后他换上运动装，给土豆换了水和狗粮，看它香喷喷地享用完。

七点，他带着小金毛下楼跑步，顺便在路上买好早饭。

离程泽凯的公寓一共二十分钟路程，季恒秋喘着粗气走上楼梯，额头冒了一层细汗。

进了屋，土豆摇着尾巴直奔程夏的房间，这是他的日常任务，叫小孩起床。

季恒秋先洗了把脸和手，把买好的早饭装进盘子里，从柜子里取出程夏的碗筷。

程泽凯这会儿还在睡梦中，在客厅都能听见他打呼噜。

季恒秋又随手理了理客厅的茶几，看时间差不多了，他走进程夏的房间。

小孩的房间装修得很可爱，墙上的壁绘都是程泽凯专门找人画的。程夏还睡得香喷喷的，土豆正蹲在床边，拿脑袋蹭着他的小手。

季恒秋走过去从被子里把程夏抱起来，拍拍他的背说："夏儿，起床上学了。"

小孩迷迷糊糊地睁开眼，换了一个姿势继续趴在他肩上睡。

季恒秋也不着急，把人抱到卫生间，先用毛巾沾了水在他脸上不轻不重地抹一把。

水温偏凉，程夏不适地哼了一声睁开眼睛。

等意识差不多清醒过来，他从季恒秋怀里挣扎着要下来，踮脚在抽屉里拿出个小盒子。

看着程夏把盒子里的东西戴在耳朵里，季恒秋感觉心脏抽痛了一下。

就像近视的人每天早上第一件事也是找眼镜，这样他们才会对这个世界有安全感。

季恒秋走过去揉揉小孩的脑袋，拿了小凳子抱他上去刷牙洗脸。

程夏一边刷牙，一边口齿不清地问他："今天也是叔叔送我上学吗？"

季恒秋抱着手臂在旁边看着，嗯了一声。

程夏冲着镜子里的他嘻嘻笑了一下："好欸！"

吃完早饭，季恒秋把剩余的打包好留着程泽凯醒了吃。

程夏的幼儿园离家不远，程泽凯不让他去特殊学校，就和普通孩子一样上。

季恒秋牵着狗绳，土豆跟着程夏。

程夏一路上和土豆絮絮叨叨说了好些话，季恒秋一个字也没明白，反倒是土豆好像真听懂了，总是能在适时的地方汪一声。

幼儿园门口总有些小朋友抱着爸妈不肯撒手，程夏很乖，从来不会哭闹。

他从季恒秋手里接过书包，挥了挥小手，说："哼啾叔叔再见！"

小孩说话还不利索，喊他名字听起来总是像"哼啾"。

季恒秋揉了一把小孩的脑袋："放学也是我接，别瞎跑。"

"好嘞！"程夏说完就乐呵呵地一蹦一跳进去了。

旁边有个妈妈羡慕地看他一眼，说："你家孩子太乖了，我们家这个要这样就好了。"

季恒秋笑了笑，牵着金毛原路返回。

回到居民巷，街口的早餐铺正在收摊。人间阳光灿烂，映得落叶发亮。

季恒秋走过去帮着刘婶搬折叠桌，他力气大，一只手就能拎起来，另一只手还能带两把凳子。

刘婶笑呵呵地问他："阿秋啊，今天跑这么久？"

季恒秋回答："没，送小孩上学去了。"

有季恒秋在收起来就很快，这会儿已经早上九点多了，早高峰的热潮结束，巷子里静谧安宁——

才怪。

高跟鞋踩在水泥地上嗒嗒地响，一阵急促的脚步声由远及近。

季恒秋看着江蓁边打电话边一路狂奔，风吹起她的长鬈发，暗黄色裙摆展开像一片落叶。

"喂，师傅，您能开快点吗？我要迟到了！"

岁月静好，赶着上班的打工人除外。

原以为顺利地签下和乐翡的代言人合同，工作就能一帆风顺平平稳稳。

但职场如打怪升级，在大 Boss 出场之前，总有一些烦人的小妖小怪不断冒出来。

为了预热，茜雀要在新品正式发售前先发布一组照片，由十二位素人女孩和乐翡作为模特，拍摄每个人的唇部特写。

做完后期后摄影师把图片发了过来，江蓁看了觉得不够满意，要求对方在细节上做出调整。

改了两次还不过关，那小摄影师有脾气了，一开始是卡着截止日期迟迟不交，后来直接电话不接微信不回，还在朋友圈留了一句：采风中，不要惊扰艺术的创作，谢谢。

江蓁只想把他脑袋拧下来做成球看看够不够艺术。

都是什么臭毛病，才改了几次，在甲方界她绝对是"慈父"！

小摄影师和她玩失联，但在这个便捷的网络时代，要找到一个人的行踪并不困难。

江蓁扒出他的微博账号，打开他的关注列表一个一个点进主页，一路顺藤摸瓜找到他的女朋友。

感天谢地现在的小姑娘屁大点事都要发条动态。

江蓁蹲了一天，终于在小姑娘夜晚十一点的图片分享里看到了那小摄影师的身影。

采风？有去夜店采的吗？

那姑娘发微博的时候也顺手发了定位，江蓁当机立断，一骨碌从被窝里爬起，换衣服抹口红，去逮他个措手不及。

一路赶到目的地，那店还藏得很隐蔽，先要找到一扇小门，进去后登上电梯再上到十六楼。走到门口，江蓁看了一眼招牌，名字叫 Melting，估计是新开业的，还摆着红毯和花篮。

门口站着两个保安，一个拿着体温计，江蓁伸出手腕配合他测体温，嘀的一声后，她刚要抬脚往里走就被人拦住。

那保安朝她伸出手，她看了看他的掌心，抬起头问："还要核酸报告啊？"

这话把保安逗笑了，抖抖手说："美女，请出示一下邀请函。"

江蓁蒙了："邀请函？"

保安说："对，今晚试营业，只对受邀的客人开放，您有邀请函吗？"

"哦……邀请函嘛，我有啊。"江蓁闪躲着眼神，低头在包里翻找根本不存在的邀请函，同时嘴上还不忘嘀咕着，"欸，我的邀请函呢？你等等我找找啊，可能是出门太急了。"

保安收回手背在身后，看破不说破。

把包里里外外翻了一遍，江蓁手一拍脚一跺，夸张地哎呀了一声："肯定是我放玄关上忘拿了。这样，你就先让我进去吧，我等会儿找我男朋友送过来行吗？"

保安再次拦住要往里走的她，冷酷无情道："只有出示邀请函才能进去，希望您能配合。"

江蓁眯起眼睛朝他笑了笑，双手交叠抵着下巴，娇滴滴地喊："大哥！"

保安大哥眼睛都没眨一下，后面又来了人要进去，他伸出手做了个请她往边上让让的手势。

江肩努了努嘴，也只能乖乖地给人让道。退回到门外，她拿出手机给宋青青打电话。

"喂，青青，你能搞到 Melting 的邀请函吗？一夜店，在江宁路上，新开的。"

宋青青刚睡下，迷迷糊糊地回："蓁姐，看不出来你还挺爱玩的，都这么晚了。"

"玩个屁，我来逮常乐那小子的。"

"常乐？"宋青青提高声音，显然是瞬间清醒了，"他不在乌镇采风吗？"

"信他就有鬼了！"江蓁叉着腰原地打转，"先不说这个，你快想个办法让我混进去。"

宋青青打了个哈欠："我想想啊。欸，没说不能带伴吧，要不你看看门口有什么男人，卖个美色攻陷一个让他带你进去。"

江蓁皱眉质疑道："这能行吗？"

宋青青："放下脸皮，甩甩头发，肯定行的。冲！"

江蓁举着手机朝门口看了看，那新来的几个男人怎么看也不像喜欢女人的样子。

在她快要放弃的前一刻，身后叮地响了一声，电梯门缓缓打开。

江蓁举着手机往那儿随意瞥了一眼，收回目光的动作却只完成了一半。

她愣了三秒，才反应过来那是谁。

男人也看见了江蓁，眼里闪过一丝意外，挑了挑眉，迈步走了过来。

男人难得一见地穿了剪裁合体的黑色西装，内搭是一件敞着领子的白衬衫，没有打领带，脚上皮鞋锃亮，低调简约的款式，随着走路的摆动，被黑袜包裹的一截脚踝若隐若现。

宽肩窄腰长腿，穿上正装显得他整个人挺拔劲瘦。

但江蓁又清楚地知道，他衬衣下的肌肉练得有多好。

男人迈着大步走过来，一步一步，踩在白瓷砖上，也踩在她此刻正疯狂波动的审美神经上。

江蓁举着手机定格在原地，周遭的一切似乎都消失了。

她看着男人离自己越来越近，听到自己的心跳声混乱急促。

江蓁舔了舔嘴唇，突然就口干舌燥起来。

要不是不太文明雅观，她此刻真挺想吹声口哨。

察觉到她的反应，宋青青在电话那头激动起来："喂？怎么样？是不是找到目标了？快攻陷他！"

攻陷他？

怎么攻陷，她都溃不成军了。

还拿什么攻陷。

鉴别一个男人是否真的帅，一看寸头，二看白衬衫。

"邱老板"本来就留着短碎，算是过了第一关。

如果第二关的满分是一百，那么江蓁会打一百二。

多出来的二十分出于意料之外的惊艳。

他一个厨师，平时都穿着纯黑色的 T 恤，系着半截棕色围裙，头发也不需要额外打理，怎么糙怎么随意怎么来。

今天就不一样了，连下巴的青茬都刮得干干净净。

如果高跟鞋是女人的武器，那么西装革履就是男人的铠甲。一身合体的西

· 094 ·

装很好地将他身上的沉稳气质展现出来，成熟又性感，带了点脱俗的意味，和小酒馆的那位主厨先生判若两人。

季恒秋走到江蓁面前的时候，她微张着嘴一副灵魂出窍的样儿。

他清清嗓子，启唇说："这么巧？你也在这儿。"

江蓁抬头看了男人一眼，愣愣回神。她挂了电话收起手机，待调节好呼吸，再开口时神色已经恢复如常。

"嗯，好巧啊，你也来玩？"

季恒秋提了提手里的纸袋，里面装了瓶红酒，说："朋友的新店开业，来捧个场。"

捕捉到话里的关键信息，江蓁的眼睛咻一下亮了，抑扬顿挫，一字一句道："是、你、朋、友、的、店、呀？"

季恒秋点点头，莫名觉得她脸上的笑不怀好意。

江蓁往前迈了一小步，十分有目的性地问他："那你一定有邀请函吧。"

季恒秋往后微微仰了一下，拉开两人的距离，回答："有啊。"

"阿秋来啦！"门口响起一道中气十足的声音，一个体形偏胖的中年男人走了出来，长得很有富贵相。

季恒秋朝他挥手打了个招呼，把手里的纸袋递过去，喊："楠哥。"

被他叫楠哥的男人拍拍他的肩，笑出眼角的皱纹："客气了啊，这么好的酒，给我我可舍不得喝。欸，老程呢，怎么还没到？"

季恒秋说："哄孩子睡觉呢，马上来。"

赵楠笑了笑，这才把目光移向季恒秋旁边的女人，问："这是……"

江蓁眼珠子转了半圈，电光石火之间灵机一动，大脑还没怎么思考身体已经先一步做出反应。

她往右边跨了一步，贴着季恒秋的手臂伸手挽住，笑意盈盈道："我是他女朋友。"

这六个字如炸弹投入大海，无形中掀起惊涛骇浪。

季恒秋扭头看向江蓁，用眼神发送一个"？"过去。

江蓁保持住嘴角的弧度，踮脚凑到他耳边压低声音说："等会儿再和你解释，先带我进去，拜托。"

见季恒秋没反应，江蓁手上用力地掐了他胳膊一把。

这一下让季恒秋疼得倒吸一口气，整个人都激灵了一下。他抬头对上赵楠八卦的眼神，喉结滚了滚，大义凛然地一点头，肯定道："嗯，女朋友。"

赵楠摸着下巴暧昧地哼了两声，指着他说："老程还天天嚷嚷着要我给你找对象！什么时候找了个大美女？你小子有福啊。”

季恒秋张口回答："就刚刚。"

赵楠："啊？"

江蓁微笑着又掐了季恒秋胳膊一把，提醒他好好回答。

季恒秋咬着后槽牙，重新说："最近，最近好上的。"

在门口聊够了，赵楠带着他俩往里走。

江蓁揉了揉男人刚刚被她掐过的地方，朝他露出一个讨好的笑容。

季恒秋叹了声气，拿她没办法。

其实她要是想进来，他和赵楠说声是朋友就行，哪用得着这么折腾，他一好好男青年的清白也没了。

季恒秋垂眸看了眼挽住他胳膊的手，小小一只，涂了透粉色的指甲油。

看起来白白嫩嫩的一双手，怎么掐人就这么疼呢？

两边的保安看见他们进来，弯腰鞠了个躬。

江蓁挺着腰目视前方，紧紧地挽着男人。

所幸那保安大哥没多问什么。

进了内场，赵楠还要招待其他客人，让他俩好好玩。

他一走，江蓁火速地松开手往旁边退了一步，一秒钟的便宜都不多占。

季恒秋不着痕迹地看了一眼自己的手臂，问她："进来要干吗？"

江蓁踮着脚四处张望："找人。"

季恒秋抬手刮了刮下巴："捉奸啊？"

江蓁没管他说了什么，丢下一句"谢了啊，人情改天再还"，便踩着高跟鞋就噔噔噔地往舞台上走。

夜店里的灯光昏暗，人又多又杂，三五扎堆在一块儿，吵得要翻天。

但在这种地方找到常乐很容易。

——喏，台上扭得最欢的那个就是他。

江蓁挤过纵情舞动的红男绿女，精准找到常乐揪住他衣领往外拖。

她个子矮了点，但力气不小，常乐挣脱不开，只能弯着腰狼狈地被她拽着从舞池里出来。

江蓁走到一个僻静的角落才松开手。

看清她是谁，常乐忍不住骂了句脏话："姐，你至于吗？"

江蓁心里也来气，憋了好几天的火此刻倾泻而出："你要是乖乖按期交图，我当然用不着这样。"

常乐用舌尖顶了顶腮帮，一脸招上麻烦的晦气样："不是，你不懂摄影，这东西不能一直揪着，得歇两天再看才能有感觉。"

江蓁呵呵笑了两声："歇两天？两天？你快一个礼拜不回我消息了欸。我只是想让你突出一下明暗和色彩的对比，这很难吗？"

常乐从口袋里拿出根烟，也没点，就放嘴里叼着，显然是有些不耐烦了。

江蓁不打算软磨硬泡求着人干活，早准备了个撒手锏，就等着一招制敌。

她打开微博，点进某一用户的主页，开口道："这两天在找你踪迹的时候呢，我找到了你女朋友的号，还有了点其他的小发现。"

她把手机屏幕举到常乐面前："不是什么大事，就是一不小心发现了你的撩骚对象，春风玫瑰，是她网名吧？"

常乐取下嘴边的烟，这下慌了，过来扯她袖子，喊："姐。"

江蓁收起手机，也不多废话："明天下午四点之前我要收到修改后的图，不然，你知道后果的哟。"

她语气温柔，说出口的话却让常乐在燥热的夜店打了个哆嗦。他重重地点了下头，伸出四根手指发誓："行，我保证让您满意。"

江蓁眯着眼睛笑："那辛苦了哦，等着你的图哦！"

走出两三步，江蓁又回头说了句："希望你今晚玩得开心哟！"

常乐只觉得毛骨悚然，她的眼神里分明传递的是"兔崽子给老娘早点回去改图"。

顺利解决完心头一桩事，江蓁哼着歌脚步轻快地走出夜店，心情大好。

她放晴了，但有人还阴云密布呢。

看见人出来了，季恒秋喊了一声："江蓁。"

江蓁停下脚步循声望去，看见是"邱老板"，她指着自己惊讶道："你知道我名字？"

季恒秋掐了烟，走到她身前，没管她的问题，只问："捉完奸了？"

江蓁愣住，反应过来后摆摆手，向他解释："不是捉奸。工作上的事，有个小摄影师拖稿还失联，我来逮人的。"

原来是这样，季恒秋面上不动声色，心里却暗自松了口气。

江蓁问他："你呢？怎么出来了？不上去玩啊？"

季恒秋把手插进裤子口袋里："本来就是送个礼走个过场，程泽凯的朋友，我其实不太熟。"

江蓁点点头，又回到刚刚那个问题："那你是怎么知道我叫什么的？"

季恒秋看她一眼，说："程泽凯说的。"

江蓁垂眸哦了一声，接受了这个答案。

深夜一点，街道车辆寥寥，霓虹闪烁照亮夜空，风吹动树叶簌簌地响。

路灯的光芒昏黄，照在男人身上形成一层柔和的光圈。

过了几秒，江蓁迎上他的目光，轻轻启唇问："那你的名字呢？我还不知道你的全名叫什么。"

四周寂寥，男人的声音在夜色中显得更沉郁，他说："季恒秋。季节的季，永恒的恒，秋天的秋。"

"季恒秋……"江蓁默念了一遍，恍然大悟般惊醒，"原来你不姓邱啊？！"

季恒秋挑了下眉梢没说话。

江蓁尴尬地笑了笑："我听他们喊你'qiu 哥'，还以为你姓邱呢。原来不是邱老板，是季老板啊。"

她又喊了一声："季老板。"

季恒秋应道："嗯。"

"走吧，送你回去。"季恒秋从口袋里拿出钥匙，迈步走向停在门口的车。

他开的是一辆黑色 SUV，很简约低调的款式。

大半夜的也不好打车，江蓁没拒绝，说了声"谢啦"，乖乖跟上去，坐进副驾驶。

密闭空间里，她身上的甜香就变得格外清晰。

不是她平时身上的味道，很淡，甜丝丝的，有点儿像小孩吃的泡泡糖，葡萄味的。

季恒秋借着看倒车镜往旁边瞟了一眼，见江蓁手放在膝盖上，坐得很乖巧。

他嘴角翘了翘，没说什么，视线回到路上继续专心开车。

巷子里现在肯定没车位了，季恒秋把车停在酒馆门口。

到了地方，江蓁解开安全带打开车门，却见他也熄了火准备下车。

以为对方是要好心地护送她到家，江蓁赶紧拦住他："不用送我了，我自己走回去就行。"

季恒秋拔了车钥匙，握在手里刮了刮下巴，说："我回家。"

江蓁反应过来，问："你也住附近啊？"

季恒秋的目光在她脸上停了两秒，点头嗯了一声。

江蓁抿着嘴在心里骂了自己一句自作多情，赶紧下车走人。

两人并肩走了一段路，眼看着都快到楼下了，江蓁停下脚步问："季老板，你住哪栋？"

季恒秋抬手指了指："那儿，三楼。"

江蓁一脸不可置信地看着他，提高声音又问一遍："你住哪儿？"

季恒秋这次给了个很具体的回答："对，就你楼上。"

他往前走了几步还没见人跟上来，转头看向江蓁，催她："愣着干吗呢？走了。"

江蓁回过神，小跑几步追上他，追问道："所以你一直都知道我住你楼下啊？"

季恒秋插着口袋，嗯了一声。

"我刚搬来那天在楼梯间，也是你扶住我的？"

"嗯。"

忙了一天，江蓁早累了，这会儿思维转得有点儿慢，有点儿反应不过来。

她一走神，脚上就踩空了一级台阶，整个人重心不稳要摔倒。

季恒秋跟在她身后，伸出手扶住她，肃着声音说了句："小心。"

记忆重叠在一块儿，一样的楼梯间，一样的位置，一样的话。

真的是他。

声控灯受到感应，刺啦刺啦地亮起，突然的光亮让江蓁不适地眯起眼睛低下头。

她的视线落在男人握住她胳膊的那只手上，她才发现，季恒秋的食指指甲盖下也有一道疤。

等等，她为什么要用"也"？！

江蓁浑浑噩噩地走到二楼，输入密码打开家门，进屋之前还不忘得体地笑着和季恒秋说了声："今天谢谢你，晚安。"

关上门后，她立刻如同一个被摁下开关的疯狂玩具，对着空气毫无章法地挥动拳脚。

不会吧不会吧不会吧。

不可能有这么巧的事吧。

等胡乱地发泄完一通，江蓁深吸一口气平静下来，她从口袋里掏出手机打开微信，在列表里找出备注为"房东秋"的联系人。

她简单地措了辞，一鼓作气摁下发送键。

江蓁： 很抱歉这么晚了还打扰您，方便告诉我一下您的名字吗？

对方回得很快，十秒后一条语音发了过来。

江蓁双手捧着手机放到耳边，短暂的沉默后，男人低沉的声音贴着耳郭响起："不是刚刚才告诉你吗？"

第七章

心动千万次

考试的时候，总有些题目出得很简单，但当时就是怎么都想不到答案。

考完了被稍微一点拨，方才醍醐灌顶，懊悔得想抽自己两巴掌。

江蓁现在就是这么个情况。

细细一想，酒馆老板就是楼上邻居还是她房东这件事早就暴露蛛丝马迹了，只是她从来没留心没当回事。

微信头像上的金毛，她在店里也见过一只，店员说是老板的。

房东是程泽凯的朋友，季恒秋也是程泽凯的朋友，两个人名字里都有一个"qiu"字。

季恒秋开的车，江蓁其实也见过，楼下就经常停着一辆，怪不得刚刚她觉得季恒秋的车牌很眼熟。

其实事情很简单，季恒秋在巷子里开着家酒馆，也住在这附近，手里两套房，自己住一套，再租出去一套，江蓁恰好成了他的租客，后来又成了他忠实的食客。

多么巧，多么有缘分的一件事。

那条五秒的语音播完后，房间又陷入寂静。江蓁瘫坐在沙发上，仰着脑袋盯着天花板发呆，心情复杂，突然冒出点怅然若失。

都说越长大爱越难，在十七八岁，一段关系的开端有时候只是因为这个人看着合眼缘。

但是对于即将奔三的江蓁来说，无论是友情还是爱情都只会更加谨慎，因为她没那么多时间精力再去试错，去重新认识、了解、磨合。

以至于她经常会觉得，一个人也挺好的，省了很多麻烦。

小时候待人处事只管想不想，后来是可不可以，现在是必不必要。

所以即使她对酒馆里的那个男人很有好感，也没想过要和他有什么发展。因为没必要。

她也许会去和他聊聊天，在有所保留的交谈中把对方变成一个认识的朋友。

谈恋爱结婚就算了吧，这事儿太复杂太多变。

保持一个不远不近的距离，才能对彼此永远带着好奇和兴趣。

江蓁原本是这么想的，她不认为自己喜欢季恒秋。

但是当她发现，这段时间里带给她所有的怦然心动都是一个人，情况就变得很难解释。

她开玩笑地和陆忧说："估计是寂寞了，现在看个男人都觉得挺好。"

她那时脑海里闪过的人，现在发现统统都是季恒秋，这对她冲击力太大了。

不是遇到很多个让她心动的人，是她在同一个人身上，心动了千次万次。

像是经历了一场山崩海啸，江蓁大脑一片空白，余震不止，冲荡得她精神恍惚。

她喜欢季恒秋吗？

江蓁问自己，却给不了自己答案。

等意识朦胧归位，她已经站在三楼的门口按响了门铃。

咔嗒一声响，大门被打开，季恒秋站在门后，脱了西装外套，就穿着件白衬衫，领口扣子解了三颗，应该是打算洗漱睡觉了。

从江蓁的高度平视过去，先看到的是男人线条清晰的锁骨，她咬了下嘴角，缓缓抬头对上他的眼睛。

季恒秋问她："怎么了？有事？"

江蓁有很多问题想问，但话在嘴边兜兜转转绕成一句与风月无关还有点儿莫名其妙的——

"你几岁？"

季恒秋皱起眉，一脸怀疑自己听错了的表情。

"我是说……"江蓁吞咽了一下，平复呼吸，"程泽凯说房子是他师兄的，他怎么说也得有三十五岁，所以你几岁了？"

季恒秋抱着手臂，面无表情地说："三十八岁。"

江蓁啊了一声，惊讶和失落都摆在脸上："真的？"

"假的。"

不再逗她，季恒秋重新说："我一九八七年，三十三岁。"

"那……"

"他拜师晚，按辈分我是师兄。"

"哦，原来如此。"江蓁呼了口气，嘴角露出笑意，也不知道在庆幸什么。

季恒秋看着她，问："还有问题吗？"

江蓁眨眨眼睛，心里百转千回，说出口的话却越来越不着调："那程泽凯多大了？"

"他三十六岁。"

"你一个人住啊？"

"还有我养的狗。"

"狗呢？"

"在卧室的地毯上睡觉。"

"那你还不睡啊？"

"这不是陪你做人口调查吗？"

江蓁被他这一句话噎住，抿着唇不说话了。

季恒秋弯着腰身子往前倾了倾，问："还有事吗？"

江蓁挠挠脖子，半天憋出一句："那个，我今年二十七岁。"

跟不上她跳跃的思维，季恒秋低头闷声笑起来，伸手在她脑门上不轻不重地戳了一下，说："怎么没喝酒也傻了吧唧的？"

江蓁捂着额头，他戳得不疼，被他碰过的地方却泛起一阵异样感。

耳垂到脖颈以肉眼可见的速度泛红，江蓁低着头，语速极快地丢下一句："我没事了，你睡觉吧，再见！"

说完就跑了，速度还挺快，一眨眼人就从视线里消失不见。

听到楼下响起开门落锁的声音，季恒秋关上门，回到浴室继续脱衣服准备洗澡。

衬衫从身上剥离，季恒秋举起手臂看了看，还真红了一小块，中间泛起紫色瘀青。

他用大拇指按了按，疼得倒吸一口气。

人有的时候就是贱，想吃苦头，想犯傻，想疼。

季恒秋放下手臂，抬眸看着镜子里的自己，锁骨之下，疤痕遍布胸口、腰侧，一直爬升至后背。

伤口愈合长出的新肉凹凸不平，丑陋得像一条条毛毛虫附着在皮肤上。

视线没有过多停留，他很快就收回目光，利索地脱完衣服，走进淋浴间打开喷头。

热水冲刷在身上，雾气氤氲，他的神经渐渐放松下来，思绪漫无目的地游走。

水珠溅到脸上，挂在睫毛上摇摇欲坠，季恒秋闭上眼睛。

他从架子上够到沐浴露，挤了一泵抹在身上。

摸到肩上一条凸起的疤时，季恒秋突然停下手上的动作睁开了眼睛，像是从梦中惊醒。

想什么呢，季恒秋。

他嘲笑自己。

——你的伤疤还没好，你怎么就能忘了疼。

江蓁好几天没去酒馆了，不知道自己怎么了，就是不敢见季恒秋。

程泽凯还在她微信朋友圈下面评论，问她是不是最近太忙了，怎么不来喝酒。

江蓁回复：**工作太忙啦！等我空了就去！**

事实上进入正式拍摄阶段她手头就没什么要紧事了，圣诞新品不着急，方案也成形了，她最近天天六点准时下班，偶尔还能坐着摸一会儿鱼。

樊逸前两天约她吃饭，说是在申城找到一家很好吃的蟹脚面，问她要不要去尝尝。

江蓁答应了，周五下班后樊逸来接她。

大学毕业后就没再回过江城，她还挺想念蟹脚面的。

店在一家小胡同里，面积不大，老板是江城人，老板娘是本地的，夫妻俩的店开在这儿很多年了。

点完菜，江蓁抢先扫码付了款，说谢谢樊逸上次给她溪尘的联系方式。

虽然人家根本没通过好友申请，但也算是欠了个人情，还完江蓁心里才舒服。

樊逸对她此举温柔地笑笑，说："那下次再请你吃别的。"

难得在外头还能吃到这么正宗的江城小吃，一碗面酱香浓郁，蟹脚肉质饱满，甜辣鲜咸，面条吸满汤汁，入口顺滑劲道。

江蓁满足地嗦着面，和樊逸感叹说："我想起上大学那会儿的逍遥日子了。"

樊逸慢条斯理地吃着，轻声笑了笑："时间过得真快。"

两人埋头安静地进食，店里的风扇嗡嗡地响，客人们的说话声吵吵嚷嚷，这样的环境也不适合聊天。

等出了店，他俩走回停车的地方，樊逸突然开口道："江蓁，你打算在申城定居下来吗？"

江蓁摇摇头："我还没想好。"

樊逸又问她："那你打算在这儿谈恋爱结婚吗？"

江蓁停下脚步抬头看向他，对上对方的眼神，她一瞬间多多少少有些明白了。

她浅浅地笑了笑："没想过，顺其自然吧。"

成年男女在相处中带了什么心思，彼此都心知肚明。

后来樊逸又约江蓁吃了一次饭，江蓁委婉拒绝了。

樊逸好是好，性格温润，长得也清风朗月。

但没感觉就是没感觉，江蓁只把他当学长当前辈，崇拜有，好感无。

再约着一起吃饭气氛就变了，她不自在，人家也尴尬，倒不如退回到原来的那条线上，彼此不打扰不耽误。

转眼都快十月底了，申城的秋意越来越浓，满街枫叶连天，暗红色的一片，远远看去像火烧云燎了天际。

江蓁已经十一天没有去酒馆了，从来迎难而上的人头一次做鸵鸟，自己都嫌自己扭扭捏捏不像样。

十月的最后一天是周六，今天大街上似乎格外热闹。

江蓁下午约了周以逛街，这会儿回到居民巷已经快晚上八点。

她踩着高跟鞋往里走，突然看到路边有群小朋友手牵着手，一个个穿着奇装异服，有扮迪士尼公主的，有穿着超人披风的，还有头上戴了羊角、脖子系着铃铛的。

他们看到江蓁，一窝蜂地跑了过来，围在她腿边参差不齐地喊："不给糖就捣蛋！"

一个个小萝卜头奶声奶气的，江蓁瞬间被萌化了心，低头在包里翻找，说："等等啊，姐姐找找。"

戴着圆框眼镜扮柯南的小孩突然拉拉她的衣角说："阿姨，我好像认识你！"

这话让江蓁提起兴趣，蹲下身子看着他，指着自己问："你认识我呀？你怎么认识我的？"

小孩脸蛋圆滚滚的，像雪白的糯米团子，他嘴里还含着糖，说话不太清晰："爸爸给我看过你的照片，说你是哼啾叔叔的——"

他的话说到一半，酒馆的门突然打开，光亮从屋里泻出映在地上，程泽凯站在门口喊："让你们去要糖怎么堵在这儿不走了？"

江蓁直起身子，笑着和程泽凯打了个招呼。

小柯南拉着江蓁的手扯她过去，献宝一样激动地喊："爸，哼啾姊姊！"

这奇怪的称呼让江蓁一头雾水："什么，什么姊姊？"

程泽凯摸了摸后脑勺朝她笑笑，打发程夏和那群小孩快去巷子里找邻居们要糖。

吵吵嚷嚷的小部队走了，江蓁问程泽凯："他刚刚叫我什么？"

程泽凯摇摇头，睁眼说瞎话："小孩胡说八道的，我也不懂。"

江蓁歪着头想了一下，也许是某个动画片人物吧，哼啾阿嚏，也不像个人名。

怕她再多问，程泽凯转移话题道："来吃饭的？"

江蓁摇摇头："就路过，没想到被小孩拦住了。"

程泽凯顺势邀请她："那进来喝一杯吧。"

江蓁刚想拒绝，就见程泽凯朝屋里扬声喊了句："杨帆，过来接待客人！"

小服务生立马跑了过来，看见是江蓁惊喜道："姐，好久没见你了！"

江蓁朝他微微笑了一下，这下就拒绝不了了，只能迈步走进去。

今天客人多，大堂都坐满了，好几桌都是额外添了椅子。杨帆带着江蓁去二楼，楼上还有一间包厢。

"姐，就最里面那间，你先进去坐，我去楼下给你拿菜单。"杨帆说完就下楼去了。

二楼走廊的灯光昏暗，墙壁上挂了风格不同的饰品，没一楼那么闹。

高跟鞋踩在木地板上发出咚咚的声音，江蓁走到走廊尽头，轻轻打开门，屋里没开灯，她伸手在门边摸到开关。

刚要摁下按钮，屋子里传来一声动静。

像是布料摩挲的声音，伴随着一声男人的喘息。

江蓁被吓了一跳，刚想转身离开就听到里头的人说："再睡五分钟，马上下去。"

那声音有些含糊，像是半梦半醒中的呓语。

这下她听出来是谁了。

江蓁踮起脚，小心翼翼地往房里走，也不开灯，就这么一小步一小步挪过去。

这间包厢里有一张四人桌，还有一张不算大的沙发。

借着屋外的银白月光，她看见季恒秋只有大半个身子躺在上面，一双长腿无处安放随意叉着。

这样的地方肯定睡得不舒服，但他闭着眼睛好像睡得很沉，呼吸平稳。

江蓁悄悄地蹲下，抱着膝盖凑近他的脸。

月光柔和，将他眉骨上的疤映亮，半明半昧之间，他的脸部线条更硬朗，鼻梁高挺，下颌线分明。

江蓁往前靠近一点儿，头次发现，季恒秋的睫毛还挺长的。

看得着迷忍不住又往前凑凑的后果就是江蓁忘了自己还穿着高跟鞋，一个失衡重心不稳就要往前倒。

那一瞬间她屏着呼吸，表情扭曲，两只手胡乱地挥动抓到沙发扶手，等惊险地稳定好后，她长吐出一口气，心脏差点儿被吓飞了。

这么一踉跄，她的鼻尖离季恒秋的脸颊只有三厘米，近得她都能数清他有几根睫毛。

脑子告诉她现在要站起来出去了，身体却迟迟没有完成指令。

楼下有车辆驶过，照明灯晃得江蓁闭起眼睛，等再次睁开，眼前漆黑一片，什么都看不见。

短暂的失明让大脑滋生出一个疯狂的想法，江蓁觉得喉咙口发涩，咽了口唾沫，心怦怦直跳。

在理智悬崖勒马之前，她闭着眼睛一低头，唇瓣落在男人脸上。

上一秒她鼓励自己：管他呢，这么好的机会，不亲一口多浪费。

下一秒等意识到自己都干了些什么，江蓁一屁股坐在地上，挪动着往后退了好几步，一脸惊恐慌张，仿佛他才是被非礼的那一个。

这一吻很轻很浅，就像蝴蝶掠过水面又飞走，涟漪都未曾荡起。

听到门外走廊响起脚步声，江蓁一骨碌从地上爬起，脚步慌张地开门出去，也顾不上发出的响动会不会吵醒沙发上的人。

停下来站稳的那一刻她才发现腿在发软，急促跳动的心脏牵连指尖泛起酥麻感，她背靠在门上捂住胸口，怀疑自己下一秒就会心梗窒息。

刚刚的黑暗太漫长深刻，现在走廊上的昏暗灯光都让她觉得刺眼不适，江蓁闭了闭眼睛，垂眸盯着脚尖的地板，好像自己是曝光在光天化日下、见不得人的小偷。

杨帆拿着菜单上到二楼，见江蓁站在包厢门口不进去，脸上的神情也有些奇怪。

他走过去问："姐，怎么不进去？"

江蓁抬起头，眼神闪躲地说："屋里有人。"

杨帆一拍脑袋，这才想起来秋哥刚刚说累了要上去眯一会儿。

"我去叫秋哥起来啊，你等等。"杨帆说着就要推门。

"欸。"江蓁拦住他，"让他睡吧，我下次再来。"

高跟鞋踩在木地板上的声音越来越远，渐渐消失。

季恒秋在昏暗中缓缓睁开眼睛，维持着原本的姿势没动。

他今天下午五点到店里，在后厨忙了三个小时。昨晚睡得晚，一天也就睡了三四个小时，到了这个点抵挡不住困意，想去楼上睡一会儿。

沙发窄小，当然躺得不舒服，江蓁开门进来的时候他就醒了，以为是杨帆来喊他下去。

季恒秋抬手摸了摸脸颊，觉得那应该是他意识还未清醒的错觉。

至于拂在面颊上的呼吸、残留在空气里的淡香……季恒秋不往下继续想了，他搓了把脸，从沙发上起身，动了动有些发麻的腿。

季恒秋走到楼梯口的时候，杨帆刚从另一边包厢里出来，抬头看见他，杨帆问："哥你醒啦？"

季恒秋点了下头，继续下楼梯。

"秋哥，美女姐姐刚刚来了，但是看你在睡觉就走——欸，哥！"

一声闷响，季恒秋捂着额头痛得弯腰。墙上赫然写着"小心撞头"四个字，这还是之前季恒秋让人挂上去的。

杨帆抬手把撞歪了的牌子扶正，体贴地道："哥，你要是没睡醒就再去休息会儿吧。"

季恒秋深吸一口气，咬着后槽牙说："没事，没注意。"

那一下撞得挺猛，正中额角，没一会儿季恒秋的额头上就鼓了个包，起码得有鹌鹑蛋那么大，搁脸上很显眼。

储昊宇、裴潇潇他们想笑不敢笑，陈卓缺心眼，指着那包嘿嘿笑道："哥，你长犄角了欸！"

季恒秋心里正乱着，丢了一记眼刀过去，威胁他说："信不信我把你那事儿抖给周明磊？"

陈卓的朋友、索隆的死忠粉拽哥今天也来店里了，坐下来第一句话就是："卓儿，给我看看你手臂，恢复得怎么样了啊？"

这话恰好被出来喝水的季恒秋听见，他看向陈卓问："受伤了？"

陈卓没心没肺，拽哥比他还能损。拽哥撩起陈卓的衣袖，翻过手臂内侧，一脸骄傲地朝季恒秋展示道："我给卓儿文的，哥你看，漂亮吧。"

拽哥在文身店当学徒，刚起步，还没怎么扎过人皮，他给陈卓文的图案很简单，一颗五角星，最普遍的画法。

黄色线条周围还泛着红肿，看样子刚文没多久。

陈卓做了这么多年叛逆男孩，但两样东西是从来不碰的，这也是周明磊给他定的规矩：酒能喝，烟不能抽；头能烫，皮上不能文东西。第一条是陈卓十六岁定下的，后面那条是他认识拽哥以后新加的。

季恒秋抱着手臂，淡淡地扫了那五角星一眼，抬眸问陈卓："周明磊同意了？"

陈卓回："他当然不同意，哥你可千万别说。"

季恒秋没答应，狐疑地看着他，想了想察觉出不对来。

按陈卓的个性，要想违抗兄令，不搞个花臂也会搞个满背，这么一个不起眼的小星星，用文身贴就行，心血来潮非要往皮上刻什么。

季恒秋一口喝完杯子里的水，凉凉淡淡地说："别是在追的姑娘名字里有个'星'，你没那么二缺吧？"

看拽哥捂着肚子笑得前仰后合和陈卓一副吃苹果吃到虫子的表情，季恒秋哼笑了一声，点点头，心里明白了。

陈卓一生放荡不羁，没怕过谁，浑身上下除了一张脸也没什么可取之处，就是特别听周明磊的话，没人知道为什么，问他他也只说："因为那是我哥！"

季恒秋的视线又落在陈卓的手臂上，莫名觉得那颗小星星是拽着尾巴的陨石，总有一天会把世界砸个天翻地覆。

他没多说什么，拍拍陈卓的肩，转身回了后厨。

忘了自己还有把柄在别人手里，陈卓立马收起幸灾乐祸的笑脸，谄媚道："哥你疼不疼，要不要我给你呼呼？"

陈卓说着就要噘嘴凑过来，季恒秋一巴掌拍开他的脸，没好气地说："滚一边去。"

后厨里，程泽凯正在炸薯条，季恒秋系上围裙走过去，问他还有几份。

"没几份了，你去把——哦，你这头上的包怎么回事？"

程泽凯抬手戳了下，疼得季恒秋龇牙咧嘴瞪了他一眼。

"走路撞着了，没事。"

程泽凯上下打量他，越看越不对劲："你要是身体不舒服就回家睡觉去。"

季恒秋说："我没不舒服。"

程泽凯用手背贴了贴他脸颊，触到的皮肤一片滚烫，在担忧他健康状况的同时，程泽凯后退两步拉开两人之间的距离，同时用手捂住口鼻，说："那你的脸怎么这么红？"

季恒秋挪开视线看向别处，随口搪塞："热的。"

他走到水池边打开水龙头掬了捧水就往脸上浇。

冰凉的水珠刺激神经，像是摁下了回忆的开关，季恒秋闭着眼睛，脑海里闪过某些画面。

——同样的位置，江蓁曾被他用大拇指掰开唇齿，另一只手摁着她的背把她的脸送到水流下冲洗。那时候他的动作并不温柔，带着点摊上麻烦后的不耐烦，情况紧急，也顾不上想别的。

现在他的一颗心被她若有似无的一个吻搅乱，和她发生的任何一件事都是火上浇油平添烦恼。

刚被熄灭的燥热又余烬复起，季恒秋扯了张厨房用纸胡乱地擦了把脸。

"我不舒服，先走了。"

他身后，程泽凯拎着锅铲扬声喊："把口罩戴好啊！回家量个体温！"

当时被不知名的勇气怂恿干了件大事，过后江蓁又回到鸵鸟状态，把头死死地埋在沙子里，更不愿意见人了。

本来生活就是家和公司两点一线，偶尔去小酒馆坐一坐。现在江蓁为了逃避心里那团乱麻，把所有注意力都投入在工作上，陶婷在例会的时候还顺嘴夸了她一句最近状态不错。

双十一茜雀就要发售新品，前期宣传工作也开始步入正轨。

十一月四日，新品广告在全网上线。

影片的开始是一段灰黑色的空镜，随着人声响起，十二位素人女孩挨个出现在画面中。

这一段的滤镜色调偏暗，她们面无表情地直视镜头，眼里无光。

——"你长得不漂亮，就得多勤奋一点儿。""你都不管一下身材的吗？都这么胖了。""你其实压根儿就不适合这个。""你是不是干什么事都不行？"……

经过后期处理，这一段的音效沉重而逼仄，似恶魔在耳边低语，压得人喘不过气。

最后出现的人是乐翡，她抬眸看向镜头，抿着嘴唇，眼神锐利，微微仰起下巴，抬手一拳砸下。

随着一声破裂，交织混杂的人声戛然而止，黑屏持续了三秒，随后新的场景出现。

镜头由下至上逐渐推移，一双精致的高跟鞋、干练的黑色西服，闪耀的耳坠和项链，镜中的乐翡微微俯身，正拿着口红补妆。

抹完口红，她轻轻抿唇，理了理头发，目光从镜子移向镜头。

——"谁说我不行？"

乐翡独有的清冷嗓音配上语气里的不屑，让这一句话的轻蔑效果加倍。

最后，乐翡掀起嘴角，迈步推开房门。

这是个一镜到底，镜头一直跟随乐翡，看她骄傲自信地踏上红毯，在聚光灯下高傲夺目，宛如一只羽毛泛着闪烁光泽的黑天鹅。

镜头切换，红毯入口处走来一群女孩，正是刚刚那十二个。

这一次她们盛装出席，身穿礼服，妆容精致，欢笑着陆续进场。

没有所谓标准的身材和五官，女孩们各有各的风格，这样的美是从内而外散发的，眼里的坚定和嘴角的自信是她们最强大的武器。

"谁说我不漂亮？"

"谁说我身材不好？"

"谁说我不能拿第一？"

"谁说我不适合？"

"谁说我什么都做不好？"

…………

女孩们的声音渐渐汇聚到一起，形成掷地有声的一句——"你凭什么来否定我？"

新品广告的发布也是茜雀以乐翡作为代言人的正式官宣，不到半个小时，"乐翡复出""乐翡茜雀品牌代言人"就登上热搜榜，以不容小觑的速度飙升热度。

这正式开战前的第一仗，茜雀算是打得响亮又漂亮。

周五晚上陶婷组织部门里的人聚了个餐，犒劳一下最近辛苦工作的大家。

地点定在一家火锅店，整整两大桌的人。陶婷虽然看上去严肃，但从来不摆领导架子，开吃前没说什么客套话，就祝大家吃好喝好，今天她买单。

江蓁挨着宋青青坐下，她俩都快成闺密了，这也是其他同事没想到的事。本来以为上一次的方案竞选过后这两人会彻底变成死对头，但明争暗斗的职场后宫剧没看到，反倒是一出双女主互爱互助共同成长的励志剧。

部门里的关系如今一片祥和友爱，陶婷当初说要两组竞争，却意外地让市场策划部真真正正成为一个团队。

江蓁很能吃辣，从牛油麻辣锅底里夹起一筷子又一筷子的菜，始终面不改色，只是额头渐渐冒出一层细汗。

宋青青看她这副气定神闲的样子，本来吃着清汤锅，也想试试辣的。

她一颗鹌鹑蛋刚咬了一小口就被呛得直咳嗽，江蓁一边笑一边倒了杯冰水递过去。

"怎么这么辣的啦！"宋青青皱起一张脸，张着嘴拼命嘶哈嘶哈。

江蓁夹了个红糖糍粑给她："辣吗？我觉得还行啊。"

宋青青嚼着糍粑给她比了个赞："你是辣妹，你最辣。"

江蓁就喜欢逗她，尤其爱看平时矜持温柔的大小姐出糗，接地气的样子多可爱。

等缓过来了，宋青青喝完杯子里的冰水，突然冒出一句："江蓁，其实我原本不喜欢你，甚至可以说有点儿讨厌。"

江蓁吃着酥肉看她一眼，笑着说："我看出来了。"

要做塑料姐妹，有些话就不必拿到明面上说，现在宋青青真把她当好朋友，刚刚看气氛到了，才会说起这个。

"你总是带着锋芒，而且还从来不掩饰，你身上散发出去的光，有的时候会让别人很不舒服。"

这话江蓁不止一次地听到过，早就习惯了。她无所谓地笑笑，问宋青青："那你现在干吗接近我，别有目的啊？"

宋青青挪了挪椅子凑近她，小声说："后来婷姐和我聊天，说到你了。"

听到陶婷江蓁不免紧张起来，她问："你们说我什么了？"

"婷姐说，我不喜欢你，是因为我把你当成一个对手，你强大、优秀、具备我所没有的能力，所以我忌惮你，才会讨厌你。"

江蓁挑起眉毛睁大双眼，没想到陶婷还会给她这么高的评价。

宋青青继续说："她还说，你不是来做我的对手的，我应该把你当成——"话到一半她突然停住，江蓁接着她的话问："当成什么？"

宋青青眯着眼睛甜甜地笑了下："当成能互相学习共同进步的战友！"

直觉告诉江蓁这肯定不是陶婷的原话，但也没继续追问，点到即止，上面那句就够她受宠若惊的了。

宋青青举起酒杯碰了碰江蓁的杯子，说："敬你，希望我也能像你一样杀伐果断、有勇有谋！"

这评价怎么听都有些奇怪，但不管怎样也是褒奖。

江蓁抬起杯子把剩余的啤酒一饮而尽，不知想到了什么，意有所指地说："也不果断，有时候也有勇无谋。"

等火锅吃完已经晚上八点多，街上流光溢彩，城市灯火通明。

大家都喝了点酒，顺路的一起坐地铁或打车走，陶婷让部门里的三个男孩分别送一组，到家以后别忘了报个信。

宋青青喊了家里的司机来开车，江蓁跟着她走。

最后只剩陶婷落了单，她说有人来接，江蓁本来想八卦一句谁，但话还没出口就被宋青青拉走了。

车上，江蓁戳戳宋青青，忍不住好奇地问："陶婷不单身吗？谁来接她啊？"

宋青青专注于手游，头也没抬地说："领导的事你少管。"

江蓁撇撇嘴："我关心她不行啊？"

到家后江蓁和宋青青告别，下了车抬头一看却蒙了。

二楼的灯怎么开着？她早上走的时候没关吗？

她心里疑惑着上楼，到家门口摁下密码拉开大门。

江蓁一只脚迈了进去，另一只脚却僵在了原地。

四目相对的时候，她才恍然意识到，她和周晋安上一次见面究竟是多久以前的事。

他什么时候戴上了眼镜、剪短了头发，脸还瘦了一圈，和她记忆里的样子有了不算小的出入。

"回来啦？"周晋安先开口，端着一碗刚洗好的草莓坐在了沙发上，熟络得好像他就是这间屋子的主人。

江蓁进屋关上了大门，她的声音还沾着屋外的寒气，听上去并不欢迎他的到来："你怎么进来的？"

没等周晋安回答，江蓁又接连抛出两个问题："你怎么知道我住这儿的？你来干吗？"

周晋安推了推鼻梁上的眼镜，面对江蓁已经显现出的愠意，他语气温和、条理清晰地给出回答："我来金陵出差，顺道过来看看你。地址是阿姨告诉我的，密码我猜了两遍，猜对了就进来了。你把我的联系方式都拉黑了，我没办法提前告诉你。"

江蓁迈步走进去，视线落在玄关旁边的黑色行李箱上。

周晋安的行李箱用了好几年了，周边磨损得很厉害，上面还留着江蓁随手粘上去的贴纸。

假如周晋安把这间屋子都逛了一圈的话，他会发现这里已经没有有关他的任何东西了。

他突如其来的到访对江蓁造不成任何惊喜，只是觉得有些可笑。她换了鞋挂好包走进客厅，话里带着讥讽："我来申城快两年，你也没少来周边出差，这还是你头一次来看我，在我们分手之后。"

"蓁蓁。"周晋安仍旧亲昵地喊她，向前迈了一步张开双臂。

江蓁往后退，躲开他将要落下来的拥抱，反问他："你说我赌气，你自己不是也一样吗？"

怀里落了空，周晋安收回手，他没有回应江蓁的质问，再聊这个又得吵，他今天不是来让这段关系更糟糕的。

江蓁也不想和他吵，这一天已经够累了。她疲惫地呼出口气，像从前的无数次一样微微仰头看着周晋安，只是眼里再没有笑意，说出口的话也冷冰冰的："没事的话我要休息了，你也早点回去吧。"

"江蓁。"周晋安伸手握住她的手臂。

江蓁甩开，侧身躲了躲拉开两个人的距离，她的耐心快消耗殆尽，再开口的时候眼眶红了一圈，每个字都咬得很重："你不想我报警说有人私闯民宅吧，周老师？"

周晋安拧眉看着她，想说的话终究还是咽了回去。半晌，他点点头："你早点休息，我们明天再聊。"

房门落上锁，周晋安走了。

江蓁长叹声气，放松肩背瘫坐在沙发上，抬起一只胳膊挡住眼睛，脑子里乱糟糟地冒出好多事情，挤得她头疼。

她和周晋安应该有一年没见了，连分手也是在电话里完成的。

分得不算干净，有些话没唠明白，在江蓁这里他俩已经彻底 game over（结束），但对周晋安而言似乎这只是又一次的中场暂停。

江蓁从包里摸出手机，在黑名单里把周晋安释放出来，点开聊天框发了一条消息过去。

江蓁： 明天见吧，我公司楼下的星巴克。

对方立马就回复了。

周晋安： 好，今天是我不对，你早点休息。

江蓁摁熄屏幕放下手机，刚要起身去洗漱就听到电话铃声响起。

是妈妈打来的，江蓁摁下接听把手机放到耳边。

"喂，妈。"

"蓁蓁啊，在干吗呢？"

江蓁揉揉眼睛，打了个哈欠说："准备洗澡睡觉了。"

"晋安在不在你那儿啊？我让他给你带了两瓶酱牛肉，你记得放冰箱里啊。"

电话那头她妈喊周晋安的语气亲昵，是还把人当女婿看呢，不然也不会把她的新家地址给他。

一直没听到江蓁回话，江母连续"喂"了几声，终于察觉到气氛不对劲："怎么了呀，和他又吵架啦？蓁蓁，你也要懂点事了，感情是折腾不起的。"

江蓁一瞬间无奈得有些想笑，她深吸一口气，却抑制不住心里的委屈和愤懑："我不懂事？我真不懂事吗？我就是太懂了我才跟他过不下去了！"

最后一句近乎是吼出来的，说完江蓁就挂了电话，把手机静音扔到沙发上，不想再去管它。

空气里留着周晋安身上的男士香水味，是江蓁以前送给他的，CREED 银色山泉，纯净的泉水掺杂柑橘、茶香和黑醋栗，清冽又温柔。

以前再喜欢这味道，现在也只觉得嫌恶。江蓁踩着拖鞋从浴室架子上随手拿了一瓶她的香水，打开盖子对着空气就是一顿猛喷，等觉得馥郁的花香已经彻底覆盖残留的男香才罢休。

茶几上放着一碗草莓，已经摘掉了叶子，挂着水珠，鲜红饱满。江蓁抄起那碗刚要倒进垃圾桶，想了想还是不能浪费粮食，辜负谁也不能辜负丹东大草莓。

她抱着碗盘腿坐在沙发上，一口一个把草莓全吃光了。

把空了的玻璃碗拿到厨房洗干净放回架子上，江蓁还是觉得心里不舒坦，她把目光落在大门的密码锁上。

新家的密码她换过，不是以前常用的，但是周晋安仍旧能够轻易猜出来。

他们在一起五年，对彼此的喜好和生活习惯了如指掌，这个事实像一根小刺卡在江蓁的喉咙口，拔不干净，存在着又让人硌硬。

江蓁蹲在门口对着那锁研究了半天，终于妥协，确认自己把更换密码的步骤忘得一干二净。

她回屋拿手机，点开微信找程泽凯求助。

江蓁： 门锁密码怎么换来着？我忘记了。

等回复的过程中江蓁又回到门口，一个人瞎捣鼓，什么键都试着按按，门锁嘀嘀嘀地直响。

大概是两分钟后程泽凯回了消息。

程泽凯： 阿秋在家，我跟他说了，你等等，他马上来帮你。

江蓁刚看完屏幕上这行字，就听到楼上传出开门声。

还没等她反应过来，季恒秋已经站到了她的面前。

他穿着卫衣和运动裤，踩着一双灰色拖鞋，很居家的打扮。

"要改密码？"季恒秋问。

江蓁绞着手指点点头，她偷偷摸摸地做了亏心事，心虚得不敢抬头看人家。

季恒秋走到门前，江蓁立马往旁边退了一步给他让位置。

"按这里。"季恒秋一只手插着口袋，另一只手在上面摁了两下。

江蓁站在他左后方的位置，偷偷地盯着他脸看，根本没注意他手上怎么操作的。

没两秒，季恒秋转头对江蓁说："来输新的。"

"哦哦。"

江蓁伸出右手食指，犹犹豫豫地输了好几遍还是没摁下确定。

她惯常爱用的数字和值得纪念的日子，周晋安统统知道，想要找到一个她记得住他又猜不出来的太难了。

删删改改了半天，江蓁有些不耐烦了，心里一躁，她抬头问季恒秋："你生日什么时候？"

季恒秋正抱着手臂看别处等她输好密码，没想到会被问这个问题，愣怔地转过头指着自己问："我？"

"对，你。"

季恒秋老实地回答："五月二十日。"

江蓁问："一九八七年五月二十日？"

季恒秋点头："对。"

"一九八七年五月二十日。"江蓁嘀咕着重新输好数字，摁下确定键，抬头问季恒秋，"下一步呢？"

季恒秋看着她，目光却没有聚焦，神情呆滞。

江蓁提高声音又问一遍："然后呢？"

再开口的时候季恒秋都有些结巴了，他语无伦次地回答："啊，那个、再、那个再输一遍就好了。"

江蓁按照要求再次输了一遍："这样就改好了对吧？"

季恒秋："改好了。"

江蓁朝他笑笑："谢谢你啊，麻烦了。"

季恒秋喉结滚了滚，说："不麻烦。"

江蓁挥挥手："那，再见，晚安。"

"再见。"

话音未落季恒秋就仓促地挪开视线，转身上楼。从刚刚开始他整个人就变得魂不守舍，上楼梯的时候脚没抬高磕在台阶上还差点儿绊了一跤。

看他摇晃着踉跄一下，江蓁把那两个字还了回去："小心！"

季恒秋重新站直，在原地调节好呼吸，他清清嗓子，若无其事地继续上楼。

等回到自己家，季恒秋迈着大步径直走向冰箱拿出一罐啤酒，拉开拉环就往下灌。

冰凉的液体流过胸腔，有如镇静剂短暂发挥了效力，季恒秋深呼吸几下，试图稳住越发不可控的急促心跳。

什么情况下一个女人会用另一个男人的生日做密码？

季恒秋觉得脑袋涨得发晕，一罐啤酒喝完，他捏扁易拉罐丢进垃圾桶。

十一月的申城，夜晚十点，寒风凛凛，刮得玻璃窗打战。

在这大冷天，季恒秋先是一口闷完了一罐冰啤酒，接着又穿着单衣跑到阳台吹夜风。

手指冻得发紫，体内血液循环也在减慢，季恒秋不知道还能做些什么可以让自己恢复如常，不再满脑袋只剩下一句——"完蛋，她是不是喜欢我？"

第八章

确认喜欢

傍晚六点下班时间到，江蓁却没急着走。她继续坐着，不慌不忙地写一份截止日期为时尚早的报告。

等分针划过半张圆，办公室里基本空了，她才慢悠悠地起身拎包下楼。

公司楼下的星巴克总是坐着一群自习或工作的人，网友调侃他们是气氛组，各自占据一张座位，戴着耳机沉浸在自己的事务中。

这样的环境对于江蓁来说却很有安全感，大家共处在一个公共场所，却又对彼此漠不关心，连视线无意相撞的机会都很少。

夜幕四合，天暗了下来。周晋安坐在一个靠窗的位置，看到江蓁，他站起身挥了挥手。

他依旧喜欢毛衣套衬衫，再裹一件深色长大衣，现在鼻梁上多了一副细框眼镜，更有为人师表的气质了，温文尔雅，稳重又内敛。

江蓁坐到周晋安的对面，桌子上摆着两杯咖啡，她拿起面前的这一杯，还是温热的。

"等很久了？"

周晋安摇头："没。"

江蓁浅浅地笑了笑，没再说什么。周晋安向来不会因为这些小事生气，事实上他闹情绪的次数也很少。

比起昨天的剑拔弩张，今天的江蓁温和了不少，两个人随口聊了些近况，都是无关紧要的日常。

交谈中他们面上若无其事，其实心里都能隐隐感知到，他们和对方越来越远了。

咖啡店的灯光昏暗橙黄，照得整间屋子暖洋洋的。

许久之后，话题兜兜转转，终于绕回到他们之间。

江蓁抿了一口拿铁，启唇说："其实你来找我，也不是为了争取什么。你就是想着，过来看看我，如果我还放不下你，那就顺势和好，对吧？"

周晋安没有正面回答她的问题，只说："其实我们各自都退一步，还是能好好过下去的。"

江蓁敛目低头笑了："各自都退一步，我们变成另外一种样子再凑合着过下去。但是周晋安，你当初喜欢我的时候，不就是这样吗？你不爱了，就要我变成另外一种样子，对你来说爱情是这样的吗？总要有人妥协，总要有人牺牲。"

周晋安看着她，沉默了很久才开口说："蓁蓁，我知道你不想依附谁生活，你想要的我会尽力配合，这些我们都可以再商量。"

江蓁的目光在他脸上停留，却没有望进他的眼睛里，他们隔着一张木桌，却好像已经距离万水千山，再也猜不透看不清曾经紧紧贴在一起的另外一颗心。

两年前她想结婚，周晋安说现在还不合适，让她再等等。

其实不是多大的事，都有自己的想法和考量，没有谁对谁错。

但是当第一条裂缝出现以后，离支离破碎就不远了。

周晋安和江蓁开始为了鸡毛蒜皮的小事争吵，会冷战半个月不联系，然后又因为某个契机和好。

反反复复，像偶尔被扔进一块石头的湖，平静时没滋味，掀起波澜又觉得闹腾。

大概一年多前，周晋安晋升为副教授，家里摆了两大桌给他庆祝。那天晚上很热闹，江蓁坐在周晋安身边，听着所有的亲朋好友轮番夸他们般配。

开席前周晋安起身说了两句话，向大家介绍江蓁时，他用的称呼是"我的未婚妻"。

当时气氛因为这声"未婚妻"彻底被点燃，大家起哄欢笑，周晋安的父母脸上也藏不住笑意，儿子立业又成家，没有什么比这个更美满。

所有人都笑容满面，除了江蓁，她没有惊喜，没有感受到得偿所愿。

她在喧闹中放平了嘴角，挣脱开周晋安牵着她的手。

有人扬声问："晋安和小江打算什么时候结婚啊？"

在周晋安说话之前，江蓁微笑着回答："现在不适合结婚，我工作还没稳定下来，再等等吧。"

她一说完气氛立马就变了，宾客们面面相觑，周晋安脸色沉了下来，看着她欲言又止。

江蓁说的这句话是他当初的原话，她现在一字不差地还了回去，知道不该说，知道会扫兴，知道没情商，但她还是忍不住说了。

在说出口的一瞬间，出于某种报复心理，江蓁觉得很痛快。

痛快之后才是难过。

原来结不结婚这件事，不是基于他们的感情走到了哪一步，而是要看周晋安的人生步入什么阶段。

他要先顾事业，婚就不该结；他事业稳定了，就得结婚了。

而江蓁的人生，在这件事里，好像连参考价值都没有，一切理所应当。

这不是江蓁渴望的婚姻，这也称不上爱情。

原先的工作江蓁并不喜欢，当时为了跟随周晋安留在山城才做的选择，她早就想换了。

为了向他证明她不是随口一说，江蓁这次没再犹豫，干脆利落地辞了职，又给一直感兴趣的茜雀递了简历。

走之前的晚上周晋安没来送她，只在电话里反复向她确认："你是不是真的想好了？"

她妈叹了一声又一声的气，念叨着她怎么这么不懂事。

江蓁平静地收拾好行李，她一旦做了决定，那就是不撞南墙不回头。

来申城的一年多里周晋安和她的联系不算多，彼此心照不宣，有些话不能再像以前那样肆无忌惮地聊了。他们中间有了一块布满地雷的危险区，一不小心就会炸得粉身碎骨。

感情早就被消磨褪了色，只是分开的一年筛去了磕绊的沙砾，留下那些美好的回忆诱惑自己囿于过去。

哪有什么放不下，就是觉得可惜罢了，等胸口郁结的那团气舒出去，回过头看有什么大不了的。

星巴克的玻璃门被推开，带进一阵冷空气，吹得皮肤泛起小疙瘩。

江蓁回过神，笑着道："算了吧，别凑合了，咱们每天这么努力生活，不是让自己将就的，你应该拥有一个更好的，我也一样。"

手边的咖啡已经完全冷却，江蓁拿起搭在椅背上的外套，用调侃的语气说了一句："周老师，我没了你可生活得好好的，但你离开我好像就不行了欸，瘦了这么多。"

周晋安愣了一瞬，随后也笑了："没人拉我吃垃圾食品，饮食健康就瘦了呗。"

话说开了，离别时两个人走得很坦然，也没约着吃顿饭，怪矫情的。分手不需要那么多仪式感，大家想明白了，释怀了就行。

上了出租车，江蓁戴上耳机听歌，望着窗外一闪而过的夜景发呆。

不多久，车子到达目的地靠路边停下，江蓁付完款开门下车。

如往常一样，小巷子幽深僻静，居民楼里亮起寥寥灯火。

秋风吹乱发丝在耳边呼啸，在夜深人静中，江蓁听到来自心底某一处的声音，像召唤像诱导。

——去喝酒吧，去忘掉你的烦恼。

屋檐上风铃丁零当啷地响，江蓁推门而入，身上的寒气被屋里的温暖包裹融化。

杨帆看见她，笑得灿烂："姐！你来啦！"

江蓁跟着他往里走，到了吧台边上，意外地发现季恒秋也在。

既然来了就是做好了面对他的准备，江蓁拉开旁边的高脚凳坐下，十分自然地问他："今天不忙啊？"

季恒秋手边一扎啤酒，已经喝了大半，他还未张口，陈卓就先抢话道："姐，你不知道吧，咱们店里来新厨子了，秋哥做甩手掌柜了。"

江蓁挑眉看向季恒秋，觉得有些意外："真的啊？"

季恒秋耸耸肩，一本正经地玩笑道："嗯，我退休了。"

江蓁当了真，失望地啊了一声："那以后都吃不到你做的饭了吗？"

季恒秋没回答，只问她："你想吃什么？"

江蓁想了想："蛋包饭吧，上次吃了一次，很好吃。"

"行。"季恒秋把杯子里剩余的酒一口喝完，从凳子上起身走进后厨。

一旁，陈卓和杨帆你看我我看你，"二"脸蒙圈。

"杨帆，我看错了吗？"

"秋哥真去做了？"

"啧啧，啧啧，啧啧啧……嘶——"

程泽凯拎着菜单本，一人脑袋上来了一下："这么闲？聊什么呢。"

杨帆一惊，回头看是程泽凯，立马乖乖回去工作。

陈卓拉着程泽凯的胳膊，用眼神示意他看江蓁，小声说："我看秋哥完了，深陷美色，五迷三道的。"

程泽凯失笑，又给他脑袋上来一下："给我工作去，少在这儿说老板八卦。"

江蓁听到程泽凯的声音，转头和他打了个招呼。

程泽凯回以一笑，问她："点菜了吗，今天来杯什么？"

江蓁瞥了一眼手边空了的玻璃杯，说："啤酒吧，冰的。"

陈卓应了句"行",从架子上拿了杯子,透黄色液体冒着泡沫将冰块缝隙填满,麦芽香气醇厚。

江蓁一边喝着啤酒,一边在吧台和程泽凯闲聊了两句,话题都围绕在他儿子程夏身上。

程泽凯说小孩今年五岁,在幼儿园上中班,看起来挺乖,其实也皮。

他经常在微信朋友圈发程夏的照片,但江蓁从未听他提起过孩子妈妈,他手上也没戴婚戒。

她心里虽好奇,但不该问的也没多问。

想起上次答应了要给小朋友糖,江蓁从包里拿了一板巧克力,托程泽凯转交给程夏。

程泽凯接过,替儿子说了声谢谢。

没多久,季恒秋端着一盘蛋包饭出来了。

江蓁心满意足地拿起勺子开动,点了好多天外卖,终于吃到一顿像样的晚饭了。

陈卓一闻香味也馋了,喊季恒秋:"哥,我没吃晚饭,我也想吃蛋包饭。"

季恒秋眼皮都没掀一下,冷着声音说:"找秦柏。"

秦柏就是店里新招的厨师,刚来没两天,他来之后季恒秋基本就不做饭了。

招新的事程泽凯念叨了很久,不知道季恒秋为什么突然就改口答应了。

他现在从主厨的位置上退了下来,还说等开了年再招两个帮厨,二楼也重新装修一下,添两张座位。

以前整天待在后厨,多佛多随性一人,现在突然对店里的生意规划上了心,还真有点儿老板的样子了。

程泽凯看季恒秋难得积极起来,立马安排了招聘。秦柏是北方人,擅长面食,厨艺不说多精湛,但人样貌周正,做事又沉稳,程泽凯和季恒秋都觉得不错,就把人留下了。

陈卓热脸贴冷屁股,自讨没趣。

程泽凯拍拍他的肩,安慰说:"找老秦去吧,他肯定给你做。"

陈卓撇着嘴,在季恒秋背后低声骂:"五迷三道!"

江蓁吃饭的时候,季恒秋就在一边坐着,没再喝酒,拿了听雪碧。

头顶的电视机上播着球赛,季恒秋看得专注,江蓁不感兴趣,为了刷存在感,她没话找话问道:"这是哪个联赛?"

季恒秋转头看向她,说:"西甲。"

"西班牙？"

季恒秋点了下头，收回目光重新看向电视屏幕。

过了会儿，江蓁又凑过来问："今天是谁打谁啊？"

"韦斯卡和埃瓦尔。"

陌生的两个名词让江蓁抿唇皱了皱眉，但还是硬着头皮继续问："那你觉得谁能赢？"

季恒秋中肯地评价："不知道，实力差不多吧。"

江蓁咬了口炸鸡块，继续问："那秋老板，你最喜欢哪个球队？"

——江蓁喊习惯了，还是叫他秋老板，季恒秋也无所谓称呼，任由她这么叫。

季恒球说："拜仁慕尼黑。"

"为什么啊？"

"强。"

"那你最喜欢哪个球星？"

"莱万多夫斯基。"

"为什么？"

"……"

季恒秋侧过半边身子面无表情地看着江蓁，停了几秒后开口："考虑过去'央五'应聘吗？"

江蓁愣了愣，反应过来后弯了眼睛"鹅鹅鹅"地直笑。

每次季恒秋面不改色地噎人的样子都特有意思，精准地戳中她奇怪的笑点。

她笑得不顾形象，却又带了点别样的真实可爱，很有感染力，季恒秋借着喝水的动作，不动声色地弯了弯嘴角。

笑够了，江蓁停下，舀了一大勺的蛋包饭，嚼着嚼着突然放慢了动作，心思飘到了别处去。

一口饭她心不在焉地吃完，脑子全是刚刚分别时周晋安说的最后一句话。

在车水马龙的街道边，华灯初上。他看着江蓁，微微笑着，眼神还是温柔的。

周晋安说："江蓁，找个不会让你哭的男人不稀奇，你要找一个能让你多笑笑的人，别像我一样，太无趣了。"

听的时候没放在心上，现在无意中拿出来琢磨一遍，她似乎明白了周晋安的意思。

江蓁抬起玻璃杯喝完剩余的酒，杯底残留一层白色泡沫。

扎啤杯搁在桌子上发出一声闷响，她扭头问季恒秋："你会讲笑话吗？"

季恒秋已经渐渐习惯江蓁跳跃的聊天思维，面对莫名其妙的一句疑问现在也能面不改色地配合她说下去。

"我想想啊。"季恒秋刮了刮下巴，想了一会儿问她，"你猜吸血鬼爱不爱吃辣？"

江蓁点点头，猜道："爱吧。"

"不。"季恒秋否定，又说，"因为他们喜欢吃 blood（血）。"

"……"

大眼瞪小眼三秒过后，江蓁挪开视线，本想低头战术性喝水缓解陡然冰冻住的气氛，却发现杯子已经空了。她闭了闭眼，犹豫着现在开始笑会不会稍显刻意。

季恒秋吸了下鼻子："不好笑啊？"

江蓁："啊。"

季恒秋倒也没表现得很受挫，坦然地承认："我不擅长这个。"

江蓁这会儿倒是很真情实意地笑了出来，连连点头肯定他："嗯嗯，秋老板不是幽默担当，你是门面担当。"

"什么、什么担当？"

江蓁倾身向他凑近一点儿，放慢语速又说了一遍："门面担当，说你长得好看。"

淡淡的玫瑰花香拂了过来，随着她说话的动作，鼻尖的小痣一颤一颤。

易拉罐捏在手中变了形，瓶身凹陷发出啪嗒一声，细小的动静隐匿在大堂的人声喧闹里。

季恒秋的喉结滚了滚，耳膜微微发颤，外界的声音变得模糊遥远，他只清晰地听到自己的心跳声鼓鼓有力，逐渐乱了节奏。

她是不是喜欢自己，这是季恒秋尚未得解的猜测。

现在他唯一可以确定的是，江蓁这个人在他这里不一样了。

和以前不一样，和别人不一样。

季恒秋用右手握拳抵住左胸膛，在剧烈的跳动下心底某一处开始疼痛，起先是一个点，逐渐扩散包围，让整颗心脏都发紧，呼吸变得小心翼翼。

原来心动的本质是不难受的疼痛。

那是来自爱神丘比特的一箭。

那是一切甜蜜和苦涩的起始，从今往后，再不能自已。

程泽凯走进后厨，看见季恒秋在水池边洗碗，眨眨眼睛不敢相信。

"哦吼，我没看错吧？潇潇呢？怎么是你在洗碗？"

季恒秋的袖子撸至小臂，正拿着一块百洁布仔细地擦拭瓷盘上的污垢，他没理程泽凯，安静地继续做洗碗工。

倒是前台的裴潇潇听到了自己的名字，提着声音喊："程哥，秋哥说他来洗的，我没偷懒啊！"

程泽凯抱着手臂绕着季恒秋走了半圈，目光上下打量他："不是吧，以前连师父都叫不动你洗碗的人，今天抽什么风啊？"

季恒秋把洗净的盘子放在沥水架上，用胳膊肘撞了撞程泽凯，赶他："没事就出去，碍手碍脚。"

程泽凯咬着牙朝季恒秋挥了挥拳头，随即又哼笑了一声，他才不走呢，直接一屁股靠在水池边上，交叠着长腿摆出个舒服的姿势，从口袋里摸出一板巧克力。

季恒秋嘴里猝不及防被塞了一块巧克力，想吐又没地方吐，他皱着眉，叼着那块巧克力口齿含糊地问程泽凯："干吗？"

程泽凯把剩余的巧克力塞进季恒秋的围裙兜里，说："江蓁送给夏儿的，小孩禁糖禁巧克力，这个我单方面决定转赠给你了。"

季恒秋睫毛颤了颤，嘴一张，把巧克力整块含进嘴里。

草莓味的，带着些榛果碎，甜得他喉咙口发腻。

季恒秋清清嗓子，话是埋怨，语气却听着挺满足："坏人倒是我来做了，好像我抢小孩吃的一样。"

程泽凯笑笑："欸，怎么说也是人家一片心意，你这叫替小孩承了。回头记得好好谢谢人家江蓁，多好一姑娘。"

季恒秋点点头，应下："知道了。"

程泽凯敏感地察觉到点什么，但没说出来，他拍拍季恒秋的肩，站直身子出去了。

日子一天一天降温，不到十二月，寒风就吹得人受不住，今年的秋冬格外冷。

陆忱打电话过来的时候，江蓁正坐在酒馆里，手边一杯酒，面前一盘餐。

"喂，蓁，在干吗呢？"

"我还能在哪儿，酒馆吃饭。"

"你又去了啊？"

江蓁的目光穿越大堂落在前台："嗯，我又来了。"

陆忱："你这个礼拜天天都去了吧？酒馆还是食堂啊？"

江蓁没回答，也没话回答。

她最近天天都来，风雨无阻，比在这儿打工的还勤快。

程泽凯看江蓁每天按时出现，调侃说要不要把江蓁也招进店里，陈卓说那职位应该是吉祥物吧。

江蓁当时听了笑而不语，心里想：姐可不是来当吉祥物的，姐要进这家店的编制那也是奔着老板娘的方向。

陆忱在电话那头继续说："那家酒馆真那么好吃啊？什么时候我也去见识见识，被你说得这么神。"

江蓁换了只手拿手机，插了一颗草莓放进嘴里："菜好不好吃我一个人说了不算，但老板是挺帅的，我可以保证。"

陆忱听出话外之意，兴奋地开始起哄："哦哟哦哟，我就说呢，怪不得天天跑人家店里去，原来是秀色可餐。到哪一步了呀？准备怎么攻略人家呀？"

江蓁的视线跟随季恒秋的走动到了吧台，她说："还没有的事，我就是想来确认一下。"

"确认什么？"

"久看不厌还是三分钟热度，我得先确认这个。"

陆忱沉默了会儿，带着笑意说："江蓁，这不太像你的作风啊。"

江蓁笑了笑，没说话。

确实不太像她，以前的江蓁认准目标之后就会立即执行作战计划，在感情上勇敢而主动。

这一次她没让自己跟随冲动走，她稳住节奏缓下来，慢慢地去走近这个人。

她不是不够喜欢季恒秋，才不坚定不果断。

恰恰相反，她太喜欢季恒秋了，太清楚这个人在她生命里的出现有多难得，所以才不能急，不敢急。

她没有办法承受任何一点儿差错，所以她得先确认清楚，自己是真的喜欢，还是心血来潮。

如果是前者，那之后就好办了；如果是后者，那她就不能去打扰人家，自己也不愿意让这份原本美好的悸动变了质。

陆忱问江蓁："那这'三分钟'什么时候才算完？都一个多礼拜了吧。"

江蓁正要开口，面前不知何时来了个女人，她仰起头，见对方对她微微笑了下。

是个气质很好的美女，留着棕色长鬈发，穿着素净长裙和米白色风衣，衬得她整个人纤细又温婉。

江蓁轻声问她："有事吗？"

女人指指她正坐着的双人座位，语气带着歉意："不好意思，这张座位对于我来说很特别，如果可以的话，您能换个位置吗？"

见江蓁没反应过来，她又进一步隐晦地解释："是我和他相遇的地方。"

美女的要求一向难以让人拒绝，何况还是个勇敢追爱的美女，江蓁自然应好，起身让座。

看到这里的动静，店里的服务生过来了。江蓁刚想让他帮忙挪一下餐具，就见他突然止步睁大眼睛倒吸一口气，一副见了鬼的样子。

江蓁正疑惑，后面季恒秋也跟着走了过来，脸色同样不好看。

她还没张口，就听到旁边的女人用最亲昵娇柔的语气喊——

"阿秋！"

这一声犹如春寒料峭的第一缕风，带来的只有无边寒意，吹得江蓁打了个哆嗦，吹得她摇摇欲坠，理智即将全线崩塌。

凳脚拖在地板上发出刺耳的一道声音，江蓁保持得体的微笑，优雅地坐下。

通话突然中断，陆忱赶紧用微信戳她，问她那儿发生什么事了。

江蓁一边拿着手机给陆忱回消息，一边用余光留意旁边那桌的一举一动。

季恒秋和女人面对面坐下，在江蓁让出来的双人座，一个冷着脸，一个含着笑。

江蓁不难猜出两人的关系，她轻轻嗤笑了声，心里腹诽最近是什么前任诈尸多发季节。

江蓁：狗血剧情，他前女友来找他了，正好被我撞上。

陆忱：我的天！不是吧？

江蓁把颊边的头发捋到耳后，撑着头随意地划着手机屏幕，其实注意力全在那桌上。

女人断断续续说了很多话，季恒秋的态度还是一样冷淡，没给什么反应。

具体聊了些什么江蓁听不清，无非也就是那些话。

——我还是想你，我还是忘不了你，离开你我才发现你有多好。

江蓁越想越烦，一颗新鲜饱满的草莓被叉子搅得稀烂，碗底一片红色汁水，就像她此刻酸闷又混乱的内心。

陆忱看热闹不嫌事大，问：怎么样？他俩现在什么情况啊？

江蓁放下手机，抬起酒杯喝酒，佯装无意地往那边瞟一眼。

本想借机看看情况，却猝不及防对上了季恒秋的目光。

他背靠在椅背上，姿态随意，直直盯着她，不知道已经看了多久。

四目相对，江蓁心跳漏了一拍，像是被当场抓包的小偷，屏着呼吸不知所措。一口酒呛在喉咙，她难受地咳嗽了几声，整张脸都泛起红。

手机响起提示音，江蓁抚着前胸，平缓好呼吸点开弹窗。

这次不是陆忧的消息。

是季恒秋。

他说：**别瞎想。**

江蓁猛地抬起头看季恒秋，他已经收回目光，左手手指在桌面有节奏地敲打，视线低垂不知道想些什么。

他不是个合格的听众，对面的女人陆梦也察觉到他的心不在焉，不自觉地提高了声音。

这一次江蓁听清楚了，她说的是："阿秋，我真的很后悔，我们可以再重新试试吗？"

她伸手越过桌面，握住了季恒秋的手腕，语气诚恳道："之前的事对不起，这一次我不会放手了，真的。"

啪——

玻璃花瓶跌落在地上，发出清脆的破碎声，澳梅的花瓣散了满地。

这一声惊动了屋里所有人都向江蓁看过来。

她的手还举在半空，面对一地碎片不知所措。

长发从耳边滑落遮住侧脸，江蓁低着头，季恒秋看不见她脸上的表情。

他蹙了蹙眉，心里的不耐烦终于达到临界值。

除去开头一句"你来干什么"，中间一直是陆梦在滔滔不绝，季恒秋一言不发。

他的态度前后就没变过，也根本没在意陆梦说了什么，只想快点打发她走，以及别让江蓁误会了。

季恒秋叹了一声气，开口道："当初程泽凯介绍我们认识，我觉得你是个很好的姑娘，和你在一起也挺开心，我谢谢你曾经带给我的所有，也没怪过你后来做的任何决定。我说过，我能理解，你也不是第一个这样做的人，你不用觉得抱歉。"

他抽回自己的手，没留任何余地，一句话结束所有："陆梦，缘已至此，没必要了。"

说完，季恒秋从椅子上起身离开。

杨帆已经拿了扫把过来清理，江蓁还立在原地，手指绞在一起，不知道是觉得歉疚，还是没从惊吓中缓过来。

季恒秋走过去，抬手抚了一下她的后脑勺。

江綦抬头看向他，轻声道歉："对不起啊。"

季恒秋问她："吓着了？"

江綦摇摇头，像是才想起什么，转头看了看，问："刚刚那个女的呢？"

"走了。"季恒秋抽了两三张纸巾，蹲下身子四处擦了擦，确认地上没有残留的碎片。

江綦用指甲掐着手背，试探着问道："你们是什么关系啊？"

季恒秋站起身，包好纸巾团成团扔进垃圾桶，不咸不淡地丢出三个字："没关系。"

江綦撇了撇嘴，嘟囔："没关系还拉手。"

刚刚那一幕彻底刻在了她的脑海里，感觉像是吞了一万颗柠檬，酸得抓心挠肺。

江綦从包里拿出一瓶免洗消毒液，用力挤了一泵在手背，夸张地哎呀了一声："我挤得有点儿多。"

她顺势抓住季恒秋的左手，蹭了点消毒液上去："你也洗洗手。"

江綦带了点歪心思，没立即松手，就这么抓着帮他把消毒液抹开，尤其是手腕的地方，她反复搓了好两下。

"好了。"

季恒秋一只手插着口袋，一只手伸着任由她搓捏，收回来的时候手腕都擦红了。

江綦的手很小巧，白皙纤细，掌心是暖的。

季恒秋把右手从口袋里抽出递了过去，说："还有这只。"

江綦打开盖子在他手背挤了一泵，见季恒秋还是伸着手，她眨眨眼睛："自己擦呀。"

季恒秋眼里的期待瞬间湮灭，他哦了声，胡乱地抹了两下。

不知道谁通的风报的信，今天晚上程泽凯原本是带程夏打羽毛球，不打算来店里，一听说陆梦来找季恒秋了，一甩球拍抱起儿子就赶了过来。

店里已经恢复如常，那一幕小小的插曲似乎没有带来任何影响，又好像是蝴蝶扇动了翅膀，暴风雨前总是平静，海啸只是还未来袭。

季恒秋看见程泽凯，有些意外，问他："你不是说今天不来了吗？"

程泽凯当然不能说实话，有儿子在借口总是不难想，他指指程夏说："还不是他，吵着要吃冰糖草莓。"

 芙醌

季恒秋把程夏一把拎起，刚出去运动过，小孩身上热乎乎的，抱在怀里手感很好。

"对不起啊夏儿，冰箱里没草莓了，明天再给你做行不？"

程夏乖巧地点头，兴奋地挥了挥手："好欸！"

程泽凯却疑惑起来："我昨天不是买了两盒的吗，谁给我吃了？"

季恒秋心虚地咳嗽了声，回避视线眼神闪躲。

程泽凯眯起眼睛："是不是陈卓这小子？还是裴潇潇？"

季恒秋不想他再多问，直接说："我吃的，明天赔给你。"

程夏眼睛尖，看到大堂里坐着的江蓁，指着她大声喊："哼啾姐姐！"

江蓁听到动静，抬头看过来，见是上次的小柯南，朝他笑着挥了挥手。

季恒秋把他放下，转头质问程泽凯："你教他的？"

程泽凯举起双手为自己澄清："我可没啊，我就上次给他看江蓁的照片，问他这个阿姨和他恒秋叔叔配不配，他就开始这么喊了，小孩聪明，我可没教啊。"

季恒秋对这话半信半疑，也没再深究下去。

江蓁从座位上走了过来，弯腰捏捏程夏的脸，问他："我给你的巧克力吃了吗？好不好吃啊？"

这一句话让在场的三位男性都蒙了，两个男人是出于做坏事即将暴露的惊慌失措，小孩是全然不知此事觉得不解。

程夏满脸的天真无邪，抬头问程泽凯："爸，什么巧克力啊？"

程泽凯和季恒秋对视一眼，迅速往旁边退了一步，指着季恒秋就甩锅："他！他吃的。"

季恒秋张了张嘴却无言以对，确实是他吃的，他没法否认。

小孩的世界很简单，他们喜欢的东西就会视为珍宝。不管前因后果，"巧克力没了"这件事足够让程夏伤心，一撇嘴眼泪就盈满眼眶。

江蓁赶紧摸摸他脑袋轻声安慰："不哭不哭，姐姐再给你。叔叔是小朋友，我们是大人，咱不跟他一般见识。"

为了自己的完美父亲形象不受损害，程泽凯果断背叛兄弟，在一旁帮腔道："就是啊，季恒秋你多大啊，小孩的零食你也抢。"

季恒秋百口莫辩，举手投降放弃抵抗："行，都是我的错。"

程夏平时不爱哭，一哭就没个停，程泽凯抱着他出去哄了。

江蓁结完账，却没立即走，进了后厨找季恒秋。

另一个厨师正在灶台上忙碌，神情专注，好像开启了一道屏障，隔绝外界一切干扰。

江蓁从包里拿出一块每日黑巧，递给季恒秋。

季恒秋接过，看了看包装，问："这是什么？"

江蓁笑着，用对待小孩的轻柔语气回答："季恒秋小朋友也有份的，以后就别再抢别人的吃了哟。"

季恒秋轻笑一声，刮了刮下巴，向她解释道："我真没抢，程泽凯不允许小孩吃糖才便宜我的。"

江蓁其实也猜到了，她指指那块巧克力，说："这个是黑巧，海盐榛子味的，不腻，比那个好吃。"

言下之意，给你的是最好的。

江蓁到家之后才想起来，后来一直忘了回复陆忱的微信。

她打了个电话过去，对方没接，要么在忙，要么已经睡下了。

她洗漱完躺进被窝里，翻来覆去却睡不着。这一晚上发生太多事了，她一件一件回想，意识越来越清醒，神经也越来越兴奋。

凌晨两三点，江蓁还是没能睡着。

窗外月色轻盈洒满人间，深夜万籁俱寂。

她翻了个身，拎起被子盖过头，在黑暗中捧着手机给陆忱打字。

被窝形成一个狭窄的空间，在这里她可以找到安全感，放心地吐露心迹，说些暧昧的秘密。

江蓁：确认完毕了。

江蓁：我就是喜欢他。

江蓁：喜欢得不得了。

第九章

暧昧涌动

双十一结束，市场策划部终于可以松一口气。

新品销售额突破了新高，整个部门都得到了表扬，年终奖肯定丰厚，大家都喜气洋洋，更有干劲。

代言人乐翡接了一部都市题材的新剧，茜雀也跟着投资了，大约会在明年六七月份播出。

今天下班前，江蓁敲敲宋青青的桌子，问她："今晚有约吗？"

宋青青摇摇头："没。"

江蓁打了个响指，邀约道："陪我逛街去呗，请你喝酒。"

宋青青比了个"OK"。

夜晚的金陵路总是热闹非凡，各式各样的店铺灯牌闪烁，吃喝玩乐应有尽有。

江蓁和宋青青一人手里一杯豆乳奶茶，先去吃了蟹粉小笼包。

步行街走了半程，她俩手里收获的战利品已经不少。

看到一家居家用品店，江蓁拐了进去，走到摆放花瓶的架子前驻足停下。

宋青青看她挑得认真，问："买花瓶啊？"

"嗯。"江蓁比对了一番，选定其中一个，"这个怎么样？"

她挑中的是一个欧式复古的玻璃花瓶，粉紫色水波纹，造型有点儿像酒瓶。

宋青青点点头，评价："不错。"

江蓁把它从架子上拿下，决定道："就它了。"

她俩一逛就逛了近两个小时，都穿着高跟鞋，走得累了，手上的东西也买得够了。

江蓁本想带宋青青去 At Will，上车之前她接了个电话，说有事得回家一趟。

看宋青青接完电话脸色不太好，江綦没多问，两人在街口道别。

江綦捧着包装好的花瓶，打车回了老弄堂。

酒馆依旧生意兴隆，食客们三三两两落座在大堂里。

她挑了座位坐下，今天却是季恒秋拿着菜单来给她点菜。

"喝什么？"季恒秋问她。

江綦没翻开菜单，直接说："'美女酒鬼'吧。"

季恒秋挑了下眉，点头说："行。"

江綦把手里的纸盒递过去，季恒秋接过，问："这是什么？"

她没回答，只说："上次我来店里，有人要我让个座，说那是你俩相遇的地方。"

江綦看向那张双人座："那张桌子是她的专属位置，是这样吗？"

"没有的事。"季恒秋否认道。他打开盒子，拿出里面的物品。原来是花瓶，她还惦记着上次的事呢。

江綦把花瓶放到了桌子上，抬头看着季恒秋说："这个花瓶，一来是赔礼道歉，上次我摔碎了一个，现在赔一个；二来，我也算熟客了，花瓶摆在这儿，就当画个圈标个记，以后这个位置给我留着，行吗？"

也许是屋里的灯光温暖，他的眼神变得格外温柔。季恒秋颔首，笑着应好："行，以后这儿就是你的专座。"

江綦是故意这么说的，带着还没完全消解的醋意。

这做法挺幼稚，但有人默许，还顺了她的意。

秋风吹啊吹，吹起了涟漪，吹化了心上的小疙瘩。

早晨八点半，江綦出门上班，下楼时刚好碰见季恒秋。

天气降了温，江綦今天穿了针织短上衣配高腰牛仔裤，外套搭在手臂上，脚上是一双平底的短靴，和季恒秋差了两级台阶，勉强能平视。

他拎着一只泡沫箱子，正要上楼。

"这是什么呀？"江綦指指箱子。

季恒秋掂了掂，回答："螃蟹，朋友送来的。"

江綦一听眼睛都亮了，季恒秋看到她的小表情，问："喜欢吃啊？"

江綦点点头。

季恒秋往旁边挪了一步，让她先下楼，走之前说："晚上早点回来。"

今天一整天江綦都魂不守舍，上班时摸鱼，吃饭时走神，一会儿惦记大闸蟹，一会儿惦记季恒秋。

六点下班时间到，她溜得比谁都快。

刘轩睿看她提包就走，哟了一声："蓁姐，赶着约会啊？"

江蓁脚上没停，轻飘飘地丢下一句："下班不积极，脑子有问题。"

她一路风风火火地赶到酒馆，却被告知今天季恒秋不在店里。

这下江蓁蒙了，难道是她早上会错了意？

没了心思喝酒吃饭，江蓁回了家，躺在沙发上，犹豫要不要找季恒秋问问。

在她还磨磨蹭蹭咬手指的时候，微信上收到一条新消息。

季恒秋：到家了吗？

江蓁立马从沙发上弹起，捧着手机回复：到了。

季恒秋：上来。

江蓁眼珠子转了半圈，上来，上哪儿？是上楼吗？

她一骨碌从沙发上起身，出门噔噔噔地爬楼梯。

叮咚一声响，三楼的大门很快打开。

季恒秋站在门口，手里拎着锅铲，系着围裙，不是酒馆里那种棕色半截式的，是很普通的居家款，还印着淡蓝色的小花朵，他穿着有些违和，又让江蓁觉得怪可爱的。

"你先坐，马上好。"季恒秋把她迎进屋，自己又回了厨房。

江蓁扫视整间屋子一圈，格局和她那间一样，但季恒秋的家装修得更简单，家具和壁纸都是灰蓝色调，没有太多装饰物，客厅里四处散落的都是宠物用品。

土豆看到有客人，摇着尾巴吠了一声，江蓁蹲下摸摸它毛茸茸的脑袋，金毛也乖巧地蹭蹭她。

餐桌上已经摆了两三道菜，糖醋排骨、香菇青菜，还有一道酸辣土豆丝。

江蓁拉开椅子坐下，侧过身子，手肘搁在椅背上，撑着下巴看季恒秋在厨房忙碌。

啊，她偷偷地在心里感叹，她看上的男人是多么贤惠。

没几分钟，季恒秋端着一盘蒸好的大闸蟹出来，每一只个头都很大，外壳橙黄发亮，香味四溢。

他把螃蟹摆到餐桌中间，和江蓁说："去洗个手，开饭了。"

头顶是明亮温暖的灯光，眼前是满桌子的丰盛饭菜，江蓁现在幸福得要冒泡，脚下像踩着云朵，步伐轻盈，心情愉悦。

她从洗手间出来，季恒秋正在架子上挑酒，他转头问江蓁："白酒还是黄酒？"

螃蟹性寒，吃的时候得配点酒才好，江蓁想了想：“白的吧。”

季恒秋便给她倒了小半杯白酒，自己也倒了半杯。

桌上一共六只螃蟹，他先挑出来的，剩余的再送到店里。

很久没和人像这样坐在家里吃过饭，季恒秋搓搓大腿，说：“吃吧。”

江蓁举起酒杯，季恒秋和她碰了碰。

灯光下她的笑变得柔和，明艳的五官少了点平日的攻击性。

她说：“谢谢你啊，季恒秋。”

季恒秋的嘴角也现出笑意，点点头，喝了一口酒。

幸辣的液体滑过喉咙，暖了肺腑。

有一瞬间江蓁真的很想问他，为什么那个人会和你分手？这么好一男人，她错过了后悔了，倒是白白便宜自己。

江蓁想着想着就乐出声，一边剥着螃蟹，一边美滋滋地笑。

季恒秋发现她很喜欢吃蟹黄，把自己手里的也剔了拿小碗装给她。

他俩吃饭的时候，土豆就在桌子底下晃，时不时蹭蹭江蓁的腿。

江蓁扬扬眉毛，得意地和季恒秋说：“它好像特别喜欢我。”

季恒秋嗯了一声，在心里补完下半句——随它主人。

吃饭的时候他俩很安静，季恒秋的厨艺不用多说，江蓁嘴上顾着吃，就忘了要聊。

季恒秋本来就不多话，沉默着进食。

江蓁喝完杯子里的白酒，脸上已经浮出红晕，脑袋还是清醒的，就是不知道为什么，总是想笑。

季恒秋倒了一杯白开水给她，用手指贴了贴她的脸颊，触到的皮肤温软而滚烫。

“醉了？”

江蓁摇摇头，还在傻呵呵地笑。

季恒秋不太信，心里重新估算了一下她的酒量。

江蓁打了个哈欠，屋子里暖洋洋的，她有点儿犯困，起身想回家睡觉了。

季恒秋看她脚步虚浮地走到门口，心里不放心，跟上她说：“我送你下楼。”

江蓁摆摆手：“不用，才几步路，我能摔吗——妈呀！”

才刚走出去一步就踩空了台阶，还好季恒秋反应快，伸手抓住她的手臂往回带了一把。

江蓁撞上季恒秋的胸膛，季恒秋扶住她的腰，两人踉跄着后退了一小步。

这个姿势像是相拥在一起，狼狈又亲密。

江蓁的额头抵着他的前胸，这一下让意识也清醒了些，她睁大眼睛，呼吸急促，心怦怦直跳。

季恒秋问她："崴到没？"

因为距离太近，他的声音更低沉，带着不平稳的喘息。

江蓁被烫红了耳尖，摇摇头，小声回答："没。"

楼梯间里阴冷昏暗，季恒秋鼻间都是她身上的香味。

气味勾人上瘾，淡香若有似无，他翕动着鼻子，微微低下头，情不自禁去追寻更深的来源。

柔软的头发蹭到他的下巴，季恒秋喉结滚了滚，不自觉地收紧了手臂。

如果不是金毛突然吠了一声将他从云端拽回人间，江蓁吓了一跳在他怀中哆嗦一下，季恒秋真的不知道，他下一步会干些什么。

季恒秋松了手，江蓁也往后退了一步，拉开两人的距离。

刚刚某一瞬间她在期待什么来临，现在回过神，又说不清楚了。

她呼出口气，酒意散了大半。

两人各怀心思，道别得有些仓促。

江蓁说："我走了，拜拜。"

季恒秋回："晚安。"

回到家中，客厅冷清，室内温度低，全然不似刚刚那样温馨。

江蓁从医药箱里翻出一瓶钙片，倒了两粒放入嘴中咀嚼。

最近动不动就摔，得多补补，省得人家以为她小脑发育不健全。

洗漱完，江蓁一边吹着头发，一边走神想季恒秋。

她想更了解他一点儿，又突然有些望而却步。

暧昧涌动中的人总是这样，胆大又小心，疯狂又克制。

等头发吹得半干，江蓁踢掉拖鞋，拿了手机趴在床上。

她从相册里挑选了几张照片，是刚刚吃饭时拍的，明亮灯光下菜看上去可口诱人，无须多加滤镜。

一张大闸蟹的特写，一张全桌的俯拍，还有一张是桌上的两杯白酒。

江蓁把这三张照片发布朋友圈，配字是"秋天真好"，还加了一个叹号。

很快有人在底下评论：早入冬了！这天气哪里还是秋天！

江蓁哼了一声，回复：就是秋天，秋天永恒！

今天天气好，午后阳光灿烂，照得世界一片晴明。

花店门口繁花簇拥，色彩斑斓，季恒秋推开玻璃门，迈步进屋。

"您好。"老板娘抬头向他打招呼，"先生要买花？"

季恒秋点了下头，从大衣口袋里摸出手机，解锁屏幕后打开相册，往上滑动翻了翻，点击一张照片递给老板娘，他问："这是什么花？"

老板娘放大照片仔细看了看，了然道："这啊，这是洛神玫瑰。"

已经跑了两三家店，都说没有。一看对方认识，季恒秋赶紧接着问："您这儿有吗？"

"有有有，早上刚到的呢。"老板娘带着他往里走，从花瓶里取出一枝给他看，"就是这个，是新品种，市面上有的不多的。"

深色瞳孔中倒映着粉白花瓣，男人的嘴角有了弧度："行，我拿一束。"

老板娘一边修剪枝干，一边问他："送女朋友的？"

季恒秋说："还不是。"

老板娘心领神会，将包装好的花束递给男人，笑着祝福："那希望你早日抱得美人归。"

季恒秋颔首，道了声："谢谢。"

他走出花店来到车边，先把花束小心地放在副驾驶上，而后驱车前往下一站。

一缕阳光斜照，映得花瓣透亮，季恒秋时不时偏头瞟一眼。

他从来都是个克制又擅长忍耐的人，情绪没有太大起伏，脸上也没什么表情，心里的欲望统统被遮得严严实实。

别人猜不透他，他也同样看不清自己。

这是他第一次这么强烈又清晰地想要一件东西，真挚到他没有办法欺骗自己的内心。

与其说喜欢，不如说渴望。他渴望江蓁，渴望被一个人爱，渴望爱一个人。

所以无论结果好坏，就再试最后一次吧。

是的话，皆大欢喜。

不是的话……大不了他再争取争取。

江蓁收到樊逸的微信消息的时候，正坐在楼下咖啡厅享受短暂的午休时光。

看到页面上是一个公众号推文，她点进去，快速浏览了一遍，是关于流浪猫流浪狗的线下公益援助计划，号召爱动物人士一起加入。

樊逸：看看这个活动，时间在本周六。

大学的时候为了拿工时赚学分，江蓁各种志愿者活动参加了很多。工作之

后每天忙于生计自顾不暇，爱心有，但也没时间献。偶尔看到这样的事，她一般会选择直接捐款聊表心意。

婉言拒绝的话打了一半，樊逸又发来两条消息。

樊逸：溪尘也参加，作为随队摄影师。

樊逸：你上次不说想认识他吗？

江蓁提起一口气，指腹疯狂地按压屏幕，迅速删掉已经打下的"不好意思啊学长，我周六有事"。

改而回复：好的，给我留个位置，我参加。

上次在艺术展看到溪尘的摄影作品，江蓁在受到触动的同时也想起了茜雀一套还在研发阶段的眼影。

这套眼影共三盘，初定名为"山川"，绿色系对应森林，蓝色系对应大海，黄色系对应沙漠。这个系列的色彩饱和度高，相对而言没那么日常，更倾向用于各种创意妆容。

溪尘会拍景，如果他能和茜雀合作，将他摄像头下拍摄的山川作为立意的建构，用于封面包装，那么产品的画面感和氛围感立马就形象起来了。

之前联系他受阻，江蓁原本想着反正新品上市还早，也许中间又会发现其他更优秀的摄影师，便没再把这件事放心上。

现在有了条认识溪尘的捷径，她傻才不走上去。

根据樊逸的提示，江蓁给自己报好名，成功成为"HTG"流浪动物援助计划的一名志愿者。

就算没能说动溪尘和茜雀合作，能帮帮流浪小动物也挺好。

下班后，江蓁到了酒馆，进门先扫视了一圈，没看见季恒秋，她眼里闪过一丝失落。

杨帆拿着菜单来给江蓁点单，江蓁问他："你们老板呢？不在店里啊？"

"在的。"杨帆往后指了指，"他在后面忙呢。秋哥打算把后院修葺一下，这两天都在里头捣鼓，还不让人进去。"

江蓁点了点头："这样啊。"

她耸耸肩，没多问什么，点好酒水和菜。

等菜上桌的期间，江蓁随意一瞥，这才注意到桌上花瓶里的花不一样了。

以前一直都是澳梅，今天却是两枝洛神玫瑰，正处在盛开状态，娇艳动人。

她左右张望了下，其他桌上的花瓶盛着的还是澳梅，只有这一桌不同。

也是，瓶子就特别了，花也应该特别。

江蓁抬手，指腹轻轻抚过粉白渐变的花瓣。她敛目清清嗓子咬住下唇，嘴角的笑意掩住了，却停不下心中的雀跃。

一碗面吃完要结账，江蓁才看见季恒秋出来。

天气已经渐凉了，室内暖和也得穿着长袖，季恒秋却单单套了一件无袖 T 恤，似乎是刚洗过脸，下巴上还挂着水珠，头发也是湿的。

他像小狗一样甩了甩脑袋，江蓁走过去，从包里拿了纸巾递给他。

季恒秋接过，道了句谢谢，随手胡乱地擦了一把。

这一下能擦到什么，江蓁又抽出一张，抬手把他脸颊边和鼻尖滑落的水珠擦干。

她做得很自然，眼神里也没有多余的暧昧，只是纯粹出于一份关心。

季恒秋把濡湿的纸巾攥在手心，问她："吃好了？"

江蓁点点头："今天的油泼面很好吃。"

季恒秋说："是新主厨做的，他是北方人，手艺很正宗。"

江蓁轻声笑，揶揄他："那么季主厨，你真退休啦？"

季恒秋的目光始终落在她身上，不曾偏移过："啊，有别的事要忙。"

裴潇潇被喊去后厨洗碗了，账是季恒秋给江蓁结的。

付完款，江蓁和他告别，正欲转身时又被他叫住。

季恒秋不知从哪儿拿出一束粉白玫瑰，用牛皮纸包裹着，系了一个白色的蝴蝶结。

"不小心买多了，你拿去吧。"

他送得很自然，目光坦荡，仿佛只是顺手给出一个人情。

江蓁接过那束花抱在怀中，抬头对上他的眼睛，问："不小心买多了？"

季恒秋嗯了声。

不小心买多了。

不小心正好是她最喜欢的洛神玫瑰。

那么季恒秋，你有没有不小心喜欢上我啊？

"谢了。"江蓁明眸皓齿，莞尔一笑。

不知又晃动了谁的心神。

周六清晨，江蓁起了个大早。

洗漱完，她换上卫衣和运动裤，把长发绾成马尾。

洛神玫瑰快要谢了，耷拉着脑袋，江蓁舍不得扔，就这么放着，多留一天是一天。

到达活动地点的时候不到上午九点，秋风瑟瑟，但好在今天天晴，太阳照在人身上很是暖和。

樊逸给江蓁拿了志愿者的工作服，介绍了几个成员给她认识。

HTG 流浪动物保护平台每天都会收到很多封来信，今天的工作任务就是找寻附近的小猫小狗，把它们带回收容所，之后再由工作人员进行体检、绝育、领养等公益服务。

来做志愿者的大多是年轻人，领队的叫张卉，齐刘海娃娃脸，看上去不过二十出头，实际上孩子都上小学了。

张卉给江蓁递了一瓶矿泉水，甜甜地笑着说："你先休息一会儿，等会儿我们会分组活动。"

江蓁应了声"好的"，她四处张望了一下，小声问樊逸："摄影师呢？"

樊逸使了个眼色示意她往左边看："戴着棒球帽，在吃早饭那个，就是溪尘。"

江蓁循着他的视线望去，不远处的桌子上，一个男人正低头吃着小笼包，棒球帽挡住了脸，依稀能看见他的皮肤黝黑，身材清瘦。

也许是嫌帽檐碍事，男人抬起左手摘了棒球帽，头发很短，近乎没有，冒着一层贴头皮的青茬。

江蓁耸了耸眉，这个溪尘和她想象的倒是有些出入。

原以为是个新人摄影师，看来并不是，他的年龄应该有三四十了。

江蓁迈步走过去，站到他身边，轻声开口问："你好，请问是溪尘摄影师吗？"

男人正吃着一口小笼包，汤汁烫嘴，他噘着嘴拼命呼气，抬头看到江蓁，点点头，含糊地答："我是，咋了？"

溪尘的五官和粗犷的外表不太搭，眼睛狭长眼尾上翘，鼻梁高，嘴唇薄，是有些阴柔的长相。

看清他的正脸，江蓁提起一口气，眯起眼睛细细打量，总觉得这副面孔似曾相识，某个名字在嘴边呼之欲出。

没能立即想起来，江蓁问他："我是不是在哪儿见过你啊？"

溪尘嚼完嘴里的小笼包，用吸管吸了一口豆浆，语气漫不经心道："小美女，这搭讪方式太老套了。"

这简单的一句话却如提示谜底的关键线索，电光石火之间，江蓁在脑内对应上了某号人物。

她瞪大双眼，满是惊讶道："李潜？！"

这一声让溪尘也愣住了，大约是没想到自己现在这副样子也能被人认出来。

他抽了张纸巾擦擦嘴,一瞬的失神后很快调整好表情:"这你都能认出来?"

如果不是那句小美女,江蓁肯定认不出这是李潜。

李潜是国内一流的时尚摄影师,专为明星艺人拍摄照片,在国际上也多次获奖,时尚圈里无人不晓的视觉艺术家。年少成名后李潜受杂志《JULY 风尚》邀约成为旗下的首席摄影师,掌镜封面拍摄,能出现在他镜头下的都是一线或超一线明星。

曾经有不少时尚杂志都向他抛了橄榄枝,但从业十多年他从没抛弃过老东家。他的审美影响了后来一批的摄影师,也开辟了独树一帜的视觉风格。

印象中的李潜,留着中长发,优雅矜贵,总是穿着丝绸衬衫和西装裤,高而清瘦,浑身上下都是艺术家的慵懒气质。

一个男人这样漂亮,只会让人惊叹他超越性别的美。李潜的才华和样貌成了他封神的两件法宝,无人能敌,望尘莫及。

江蓁张着嘴,还是觉得震惊,这真是李潜?这怎么可能是李潜?

溪尘,或者说李潜,倒是毫不在意,把塑料杯里剩余的豆浆喝光,打了个饱嗝,站起身问江蓁:"你怎么认出我的?我妈看到我现在这副鬼样子都不一定能认出来。"

江蓁仰着头视线向上,稍微回过神。她吞咽了一下,回答道:"我是茜雀市场部的,去年公司想要邀请你为邹跃的服装展拍摄,我们见过一次。"

李潜啊了一声,摸着脑袋点点头:"好像是有这回事儿。"

江蓁垂眸叹了声气,不太愿意回忆起那天的场景。

那时她刚到茜雀,做事不够成熟,带着点傻气的莽撞。见李潜再三拒绝,她不愿意放弃,缠着人继续争取机会。

最后她情绪一激动,抬手抓住李潜的胳膊,被他凉凉淡淡地扫一眼,吊儿郎当地笑着说:"小美女,出卖美色就算了,圈内还有人不知道我的性取向吗?"

工作室里的其他员工哄笑起来,江蓁脸涨得通红,松了手拔腿就跑。

能一眼认出来,要么是真爱,要么就是真恨。

江蓁记恨倒算不上,就是李潜留给她的印象实在太深。

江蓁指指他光秃秃的脑袋,问:"你头发呢?"

李潜这会儿倒是不吝于和她分享:"年初我去了趟川藏,剪了,洗起来费水。"

江蓁抿了抿唇:"皮肤也晒黑了。"

李潜搓搓脸颊,以前多精致一人,什么昂贵的护肤品都往脸上招呼,现在全毁了,又糙又黑。

他不介意，相反还有些满意现在的状态："还行吧，也不丑吧，多硬汉啊。"

江蓁有一堆问题想问，还没来得及张口就听到有人叫他俩过去。

李潜应了一声，拿起桌上的摄影包，走出去两步他又回头，对着江蓁说："这帮人里没几个认识李潜，你别往外头说，在这儿我就是个名不见经传的小摄影师。"

江蓁十分认真地点点头，他有难言之隐，她自然不会落井下石。

江蓁和樊逸分到了一组，他们的任务是去人民公园找几只花猫。

樊逸问江蓁："你刚和溪尘聊得怎么样？"

江蓁怔了一下，回答："挺好的，就随便聊了聊。"

车上，江蓁拿出手机，在微博上搜索李潜的名字。

他的微博账号已经一年没有更新过了，最后一条也是唯一一条。

@李潜 Drown：六便士我赚够了，追月亮去了。

这一条微博评论近十万，江蓁随手翻了翻，都是粉丝在挽留和不舍。

她收了手机，转头问樊逸："你认识李潜？一个挺有名的摄影师。"

樊逸偏头看她一眼："《JULY 风尚》那个？听说过，他的花边新闻挺多的。"

江蓁咬了咬嘴角，问："你还记得他当时为什么退圈吗？"

樊逸思索了一下，回忆起个大概："好像是和《JULY 风尚》总裁闹掰了吧。"

江蓁用指腹摩挲手机屏幕，上次不小心摔在地上，钢化膜有了道裂缝，该换了。

"我看他微博上说，是钱赚够了，追梦想去了。"

樊逸温和地笑笑："找个体面的说辞吧。怎么突然想起他了？"

江蓁呼出一口气，回："没，就和溪尘聊的时候提了一句，没什么。"

到了地方他们下车，小公园里人很多，今天是周末，有几个小孩在玩游戏，还有一群大爷大妈围在石桌子旁打牌。

三四只花猫一直在附近流浪，有一只似乎还怀着孕。幸好今天天气好，它们都出来在草地上晒太阳。樊逸用一点儿猫粮饼干诱着它们放松警惕，逮住机会把它们小心地装进猫包。

花猫个头都很小，营养不良，身上脏兮兮的，跑也跑不快，只有一双眼瞳明亮晶莹，在阳光下呈现琥珀色。

江蓁拿着照片对比了下，附近居民拍到的差不多都在了，除了一只黄白相间的，也就是怀了孕的那只，大概是因为身体笨重，不方便走动，在哪儿待着呢。

那群在玩耍的小朋友看到他们是来找流浪猫的，热情地提供了帮助。

一个戴眼镜的女孩说猫妈妈应该在旁边的早餐店门口，老板娘经常会在门口摆些吃的，野猫都会去那边。

他俩刚要动身去，就见溪尘拿着相机过来了，说要拍点照片。

三人一同前往早餐店，没在门口看见猫妈妈，问老板娘，老板娘也说今天没看见。

江蓁问："这么大点地方，它能在哪儿呢？"

樊逸说："找找吧，应该就在附近。"

他俩四处搜寻的时候，溪尘就拿着相机东拍拍西拍拍。

公园挨着一所学校，居民区旁边就是一条美食街，各家店铺都雾气腾腾的，满是人间烟火味。

镜头对准街口的石墩子，溪尘放大屏幕，无意中在右下角看见一只缩成一团的猫。

他刚想回头喊江蓁和樊逸，就见那两人已经发现了目标，一路小跑了过来。

母猫正蜷缩在石墩子旁，晒着太阳惬意地眯着眼。

江蓁和樊逸悄悄地蹲下身子，不想惊扰到它。

在他们抬头相视一笑的瞬间，溪尘摁下快门，抓拍到这一幕。

他们俩都穿着蓝色的马甲，上面印着"HTG"的logo（标志），口罩遮住半张脸，眼里有柔和的笑意。

石板路上，阳光明媚，花猫在打盹，一男一女静候左右，这一幅画面温暖而美好。

溪尘还在细细欣赏刚刚拍的照片，江蓁和樊逸已经带着猫妈妈上了车。

樊逸摘下口罩和手套，也把外面的马甲脱了，怕沾上细菌。

江蓁从包里拿出一瓶消毒液递给他，樊逸接过，轻声向她道谢。

咔嚓几声，溪尘又拍了好多张，全记录在相机里。

今天一整天，他基本上都跟着樊逸和江蓁了，好几组都没拍到。

张卉要讨问他，溪尘却理直气壮："他俩颜值高，我喜欢拍长得好看的。"

这话让江蓁弯了嘴角，李潜给多少明星艺人拍过，什么样的美貌没见过，她和樊逸估计是"唯二"两个素人，哪里担得起这一句颜值高。

张卉听了来气，她长得可爱，脾气却挺暴，撸了撸袖子佯装要揍人，李潜笑着躲开。

樊逸在一片混乱中求饶地说："哥，别给我俩拉仇恨了。"

溪尘也不说什么，过会儿又继续追着他俩拍。

江蓁看着眼前热闹的景象，心里却是五味杂陈。

平凡鲜活的溪尘，高傲矜贵的李潜，他好像是变了一个人，又好像没变。

从前拍人，如今拍景；从前一单合作定价七位数，业内有人说他拔高市价，一身铜臭，如今却潜藏于世，将作品用于公益，不为分毫，洒脱自由。

拿起相机的时候，李潜的神情又始终如一，目光坚定，燃烧着信念，他依旧喜欢摄影，喜欢用手中的镜头记录人间百态。

那他的故事究竟是如何？负气还是厌倦，躲避还是追梦，迫不得已还是心之所向？

江蓁晃晃脑袋，收起不知发散到何处的思绪，不往下继续想了。

饭点一到，酒馆就热闹起来。

今天客人多，秦柏一个人忙不过来，季恒秋也系上围裙在后厨帮忙。

他正处理虾线，裴潇潇进了后厨，一惊一乍地喊："秋哥，秋哥！"

季恒秋抬起头，问她："怎么了？"

裴潇潇把手机递给去："你看这个！你快看！"

季恒秋扫了一眼，不感兴趣也不耐烦："有话就说，没话出去。"

裴潇潇语速飞快地和他解释："我之前关注了一个本地的流浪动物领养平台，平台今天有个志愿者服务活动，发了现场照片，你看这个这个，美女酒鬼！她也去当志愿者了！"

季恒秋干咳了声，放下手里的剪刀和虾头，在围裙上抹了一把，接过裴潇潇的手机。

裴潇潇说："没想到美女酒鬼还挺有爱心的，你看你看，好几张照片都有她，就是都和一个男的，我看评论还有人说他俩般配。"

十八张照片，有江蓁的占了快一半。看着看着，季恒秋的眉心渐渐拧出一个川字，滑到某一张的时候他停下，两指放大屏幕。

如果相视一笑的杀伤力是一百的话，那么屏幕上的这瓶免洗消毒液就是致命一击。

啊，原来她也会对别人笑，原来她也会给别人洗手。

裴潇潇看着季恒秋手背冒起青筋，担心自己的手机下一秒就会骨折变形。

她咽了咽口水，小心翼翼地问："秋哥，没事吧？"

季恒秋冷冷地掀眼，裴潇潇忍不住打了个哆嗦。

"没事。"他转过身去，把手机扔还给裴潇潇。

就是妒火中烧，醋漫金山。

第十章

我也不只会偷亲

下午四点多的时候，张卉做了个总结，今天的志愿活动到这里就结束了。

和大家说完再见，江蓁退出人群，往外头扫视了一圈，在一辆吉普边上看见了李潜，他背靠在车门上，正在看相机。

江蓁走过去，拍拍他的肩，说："请你喝酒去。"

没给对方拒绝的机会，她绕过车头径直坐进副驾驶。

李潜拿她没办法，收起相机开门上车。

退圈之后他和之前的生活就完全割裂了，没朋友没同事没爱人，家里也很少联系。

突然冒出一个江蓁，他还觉得挺有意思的，也有点儿说不出的珍惜，至少在这个人面前他可以放下某部分东西，不用做李潜也不用做溪尘，就单单是他自己。

李潜问她："小美女，去哪儿喝酒啊？"

江蓁在手机上导好航，递给他："这儿。"

"行。"李潜系好安全带发动车子，"就当咱俩是老朋友叙叙旧。"

江蓁笑笑，轻声重复："老朋友。"

原本江蓁想避开娱乐圈和时尚圈的那些事，但李潜似乎毫不介意，甚至主动和她聊了起来。

谁谁谁耍大牌，哪对荧幕恩爱情侣其实貌合神离，一路上李潜抖了好多八卦。

江蓁听得兴致勃勃，让他兜着点，等会儿下酒再说。

最后聊到茜雀的代言人乐翡，李潜点点头，说他以前也给乐翡拍过一次，小姑娘不错，以后能大火。

说到这里了，江蓁就不避讳了，坦白道："其实，茜雀明年有一个新系列眼影，是以自然景色为灵感的，我想找你合作。"

李潜沉默了一会儿，说："樊逸他们应该告诉你了，我不接商业合作，也不缺这个钱。我现在只拍我自己想拍的。"

江蓁垂眸点点头："我知道，所以我已经打消这个念头了。你放心，请你喝酒没别的目的。"

李潜低声笑了笑："我拍景都是拍着玩玩，你要想找，我回头给你介绍两个专业的。"

江蓁撇嘴，揶揄他："哥，太'凡尔赛'了啊。"

车厢内的气氛又轻松起来，一路开到酒馆，天已经擦黑，华灯初上，白天的哄杂被夜空吞没，小巷安静，路灯昏暗。

江蓁领着李潜进门，杨帆看见她还带了人，表情有些意外，小年轻做事不够圆滑，脸上的尴尬没藏好："姐，这是……"

江蓁说："我一朋友。"

他俩在靠窗的卡座坐下，李潜翻着菜单，突然笑了一声："欸，你看，这杯叫美女酒鬼，啥奇怪名儿啊。"

江蓁笑得有些僵硬："哈哈，就是啊。"

李潜点了杯威士忌，江蓁要了热梅子酒。

酒上桌，李潜拿了相机调试，想拍一张。

江蓁看着他捣鼓，由衷地感叹："我以前觉得你这人刻薄又势利，私生活还乱，但是你拿起相机的时候，是真迷人。"

李潜轻嗤道："你这是夸我还是贬我啊？"

"当然是夸了。"江蓁抬起杯子抿了一口，酒液温热，梅子清香酸甜，一口下去暖了胃。

李潜举起相机，对着江蓁拍了一张。

江蓁玩笑道："哥，你给我拍的照片要钱吗？你的身价我可负担不起。"

李潜笑笑，回："不值钱，早不值钱了。"

江蓁请李潜喝酒，不为打听些什么，就觉得今天这一面很有缘，聊聊，也当多认识一个朋友。

酒喝了半杯，她开口道："我是真喜欢你拍的东西。我没什么艺术细胞，觉得喜欢那就是好，你之前在艺术展拍的照片，太好了，我不会形容，就是太好了。"

李潜笑着不说话，酒馆里的屏幕上播着一部综艺，笑声不断，他偶尔抬眸看两眼，认出其中一位女嘉宾曾经是自己镜头下的模特。

"溪尘对于我来说，就是重生，重活了一次。"李潜举着酒杯，举手投足依稀能见到从前那位傲慢的艺术家。

人封闭又渴望倾诉，所以喜欢一边聊天一边喝酒。酒精蒙蔽头脑，才能让自己大胆地推心置腹，说些平日里想说又没处说的话。

也许是因为酒馆里的氛围温暖让人放松，面前这位听众看上去也可靠友善，所以有些话他忍不住就说了出来。

原以为难以启齿，其实也不是什么大事。

李潜说："我退圈的时候，众说纷纭，什么版本都有。"

江蓁点点头："嗯，略有耳闻。"

"其实最根本的原因，很简单。我不会拍了，拍不好了。就像四十岁的演员，演技成熟了，掌握了技巧，但也没有刚出道那个时候的灵气。"李潜轻轻地说出曾经让他没办法接受、几近崩溃的事实——"我没灵气了。"

江蓁不太会安慰人，也知道自己现在只要做一个安静的听众就行，李潜要的不是一个谈心的朋友，只是一个可以倾吐心事的树洞。

"我讨厌拍摄，我讨厌工作，镜头对准画面半天也按不下去快门。"他仰起头，叹了一声气，自嘲道，"都知道作家会江郎才尽，怎么摄影师也会呢？"

说到这里，李潜停住了，像是陷入自己的回忆，良久没再出声。

刚见面的时候发现溪尘就是李潜，江蓁在震惊之余更多的是惋惜。

像是看着神明被拽入泥潭，价值连城的艺术品摔得粉碎，那个金光闪闪的大摄影师怎么就泯然众人了。

现在她隐约约明白了，那不是堕落，那是一个鲜活自由的灵魂挣脱枷锁重回人间。

最后的最后，李潜说："我花了十多年，把自己搞得再漂亮再体面有什么用呢？"

他抱着相机，爱惜地摸了摸镜头："还是你好，你永远不会抛弃我，只有我抛弃你的份。"说完就自己一个人傻笑起来。

江蓁看他醉了，叫了车送他回家。

看着出租车扬长而去，江蓁拢紧外套跺了跺脚。夜风吹得人发抖，她转身回到酒馆，还是屋里暖和。

李潜刚刚一直哼着首歌，这一会儿她想起来了，他唱的是李宗盛和林忆莲的《当爱已成往事》。

后院的门被叩了两声，季恒秋正蹲在一堆木头中间，夜晚零上几度的天气他却冒了身汗，衣服上沾了灰尘，整个人灰头土脸的。

"什么事？"季恒秋扬声喊。

是储昊宇的声音，说："秋哥，美女酒鬼来了。"

季恒秋站起身，扔了手里的榔头和钉子，从木头堆上跨了一步到门口。

看见他出来了，储昊宇凑过去掩着嘴小声说："这次她还带了个男的，说是朋友。"

季恒秋的脚步顿了顿，到水池边洗了把手和脸。

冰凉的水浇在皮肤上，却浇不灭他心里的烦乱。

他刚掀开垂布走到大堂，就看到窗边的卡座上江蓁和对面的男人脑袋挨着脑袋，对着一台相机不知道研究些什么。

季恒秋深吸一口气，咬紧了后槽牙。

还和白天那个不一样，得，海里的鱼真多。

储昊宇见季恒秋走了几步又回来了，眉头皱着，一脸凶神恶煞，后院的门被摔得哐当一声响，还凶了吧唧地说："没事别来烦我！"

储昊宇吓得打了个嗝，秦柏也蒙了，拎着锅铲不知所措，储昊宇朝他笑笑："他就这样！没事！"

江蓁进来找季恒秋的时候，储昊宇、杨帆没一个敢出声。

当她抬手握上后院门的门把作势要摁下去，两个小伙子瞪大眼睛呼吸都停止了。

门开了，江蓁还没来得及往里头瞧就被挡住视线推着往后退了两步。

啪一声，木门又关得严严实实，季恒秋人高马大地挡在前面，背着光，看不清他脸上的表情。

"有事吗？"季恒秋的语气沾着屋外的寒意，冻得人打战。

江蓁张着嘴，他突然冷漠的态度让她有些无措。

原本要说的话又咽了回去，她猜测他今天应该心情不好吧。

江蓁说："家里的水管好像坏了，我这两天用不了洗衣机，能找人修一下吗？"

季恒秋点点头："知道了。"

他本身长得就不和善，这么冷着脸还挺骇人的。

江蓁不欲多待，挥挥手道："那我走了啊。"

"嗯。"季恒秋转身回了后院，一秒时间都不多给。

江蓁看向储昊宇，用口型问："他怎么了？"

储昊宇摇摇头，不敢多嘴，怕往枪口上撞。

江蓁又回头看了眼紧闭的木门，揉着肩膀小声嘀咕："什么嘛，还不让人看了，埋尸还是挖宝啊？"

星期天下午，季恒秋联系了修水管的师傅。

接到电话的时候，江蓁正和周以在理发店，她估计一时半会儿回不去，和季恒秋说："要不我把房门密码发给你，你先帮我看着。"

季恒秋回："行。"

挂了电话，季恒秋启动门锁，输入 870520，按下确定后却发出嘀嘀嘀的错误提示音。

他以为是自己按错了一位，正要重输，微信上收到了一条新消息。

江蓁：密码是 993976，麻烦你了！

"993976……"季恒秋默念了一遍，蹙起眉细细审视这串数字。

原来不是他的生日，和他没有任何关系。

那为什么那天她要问……

也是，江蓁的思维一向跳脱，突然想起来，随口一问，是他会错了意，自己傻当人家也傻。

现实像一束强光，照得季恒秋无地自容。

无数帧画面在眼前飞快闪过，最后定格在昨晚，她笑着和别人喝酒聊天。

原来这段时间内所有的心动、犹豫、喜悦或压抑，到头来都是他一个人闹的笑话。

他独自脑补了一出戏，从头到尾，像烈酒入喉醺晕头脑，错了，乱了，假的。

还不够明白吗？江蓁身边不缺男人，而无论和谁比，他都没有优势，这季恒秋自己最清楚。

是最近过得太安稳了，陆梦的出现也许就是来提醒他的，好了伤疤别忘了疼，以前没有的东西，以后也不会有。

季恒秋轻轻笑了声，带着讥讽和嘲弄。

多大的人了，犯这样的傻，蠢不蠢啊。

他捂着脸搓了一把，呼出一口气，在锁上输入密码，带着修理师傅进了屋。

这间屋子他很熟悉，从小住到大的，五六年前重新装修翻了新，当成民宿租出去。

来这儿住过的人很多，江蓁是第一个长租客。

原本的家具和摆设都没怎么动，还是和原来一样，她把家里收拾得很好，干净而温馨，茶几上摆满了零食，还有几罐空了的啤酒。

视线掠过窗台上的花瓶时，季恒秋停下了脚步。

玫瑰已经蔫了，花瓣干枯。

他走过去，抬手摸了摸。

玫瑰从盛开到枯萎，像是预示着这场荒唐的心动也该落下帷幕。

季恒秋收回视线，不再多瞧一眼。

心上豁了道口子，冷风灌进来，空缺的地方发出钝痛。

难得喜欢一个人，想要回应又害怕回应。

花谢了，明天换一束新的就行。

那付出去的真心呢，能收回来吗？

还会遇到下一个吗？

又舍得结束吗？

江蓁回到家已经是晚上七点多，她先卸妆洗了澡，换上睡衣找了个舒服的姿势坐在沙发上。

拿起手机想刷会儿微信朋友圈才注意到屏幕上的裂缝，江蓁在茶几抽屉里翻了翻，找到一片新的钢化膜。

她拿了个靠枕放在瓷砖上，一屁股坐上去，撸起袖子，从手机边上小心地揭开旧膜。

这一揭让钢化膜彻底四分五裂，江蓁想拿几张餐巾纸包起来再扔，一不当心虎口处被割了一道口子。

刺痛让她缩了下手，没一会儿伤口开始冒血珠。

其实口子不长也不深，她起身走到卫生间，拿水冲洗血迹。

望着哗哗的水流，江蓁突然起了个念头。

作为行动派，她立马开门上楼，走到三楼按响门铃。

很快大门就打开，季恒秋看见是她，怔了怔，问：“怎么了？”

江蓁把手举到他面前：“不小心割了下，想问你有没有创可贴？”

血都快止住了，她故意娇气。

季恒秋根本就没细看伤口，一听她受伤了赶紧回屋拿医药箱。

季恒秋翻找的时候，江蓁蹲下朝土豆招了招手。

“别摸，小心感染。”季恒秋回身叮嘱她。

江蓁把受伤的手举高，说：“知道了。”

季恒秋只找到以前给程夏用的创可贴，印着卡通花纹，他挑了个粉色的。

刚在门口，光线暗，他才发现江蓁换了个发色，红色调的，一头长鬈发有点儿像迪士尼的小美人鱼，又没那么亮，偏深一些，衬得她皮肤更白皙。

江蓁拿到了创可贴，看到了人就满足了。她和季恒秋道完谢，刚要转身走，就见土豆绕到她面前挡住她前行。

她抬起头，看着季恒秋指指她脚边正疯狂蹭她裤子的金毛。

江蓁的睡衣毛茸茸的，狗子最喜欢这种质地，蹭上去就上瘾了。

季恒秋无奈地刮了刮下巴，心里暗骂这丢人玩意不知道随谁，又猛然醍醐灌顶。

还能随谁。

莫名有些恼羞成怒，季恒秋抱着手臂语气严肃道："这么喜欢就跟着走吧，我留不住你。"

金毛挺通人性，被凶了立马就松开了，回到自己的窝乖乖地趴下。

江蓁看着土豆的可怜样，朝它挥了挥手，小声说："你爸今天心情不好，乖啊。"

她抬眸看向季恒秋，说："那我走了，晚安。"

季恒秋嗯了一声。

江蓁走出去两步，又回头看他一眼，说不上来，和平时好像没什么区别，但总觉得他的态度很冷淡。

没再多想，江蓁攥着一片创可贴下了楼。

原以为季恒秋只是心情不好，但接下来的一周江蓁越发感到了异常。

这个人总是一副冷冷清清的样子，没变过，但相处下来就会发现他不经意的温柔。

温柔，江蓁也没想到有一天她会用这个词形容季恒秋。

他看上去不好接近，其实耳根子很软。

别人找他帮忙，他第一反应总是拒绝，但稍微求两声他就会说好。

这么凶一个人，店里的员工却都特别喜欢他，就是知道这个人外冷心热。

可是最近她坐在吧台的时候，季恒秋不会出现在旁边了。她说想吃蛋包饭，他只说今天不供应。桌上的花瓶里还是插着洛神玫瑰，但不会再有多出来的那一束。

曾经江蓁觉得自己是特殊的，但现在她又和店里的其他客人一样了。餐盘里没有多出来的一碗草莓，咖喱饭上没有额外的荷包蛋，她有的别人都有，季恒秋没有再给她开过小灶。

突然出现的落差感让江綦感到慌乱，忽冷忽热算不上，只是从不冷又回到了冷。她刚觉得和季恒秋熟悉了一点儿，他又筑起了一道屏障，让她无从下手。

是自己太敏感了吗？江綦忍不住怀疑。

陆忱偶尔抽空来关心她的恋爱进度，江綦自己正烦着，听陆忱一八卦心里更乱，差点儿就脑残到在百度上搜索——"暧昧对象突然冷淡是为什么？"

这么浑浑噩噩地过去了一周，周日江綦回家的时候路过酒馆，见里头有光亮，她跨上台阶推门进屋。

与往日不同，今天的酒馆似乎不对外开放，被用作员工聚餐。

两张四人桌被拼到了一起，所有成员都落座其中，满桌子的菜，中间摆着一口羊肉火锅，空气中弥漫浓郁的饭菜香味。

看到江綦，裴潇潇站起来打招呼，储昊宇喊："姐，吃了没啊！"

江綦挥挥手："没想到你们在团建，那我不打扰了，走了啊。"

储昊宇和陈卓赶紧起身拦住她，两个小伙子一人一边把她架到桌子边。

"走什么呀，没吃一起呗。"

"对对对，潇潇，去再拿副碗筷！"

季恒秋旁边还有张空位，江綦被推着坐下，偷偷瞟了他一眼。

他始终没说什么，好像对多一个人少一个人并不关心。

陈卓给江綦倒了杯糯米酒，说是新出坛的，让她尝尝。

糯米酒口感偏甜，一口下去唇齿间满是清醇糯香。

江綦抿了一口，咂咂嘴觉得味道不错，又喝了一小口。

秦柏端着最后一道菜上桌的时候，程泽凯抱着儿子来了。

陈卓说他来晚了，赶紧自罚三杯。

程泽凯给程夏摘了围巾，看见江綦也在，哟呵了一声。

江綦朝程泽凯笑笑，程泽凯意味深长地说："挺好，这下真大团圆了。"

他说完这话其他人立马开始起哄，暧昧地看向江綦和季恒秋。

江綦只当听不懂，喝着酒不说话。

和酒馆里的人都挺熟的，陈卓是调酒师，他旁边那个穿浅色毛衣的叫周明磊，管店里的财务，两人是重组家庭异父异母的兄弟。裴潇潇是店里的前台，挺活泼一小姑娘，热爱追星。杨帆、储昊宇是店里的服务生，秦柏是新来的主厨。

饭桌上气氛热闹，这群人每天在一起工作，关系都很好。

大多都是几个年轻人在聊，程泽凯得照顾儿子吃饭，江綦和季恒秋都不怎么说话，安静地看他们嬉笑闹腾。

江蓁偶尔能听到季恒秋在笑，轻轻几声，嗓音压得低。他笑的时候她就偷偷看他一眼。

陈卓给江蓁夹了一块羊肉，说："姐，你尝尝这个，这是秋哥做的烩羊肉，可好吃了！"

"是吗？"江蓁笑了笑，却没立即动筷子。

她不吃羊肉，今天桌上好几道都是羊肉，她都没夹着吃，从小到大就吃不惯，总觉得有股膻味。

一是都夹到碗里了，她不好拒绝也不想扫兴；二是这是季恒秋做的，她也想尝尝看是什么味道。

江蓁深呼吸一口气，做好心理建设，用筷子夹起咬了一小口。

舌尖味蕾敏感地察觉到羊膻味，江蓁眉头皱了皱，强忍着不适吞咽了进去。

喉咙口泛起反胃感，江蓁赶紧灌了一大口糯米酒压住，喝得太猛她捂着嘴呛了几声。

面前的碗被人拿走，季恒秋把剩下的半块羊肉夹走吃了。

江蓁看着他，睫毛颤动。

"不吃羊肉？"季恒秋的说话声只够两个人听见。

江蓁红着脸点点头。

桌子大，大家伙怕江蓁有些菜够不到，一个一个都热情地给她夹菜，没一会儿她碗里都堆成小山了。

江蓁偷偷地把不吃的都夹到季恒秋碗里，他照单全收。

几次下来，季恒秋发现江蓁还挺挑食的。

羊肉不吃，芹菜不吃，胡萝卜不吃，青椒也不吃，比程夏还难伺候。

和程泽凯说了两句话，季恒秋刚举起筷子，就看见碗里多了两只剥好的白灼虾。

他往旁边看，江蓁今天穿了白衬衫和一件毛衣背心，现在衬衫袖子被卷起，一双纤纤玉手正在娴熟地剥虾。

有一只剥得不完整，江蓁自己吃了，其他的全放进了季恒秋碗里。

季恒秋看了她一会儿，目光逐渐沉了下去，没多说什么，把虾吃了，而后抿了一口白酒。

话题不知何时到了季恒秋和江蓁的身上，这也无可避免，他俩今天坐在一起就是全桌的焦点。

陈卓和储昊宇不正经，喝了酒，情绪激动地要下注。

赌的是季恒秋和江蓁什么时候看对眼的，赌注是五百块钱。

陈卓猜是辣酱那会儿，储昊宇说是季恒秋送江蓁回家那次。

两个人吵吵闹闹的，彼此不退让，很快其他人也加入了进来。

他们能吵出什么胜负，陈卓转头问季恒秋："哥，你说，什么时候的事？"

江蓁咬着嘴角，垂眸不作声，她也挺想知道他会怎么回答。

所有的目光都聚了过来，季恒秋搁下手里的杯子，脸上没有一点儿笑意，沉着声音说："没有的事，别胡说。"

他加重了语气，断言道："江蓁看不上我，别让人家尴尬。"

江蓁松开了牙齿，下唇被咬得微微发麻。

他说的是"江蓁看不上我"，但她听出来了，他的意思是"我不喜欢她"。

一个让双方都保留体面的说辞，却像锋利的剪刀把未完成的画布割裂，鲜血淋漓地撕碎她所有的期待。

刚刚那一小口羊肉带来的不适感又返了上来，江蓁捂住发闷的胸口，心脏下坠狠狠砸在地上，她快没办法呼吸了。

她借口洗手逃去了后厨，没法面对这样的场景，比当面拒绝还让人难堪。

屋里的气氛瞬间就冷了，谁都没出声，程夏睁着一双大眼睛，躲进程泽凯怀里。

程泽凯欲言又止，最后长长地叹了声气。

季恒秋喝完杯子里的酒，辛辣液体灼烧肺腑，染红了眼尾。

他从椅子上起身，迈着大步跟去了后厨。

杨帆担心地问："他俩会打起来吗？"

程泽凯哼笑了一声，说："打起来好，最好江蓁能甩他两巴掌把他打清醒了。"

季恒秋走进后厨的时候，江蓁两只手撑在水池边，脸上沾着水珠，正伏低身子大口喘气。

听到脚步声，她抬头看了一眼，见是季恒秋，抬步就要走。

季恒秋没让，伸手拦住她，握着人家胳膊把人堵在角落里。

一米八几的大高个，往她面前一站光都挡住了。

江蓁抵触地甩开手，问他想干什么。

季恒秋松了手，视线垂着，两人隔了一步，他的声音逼仄而压抑。

"我不知道你和别人是不是也这么相处，但我这个人没那么前卫。江蓁，你要是没那个意思，就别整天往我眼前凑，别趁我睡觉偷亲我，别撩了我转头又去撩别人。"

猛然听到他说出这些话，江蓁睁大眼睛，羞耻感让脸涨得通红，她没想到季恒秋都知道。

她倒也没尿，都到这局面了，干脆就破罐子破摔。

江蓁深吸一口气，抬头迎上季恒秋的目光。她刚喝了一杯糯米酒，度数不高但也壮了胆，酒意上头世界都是她的。

"那如果你也没那个意思，季恒秋，你别总是盯着我看，别故意往桌上放洛神玫瑰，别给我的和别人不一样，别让我觉得我在你心里是特殊的。我撩你，你也没少撩我吧，别把自己说得跟个纯情少女一样。"

视线交织在一起，暗涌的暧昧撕裂在光下。原来彼此都心知肚明，只是选择默不作声装傻，任由绯色浪潮将他们席卷倾覆。

现在一切都说破了，场面有点儿难办，他俩都没留一线，话说得太刺太锋利。

气氛变得微妙，季恒秋和江蓁互相看着，呼吸渐渐急促，若有似无地纠缠到一起。

他们眼瞳里映着对方的身影，嚓一声，点燃了一团火苗。

没能如了程泽凯的愿，他俩没有打起来，倒是吻到一起去了。

像是受到了感应，季恒秋向前迈一步的时候，江蓁立马倾身伸手抱住他的脖子。

一个低头，一个踮脚，季恒秋揽住江蓁的腰，唇瓣贴了上去。

亲吻本应柔情，他俩的这个吻却有点儿凶，带着情绪的发泄，像一场不分胜负的角逐。

唇齿厮磨，他们近乎饥渴地相拥，仿佛站在摇摇欲坠的悬崖边，只有拥抱接吻才能存活。

神经末梢在苏醒，炙热白酒交融清甜米酒，这一刻潮汐与火焰共生，荒芜世界荆棘蔓延，鲜红玫瑰肆意盛开。

两个渴望爱的胆小鬼，在昏暗灯光下，在无人角落里，接了一个疯狂而浪漫的吻。

直到江蓁觉得快喘不过气，本能反应地推了季恒秋一下，这个吻才结束。

分开时两人呼吸都乱了，额头抵着额头，谁也没好到哪儿去。

江蓁身上的香味越发浓郁，温柔的玫瑰花香，无限缱绻。季恒秋把脸埋进她的肩窝，嗅着她颈侧的那块皮肤，觉得不过瘾，又用牙齿轻轻叼住，咬了一口。

江蓁疼得吸了口气，下意识地想躲，季恒秋把人箍在怀里，安抚地亲了亲。

再说话的时候江蓁的嗓子黏糊糊的，哑了。她揉揉季恒秋的耳垂，觉得自己身上挂了只大狗，还爱咬人。她说："我问你，我什么时候撩别的男人了？"

远的也不提了，季恒秋还埋着头不舍得撒手，声音闷闷的："前两天一起喝酒那个。"

江蓁哦了一声："那个，他叫李潜，是个摄影师，我和他没关系。"

季恒秋噌一下抬起头，江蓁头一次在他脸上看到这么丰富的表情。

她忍住嘴角的笑意，戳戳他的脸颊："他还看不上我呢。"

季恒秋偏过头不说话了。

江蓁继续问："没那个意思，没哪个意思啊？"

季恒秋抿着唇，一副誓死不开口的样。

江蓁用手掐住季恒秋的脸颊，季恒秋的脸被捏得变形。

她使坏，故意调戏人家："刚不是挺伶牙俐齿的吗？说呀，还没见你一下子说过那么多话。"

季恒秋说不过她，甘愿认输，求饶道："我说错话了，您大人有大量，别计较。"

十几分钟内心情像坐了趟过山车，江蓁这会儿刚从顶峰下来，还没实感，没回过神。

世上估计也就他俩了，吵架不像吵架，表白不像表白，闹到别别扭扭，又稀里糊涂亲上了。

"我也没那么前卫，今天你亲我这一下，是不是该负责？"

"负。"

"以后有嘴就要问，别自己在这儿想东想西。"

"好。"

"我什么时候说过看不上你，以后你还说这种话吗？"

"不了。"

江蓁又洗了遍脸，理了理衣服。季恒秋和她出去的时候，外头一桌人眨巴着眼睛盯着他俩。

江蓁拿了外套，说先走了，季恒秋送她到门口。

走之前，江蓁踮脚在他脸上亲了一口，贴在他耳边小声说："我也不只会偷亲。"

季恒秋看着她的身影消失在拐角才回了屋里。

他坐下，扫视了一圈，见一桌子人都还傻不棱登的，他用杯底碰了碰桌子，说："继续吃啊，看我干吗？"

陈卓想张口问，刚发出一个音节就被周明磊掐了下大腿制止住。

季恒秋放下酒杯，拿起桌上的手机，往微信群里扔了三个红包，数额总共五百。

桌上的手机齐声发出消息提示音，大家点开微信，看到红包一脸不解。

季恒秋刮了刮下巴，解释道："统一回复，我是辣酱那次，她我不知道，以后再问。"

这话就像是往桌上扔了个炸弹，陈卓一下从椅子上蹿起来，吼着："我就说！我就说！"

裴潇潇捂着脸，尖叫声快刺穿房顶。储昊宇因为痛失五百块而懊恼，又因季恒秋亲口官宣兴奋地和陈卓抱成一团。秦柏和杨帆边笑边祝福，周明磊默不作声，率先一步把三个红包都收入囊中。

程泽凯抱着程夏一瞬间红了眼眶，他狠狠地捶了季恒秋一下，忍不住飙了句脏话："你急死老子了！"

有人发现盲点，扬声喊："那你俩刚刚在里头这么长时间都干吗了呀？"

"就是啊，老实交代！"

"我有画面感了！"

"少儿不宜，快捂小夏耳朵！"

季恒秋给自己倒了半杯酒，起身敬了敬大家，启唇吐了四个字："无可奉告。"

众人异口同声道："喊！"

陈卓问："那美女酒鬼呢，怎么就先走了？"

程泽凯斥他："喊什么美女酒鬼，没大没小。"

周明磊接话道："喊老板娘、嫂子。"

"哦！"

气氛又被点燃，他们吵吵嚷嚷的，酒过三巡，一群醉鬼胡天海地地聊，连季恒秋和江蓁婚礼在哪儿办都商量好了。

最后就剩季恒秋还算清醒，他把人一个一个地安顿好，累得出了身汗。

程泽凯喝醉了，明天不知道睡到什么时候，季恒秋把程夏带回家，明早他送小孩上学。

回家的时候季恒秋到二楼门口停下，摁响了门铃。

江蓁开门，先看见的是程夏，再是抱着他的季恒秋。

"哼啾婶婶！"小孩奶声奶气地喊。

江蓁摸了摸他肉乎乎的圆脸蛋，问他："你怎么在这儿呀？"

程夏揽着季恒秋的脖子说："今天哼啾叔叔陪我睡。"

江蓁看着季恒秋，恍然大悟，哼啾，恒秋，原来是这个意思，敢情她早就被占了便宜。

她抱着手臂靠在门边，问："有事吗，秋老板？"

季恒秋颠了颠怀里的程夏，问江蓁："看你晚上没吃多少，饿不饿？要不要我再做点东西？"

江蓁抑住想要上扬的嘴角，假装犹豫了一下，说："好啊，那我洗完澡就上去。"

季恒秋点了下头："行。"

关上门，江蓁哼哼哈嘿来了一套空气拳，深呼吸了三遍，脸上的笑容还是收不住，快要咧到耳后根。

人一嘚瑟就忍不住找人炫耀，她捏着手机，给最亲爱的陆忧发消息。

江蓁：在干吗呀？

陆忧：刚开完会，饿死我了，你呢？

江蓁：准备洗澡，等会儿吃男朋友做的夜宵。

陆忧：滚！

第十一章

正式处对象

江綦上楼的时候，季恒秋还在厨房，土豆趴在客厅的地毯上，程夏靠着它正在看动画片，时不时摸摸它耳朵。

"婶婶。"小孩听见动静，抬头喊她。

江綦摆摆手："别叫婶婶，叫阿姨就行。"

程夏改口道："哼啾阿姨。"

江綦："那……还是婶婶吧。"

左右不过是个称呼，喊什么都是她，江綦没再纠结这个点，跑去厨房找季恒秋。

夜宵已经做好了，他在洗水果。

要说确定关系，那从今天开始肯定就是正式处对象了，但谁都没说一句喜欢或爱，说不出口也没必要说，心里清楚就行。

相处的时候还跟以前一样，就是看着对方的目光更直接，笑意更坦荡，爱意更露骨。

季恒秋洗了一盒蓝莓，切了两个橙子，拿塑料小碗分了一点儿给程夏，其余的归江綦。

她刚洗完澡，正口渴缺水，从盆里拿了两个洗净的蓝莓就往嘴里扔。

厨房里飘着食物香味，江綦皱着鼻子嗅嗅，问："做什么了，这么香？"

季恒秋指指灶台上的砂锅，说："我把冰箱里的菜给你一锅炖了，还下了点粉丝。"

江綦哇了一声，打开盖子，里头什么都有，年糕、鱼丸、火腿肠、青菜、粉丝、油豆泡，浇上红油撒上芝麻，好似一碗麻辣烫，鲜香十足。

"我真是捡到个宝了。"江綦在季恒秋下巴上亲了一口，怎么看他怎么喜欢。

季恒秋拍拍她的脑袋，把锅端出去，拿了碗筷让她先吃着，饮料都在冰箱里，自己想喝什么就拿。

他走到客厅，喊："夏儿，准备洗澡了。"

小朋友看动画片入了迷，这一集还差一点儿结束，他目不转睛地盯着电视机屏幕，敷衍地应了声："知道了。"

季恒秋也不急，靠在沙发上等他看完。

几分钟后片尾曲响起，季恒秋利索地关了电视机，捞起程夏带进了浴室。

江蓁盘腿坐在椅子上，一边嗑着粉丝，一边欣赏季恒秋的居家一面，心满意足，惬意得很。

等季恒秋给程夏洗完澡，江蓁也差不多吃完了，她把锅端进厨房水池，顺便就撸起袖子刷了。

她洗碗的时候，土豆围在她腿边溜达，拿脑袋蹭她裤腿。

江蓁琢磨着要不要给它买条珊瑚绒的毯子，这么喜欢这质地。

程夏经常会过来住，季恒秋家里都备着他要用的东西。洗完澡还得擦香香，虽然是两个糙男人带大的，但精致的习惯一样没落，等会儿睡前再喝杯奶。

季恒秋给程夏把头发吹干，让他先到被窝里去。

江蓁看小孩要睡了，打算下楼回家。

她刚和季恒秋说完她要走了，就听到程夏在卧室里喊："婶婶，你能给我讲故事听吗？"

季恒秋听了一蒙，哪儿来的习惯？以前怎么没见他睡前要听故事？

江蓁应着好进了屋里，问程夏想听什么故事。

季恒秋拿出手机给程泽凯发消息：你到底醉没醉？你教他的？

程泽凯回的速度很快：他说什么了？

季恒秋：让江蓁给他讲故事。

程泽凯：哈哈哈，等着，还有呢，不用谢我。

季恒秋：还有什么？

程泽凯：等会儿你就知道了，我把儿子给你当助攻，你争点气啊，多跟人聊聊天说说话。

季恒秋：？

程泽凯：睡了，晚安。

季恒秋闭了闭眼感到无语，他收起手机，跟着进去。

卧室里就留了两盏壁灯，他的房间装修得很简单，除了床就是衣柜，没什么其他摆设。

江蓁正侧身坐在床上，程夏躺在他的小被子里。

家里没小孩看的书，也没什么书，江蓁在手机上搜了一篇儿童睡前故事，正读给他听。

季恒秋绕过床头到了另一边躺下，一只胳膊压在脑袋下，也听她说故事。

童话故事在他这个年纪看肯定是幼稚的，主人公又是兔子和狐狸，它俩的爱恨情仇总是说不完。

程夏听故事，季恒秋听声音。他第一次听江蓁这么温柔地说话，放轻了语调，像窗外的银白月光，又像拂过花瓣的微风，听得人很舒服，不自觉地松弛了神经。

故事讲完的时候，程夏还没睡着，季恒秋却生出几分困意。

他张嘴打了个哈欠，听到程夏说："婶婶，你能陪我和叔叔睡觉吗？别的小朋友都有爸爸妈妈陪着睡觉，我没有，也不敢和爸爸这么说，你和叔叔能满足我这个小小的心愿吗？"

哈欠打了一半，季恒秋差点儿惊得下巴骨折，困意瞬间被驱散干净。他猛地起身看着程夏，又抬头看向江蓁。

这就是程泽凯说的"等着"？

江蓁看着季恒秋，同样神色尴尬。

小孩话说到这份上，拒绝太残忍了，谁听了都会心软，但三个人今天睡一张床太不像事了，这么突然她也没个心理准备。

她窘迫得不知道怎么回答："我，那个……"

季恒秋接过话说："这样，今天就你和婶婶睡行不行？"

程夏一翻身，拿两条短胳膊抱住他的手臂，一脸严肃又正义地道："阿啾，我们不会抛下你的！"

这是刚刚动画片里的一句台词，季恒秋哭笑不得，戳戳他额头："你还挺机灵，活学活用上了。"

江蓁也被逗笑了，和程夏说："行，那你保证从现在开始乖乖睡觉，我和叔叔就在这儿陪你。"

程夏立马盖好被子，小手放在肚皮上，乖巧地闭上眼睛，长长的睫毛在眼下投出一片阴影。

江蓁用口型说："等他睡着我就走。"

季恒秋点点头，把程夏的助听器摘了放进干燥盒里。

没了助听器，小声说话他是听不见的。

两个人就这么躺着，卧室里安静了一会儿，江蓁歪过头问季恒秋："他是天生就这样吗？"

季恒秋说："嗯，他刚生下来身体很虚，大病小病不断。其他都还行，就是天生听力弱，说话、学东西也慢，现在还得额外再上课，程泽凯怕他跟不上。"

江蓁摸了摸程夏的手，软乎乎的，都是肉，看来他的爸爸和叔叔把他养得很好。

她没问关于程夏生母的事，好奇是肯定的，但不想窥探别人的隐私，以后有机会也能知道，不急着在这个时候问。

季恒秋的卧室里有股橙子的清香，有的时候凑近他也能闻到。

江蓁在这个安静、昏暗的环境里突然感到了一种踏实，这是来申城之后的第一次，心安稳地落在了实处，她在这里找到了某种不可言喻的归属感。

江蓁睁着眼睛看天花板，过了一会儿开口说："恋爱的第一个晚上，我怎么就有种家庭美满的感觉呢？"

闻言，季恒秋低低地笑起来。

江蓁也笑，末了轻叹一声气，在心里说了句"还真不错"。

某一刻她甚至觉得，她已经走进了曾经设想过憧憬过的余生里。

等程夏睡熟了，江蓁就起身走了，季恒秋送她到门口。

分别时江蓁玩笑说："你要不送我到二楼再上来？"

季恒秋点了下头："也行。"

江蓁穿着拖鞋，海拔和季恒秋差得有点儿多，她扯扯他胳膊，让他低头。

一个很轻的吻，点到即止。

季恒秋摸摸她的脸，又在她鼻尖的小痣上亲了一下作为回应。

"走啦，明天见。"

"嗯，明天见。"

听到二楼响起落锁声，季恒秋才关上门。

他坐在客厅沙发上，给程泽凯发消息。

季恒秋：你就教他这个？不怕把人吓跑啊？

程泽凯这会儿当然没睡，依旧是秒回。

程泽凯：？

程泽凯：怎么可能把人吓跑，他说什么了？

季恒秋：说别的小孩都有爸妈陪着睡，让江蓁今天晚上留下。

季恒秋：不是你教的？

程泽凯：……

程泽凯：我就让他多夸你两句。这话不是我教的。

他俩隔着屏幕都沉默了，也都意识到，这话不是教的，是小孩心里真的这么想。

两个男人心思都不细，能把程夏拉扯大不算容易，以前还经常犯迷糊，现在的事无巨细都是一点儿一点儿被锻炼出来的。

小的时候也许是因为听力不好，程夏的反应比寻常小孩要迟钝一点儿，会哭，但很少闹，大多数时间里都乖得不可思议。

他在程泽凯面前从来没说过这话，也很少问为什么别人都有妈妈，但是他没有。

不说，不代表心里就不在意这个，对于母爱的渴望也许是人类的本能。

季恒秋用手捂住脸搓了搓，心情突然就沉重了。

程泽凯问他：你后悔吗？

季恒秋：不。

程泽凯：我也不，这是我人生里最正确的决定。我说真的，我有了夏儿以后我才觉得，我得认真地活在这个世界上。

季恒秋勾了勾嘴角：我也是。

五年前，是季恒秋不愿意把小孩送到福利机构。小孩身体本来就有缺陷，恐怕遇不到好人家，会被嫌弃受欺负。

那个时候季恒秋没满三十岁，没法领养。季恒秋求了程泽凯很久，到最后差点儿就跪下了，保证一满三十岁就转移监护人。

程泽凯被磨得耳根子软，他头一次见他那小师兄说这么多话，但养个孩子不是小事，这不是钱财和时间的问题，更多的牵扯到责任和情感。

他心疼这孩子，也不愿意看着师父他老人家的后代流落在外头，但领养这事太疯了，他的意思是找个靠谱的人家，以后也保持联系，常往来。

季恒秋是硬骨头，比谁都倔，一旦认定了就不会动摇。程泽凯最后拗不过他，同意了。

虽然规定了三十岁以上的单身男人也有领养资格，但步骤手续很烦琐，他俩前后跑了很多趟，还得顾着生病的小孩，几个月下来两个人都瘦了七八斤。

一个三十岁不到，一个刚过三十岁，一夜之间两个男人就成熟了。

程泽凯后来经常说，阿秋报恩，他倒捞个乖儿子。

其实他花的心思和精力绝对不比季恒秋少，程夏叫他一声爸爸，理所应当地，他承得起。

那几年发生在他俩身上的事情太多，师兄弟一起扛过来，渐渐地就成了彼此的家人。

季恒秋过完三十生日立马和程泽凯提了转移监护人的事，那天晚上酒馆刚开业，还没什么客人，他们俩坐着喝酒，菜是季恒秋做的。

程泽凯喝了口白酒，说："按辈分我喊你师兄，按年龄，你得喊我一声哥。我早说过，我这个人没打算结婚，我也老大不小了，夏儿就留在我身边吧。阿秋，太多东西捆着你了，你心里的东西太多，就往前走不远。"

季恒秋沉默半晌才开口，说的是句玩笑话："你舍不得儿子就直说呗。"

程泽凯夹了颗花生米扔他："我去你的，给我留点面子行不行？"

从程夏开口叫他第一声爸爸的时候，事情就不一样了，他俩的血缘扎根在了心里，紧紧缠绕着，分不开。

季恒秋感谢程泽凯的地方很多，两个男人之间不兴说煽情话，他拿起杯子碰了碰，一切都在酒里。

无论程夏的监护人是谁，他们三个的紧密关系不会变，永远是一家人。

他们给不了程夏一个普遍意义上的家庭，但他们能给程夏的都是最好的。

过程中肯定有累的苦的，但小孩一笑仿佛能治愈全世界。

所以季恒秋说不后悔，程泽凯说这是他人生最正确的决定。

季恒秋轻手轻脚地回了屋里，程夏睡得正熟。

他躺下，替程夏掖好被子。

江蓁发了消息过来，说吃太饱了睡不着。

季恒秋回：去爬楼梯。

江蓁回了张大耳朵图图问号脸的表情包。

季恒秋看了看旁边的程夏，打字说：你要是不介意，下次一起睡吧。

他的本意是满足小孩的心愿，发的时候心思纯正，没往歪处想。

但显然有人误解了。

江蓁：？

江蓁：你大半夜发什么求爱申请？

江蓁：啧啧啧，没想到你是这样的人。

江蓁：房门密码你知道，有种现在就下来。

江蓁：我已沐浴焚香，只等你策马奔腾。

她一口气连发五条消息，季恒秋刚看完一句就弹出下一条。

直到看完最后一句，他皱着眉抿着唇，表情一言难尽，心里五味杂陈，倏地意识到什么，拨了个电话过去。

"喂。"

"喂，江蓁，你是不是又喝酒了？"

"嗯？你怎么知道？"她打了个饱嗝，隔着手机都能闻见一股酒味。

季恒秋认命地叹了一声气，能怎么办呢，美女是他家的，酒鬼也是他家的。

前一天晚上喝嗨的后果就是星期一的早上，江蓁因宿醉头疼到快炸裂。

整个上午她都捧着保温杯，开例会的时候也没精打采。

陶婷问江蓁是不是不舒服，江蓁不好意思地笑笑，谎称自己生理期到了。

知道实情的宋青青憋着笑，递给她一包红糖冲剂，让她多喝热水。

午休的时候，季恒秋发消息问她吃饭了没。

江蓁一打开聊天框就看见她昨晚的豪言壮语，老脸一臊，发了一排表情包把记录刷上去，然后才回：吃啦！

季恒秋：嗯，今天晚上做鲫鱼汤，下了班早点过来。

江蓁发了一张 OK 的表情包。

因为季恒秋这一句话，她立马原地满血复活，觉得外头的阳光都明媚起来。

早就习惯一个人生活、一个人吃饭，现在有个人和她说，今天晚上家里做了什么菜，下班记得早点回来。这感觉太奇妙了，突然就觉得这一天有了盼头，日子是暖色调的，平淡又温馨。

江蓁下班越来越积极这事部门里的人都发现了，渐渐地，她就成了个带头的，每天六点一到不出五分钟办公室里就空了。

陶婷还挺惊喜，准时下班说明工作效率提高了，天天一堆人留下来加班她才看着心慌。

天黑得早，晚高峰来袭，华灯照耀着车水马龙。

回去的路上，江蓁琢磨是不是该给自己买辆车了。之前刚到申城，还没想好留多久，就一直耽搁着，现在申城对她来说意义不一样了，那很多事情就得重新考虑。

出了地铁站还得走个几百米，快到巷子口的时候，江蓁远远看见一道熟悉的身影。

季恒秋牵着土豆，一人一狗正站在路灯下，暖黄色的灯光照在他们身上，映出一层柔和的光圈。

芙醉

看见江蓁来了，土豆汪了一声。

江蓁踩着高跟鞋一路小跑过去，季恒秋朝她张开双臂，等着她扑进怀里。

“等我呢？”江蓁仰着脑袋问。

季恒秋嗯了声，右手牵着狗绳，左手牵住江蓁。

很早以前他就觉得江蓁的手生得小，现在握在掌心里真切地感受，他发现他几乎能完全包住她的手。

摸到她的指尖是凉的，季恒秋牵着她的手塞进自己的大衣口袋里，捏捏她手背叮嘱说：“过两天降温，多穿点。”

江蓁盯着脚边的影子，这条路她走过很多遍，这样被人牵着是头一次。

回家这件事本来就很幸福，有人等你回家那幸福就翻了倍。

时间在这一刻放慢了脚步，他们什么话都没说，但是心贴在一处，彼此取暖，彼此相拥。

快走到酒馆门口的时候，江蓁想起一件事，和季恒秋说：“我后天得出差，明天晚上的飞机，星期五回来。”

这是早定好的事，茜雀的圣诞新品在十二月一日开启全网预售，Kseven 作为推广大使将在本周拍摄广告，江蓁带着于冰得去盯一下现场。

恋爱谈了还没两天呢，她就得出差。季恒秋眉头皱了皱，没多问什么，回了句：“知道了。”

江蓁看到他脸上的表情，停下脚步绕到他面前，说：“你怎么像个受委屈的小媳妇啊？”

季恒秋挑了下眉：“我有吗？”

江蓁笑着点头。

“才没。”

江蓁干脆笑出了声，双手揽着季恒秋的腰，撒娇一样地在他怀里蹭了蹭：“可是我还挺舍不得你的，早定下的事，不然就换别人去了。”

季恒秋戳戳她额头：“还是事业重要，我就在这儿，跑不了。”

江蓁噘着嘴，这会儿换她委屈了。

季恒秋就着这个姿势低头亲了一口，说：“周六那天，约会去吧。”

江蓁眨眨眼睛，嘴角的弧度一点点放大：“约会去啊？”

“嗯，去吗？”

“去，那我必须得去。”

进酒馆的时候两个人还是手牵着手，大大方方的。

几个店员都在偷笑，明目张胆一点儿的比如陈卓，直接就喊上嫂子了。

江蓁朝他挥挥手打了个招呼，季恒秋让她先坐着，自己进了后厨。

储昊宇抱着菜单过来，靠在吧台边说："姐，秋哥给你炖的鲫鱼可香了，卓哥想舀碗汤都没让。"

陈卓擦着杯子喊了一声："我还不稀罕呢，这男人太小气了。"

江蓁故意语气严肃，顺着他的话说："就是，太小气了，我回头好好教育他。"

季恒秋端着餐盘出来就听到三个人说他坏话，也不辩解，把碗筷给江蓁摆好，让她快吃。

一锅鱼汤熬成了奶白色，放了豆腐作为辅料，上面撒着葱花增色。江蓁吃饭的时候，季恒秋就坐在一边，拿筷子给她剔鱼刺。

这两人明明也没干什么亲密的事，但氛围就够甜腻的，陈卓直呼没眼看。

季恒秋掀起眼皮，懒懒地问他："你那'星星'呢，怎么样了？"

陈卓赶紧挥动手臂让他小声点，别被周明磊听到了。

江蓁看了看在前台的男人，总是文质彬彬，兄弟俩从头到脚没半点像。她收回目光，问陈卓："你哥还管你谈恋爱呢？"

陈卓叹了一声气，无奈地摊摊手："人家长兄如父，我是长兄如母，你别看我哥他平时不说什么话，啰唆起来比我妈还烦。"

江蓁笑了笑，只当兄弟俩感情好，倒是难得。

第二天江蓁带着行李去公司，下了班直接去机场。

一落地季恒秋就打了电话，催她赶紧找个地方吃饭，晚上早点休息。

江蓁以前很讨厌被人啰唆，不管是妈还是男朋友，说多了就觉得心烦。但她现在又特别喜欢看季恒秋这副操心老父亲的样，也乐意被这么管着。

也许是因为人类的本质"双标"，也许就是在热恋期，她看季恒秋哪儿哪儿都好。

吃饭的时候，江蓁拍了张照片发过去，打字说：没你做的好吃！

于冰看她笑得像朵太阳花，凑到她旁边八卦："姐，交新男朋友了啊？"

江蓁大方地承认："嗯，刚好上没两天。"

于冰来了兴致，问："他做什么的呀？"

"开了一家店，小酒馆。"

于冰一听更兴奋了，拉着江蓁继续问："那有照片吗？给我看看长什么样啊？"

"照片……"江蓁顿住，季恒秋很少发微信朋友圈，唯一一张本人出镜的应该就是头像上的那只手，料他性格估计也不怎么喜欢拍照。

她说："没照片，下次有机会带你见见。"

于冰笑着应好，抱着她胳膊说要蹭蹭，让自己的桃花也转转运。

拍摄上一切顺利，Kseven只是推广大使，广告也拍得简单，都是常规的，拿着产品展示展示，说两句广告词就行。

头一天Kseven有另外的通告，到片场的时候已经快深夜一点。

江蓁早困了，哈欠打个不停。看着那几个小"爱豆"依旧面容精致神采奕奕，在聚光灯下保持最佳状态，她偷偷感叹明星真不是一般人能当的。

休息的时候江蓁找工作人员要了两张签名照，给裴潇潇拿的，团里一个成员是她新"墙头"。

出差批了三天，但拍摄就用了两天，剩下一天于冰出去玩了，江蓁留在酒店里补觉，过了中午十二点才醒。

醒来之后的第一件事就是看手机，乱七八糟的推送很多，江蓁先点进微信。

季恒秋两个多小时前问她醒了没。

江蓁睡眼蒙胧地回复：醒了。

对方没立即回复，江蓁揉揉眼睛起床洗漱。

等到晚上，季恒秋才拨了个电话过来。

江蓁正在吃外卖，香喷喷地嗦着炸酱面。

季恒秋问她："明天几点的飞机？"

江蓁嘴里含着面，口齿不清地回："中午十二点落地吧。"

"行，知道了。"季恒秋顿了顿，又补充一句，"吃饭的时候别说话，噎着。"

江蓁嘿嘿笑起来："谁让你在我吃饭的时候打给我，下午干吗去了，一直不回信息？"

季恒秋说："在外面有点儿事，没顾着看手机。"

江蓁哦了一声，收了笑容，把筷子插进面里，换只手拿手机。

她意识到了对方的含糊，但没追问下去。要敷衍随便扯个理由就行，不说清楚那就是不方便说。

两个人刚在一起，突然要从独立的状态变得亲密无间，肯定有不适应的地方，他们对彼此的过去和现在都不够了解，这事得慢慢来，感情和信任都得慢慢培养，江蓁不急也急不了。

她最后只说："那行，你早点休息啊。"

季恒秋大概是在家，听得出来语气很放松，像是舒服地躺在沙发上和她打这么一通电话，他说："好，今天程泽凯拿了一箱螃蟹回来，我给你留了几只。明天按时起床，别睡过头。"

江蓁掐着嗓子放慢语速回："知、道、啦！"

他不直白地说想念，但话是温柔的，江蓁听出来了，是在催她快点回来，分开这几天，某些人想得紧了。

周五，中午十二点，飞机准时落地。

江蓁推着行李箱从接机口出来，一眼就在人群中看到了季恒秋。

他照常穿着一身黑，双手抄在兜里，头发留长了一点儿，不算寸头了，没以前乍一看上去那么凶。

看见江蓁，季恒秋招了下手。

于冰扯扯江蓁的衣袖，眼睛瞪得圆圆的，掩着嘴偷笑："姐，那就是你男朋友啊？"

江蓁漾出一抹笑，点头承认："走吧，他开车来的，我们送你。"

于冰："那谢谢姐姐夫！"

走到眼前，江蓁向季恒秋介绍于冰："这是我同事，等会儿能不能先送她回家？"

季恒秋接过行李箱，朝于冰微笑着打了个招呼："行。"

他转头问江蓁："饭吃了没？"

江蓁挽上他的胳膊："吃啦。"

到了停车场，季恒秋让她俩先上车坐。女孩子出门带的东西总是杂七杂八，两个行李箱都挺重，季恒秋单手拎起放进后备箱，轻松得不行，简直男友力爆棚。

等他拉开车门上了车，江蓁往后视镜看了一眼，于冰正低头玩手机，她倾身飞快地在季恒秋脸颊上落下一吻。

她亲完还跟个没事人一样，把脸颊边的头发撩到耳后，若无其事地说："咱出发吧。"

季恒秋用手背蹭了下脸颊，嘴角掀了掀，清清嗓子收住笑意，发动车子打转方向盘。

一路通畅，等回到居民巷已经下午两点。前两天下了雨，今天天气也阴沉沉的，这样的天最容易犯困，江蓁已经打了好几个哈欠。

季恒秋把行李拎上二楼，江蓁说要睡个午觉，太困了。

季恒秋揉揉她头发："睡吧，晚饭的时候叫你起床。"

"行。"江蓁点点头，关门前又叫住季恒秋，手握在门把上，就露出一个脑袋，自以为妩媚地朝他眨了下左眼，语调轻柔地问，"要不要一起睡呀？"

上次是酒后失言，这次又刻意撩拨，季恒秋眯了眯眼睛，不为所动，摁住她脑袋推回屋里砰一声关上门。

隔着扇门，江蓁这会儿胆子大了，也不知道哪儿来的底气，挑衅道："季恒秋，你不行啊。"

门锁传来嘀嘀嘀的声音，江蓁才想起他掌握着房门密码，赶紧认输求饶："我错了我错了，我真要睡了，拜拜！"

门外没了动静，过一会儿传来脚步声，季恒秋上楼了。

江蓁这一觉直接睡到了天黑，被窝暖和，屋里昏黑，太适合窝在家里沉眠不醒了。

季恒秋看她一直没动静，拨了个电话过去。

江蓁被铃声吵醒，迷迷糊糊地摸到手机放在耳边，懒洋洋地喂了一声。

季恒秋说："起床吃饭了。"

江蓁还想继续睡，撒娇道："我再睡一会儿。"

"马上就七点了，起来吧，不然晚上就睡不着了。"

这次江蓁直接不回话了，一闭眼又睡了过去。

季恒秋喂了两声见没反应，挂断电话开门下楼。

屋里静悄悄的，季恒秋放轻脚步走进卧室。

他没开灯，借着客厅的光源走到床边，一只膝盖磕在床沿上，俯身轻轻拍了拍江蓁的背，说："江蓁，起床了。"

被套也是毛绒质地，软乎乎的，她全身都裹在里面，安逸地合着眼。

江蓁的五官轮廓深、长相明艳，平时容易让人觉得有攻击性，但她的睡颜又很乖，睫毛纤长，脸颊上浮出两团红晕，像个小孩，季恒秋看着就心软了。

他把人从被子里捞出来，江蓁半梦半醒地揽住他的脖子，季恒秋一个用力，托着她大腿直接抱起来，她像只树袋熊一样挂在他身上。

江蓁的脸靠在他肩上，他侧过头贴在她耳边小声哄："乖宝，别睡了。"

叫人起床这事他经验丰富，把人这么抱到卫生间，放到洗手台上，他抽了张洗脸巾用水沾湿，拧干后摊开在江蓁脸上抹了一把。

凉水刺激皮肤，她下意识地要躲，眼睛也睁开了，还没完全醒过来，目光有些呆。

季恒秋笑了笑，问她："醒了没？"

江綦嘤咛一声，伸手抱住他，脸颊肉靠在肩上被挤得变形，语气怨恨地说："醒了。"

　　季恒秋拍拍她的脸，进屋把她拖鞋拿出来。江綦跳下洗手台，舒服地伸了个懒腰。

　　走出去两步她像是回想起什么，江綦回过头问季恒秋："刚刚你是不是喊我宝宝了？"

　　季恒秋挑了挑眉，张口否认："没吧，做梦呢你。"

　　江綦挠了挠脑袋，嘀咕道："是我听错了吗？"

　　季恒秋给她戴上衣服的兜帽，推着她往楼上走："嗯，你听错了。"

　　晚饭早就做好了，螃蟹也蒸好了，另外做了一荤一素一汤，都是家常菜。

　　上次知道她爱吃蟹黄，季恒秋专门挑出来剔给她，现在两个人好上了，就不用那么麻烦。

　　季恒秋把螃蟹剥开，先把蟹腿递过去让江綦把黄咬干净了，他再接着吃，简单又省事。

　　他今天做了一道合江綦口味的麻婆豆腐，香辣美味，江綦很给面子地干了一大碗白米饭。

　　饭后季恒秋从冰箱里拿了两瓶酸奶，一瓶递给江綦，另外一瓶奖励土豆。

　　江綦蹲下身子拿酸奶杯碰了碰金毛的狗盆："干杯！"

　　季恒秋路过看见，轻笑一声说她："傻不傻啊你？"

　　江綦哼了一声："我不得和你'儿子'搞好关系啊？欸，等等，土豆不会是你和哪个前女友一起养的吧？"

　　季恒秋抱着手臂，一副无言以对的表情。

　　江綦瞪着眼睛逼近他："老实交代，是你和哪个野女人生的！"

　　季恒秋用拇指关节刮了刮下巴："你要这么说的话，它亲妈应该是程泽凯，是三年前他送我的。"

　　江綦："……"

　　哇哦，这就是传说中的"糟糠之妻"吧。

　　晚上季恒秋得去酒馆，今天是周五，客人多。

　　江綦送他下楼，走之前季恒秋点点她额头："明天去干什么，没忘吧？"

　　"当然没忘。"

　　季恒秋勾了勾嘴角："我走了，你快上去吧。"

江蓁一边上楼，一边拿手机看天气预报，明天多云转晴，是个阳光明媚的好天气。

两个人虽然认识有段时间了，但这是头次约会，意义重大。

回到家，江蓁立马开始约会前的一系列准备事项，洗头洗澡护肤美甲，搭配衣服挑好香水。

明明是日常就会干的事，这一次的感觉却有些久违，像是回到了少女时代，为见心上人一面从头到脚地精心打扮自己，满腔炙热爱意，乐在其中不知疲倦。

江蓁敷着面膜，趁这个时间给自己双手涂上指甲油，特地挑了豆沙绿色，温柔显白，斩男必备。

平板电脑上是某美妆博主的新视频，标题——"无辜感小心机约会妆"，江蓁边看边频频发出感叹，受益匪浅。

为了第二天让皮肤呈现最佳状态，江蓁不到十二点就戴上蒸汽眼罩上床睡觉了。

季恒秋从酒馆出来给她发了消息都没回，睡了一下午晚上还能接着睡，她的属性也许真是树懒。

季恒秋早上醒得早，一般都会带着土豆出去晨练，今天不一样，有要紧事，他给土豆换了水和狗粮，盘腿坐在毯子上撸它脑袋，金毛很喜欢这么被人顺毛。

"今天不出去跑步了，你好好看家。"

土豆汪了两声，也不知道是说好还是不好。

上午九点多，江蓁给季恒秋发了消息，说可以准备出发了。

季恒秋从沙发上拿了外套穿上，把车钥匙、手机统统塞进兜里开门下楼。

嗒嗒往下迈了两步，他觉得自己表现得有些太猴急了，像个毛头小子，这样不行，不符合他人设，又慢下步子闲庭信步地走。

江蓁已经等在楼下，等到脚步声她抬眸看过来。

深秋的天空万里无云，风吹起地上的落叶，还残留着雨后潮湿的水汽。

阳光下她缓缓转身，眉眼弯弯，满是笑意。

四目相对，季恒秋胸腔收紧，丘比特落下的箭晃了晃，心不受控制地发颤。

江蓁向他伸出右手，他停下脚步这么看了两秒，加快步伐走到她身前牵住那只手。

寻常的一天，恋爱中的人却看什么都有趣，天是漂亮的，落叶是漂亮的，万物都被加上一层滤镜。

走在路上，江蓁问他："我今天漂亮吗？"

她特地换了个风格，白色毛衣搭配半身长裙，长发用鲨鱼夹固定住，妆容也比平时要淡，将韩系好嫁风诠释得淋漓尽致。

　　季恒秋打量她一眼，点头嗯了一声："漂亮。"

　　江蓁却像是不满意这个答案，话里带刺："你是不是就喜欢这个类型啊？前女友也是这个风格的。"

　　季恒秋不知道这里头还有个坑等着他跳，瞬间紧张起来："什么风格？"

　　江蓁上下指了指自己："就这种啊，温婉知性。"

　　季恒秋无奈地叹了一声气，戳戳她额头："夸你漂亮就是夸你，自己非要扯到别人找气受，上次和你说了别瞎想，脑袋里整天装的什么？"

　　江蓁撇了撇嘴，女人的纠结点一向清奇："所以，你是不是就喜欢这个类型？"

　　季恒秋不答反问："我喜欢你，你是哪个类型？"

　　江蓁笑了一声："我百变小樱型，你喜欢的样子我都有。"

　　季恒秋快被气笑了，一路上竟是没营养的对话："行，百变小樱。"

第十二章

他的光

申城的武康路被誉为"浓缩近代百年历史的名人路"，地标性建筑武康大楼原名诺曼底公寓，该建筑是典型的欧式文艺复兴风格，曾有不少文化演艺界名人在此居住。

如今时过境迁，红墙斑驳，不似当年辉煌，却更添风雅，韵味悠长。

上午这会儿人还不多，换了平时长街热闹非凡，路上经常能看见各类街拍的年轻男女。

季恒秋和江蓁各自手里拿着一杯热咖啡，手牵着手轧马路。

梧桐叶金黄，落了一地，踩在上面发出咯吱咯吱的响声，放眼望去，秋意尽收眼底。

在深秋的早晨这么悠闲地走在路上，生活节奏被放慢了，时间也慢了下来。

按照他俩的性格都不像是文艺的人，但真做了又没一点儿违和。

也是，谈恋爱嘛，就是做些没意义但浪漫的事。

走到街口有个穿着时尚的男人拦住他们，脖子上挂着相机，说自己是一个摄影博主，想给他俩拍张照。

江蓁刚想拒绝，却听季恒秋说："行。"

男人笑着道了谢，往后退了几步指导他俩怎么摆姿势："就放轻松一点儿，像你们俩刚刚这么走过来就很好！"

看江蓁还愣着，季恒秋捏捏她手背，问："介意吗，介意就算了。"

江蓁摇摇头："没，我怕你不喜欢。"

季恒秋牵着她继续向前走，微微偏过头轻声说："免费摄影师，不拍白不拍。"

江蓁扑哧一声笑出来，偷偷掐了下他的胳膊，让他正经点。

他俩一说话就忘记有镜头拍着，表现得很自然，摄影师连续抓拍了几张。

最后和他们道完谢，摄影师还告知了自己的微博账号，让他们过两天可以去看看修好的图。

这么一个小插曲让江蓁对季恒秋又有了点不一样的认识。

她问他："你不介意拍照啊？"

季恒秋觉得莫名其妙："我干吗介意，我长得丑吗？"

江蓁赶紧道："不丑不丑，帅得很。"

就是觉得酷哥应该很冷很拽才对，她越发觉得季恒秋虽然看上去不好惹，但其实内里属性就是只大狗，温顺随和，好说话好欺负。

江蓁从口袋里摸出手机，打开相机："那我们自己也拍一张。"

今天的鞋跟不高，她怎么举还是只能拍到季恒秋一个下巴，要不然她就只有额头入镜。

季恒秋看着江蓁踮脚找了半天的角度，忍不住乐出了声，实在看不下去了，矮子的世界就是有诸多不便。他接过手机长臂一挥，微微弯下腰对准两人摁下了拍摄键。

"走吧，吃饭去。"季恒秋把手机还给江蓁，迈步向前走。

江蓁点开相册，本还担心直男拍照技术没眼看，但刚拍的那张照片出乎意料的不错，画面清晰，光线正好，两个人脑袋挨着脑袋，她眯着眼睛笑，季恒秋眼里也有未散的笑意。

"再多拍两张呗。"江蓁小跑两步跟上去。

季恒秋揽上她脖子带着她往前走："我饿了，先吃饭。"

午饭是在吴兴路的一家店吃的，门口挂着两块木牌，一面写着"一面春风"，是家面馆，一面写着"人间酒暖"，是专卖清酒的小酒馆。

两家店共用一扇大门，进门右转是面馆，环境简洁清雅，很安静，偏日式风格，但菜品又融合了传统沪式风味。

江蓁跟着季恒秋点了一份双龙拌面，鳝丝搭配肉丝炒韭黄，味道鲜美，口感丰富。

季恒秋还额外点了醉焖蹄和梅渍小排，说是这里的特色。

猪蹄用酒焖炖，肉质酥软绵密，小排口味酸甜，梅香四溢，开胃又下饭。

找个会做饭的男人当男朋友别的不说，起码在吃这一方面江蓁近日来被喂养得很好。

吃饱喝足她打了个饱嗝，幸好毛衣宽松，能遮一遮小肚子。

吃得太撑身子都变得笨重，江蓁搭着季恒秋的胳膊起身，拿手撑了一把后腰，揉着肚子嘟囔："完了，吃太饱了。"

季恒秋觉得挺好，他现在没什么别的心愿，就想把江蓁喂胖一点儿，脸上身上多长点肉，不然一只手都能拎起来，太轻了。

他结账的时候，江蓁站在门口拿手机拍了两张街景，留着晚上发微信朋友圈。

等季恒秋出来，手上却拎了个纸袋。

"这是什么？"江蓁扒开看了看，里面是个打包盒，"你又买了一份吗？"

季恒秋清清嗓子，绷着嘴角在憋笑："小排，老板送的。"

江蓁眼睛亮了亮："送的？为什么啊？"

季恒秋捏了一下她的脸颊："不知道，看你漂亮吧。"

江蓁捂着嘴一脸受宠若惊，缠着季恒秋追问："真的吗？他这么说的？我都能上街刷脸了？"

季恒秋点点头，随她怎么认为。

其实刚刚在屋里，老板的原话是："你老婆几个月了？我刚刚看她很喜欢吃小排，我夫人怀孕的时候也很喜欢吃，一天一盘呢。给你俩打包了一份，小小的祝福，我们也当沾沾喜气。"

虽然是个乌龙，但也是别人的一片好心，季恒秋不好拒绝，走之前给老板递了张名片，说自己也是开店的，有空来光顾，请他们喝酒。

吃顿饭还结交个新朋友，这是季恒秋以前没做过的事，甚至很长一段时间里他对社交只剩厌恶和恐慌，自暴自弃地认为这个世界无趣又残忍。

走出去两步，季恒秋停下，俯身抱住江蓁。

江蓁揽住他的腰，问："怎么了？"

季恒秋毫无征兆地冒出一句："谢谢你。"

江蓁觉得奇怪："谢我什么？"

——谢谢你让我开始喜欢这个世界。

——谢谢你给我的光。

"没什么，就谢谢你。"季恒秋牵住江蓁的手，十指相扣紧紧握在掌心，"走吧。"

到了下午武康路就人声喧嚷起来，路过一家店，见门口围着一群人，爱看热闹的江蓁拖着季恒秋也往人堆里凑。

是家新开业的冰激凌店，叫 Sweety，门店装修得很粉嫩可爱，门口摆着一张海报，上面写着新店开业促销，情侣当场接吻十秒即可免费获得冰激凌一份。

门口围了很多人，非情侣或单身的等着看戏，年轻情侣又犹犹豫豫觉得不好意思。

这样的活动不过都是为了营销噱头，不一会儿就吸引了许多围观群众，整条街上就这家店最热闹。

江蓁拿手肘拱拱季恒秋，一抬头却见他皱着眉，表情一脸凝重。

"怎么了？"江蓁问。

季恒秋叹息了一声，妥协道："行吧。"

"行什么，唔……"

没说完的话被压下来的唇堵住，江蓁瞪大眼睛，像偶像剧里被男主强吻的无辜女主，彻底失去表情管理。

季恒秋刚弯腰吻上江蓁，周围的人群就炸开了，掌声和起哄声阵阵，渐渐有几对情侣受到鼓舞也开始接吻，场面一度变得不可控制。

十秒时间到，季恒秋松开了江蓁，头次面对这么多人的目光，他刮了刮下巴，觉得别扭，不敢抬眸看，耳朵尖泛起了红。

旁边有人喊："哥！好样的！"

季恒秋尴尬地扯了扯嘴角，脸皮快撑不住了。

江蓁还没回过神，稀里糊涂被不知道从哪儿冒出来的店员塞了张爱心号码牌，跟着季恒秋进了店里。

很快一大碗草莓冰激凌被摆上了桌，店员朝他俩热情洋溢地祝福："希望你们能像 Sweety 一样永远甜甜蜜蜜，恩恩爱爱，请慢用哟！"

江蓁往四周看了看，坐着的情侣一对比一对年轻，只有他俩这对平均年龄已过三十的叔叔阿姨，混在其中臭不要脸。

她是喜欢看热闹，但她不喜欢当热闹啊！

说到底，罪魁祸首还是神经搭错了的季恒秋。

江蓁啪一声一掌拍在桌上，季恒秋吓得往后一缩，刚舀的一勺冰激凌也抖掉了。

"季恒秋，你怎么想的呀你？一把年纪了，当着这么多人面，不嫌丢人啊你？"

季恒秋可太冤枉了，是他想吃吗？他抬抬手臂，说："你刚刚不是这个意思吗？"

江蓁闭了闭眼睛，深吸一口气，咬着后槽牙说："我是想让你看旁边那对一直犹犹豫豫不敢上的小情侣，我是让你……我是那种馋一碗冰激凌的人吗？"

季恒秋挑了挑眉，表情像是说着"那你看起来可太像了"。

江蓁也没真生气，想想还觉得挺好笑，季恒秋在某些时刻总是"不鸣则已，一鸣惊人"。

他俩的恋爱真是平淡中轰烈，轰烈中又不失诙谐。

江蓁和季恒秋化羞耻为食欲，把一碗冰激凌吃得干干净净。别说，还怪好吃的，白来的就是香。

下午沿街溜达，两人本还纠结晚饭去哪儿吃，就被一通电话召回酒馆。

裴潇潇今天身体不舒服请假了，店里人手忙不过来，程泽凯让他俩玩够了就赶紧回来帮忙。

都说久病成医，来店里吃了那么多回，江蓁做起服务生那可谓得心应手。

屋檐上风铃响，木门开合，走进来一对情侣，郎才女貌，看上去十分登对。

江蓁带着他们在吧台落座，将菜单递过去。

年轻女人翻看了一会儿，把菜单递给对面的男人："老公你看，这家店还挺有趣的，有道菜叫'主厨今日心情指数'。"

江蓁为他们说明道："对，这是我们店的特色，吃什么主厨定。你们放心，我们家主厨做什么都好吃。"

年轻女人笑着点头："哦，这样啊，那我希望你们主厨今天心情不错。"

她是单眼皮，笑起来还有酒窝，是很耐看的长相。而她的丈夫气质温和，戴着细框眼镜，长得像偶像剧里的某个男演员。

两个人都温温柔柔的，江蓁偷偷地多看了他们两眼，帅哥美女的组合就是养眼。

说话间杨帆从后厨出来，朝江蓁喊了一声："小江姐！"

得到的回应却是两道重叠的"欸"。

江蓁和年轻女人对视一眼，彼此都笑起来。

另一位"小江姐"解释道："不好意思啊，我姓姜，家里有弟弟也这么喊我，我条件反射就应了一声。"

觉得有缘，江蓁问她："你是哪个 jiang？"

"生姜的姜。全名姜迎，欢迎的迎。"

"哦——美女姜啊。我是三点水的那个江，江蓁，蓁是草字头下一个秦。"

前面那句话一语双关，姜迎被她说得脸一红，老公就坐在对面，还被一姐们撩了，这哪能服气，她不甘示弱地拨回去："哦——不爱江山爱美人的江。"

说着两个人都笑起来，这就算是认识了，本身就觉得对方合眼缘，现在更是一见如故。

杨帆喊江蓁是想让她去后厨帮忙上一下菜，见她一直没来季恒秋自己端着出来了。

姜迎张望了一圈，问江蓁："你是这儿的老板娘吧？"

江蓁愣了愣，不知道该承认还是否认，索性把问题抛给季恒秋："老板，我是吗？"

季恒秋正给客人上菜，闻声抬头往这桌看过来，刚刚的对话他听见了，人家问江蓁是不是老板娘。

隔着一条过道，季恒秋说话的声音不大，淹没在大堂的嘈杂里，江蓁没听到，但她看到了他的口型。

——一个很肯定的"是"。

他说完面上仍旧不动声色，拎着餐盘转身回了后厨。

江蓁清了清嗓子，压住想要上扬的嘴角，心里偷着乐。

姜迎对江蓁说："你对象真酷。"

江蓁刚想说"我也这么觉得"，就听见桌对面的男人咳嗽了两声，她话锋一转，夸赞道："也就酷了点，还是你老公帅！"

姜迎笑起来，眼睛弯成两道月牙："帅，都帅，帅得各有千秋！"

周六晚上是酒馆生意最兴隆的时候，过了十二点店里还有好几桌客人。

忙了一整晚，江蓁站得腰酸背痛，季恒秋倒了杯温水递给她，大手在她肩上揉了揉。

季恒秋的力度掌握得刚好，够劲又不至于让人疼得受不了，江蓁闭上眼睛享受男朋友的免费按摩，舒服得很。

季恒秋问她："累不累？"

江蓁摇摇头："还行。"

"这么辛苦，得给你奖励。"

江蓁摸到季恒秋的手，抓着送到嘴边亲了一口，眼睛还是闭着，仰着脑袋对他说："这不已经给我一个大宝贝了吗？"

程泽凯刚进后厨就看见小两口在腻歪，撇着嘴啧了两声："我也累啊，阿秋你也来给我揉揉肩。"

季恒秋理都不理他，顶多回头给他买个按摩椅，体谅一下奔四的老男人。

今天打烊看来不会早，季恒秋让江蓁先回家，她也实在有些熬不住了，打了一个长长的哈欠，仿佛沾到枕头就能进入梦乡。

和季恒秋道完别，江蓁提包走到门口，却被跟出来的程泽凯喊住。

晚风吹得铃铛响，已经没有客人再来了，街道上这会儿很安静。

江蓁回身站住，问他："怎么了？"

程泽凯往前迈了半步，两个人去边上说话。其实也不是什么大事，就是他心里总惦记着，不挑个机会说出来心放不下："没什么重要的，我就说两句，别嫌我事多。"

江蓁摇摇头："不会，你说。"

程泽凯本来想点根烟，拿出半根又塞了回去，双手插在皮夹克兜里，背靠在墙上，语气难得这么深沉："我认识季恒秋快十年了，他什么样的人我很清楚，我说这句话就是为了私心。江蓁，我相信你和他谈，也是奔着一辈子去的。我想说的就是，以后要是你俩遇到了什么事，我希望你到时候别怕麻烦，多了解他一点儿，多点耐心，把这个人看清楚了。"

江蓁垂下视线抿了抿唇，不太理解这番话的用意，两人还在热恋期呢，程泽凯这话说得太重、太突兀了，好像认定他们之间会在某一天出问题，而江蓁会不够坚定。

虽然听了心里别扭，但也知道对方是出于好心，江蓁点点头："行，我知道了。"

程泽凯站起身，放缓了语气："我就是说这个。耽误你时间了，早点回去休息吧。"

江蓁扯了扯嘴角："哪里的话，那我走了，以后有什么事再聊。"

不被扰乱心情是不可能的，但江蓁没那么多弯弯绕绕的心思，想了一路一回家就忘了，倒头睡下，一觉到天亮。

在她看来季恒秋没什么特别大的缺点，有那也是他的特质。

她这会儿太喜欢季恒秋了，觉得程泽凯那些话纯粹就是杞人忧天，这么难得才遇见的人，哪舍得啊，吵架可能都吵不起来。

接下来的一周还是和之前一样，江蓁白天上班，晚上有的时候在酒馆帮忙，有的时候闲在家里。

季恒秋最近开始严格管制江蓁的饮酒情况，江蓁难得能尝到一杯，还是在和陈卓小心翼翼暗度陈仓的情况下。

作为交换的条件，季恒秋也开始戒烟了，两人相互监督，一起走向健康生活，争取长命百岁。

他俩这么楼上楼下的，约等于半同居，江蓁经常一下班先往三楼跑，等困了再下楼睡觉。

酒馆到了晚上才开门，非营业时间里季恒秋通常都在家，偶尔白天出门办事，他不细说，江蓁也不多问。

周四晚上，江蓁躺在季恒秋家的沙发上看电视，土豆趴在窝里，季恒秋在厨房里熬牛肉酱，整间屋子都飘着香味。

微信上收到新消息，是之前志愿者活动的领队张卉发来的，说后天周六会举办一个公益领养会，只要符合条件就可以从平台免费领养一只流浪动物，现场需要几名志愿者帮忙。

她问江蓁要不要来参加，来的话就给江蓁留个名额。

江蓁看到消息没立即做决定，先扭头喊季恒秋，问："你周六打算干吗呀？"

季恒秋的声音从厨房里传来："白天有事得出去，怎么了？"

"没，你要有事那我就去参加个志愿活动，我也不想闲在家里，无聊。"

季恒秋应了一声"行"，又说："星期天晚上有个朋友的火锅店新开业，跟我一起去吧，你不说想吃火锅了吗？"

江蓁耶了一声："真好，跟着秋老板就是吃香的喝辣的！"

季恒秋端着个小碗出来，用勺子沾了一点儿酱递给江蓁："尝尝味道。"

江蓁咂咂嘴，评价道："再放点辣吧，咸度刚好。"

季恒秋拍了拍她脑袋，说："我师父以前经常念叨一句话。"

江蓁问："什么？"

"一个人的口味要宽一点儿、杂一点儿，南甜北咸东辣西酸，都去尝尝。"

说完，季恒秋端着碗又走了，江蓁愣了好一会儿才反应过来他话里的意思。

多新鲜，季恒秋现在还会拐弯抹角噎人了。

周六上午，江蓁到达领养会的举办地点，活动的规模做得还挺大，来咨询或领养的人很多。

领养会的入口处安排了一处摄影展，都是溪尘拍的流浪动物，他很擅长把握照片的对比感，有时是色彩，有时是明暗。墙上好几张照片都是流浪猫狗的眼部特写，脏兮兮的身体和清澈无垢的眼眸，这样直观的反差很能让人动容。

江蓁主要负责现场秩序的引导，到了下午张卉给她安排了别的任务。

HTG 平台救助的小动物一部分像这样被人领回家，还有几只会送到附近的养老院。有些老人孤僻，不愿意跟别人交流，小猫小狗多少也算个陪伴，让他们不至于太孤单。

江蓁跟着张卉，下午去养老院做一下交接工作。

一共送去了三只猫、两条狗，平台的负责人和养老院的工作人员在办公室清点登记。

她俩等在外面，一时半会儿还好不了，张卉提议出去逛一圈。

下午这会儿太阳好，空地上有好多老人在晒太阳闲聊。

张卉感叹说："将来我的老年生活有这么安逸就好了。"

江蓁笑了笑，这些事还早呢。

她俩也找了张长凳坐下，暖和的阳光晒得人昏昏欲睡。

江蓁慢慢地眯起了眼睛，在意识快要空白之前，一道尖锐撕裂的叫声打乱了午后的安宁，她吓得一激灵，整个人瞬间清醒。

周围的人开始小声议论，但没人围上去看，似乎这样的事情已经不是第一次发生。

江蓁循着叫声的来源看去，是在花坛后，一个老太太坐着轮椅上，她身前蹲了个男人。

阳光有些晃眼，江蓁抬起手挡在额头上，恍惚间看到一个熟悉的身影，她站起身往前走了两步，想看得更仔细些，怕是自己眼花了。

那老太太刚刚声嘶力竭地喊了一声，现在全身都在发抖，双目眦裂，不知因什么动怒，咬着牙狠狠地朝男人砸了件东西。

她花了全部力气，像孤注一掷般把愤恨发泄在这一扔上，那是个保温杯，外壳是不锈钢的，这么近距离地砸下，男人立马捂住额头，站起身的脚步也不太稳。

江蓁呆滞在原地，已经失去了思考的能力，脑子里只有老人那张充满憎恶的脸和男人结结实实挨的那一下。

钝器砸在眉骨上，想想都知道有多疼，江蓁手攥成拳，指甲掐进肉里。

护工听到动静立马赶了过来安抚老太太，同时让男人快走。

江蓁躲在花坛后，直到男人快步离开，她捂着胸口呼出口气。

张卉过来找江蓁，却见她一副丢了魂的样子，关切道："怎么了，身体不舒服啊？"

江蓁摇摇头："没事。"

张卉扶住她的胳膊："走吧，那边应该快好了，我们回去吧。"

江蓁又回头看了一眼，护工已经推着人回去了。

她听到不远处有人说："唉，一会儿把人家当亲儿子，一会儿又说是什么杀人犯，恨不得要了人家命，你说她到底什么时候糊涂什么时候清醒啊？"

"我怎么知道？她精神一直不太正常，反反复复的，也就那小伙子时不时来看看她，这么多年了一直都这样。"

"那是谁啊，她家里的亲戚？"

"谁知道呢，反正不是儿子，她儿子早死了。"

…………

那些交谈声渐渐远去，江蓁打开手机切到聊天页面，却迟迟打不下一个字。

男人刚刚一直背对着，没看见正脸。以前她没能认出楼下晨跑的男人是他，但现在不会认错，那道背影她太熟悉了。

那分明就是季恒秋。

从养老院出来，张卉和江蓁说可以先回家了，接下来没什么事需要帮忙。

江蓁和她在门口道别，沿街走了一段路，到公交站台时却没想好该去哪儿。

家不想回，回去会遇见季恒秋，她现在还没从刚刚的场面里缓过来，不知道怎么面对他。

季恒秋不主动提，那她也不会问，两个人在一起没必要非得是透明的。还是那句话，得慢慢来。

但她又很想知道，那老太太和季恒秋到底是什么关系，从来没听他说起过有这个人。为什么刚刚那一下他不躲开，明明可以躲，却像个傻子一样在那给人当出气筒，稍微往下一点儿就是眼睛，砸坏了怎么办？

她越想越气，觉得季恒秋脑子有病，听说他经常来养老院，是不是还经常挨揍？

她放在心尖上的大宝贝，但宝贝自己不疼自己，自己糟蹋自己，江蓁一边心疼一边生气。

磨蹭到了傍晚，天边的云霞被黑暗一点儿一点儿蚕食吞没，城市亮起华灯。

江蓁找了家店随便凑合一口，季恒秋问她什么时候回来、晚饭吃了没，江蓁心里还有情绪，很冷酷地回了一个"在吃"。

平时她都会附带一张照片，今天没有，没心情分享。

过了晚上七点她才回到巷子，先去酒馆。季恒秋在后厨，江蓁坐下点了杯酒，想了想又说算了，让陈卓给她倒了杯雪碧。

冰凉冰凉的汽水灌下，江蓁呼出一口气。

陈卓看她一眼，问："嫂子，有心事啊？"

江蓁否认道："没。"

她重新调整了下面部表情，去后厨找季恒秋。

后厨看样子很忙，门边挂了个牌子，写着闲人免进。

"闲人"江蓁停下脚步，转而走向前台，和裴潇潇说："我先走了，等会儿和你们老板说一声，就说我已经回来了。"

裴潇潇应道："好嘞，姐！"

收到签名照以后裴潇潇就倒戈阵营了，把江蓁当亲姐，管季恒秋喊姐夫。

回到家江蓁草草洗漱，窝在沙发上，随便拣了部电影打发时间。

她看得不专心，脑子里还想着白天的事。

等影片落幕，屏幕上滚动着演职人员表，家里的门铃响了。

江蓁起身开门，季恒秋一见她就问："怎么了，不舒服啊？"

估计是陈卓说的，江蓁摇摇头，视线落在季恒秋的额头上。

肿了一小块，青紫瘀青中间泛着血丝。

她明知故问道："你额头怎么了？"

季恒秋回："撞的，没事。"

"怎么这么不小心？"

季恒秋笑了笑："走路盯着手机看来着。"

这会儿见到他，江蓁就只剩下担心，还有点儿替他委屈。

季恒秋在沙发上坐下，江蓁找出一支活血化瘀的药膏。

其实是她今天在回来路上去药店买的，还是新的，包装都没拆。

季恒秋没起疑，乖乖地坐着让江蓁抹药。

她动作放得很轻，但棉签碰上去还是惹得季恒秋嘶了一声。

江蓁低头轻轻地吹了口气，说："以后小心点，这砸……撞得也太狠了。"

抹完药膏，江蓁用拇指摸了摸季恒秋另一边眉骨上的小疤，问他："这个是怎么来的？"

季恒秋垂下视线，不知道是在犹豫要不要说，还是要怎么说。

过了几秒，他开口的声音有些哑："小时候我爸经常打我，一喝酒就打，下手没轻重。"

这好像是他第一次提起家人，江蓁注视着他，听得很认真："他打的？"

季恒秋摇摇头："那个时候我都十一二岁了，会跑。"

他指了指窗外，继续说："以前这条巷子很老旧，条件差，路倒是挺宽的。现在酒馆的位置就是我师父当年开的店，一家小餐馆，开了很多年，生意一直都很好。有一次我爸在后面追我，我在前面跑，看到有扇门开着就拐进去，跑到了餐馆后厨。门后面就是灶台，我一脑袋撞那角上，直接磕出了血，坐在地上就哭。我爸在外头喊我名字，我师父捂着我嘴不让我出声，怕被发现，我的眼泪鼻涕流了他一手。"

季恒秋说到这里的时候，掀唇笑了笑，眼神柔和："他后来还老拿这事说我，把我小时候那些事当笑话讲给程泽凯听。"

江蓁也跟着弯了嘴角，问："那你俩是怎么成为师徒的？"

季恒秋像是没料到她会这么问，收了笑意，语焉不详地说："感兴趣呗，就跟着学了。"

江蓁点点头，往前一步跨坐在他身上，低头吻了吻那道凹陷下去的小疤。

季恒秋扶住她的腰，仰起头问："是不是挺丑的？正好磕在角上了，早知道就该去医院缝针，留了这么一个疤。"

江蓁又吻了一下："不丑，特帅，有古惑仔老大哥那味。"

季恒秋被这个形容逗乐，手从她的腰移到她的后颈，直起上半身吻上江蓁的唇。

吻得并不激烈，轻轻柔柔地贴合在一起，有意无意地勾扯舌尖。

两个人白天里都遇到了点不愉快的事，现在情绪被温柔安抚，这个吻比往日里的都绵长。

亲完江蓁趴在季恒秋肩上平缓呼吸，黏糊上了，不舍得分开。

季恒秋摸着江蓁的发尾，倏地听到她说："以后别再受伤了。"

江蓁搂住他的脖子，手臂收紧了些，夸张着语气说道："伤在你身！痛在我心！"

季恒秋沉声笑："知道了。"

他坐了一会儿就要走，听到陈卓说今天江蓁好像不太高兴才抽身跑出来的，还得回店里帮忙。

走之前江蓁把药膏塞他兜里，叮嘱他："晚上睡觉往左边侧着睡，别压到了，药膏记得涂。"

季恒秋应好，让她早点睡。

入了夜，巷子里万籁俱寂，偶尔有几声狗吠。

江蓁心里挂着事，失了眠，翻来覆去难以入睡，摸到手机一看都快深夜两点了。

还是想着养老院里那一幕，她点开微信给程泽凯发消息：季恒秋的父母现在都怎么样了啊？

程泽凯估计是睡下了，没回消息。

本来这事不该向别人打听，直接问季恒秋就行，以前她是不在意，想着以后慢慢了解，现在经过了白天的事，这话就问不出口了，怕踩到雷。

一直没收到回复，江蓁摁熄屏幕重新躺好，迷迷糊糊到天快亮才睡着。

醒来已经快中午，江蓁点进微信，忽略其他消息先看程泽凯的回复。

第一条是：他没和你提过？

过了一个小时又发了一条：他爸妈很早就离婚了，他妈后来嫁到外省，基本没联系。他爸也在外头，多的我也不是很了解。

江蓁早就察觉到季恒秋和父母的关系疏离，这两个人几乎就没在他生活里出现。她抿了抿唇，又问程泽凯：那你们俩的师父呢？

这次很快就回了，程泽凯说：六年前生病过世了，把店留给了季恒秋。这事对他触动挺大的，师父对他来说是很重要的人。

江蓁咬着下唇，其实多多少少也猜到了，真说出来还是觉得惋惜。季恒秋经常提到师父，看得出来两人感情很深。

程泽凯最后说：阿秋他吧，没什么亲戚朋友，你认识的基本就是他所有的熟人了。

相处这些日子，江蓁也感受到了，季恒秋的生活基本就是家和酒馆两点一线，生活圈子特别简单。

那养老院里的老太太又是谁？

这会儿再想知道她也没勇气再问下去，给程泽凯回复道：好，我就是突然想起来问问。

退回到消息列表，江蓁点开季恒秋的聊天框。

还是照常的那几句，起床了没、午饭想吃什么、醒了就上楼吃饭。

她刚要打字季恒秋就又发来一句：还没醒？昨天晚上熬夜干吗了？

江蓁眼中泛出柔和的笑意，掀开被子起床洗漱，在睡衣外裹了件外套就往楼上去。

季恒秋正在炒菜，拎着锅铲出来开门，边回厨房边说："家门密码是170520，以后自己开门进来。"

江蓁默念了一遍，皱起眉问："一七年你生日？是什么重要日子吗？"

季恒秋回答说："土豆来家里的那天。"

江蓁哦了一声，蹲下身子抓抓土豆下巴上的毛："看来你爸很爱你哦。"

季恒秋端着一盘菜从厨房出来，江蓁嗅着香味到餐桌边，拈了一块排骨就往嘴里塞。

"当心烫。"

江蓁嚼着肉比了个赞："好吃！"

季恒秋点了点她的指腹："去盛饭。"

江蓁走进厨房，熟门熟路地从柜子里拿了碗，打开电饭煲盖子，热气蒸腾而出。

盛好饭江蓁端着两个碗出来，一蓝一粉，已经成了他俩的专用。

过了一晚上，有些事就显得没那么重要。

突然间也想明白了，不管那是谁、季恒秋身上发生过什么，都没必要让它们影响到现在的心情。

她只需要知道，一个做饭好吃、看起来凶了吧唧但其实特温柔特可爱的季恒秋不会变，这就够了。

晚上说好要和季恒秋去朋友的火锅店，江蓁下午特地精心梳妆打扮，争取多给男朋友长脸。

她坐在地毯上化妆，季恒秋就躺沙发上看电视。

一阵手机铃声响起的时候，江蓁刚画完半边眉毛。

季恒秋从口袋里摸出手机，接通放到耳边："喂。"

不知道对面的人说了什么，他突然从沙发上弹起，加快语速道："行，我马上过来。"

江蓁心里一沉，问他："出什么事了？"

季恒秋拿了外套走到门口换鞋："程夏受伤了在医院。"

江蓁匆匆几笔画完另一边眉毛，拿了支口红塞兜里也要跟着去："他不是下午在托管班吗，怎么还受伤了？"

"先去医院看了再说吧。"

季恒秋一路提速赶到医院，找到程夏的时候走廊里站了挺多人，还有小孩子的哭声，叫喊得让人头疼。

程夏在里面处理伤口，额头上的口子挺深，江蓁往里头看了一眼，程泽凯抱着小孩正轻声安慰。

门外面站着的有托管班的老师，闭着眼哭得正凶的小男孩看来就是"元凶"，他的父母也在旁边，嘴里时不时说教他两句。

季恒秋和老师打了个招呼，是个年轻小姑娘，发生了这种事她也挺难受，一直在道歉。

季恒秋摆摆手，没说什么，他不擅长应付这样的场面。

两边家长站着都挺尴尬，季恒秋不主动打招呼，心里也憋着气。

对方看他脸色阴沉,一米八几的个子,穿着一身黑,往那儿一站颇具威慑力,便把目光转向旁边看起来和善一点儿的江蓁。

男孩妈妈问她:"你们是程夏的……"

江蓁回答:"叔叔婶婶。"

男孩妈妈笑了笑,想和解了事:"男孩子嘛,打打闹闹很正常,我们宇豪也不是故意的,发生这样的事我们也很抱歉。"

江蓁瞄了眼那小男孩,比程夏高了一个头,胖了一倍,脸上的巴掌印应该是刚被爸妈打的,除此之外没别的地方挂彩。

男孩子打打闹闹?不是故意的?

怎么看都是他们家程夏单方面受了欺负。

江蓁勾了勾嘴角:"这样吧,老师你跟我们说明一下情况。"她刻意又补了一句,语气很温和,但话里全是刺,"也不用偏袒谁,如实说就行。"

对方家长立马变了脸色,这家人怎么一个比一个不好惹?

来的老师叫傅雪吟,刚工作没多久,程夏的特殊情况家长一早就和她说过,让她平时多注意一点儿。没想到会发生这样的意外,程夏受的伤不轻,这会儿她又是担心又是歉疚。

她向江蓁解释道:"今天课间休息的时候,祝宇豪拿了程夏耳朵里的助听器,说要看看是什么东西,程夏想抢回来的时候被他胳膊甩了一下,撞到桌角上了。我们老师没看好,该负的责任一定负,实在抱歉。"

江蓁点点头:"行,我们知道了。以后小朋友在的地方,什么桌角柜角最好都包一下,他们本来就容易磕磕碰碰的,也省得有些小孩不懂事,爱欺负人。"

她这话说得已经很克制,原本想说没教养的,却没想到人家妈妈敏感得很,指着江蓁就冲过来喊:"你说谁不懂事呢!"

女人的声音尖细,踩着细高跟鞋过来猛地推了下江蓁的肩膀。

江蓁往后踉跄一步,血压上飙刚想还手,季恒秋就伸出胳膊挡在她面前,把她整个人护在身后。

他皱着眉板着脸,因为动怒咬紧了后槽牙,下颌线条更清晰,脖子上冒着青筋。

季恒秋居高临下地看着眼前的女人,话语里不带温度,每个字都咬得很重:"想干吗?"

这时候息事宁人说"没事没事"那肯定不是江蓁的作风,她伸手揪住季恒秋的衣摆,撇着嘴一副特别委屈的样子,煽风点火道:"老公,她怎么还动手呢,真是太不讲道理了呀!"

第十三章

沉沦

　　季恒秋闭了闭眼，眉头锁得更深，下颌线紧绷，极力让自己不要跳戏破功。

　　祝宇豪的爸妈却以为男人濒临爆发，吓得往后退了一步："她、她先说话难听的！"

　　江蓁嗷了嗷嘴，学着申城话的腔调："那你们也不能推人的呀！"

　　季恒秋回头看她一眼，示意她先别说话。

　　傅雪吟夹在中间做和事佬："有话好好说，大家都别急。"

　　程泽凯听到外面的动静，带着程夏从诊疗室里出来，一见气氛有些僵硬，问道："怎么了这是？"

　　季恒秋和江蓁不说话，傅雪吟见机转移话题道："程夏怎么样了？"

　　程泽凯回答："头没什么事，就磕破皮了，一点儿外伤。"

　　他看向对方父母，也不过多客套："这事毕竟是你们家小孩先来招惹我儿子的，这样吧，医药费你们出，再让他道个歉，我也不多要求别的了。"

　　祝宇豪的父亲本还担心对方会额外要一笔赔偿费，一听这话赶忙拿着病历单去结账了。

　　小胖男孩躲在他妈身后，不肯道歉，觉得难为情。

　　程泽凯不愿意麻烦，程夏今天也没什么大事，但一声道歉是肯定要的，他不说他们就等着。

　　江蓁接过程夏抱在怀里，替他擦了擦脸上的泪痕，从包里摸出一块巧克力悄悄地放进他兜里。

　　双方这么僵着也不是个事，傅雪吟把祝宇豪拉到面前，手掌覆上他的眼睛。

　　失去光源，眼前一片漆黑的祝宇豪挥动手臂想要挣脱。

　　傅雪吟放下手，严肃语气问他："假如老师把你的眼睛拿走，你再也看不见了，害不害怕？"

小孩不经吓唬，作势就要哭。

傅雪吟牵着他走到程夏面前："助听器就是程夏的眼睛，你拿走了，他就听不见了，他会害怕。抢人家东西不对，推人也不对，是不是？"

祝宇豪抹了把眼泪，抽泣了两下，别别扭扭地挤出一句："对不起。"

江蓁把程夏放下，让两个小朋友面对着面，大人有大人的解决方法，小朋友也有小朋友自己的。

傅雪吟问程夏："那你要不要原谅他？"

程夏抱着江蓁的腿，摇摇头，两只大眼睛还挂着泪珠。

傅雪吟转而问祝宇豪："程夏不原谅你，你要怎么办？"

祝宇豪看到程夏流血的时候就意识到自己干坏事了，现在又怕又急，脱口道："那我把我的耳朵赔给你，我也让你推我一下！"

童言无忌，在场的大人都忍俊不禁，小孩本性并不坏，就是皮了点，没见过程夏耳朵里的东西，心里好奇手上就没轻重。

傅雪吟对祝宇豪说："你的耳朵就好好长在你的小脑袋上吧，但是老师现在要给你布置一个任务，以后你要负责保护夏和他的助听器，不能让其他小朋友拿走它。"

她拉拉程夏的手，笑得很温柔："如果他表现得好，咱就原谅他好不好？"

程夏看了看祝宇豪，他哭得比自己还厉害。

江蓁摸摸程夏的脑袋："以后你还多个小保镖了，答应吧，给他一次机会。"

程夏这才对着祝宇豪点点头，他也没那么讨厌祝宇豪，以前祝宇豪还替自己搬过小凳子。

没能立马握手言和，但也算是和平解决，要是两个小孩能因为这事成为好朋友那也挺不错。

大家在医院门口告别，程泽凯送傅老师回托管班。已经快到饭点，江蓁和季恒秋带着程夏直接去朋友的火锅店。

路上程夏不哭了，吃着巧克力拿江蓁的手机照自己脑门，担心地问："刚刚医生叔叔说可能会留疤，留疤了是不是就不好看了？"

江蓁戳戳他脸蛋，年龄不大偶像包袱还挺重："留就留呗，你哼啾叔不就有一个，多帅多有男人味啊。"

程夏举了举手："好！那我也要帅！"

季恒秋打转方向盘，勾了勾嘴角，无奈地叹了一声气。

本来以为有了江綦，程夏的家庭教育里能多点女性的温情，结果她比他们两个大老爷们儿还不靠谱，这都教的什么啊。

想起刚刚的事，季恒秋从后视镜里看向江綦，说："你知道我刚刚差点儿笑出来吗？"

江綦不明所以："为什么啊？"

季恒秋想了想，形容道："你特别像皇后娘娘身边唯恐天下不乱的容嬷嬷。"

这都什么烂比喻，江綦皱了下眉："我给我自己立的人设是纣王身边千娇百媚、祸国殃民的苏妲己，我表现得不好吗？"

说着她眨了下左眼，季恒秋偏过头低声笑："好，特别好。"

尤其那声老公，叫得他怒气全散，想收拾的人也换了对象。

他们到火锅店的时候门口已经停满了车，两边摆着花篮铺着红毯，新店刚开业，里头很热闹。

老板叫唐立均，瘦高个，说起话来笑嘻嘻的，看起来很好相处。他看到季恒秋，和他们打了个招呼，说楼上已经预留了包厢，让服务生带着他们上去。

这家火锅店做的是传统川渝风格，八仙桌和老铜锅，红红火火的，看着就喜庆，空气里满是牛油麻辣香。

江綦听季恒秋说这家店程泽凯也参了点股，不多，就是朋友间意思意思，能盈利他就拿点分红。

包厢里已经坐了三个男人，江綦不认识，但程夏都挺熟，乖巧地一个一个喊过去："赵伯伯！杨叔！王叔！"

季恒秋和江綦介绍道："这是赵楠，你见过，开了家夜店。"

江綦笑着和他打了个招呼，当时她是冒充季恒秋的女朋友，这次再见面就是如假包换的正牌女友了。

算起来还得感谢他，要是没有在 Melting 的偶然相遇，她也不会发现季恒秋就是房东和楼上邻居，之后的故事也就得另说。

"杨明，做水产生意的，上次吃的螃蟹就是他送来的。"

江綦眼睛亮了亮，只听到螃蟹，没注意人家叫什么，差点儿冒出一句："你好啊，蟹老板！"

"王征允，在律所上班，和唐立均以前是同事。"

这人一看就是个社会精英，江綦和他握了下手，喊道："王律师好。"

这几个原先都是程泽凯的朋友，慢慢地加上季恒秋就成了个小圈子。

季恒秋的情况他们多多少少都了解一点儿，看见江蓁都觉得挺惊喜，没想到这小子能找这么一个大美女做女朋友。

注意到程夏额头上的伤口，杨明问："这是怎么了？我们夏儿怎么还破相了？"

屋里热，季恒秋替他脱了外套搁在椅背上，照顾五岁小儿的脸面，不说被人揍了，只说："和人打架了。"

赵楠觉得新奇，朝程夏竖个大拇指："牛啊夏儿，还会跟人打架了。"

程夏得意扬扬地挑了下眉，打架好不好他哪知道，但他知道这是在夸他。

王征允眼睛尖，问季恒秋："那你额头上又是怎么回事，你俩打的啊？"

江蓁弯唇笑，替他打圆场："走路不当心磕的，程夏五岁他三岁。"

季恒秋没否认，还嗯了一声。

没过一会儿程泽凯来了，老规矩，最后一个到的罚三杯，他刚到门口就被灌了瓶啤酒，不喝完不让进。

兄弟们聚会本就气氛高涨，一吃火锅就更热闹了。

江蓁也倒了杯冰啤酒，她的性格外向健谈，男人们聊的话题也能参与进去，反倒是季恒秋说的话不多，一直安安静静地给她和程夏夹菜。

话题不知何时扯到了感情上，老大哥赵楠说："现在咱就剩老程单着了吧，你什么时候能开个桃花呀？"

程泽凯捞出一片毛肚："别担心我啊，我儿子都五岁了，我谈不谈无所谓。"

他一直都这样，风流倜傥一男人，来去潇洒，像是根本不在乎这些俗世欲望。

江蓁敏感地察觉到什么，凑过去问季恒秋："不会是有什么白月光吧？"

季恒秋抿了口酒，打心底佩服女人的直觉："也许更应该说朱砂痣。"

江蓁的声音放得更轻："程夏的亲妈？"

季恒秋摇摇头，也不方便多说："回头再告诉你，先吃饭。"

老板唐立均一直在外头招呼客人，菜吃了一半他才拎着一个酒杯进来。

听说江蓁是山城人，他先敬她一杯，问："怎么样，咱这做得正不正宗？"

江蓁张口就夸："正宗正宗，我吃出了家的味道。"

唐立均笑出了好几道褶子："好吃以后就让恒秋多带你来！"

他一来，男人们又得喝一轮酒，中间服务生又搬了一箱进来。

江蓁也没少喝，季恒秋没拦，但之后没再给自己倒。

程夏吃不了辣，季恒秋一直夹番茄锅里的给他。

小孩看着红彤彤的辣油起了心思，也想尝尝，江蓁掰了一小块虾滑给他。

程夏舌尖上沾到味，立马皱起脸张着嘴嘶嘶哈嘶哈吸气，辣得快要哭了。

江蓁看着他的糗样，笑得没心没肺。

季恒秋倒了杯白开水给程夏漱口，又找服务生要了杯酸奶。

江蓁醉意蒙眬，看他一副温柔又耐心的奶爸样，戳戳季恒秋的手背："上次你怎么对我就这么粗鲁，洗白菜一样地把我摁水池里？"

回忆起往事，季恒秋眼角染上笑意，补上一句迟到的道歉："不好意思啊，那个时候不知道你长那么漂亮，还以为是哪儿来的女酒鬼。"

江蓁喊了一声，捏着季恒秋的耳垂把嘴靠过去："再说一遍，我不是酒鬼，我是……"

"美女。"季恒秋抢过话，把她杯子里剩余的酒喝了，分了程夏的半杯酸奶给她。

江蓁满意地打了个响指："对，我是美女。"

一顿火锅吃到晚上八点，锅里的汤底都快煮干了。

程泽凯早就喝趴下了，这次是真趴下了，醉得不省人事。

江蓁还行，晚风一吹人就清醒不少，季恒秋让她先带着程夏回家，他送程泽凯回去。

商业街繁华，各色灯光照亮夜空。

上车之前，季恒秋拉过江蓁问："上次我问的问题不作数，你现在好好回答一遍，今天晚上我们一起陪小夏睡，行不行？"

江蓁朝他傻呵呵地笑，爽快地答应："行！"

季恒秋揉了下她的脑袋，不知道自己算不算乘人之危。

江蓁一喝酒就会变得傻乎乎的，带着点与往日不同的乖，看得人心软。

他捂住程夏的眼睛，俯身在江蓁额头上落下轻轻一吻，低沉的嗓音在夜色里显得有些暧昧："乖宝，回家等我。"

程泽凯喝醉了话多，一路上碎叨碎叨嘴就没停过。

季恒秋把他扶上楼，烧了壶开水。

外套被脱下随意地丢在地板上，程泽凯大剌剌地仰躺着，季恒秋走过去捡起外套放好，替他挪正了一下姿势。

屋子里只剩热水翻腾烧煮的声音，程泽凯终于说累了，这会儿在发呆。

冷不丁地，他睁着一双泛红的眼睛，开口问："师父的生日是不是快到了？"

季恒秋算了算日子，农历冬月初一，算起来就是这个月中旬。

一年里他们去墓园的次数不多，清明、生辰、忌日，就这三天，上半年因为疫情也没去成。

"今年带着程夏一起吧。"季恒秋说。

程泽凯点点头，蓦地笑道："你说老爷子看到咱把他小孙子养大了，是高兴呢还是骂咱俩呢？"

没有意义的一个问题，季恒秋却认真思考了答案："骂吧，骂咱俩脑子抽了。"

程泽凯笑了两声，想起什么，声音有些发颤："本来都熬不过冬天，想见见小孙子硬是撑到开春，他哪舍得送给别人，他肯定感激咱俩呢。"

水烧开了，季恒秋泡好茶端给程泽凯。

浓茶醒酒但味苦，程泽凯喝了两口就放下了。

"董晓娟今天打电话给我了。"

季恒秋也给自己倒了杯白开水，听到这话手上的动作一顿，抬起头问："她来找你干吗？"

"想见儿子。"程泽凯从兜里摸了根烟，打火机咔嚓一声，他夹着烟放到嘴边吸了一口，"我没让。当初说好的，程夏已经跟她没关系了。但你说是不是真有血缘感应？我刚挂电话就接到老师的通知，说儿子受伤了。"

血缘这两个字在季恒秋看来是最可笑最讽刺的，他握着杯子的手指渐渐收紧，宽慰程泽凯也是宽慰自己："你别瞎想，程夏就一个爹一个叔，现在多了个江綦，只有我们是他的家人。"

程泽凯把胳膊搭在眼睛上，季恒秋走过去拍了拍他的肩。

怪不得他今天豁了命地喝酒，敢情心里装着事。

时间一晃而过，六年前董晓娟挺着肚子摸索着找到夏家，对她来说是走投无路，拖着一个累赘无处可去，对于当时枯槁消瘦的师父夏岩，肚子里的小生命却是人生最后一点儿盼头。

孩子生下后他给了董晓娟一笔钱，让她回老家，忘了夏俊杰也忘了曾经生过一个孩子。

夏岩对季恒秋最后的嘱托就是替这小孩找个好人家，他不知道程夏身体有缺陷，程泽凯和季恒秋没说，他当时根本受不住这样的消息。

他是很安详地走的，他说这辈子没遗憾了。

客厅里很安静，两个人都陷入了各自的心事。

良久，季恒秋起身说："好好休息吧，明天我送儿子上学，你睡个懒觉。"

程泽凯笑了一声："干脆多在你那儿住两天得了，我看他可黏江綦了。"

季恒秋却不乐意："别，小电灯泡。"

程泽凯拿了个枕头砸他，笑骂："滚，少来伤害一个脆弱的单身父亲！"

从公寓里出来，季恒秋没再找代驾，直接步行回去。

江蓁发消息问他什么时候回来，他回复说快了。

路过街口小卖部的时候他买了两根冰棍，一根草莓味、一根酸奶味。

声控灯刺啦刺啦照亮楼梯间，季恒秋走到二楼见屋里没灯。

大概是听见了他的脚步声，三楼的门开了，江蓁往下喊："回来啦？"

季恒秋嗯了声，一步两级台阶地上了楼。

江蓁已经洗过澡，穿着软糯的白色睡衣，头发扎成一个丸子头，正敷着一张面膜。

看到他手里的塑料袋，江蓁问："买什么了？"

季恒秋递过去，面不改色地回答："棒棒糖。"

江蓁打开袋子见是两根冰棍，深吸一口气瞪了眼季恒秋，她那点黑历史自己都快忘了，他倒是记得很清楚。

季恒秋笑着捏了下她的后颈，脱下外套撸起袖子喊程夏洗澡。

怕伤口沾到水，季恒秋洗得很小心。

小孩皮肤白嫩，一道三四厘米的口子看着挺让人心疼。

以前只想着他健康长大就行，很多地方都疏忽了，今天这事也让季恒秋好好反思了下自己。

耳朵里的东西再小也是和别人不一样的地方，会不会因为这个受到嘲笑、排挤，季恒秋以前没想过这个。

他挤了泵沐浴露在浴球上，揉搓出泡沫给程夏抹上，问道："幼儿园的小朋友都怎么样？有好朋友了吗？"

"有啊！"程夏掰着手指报了几个名字。

季恒秋越听越不对劲："怎么都是女孩？"

程夏嘻嘻笑："做游戏的时候她们都要抢着和我一起。"

季恒秋啧了声："你怎么这么招女孩子喜欢？"

程夏得意地挑了下眉："因为我帅吧，钱舒恬说我像王子。"

季恒秋哭笑不得。

洗完澡季恒秋抱着程夏放到沙发上，江蓁拿了药膏，给他抹点消炎的药。

昨天大的被砸今天小的磕伤，江蓁想着年前得去寺里烧个香，人越活就越迷信，她心里不踏实，总觉得最近要有事发生。

季恒秋也去冲了个澡，都晚上十点多了，他给程夏泡了杯奶催孩子睡觉。

江蓁和程夏一同上了床，季恒秋的被窝相当软，本来以为上了年纪的人都喜欢睡硬板床，季恒秋看来腰挺好，床软得像团棉花。

晚上喝了酒，这会儿钻进温暖柔软的被窝江蓁就犯困了。程夏翻了个身往江蓁怀里拱了拱，江蓁搂住他，肉肉小小一只，像个玩偶。

季恒秋进屋的时候就看见两个人脑袋挨着脑袋，他站在门口看了会儿，拿出手机偷偷拍了一张，才关了灯，轻手轻脚地躺在另一侧。

窗帘没有拉好，有碎白月光照进来，季恒秋借着这一点儿微弱的光源看江蓁。

他贪心地凑了过去，感受到她温热的呼吸和沐浴过后的甜香。

江蓁是什么呢？季恒秋不着边际地想。

她是阳光下的粉白玫瑰，是莽撞又赤忱的火焰，是意料之外的惊喜盲盒，是融化在人间的漫天星河。

她是被上天偏爱的小孩，有关她的一切都是美好、有趣、可爱的。

季恒秋支起上半身，轻轻吻在她鼻尖。

江蓁哼唧了一声，喊他名字。

这一瞬间他心都化了，突然就嫌中间那小家伙碍事。

到底是没忍心真把她吵醒，季恒秋替她理了理脸上的碎发，轻声说："睡吧，晚安。"

长夜漫漫，心头却被焐暖了，从此梦里都是甜的。

坠入爱河的人是不是都这样，某一刻季恒秋失去理智般地想把全世界奉上，有的都给她，想要的都满足，他希望江蓁永远快乐，永远自由洒脱。

他知道这样的人他只会遇到这么一个，所以格外珍惜。

季恒秋照常在清晨六点半醒来，大概是前一晚睡得早，他一起身，江蓁也醒了。

这会儿到了白天，突然就有些含羞带怯，江蓁和他对视一眼，拉过被子蒙住头，觉得脸热。

季恒秋下床，走到另一边拉下被子，点点她额头问："起床吗？"

江蓁伸了个懒腰，揽住他脖子整个人挂上去。

季恒秋就这么抱着她去洗漱，江蓁趴在他肩上，赖赖唧唧撒起床气："我不想去上班啊啊啊！"

季恒秋放轻声音安抚她："乖，今天晚上想吃什么？"

江蓁双目无神，机械地刷着牙，心里又委屈又烦躁。

季恒秋往她脑门上响亮地吧唧了一口："这么不想去，要不辞了吧？"

江蓁嘴里还含着泡沫，含糊地说："那你养我啊？"

季恒秋抬了抬眉毛。

江蓁眼珠子转了半圈，估量了一下季恒秋的财力，挑起他下巴说道："还是让我好好打拼吧，争取过两年包养你。"

季恒秋摆出一个拭目以待的表情："行，我等你。"

江蓁傻乐两声，豪放地拍拍胸脯："小秋妹妹，你乖乖等着哥哥，保证八抬大轿来娶你。"

昨晚的酒还没醒呢？说的都是什么话，季恒秋觉得无语，捏了捏她脸蛋去厨房做早饭了。

离上班时间还有一会儿，江蓁躺在沙发上玩手机，看到新闻说这周六江浙地区可能有雪，兴奋地踩着拖鞋喊季恒秋。

季恒秋对下不下雪没多大兴趣，下雪就得降温，他宁愿不下。

江蓁看了看预计有雪的地区，并没有申城，失望地啊了一声。

季恒秋淘好米放进电饭煲里，问她："这么喜欢雪当初怎么不挑一个北方的城市？"

江蓁说："北方冷啊。"

又想看下雪，又嫌冬天冷，季恒秋摇摇头叹了一声气。

"想看雪啊？"

"今年的初雪欸，多浪漫啊！"

计时器嘀嘀嘀地响，季恒秋把水煮蛋从锅里捞出来，江蓁喜欢溏心的。

"想看就去看。"他说。

江蓁鼓了鼓腮帮子："去哪儿看？"

季恒秋抱着手臂笑："叫声好听的。"

江蓁一听有戏，赶紧讨好道："哼啾，阿秋，亲爱的，宝贝，老公！"

季恒秋听得很满足，尤其最后两个字，男人就那么点小心思。

"好。"他揉了揉江蓁的耳垂，清晨的阳光洒进屋里，照在他的身上，这一天都是明亮的，"老公给你想办法。"

"什么办法？"

季恒秋勾了勾嘴角："保密。"

江蓁眯起眼睛打量他，猜道："不会是喷点人造雪吧？"

季恒秋不屑地嗤笑："低级手段。"

"哦哟哟。"江蓁的期待值直线上升，她还真想不出来按照季恒秋的浪漫细胞能搞出什么花头。

粥煮好的时候，季恒秋进屋喊程夏起床。

小孩一出来看到餐桌边的江蓁，特元气响亮地喊了声："婶婶，早上好！"

江蓁剥着鸡蛋壳，同样声音嘹亮地回："欸——早上好！"

土豆像是被气氛感染，也汪汪地叫了两声。

季恒秋看他仨唱山歌似的打招呼，忍不住发笑，难得家里一大清早就这么热闹。

江蓁吃完早饭下楼换衣服化妆，季恒秋得送小孩上学，顺路送她上班。

幼儿园就在附近，季恒秋把程夏送到门口，走之前嘱咐他多听老师话。

程夏挥挥手朝他俩说再见，江蓁头次送小朋友上学，感觉很新奇。看着程夏笑她心里也软乎乎的，不知道小家伙性格随了谁，按理说这个年纪的男孩已经开始毁天灭地的正招人烦，但程夏乖得出奇，安安静静的不闹腾，长得也干净秀气。

于是江蓁有感而发道："小夏将来肯定招女孩子喜欢。"

她刚说完就看见一个双马尾小女孩蹦跶着走到程夏身边，两个人手牵着手一起进去了。

季恒秋撇过视线没眼看，叹息一声道："现在就招了，哪用等将来。"

回到车上，江蓁问季恒秋："所以程夏的妈妈呢？我看他好像从来没见过自己妈妈。"

这事说起来还不好解释，季恒秋边发动车子，边组织语言："其实程夏是领养的，程泽凯不是他亲生父亲。"

"领养？为什么？"江蓁震惊得瞪大双眼，她猜想过几种情况，但没想过是这样。

季恒秋顿了顿，先说起的是另外一件事："我师父有一个儿子，和我差不多大，他呢，上初中就辍了学，跟着外头认的大哥混社会，欠了挺多债。后来债主找不到他，上门找我师父，说不还钱就砸店，师父没办法，替他还了债。钱了结了，父子关系也就断了，之后再没往来，连师父办丧事他也没来。"

江蓁听着，却不太理解这和程夏有什么关系。

季恒秋继续说："程夏的生母找到我师父的时候，已经怀孕六个多月了，她说夏俊杰跑了，她怀着孕没法干活，身上没钱。她也挺可怜的，一个外地人，来这打工还遇到人渣骗感情。师父让她在巷子里住了下来，找了一个婆婆照顾着，等孩子生下来给了她一笔钱让她回老家重新开始生活。孩子没人养，师父走之前让我找个好人家送走，我答应了，但没这么做。"

这一段话的信息量够江蓁消化了，她现在脑子有些转不过来："所以程泽凯领养了？他当时结婚了吗？"

季恒秋摇摇头："他有过一个女朋友，谈了很多年，分了之后就一直是单身。领养程夏是我求着他的，我当时没到年龄不符合条件。"

江蓁呆滞地盯着前方一个点，指甲掐在手背上刻出了印。

季恒秋偏过头看了眼她的表情，似乎是料到了她的反应："你觉得我疯了？"

江蓁摇摇头："不是，我就是有点儿……"

季恒秋温声向她解释："程夏生下来的时候不太健康，送给谁我都不会放心。师父对我有恩，没他我早活不下去了。后来他生了病，我也没尽到什么孝，可能这就是老天爷给我个机会让我报恩吧。"

江蓁看着他，有很多问题想问，但没说出口，最后只是伸手牵住他，摩挲着他的手背。

有些事情说出来的语气越平淡，心里的刻痕就越深，季恒秋面上没有表露什么情绪，但她知道他在难过。

公司到了，季恒秋挑了个街边停下。

下车前江蓁倾身亲了他一口，刻意语气轻松地说："走了啊，哥哥，我赚钱去了。"

季恒秋笑了笑，叮嘱她："下了班就早点回来。"

"知道啦，路上开慢点。"

看着江蓁走进公司大楼，黑色 SUV 才重新启动没入车水马龙。

一路走到公司，江蓁还在想着刚才的对话。

这些事在她听来就像电视剧里的情节，她一个按部就班长大的人没法想象，一比较她的经历就太普通了。

季恒秋刚才说没师父就活不下去了，这话说得很沉，但他语气又很严肃，不像是在夸张。

老巷子看着有故事，酒馆有故事，酒馆里的人也有。

形形色色的故事里，季恒秋的是哪一种？

在她意料之中，还是想象之外？

江蓁晃晃脑袋，深吸一口气整理好自己的表情，以后有机会再问吧，现在琢磨这些就是庸人自扰。

周一早会永远是一周痛苦的起源，江蓁听得脑子发晕，偷摸着打了好几个哈欠。

开小差的时候，她撑着脑袋发呆，视线落在主管陶婷身上，从对方的手镯观察到耳环。

猛地看到什么，江蓁一个激灵，把旁边的宋青青也吓一跳。

"你干吗？"宋青青用口型问她。

江蓁微张着嘴，示意她看陶婷的脖子。

尽管穿了一件高领打底，但成片的红印还是若隐若现。

江蓁在本子上写：天，这也太激烈了，如狼似虎啊。

宋青青瞪她一眼，回：万一是过敏呢？

江蓁写：过敏她肯定穿低领啊。

宋青青：……

江蓁又写：她什么情况，包养情人了？我以前的梦想就是在三十岁变成富婆然后包养情人，好羡慕她哦！

宋青青：……

因为这一点儿小发现，江蓁整个上午都来了精神，头次跑主管办公室这么勤快。

午休的时候，她找宋青青吃饭，见宋青青不在工位上，问了同事，说是在茶水间。

江蓁起身去茶水间找人，走到门口却听到里面有人在说话。

电视剧看多了，江蓁秒懂里面的人在干吗，无意掺和办公室八卦，她警觉地停下脚步收回要推门的手。

刚要转身，她听到里头的人说："小舅妈，脖子上稍微遮一遮吧，已经有同事看见了。"

江蓁还没反应过来，下一秒就听到陶婷的声音响起："很明显吗？徐临越非得往这儿啃。"

江蓁伸手接住快要掉到地上的下巴，震惊得化为一座石像，在凌乱风中粉碎成渣。

多年追剧的经验还告诉江蓁，人一旦知道了不该知道的秘密，就离被灭口不远了。

全申城，江蓁只认识一个徐临越——茜雀中国分区的执行总裁徐总。

如果陶婷是他对象，宋青青是他侄女……

除了一个大大的“！”，没有任何语言能够形容江蓁此刻的心情。

上午生龙活虎，下午却像霜打的茄子，江蓁彻底萎靡了。

吃了一口“大瓜”，噎得她胃疼。

下班之后江蓁在停车场拦住宋青青，问：“晚上有约吗？”

宋青青摇摇头：“没。”

“走。”江蓁打开车门上了副驾驶，“上次请你喝酒没请成，今天补上。”

宋青青狐疑地打量她一眼，不知道她工作日晚上抽什么风要喝酒，但也没拒绝，根据导航的指引驱车开往目的地。

江蓁带着宋青青进了 At Will，周一客人少，大堂里寥寥几桌。

等酒上来了，江蓁搓搓大腿，本来就藏不住事一人，干脆直接坦白了：“我今天……听到你俩在茶水间聊天了。”

宋青青喝酒的动作一顿，放下酒杯问：“听到了？”

“啊。”江蓁摸着杯沿，莫名有些心虚，不敢抬头直视她，“不小心听见的。”

宋青青却扑哧一声笑了：“怪不得你下午跟丢了魂一样，就因为这个？”

“就？”江蓁表情夸张，咬牙切齿道，“你知道我缓冲了多久吗？腿都差点儿吓软了。”

宋青青大笑起来，根本就没当回事：“我家里有钱你又不是不知道。”

江蓁扯了扯嘴角，她倒是不谦虚。

宋青青说：“其实也不是什么大事，我和婷姐的工作和我舅舅没关系，我俩都是靠自己的，只是恰巧都在一家公司而已。”

江蓁点点头，这些她也想到了，要真靠关系她俩早就不用在小小市场部待着了。

吸管摇晃将杯子里的果肉捣起，草莓起泡酒，味道酸甜像杯汽水。

江蓁吸吸鼻子，笑得不怀好意，她伸手扯了扯宋青青的袖子，娇滴滴地说：“那你能不能和人家说说陶婷和徐总是怎么好上的呀？”

宋青青不为所动：“老板的事你少八卦。”

江蓁噘了噘嘴，威胁道：“我手里可有你们俩的把柄。”

宋青青冷哼一声，也硬气着：“我也有啊，今天谁说人生的梦想是包养情人的，当心我告诉你男朋友去。”

她话音刚落，抬头就见江蓁一副踩到屎的表情：“怎么了？”

江蓁闭了闭眼，用手扶住额头："不用说了。"

宋青青："啊？"

"我男朋友已经听见了。"

啪一声，餐盘被重重扔到桌子上，勺子和筷子腾空跃起，江蓁的心跳也跟着做了个自由落体。

宋青青吓得一抖，回头看去，男人离开的背影决绝而萧瑟，她刚想吐槽这家店的服务怎么这么差，猛地又意识到什么。

"那是……"

江蓁苦涩地笑："男朋友，也可能是前男友了。"

宋青青双手合十，闭眼小声念叨："阿弥陀佛，信女有罪。"

砰一声，江蓁将脑门磕在桌沿上，面如土色，视死如归。

宋青青一脸抱歉地看着她，关切地问："没事吧，他真生气啦？"

"你不懂。"江蓁抬起头，"这个年纪的男人都很敏感的。"

宋青青催促她："那你快去哄啊！"

江蓁皱眉啧了一声："我这不是在想措辞嘛。"

宋青青举起杯子喝了口酒："还行，他还不知道你以前的个性签名叫'为钻石和'奶狗'奋斗终生'。"

"哇哦！"储昊宇端着餐盘飘过，朝江蓁竖了个大拇指，赞叹道，"嫂子，牛啊。"

江蓁："……"

"宋青青你给我把嘴闭上！"

五分钟后，江蓁蹑手蹑脚地掀开后厨垂布，只看见秦柏在灶台上忙碌，她问："季恒秋呢？"

秦柏指指后院的门。

江蓁走过去，轻轻地敲了敲门："秋老板……你在里面吗？"

无人回应，江蓁握上把手刚要按下门就开了。季恒秋立在门口，身上有烟味，语气冷冰冰的："有事？"

有外人在，江蓁想拉着他进后院说话，季恒秋却拦住不让进。

见江蓁不解，他解释说："里头还没收拾好，有灰，脏。"

江蓁哦了声，抱住他的腰，清清嗓子说："刚刚我同事是瞎说的，你别往心里去，我怎么可能是那种人。"

季恒秋从鼻腔逸出一声哼笑："那钻石和'奶狗'呢？"

江蓁瞬间沉下脸，咬牙骂道："储昊宇这个大嘴巴！"

季恒秋把腰上的手拿开："不用解释，我懂。"

"你懂什么？"

"我年龄大，我脾气差，让你梦想破灭了。"

这委屈的劲儿快把江蓁逗笑了，她恬不知耻地又凑上去抱住人家："'奶狗'有什么好的，他们也就年轻有活力，哪像你贤良淑德惠质……兰心。"

意识到自己说错话，江蓁这会儿想割掉的是自己的舌头，说话不过脑子就这样，季恒秋的雷点快被她蹦坏了。

她苍白地试图解释："我不是说你不行的意思，没有讽刺你。"

越描越黑，季恒秋抱着手臂垂下视线，满脸写着不相信。

江蓁吞咽着往后退了一步，季恒秋眉梢轻挑，似乎是觉得她的反应有趣，嘴角勾起的一抹笑又凉又痞。

空气里噼里啪啦炸响火花，江蓁接收到危险的信号，感觉大事不妙。

她刚要转身开溜就被人扯住胳膊，季恒秋握住她手腕往回带了一下，她撞在他怀里，被他反手扣住手，根本没法挣脱。

"在这儿等我十分钟。"他的语气像是在下达指令，强硬而不可违抗。

江蓁看着他解开围裙大步流星地离开，真傻愣愣地一步没动。

几分钟后季恒秋再次回来，喘着粗气，口袋里多了样东西。

"今天我先走了，等会儿让周明磊打烊。"季恒秋向秦柏交代完，牵着江蓁走进后院。

里头关了灯，眼前漆黑一片，地上不知道放了什么，江蓁走得磕磕碰碰，倏地双脚腾空，她被季恒秋横抱了起来。

她才知道原来后院可以抄近道回家，五分钟的路程，到楼下的时候季恒秋把她放了下来。

江蓁没问回家要干吗，这个岁数了，她心里清楚季恒秋刚刚去哪儿了。

一个没问，一个没说，心照不宣地前后上了楼。

快到二楼门口的时候，季恒秋出声问："这儿还是楼上？"

昏暗之中江蓁的声音有些发颤："楼上吧。"

六下短促的按键声后房门被打开，土豆听到有人回来汪汪叫了两声。

没得到回应，主人和主人的对象完全忽视家里还有一只狗。

带着惩罚性的一个吻，玫瑰花香和清冽烟草味混合在一起。

随着失重感一同袭来的是轻微的眩晕，江蓁像是快要溺亡在汹涌的浪潮里，紧紧抓住手边唯一的浮木。

将要到窒息边缘，季恒秋终于松开，手覆在她的后脑勺上，额头抵着额头，呼吸都乱了。

伴随鼓鼓心跳，喘息声一轻一重重合交叠，分不清是谁的，周围的空气都变得燥热甜腻。

这种关头江綦的好胜心来得无厘头，明明已经溃不成军，她偏要挑衅道："就这啊？"

季恒秋愣了两秒，随后一声轻笑传进江綦的耳朵，她舔了舔下唇，喉咙口发涩。

房间里是淡淡的橙子味，他似乎很喜欢这个味道。

身体像是陷进了一团棉花，季恒秋的眼瞳乌黑，江綦望进去，迷失方向忘却所有。

季恒秋专心地亲吻，从她额头到眼睛，掠过鼻尖停留在嘴唇。

江綦的手搭在他背上，碰到他肩胛骨时却被他警惕地抓住手腕制止下一步的动作。

季恒秋像是突然从梦中惊醒，看着她的眼神里闪过慌乱和无措。

"怎么了？"江綦问。

从刚开始就一路沉默只字未言，再开口的时候季恒秋嗓音嘶哑："我身上有疤，你别怕。"

这话来得突兀，野蛮的公狼转瞬成了耷拉耳朵的大狗，江綦闭了闭眼，什么"奶狗"都没法比，季恒秋太会拿捏了，一举一动都牵动她的神经。

上衣褪去，屋里没开灯，月光昏暗只能看清轮廓，江綦试探着伸手。

她有些明白季恒秋为什么要说"别怕"了。

疤痕不止一道，愈合的新肉凸起不平，光是触碰江綦就逐渐胸腔发紧，不敢想象那是怎样才会留下来的伤。

每一道疤都很长，有一道从腰侧延伸至后背。

她呼吸不稳地问："哪儿来的？"

季恒秋没回答。

江綦又问一遍，加重了语气："哪儿来的？怎么受的伤？"

他不说，她只能猜："和人家打架？还是你以前当过兵？"

"不是。"

和这些比起来，季恒秋眉骨上的疤完全不值一提。

江綦猜到了一种可能，却艰难地问不出口。

十一二岁的时候会跑了，那更小的时候呢，跑了又会不会被抓回来遭到更狠的暴力？

"是……你爸打的吗？"

季恒秋很轻地嗯了一声，江蓁瞬间红了眼眶鼻子泛酸。

江蓁小时候不听话也被打过，那么那么疼也没留下疤。

这么深的伤痕，被什么打的？晾衣架？皮带？下手多重才能皮开肉绽？还是没等上一次的伤口愈合又反复撕裂？

她低骂了一声，用胳膊肘撑了一下翻身跨坐在季恒秋身上："你真的要把我弄疯了。"

季恒秋躺倒在床上，望着天花板，捏了捏她的手背，问："是不是很丑？"

"丑个屁。"江蓁吻得虔诚认真，不沾情色，像是在温柔超度他的难堪和疼痛。

季恒秋收紧呼吸，喉结滚了滚。

他又何尝不是快要疯了呢？

她的安慰方法向来出奇，江蓁戳戳季恒秋腰腹上的肌肉，学着电视剧里的地痞流氓，坏笑着说道："多漂亮啊。"

窗外风刮过林梢簌簌响动，月光照亮人间。

吻到江蓁的额头，季恒秋哑声说："我这一辈子，好像总是在被抛弃。我妈说要带我走，结果突然有一天早上我醒过来她就不在了。师父说以后他来管我，结果生了病，没到六十岁就走了。"

下移至她眼睛，季恒秋停顿了好一会儿才继续："有人说我命不好，专门克身边的人，就一天煞孤星。所以我害怕和别人产生联系，我怕一次又一次地应了这话。"

最后吻在她鼻尖上的痣，他说："江蓁，我给你一次反悔的机会，到底要不要和我这种人在一起。"

楼下有车辆驶过，车前灯一晃而过，光亮稍纵即逝。

江蓁摩挲着他眉骨上的疤："二楼的包厢里，那天我偷亲了你，你醒着，你知道。"

季恒秋点了点头，不知道她为何突然提起。

江蓁蓦地弯了嘴角和眼睛："自那一刻开始，就不能反悔了，已经不可挽回了。还有啊，什么天煞孤星，我有没有告诉过你，搬家之前我倒霉到连喂猫都能被抓伤，一个人去医院打了针，坐在走廊里差点儿哭出来。但是啊，认识

· 204 ·

你之后，我的生活就开始转运了。工作上顺利，还认识了几个朋友，每天吃饭睡觉都特别香。季恒秋，你说，你是不是我的小福星？"

福星，季恒秋第一次被这么形容，三十三岁的男人，上一次哭都记不清有多久远，却在这一刻红了眼尾。

明知道是安慰，他还是忍不住动容，这话太温柔了，暖得他心尖发颤。

江蓁笑得狡黠："你现在说这么多话，只会让我怀疑你是不是真的不行。我明天得早起欸，还聊天吗？你不急我可要急了。"

安静地对视了两秒，季恒秋嗤笑一声，行，少说话，多做事。

云霄之上飞鸟迭起，玫瑰以酒精为露。

那一天，脸颊边的轻轻一吻，是蝴蝶掠过水面不曾荡起涟漪。

翅膀扇动，却于数日之后引发一场海啸，潮水倾覆，他们淹没在爱里。

有迹可循，不可挽回，无法躲避。

他们是命定要相爱的。

那就没什么需要迟疑。

只管去拥抱、去享受。

第十四章

甜过了头

天光大亮，季恒秋依旧在清晨六点半醒来。

这一次睁了眼却没能顺利起床，胳膊被人枕着，肚子被人搭着，他就一大型抱枕，根本没法动。

江蓁睡得正酣，睫毛长长，脸颊边的肉挤压变形，嘴噘着，让季恒秋想起了某张表情包。

他掀唇笑了笑，忍不住上手捏，江蓁看起来挺瘦的，其实身上的肉也不少，软绵绵的，手感不错。

江蓁不适地嘤咛一声，季恒秋翻了个身，把她整个搂进怀里。

不负晨光，他安逸地合上眼，抓紧时间再睡会儿。

早上八点，夺命起床铃响起，江蓁凭着本能在枕边摸索，够了半天也没摸到手机，吓得瞬间惊醒。

她眯着眼环视了一圈，意识回笼，哦对，这是季恒秋的房间。

手机在大衣口袋里，大衣则丢在地上。

江蓁动了动，酸软无力，好比跑完八百米。她嗫嚅地发出一个音节，拿被子蒙住头，逃避似的不愿意起床。

季恒秋被这么一吵也醒了，起身从柜子里拿了衣服套上，掐了闹铃把江蓁的衣服捡起叠好放在床头柜上。

他见识过江蓁起床的赖乎劲，昨天折腾得晚，今天更是有过之而无不及，磨磨蹭蹭快和被窝合二为一了。

季恒秋洗漱完，来不及熬粥了，给土豆换好水喂完食，他出门到巷子口买早饭。

刘婶正在忙活，看见季恒秋来了，朝他打招呼道："阿秋，买早饭啊？"

"嗯。"季恒秋估摸了下时间,选了能在车上吃的豆浆和茶叶蛋。

等他提着早饭回到家,江蓁还在被窝里。

他放下塑料袋,洗了把手回到卧室。

季恒秋拉下被子,拍拍她的脸:"宝,起床了。"

江蓁缓慢地睁开眼,从被子里伸出两只胳膊,身体却一动不动。

季恒秋拿了衣服给她一件件套上,弯腰抱起她带到卫生间。

迷糊地擦完脸,江蓁打了个哈欠问季恒秋:"几点了?"

季恒秋看了眼钟:"快八点四十了。"

江蓁瞪大眼睛,提高声音重新确认:"几点了?!"

季恒秋把外套给她穿上:"八点四十,我送你,来得及。"

这会儿再也顾不上大腿肌肉酸痛,江蓁梳了梳头发,一边拿气垫飞快地上妆,一边催季恒秋:"那快走啊啊啊!"

季恒秋不慌不忙地把豆浆装进保温杯,茶叶蛋替她剥好:"不着急,扣的钱我给你补上。"

江蓁大口嚼着茶叶蛋,卑微"社畜"有苦难言,要换成以前她干脆就请假了,但今时不同往日,她刚得知部门里藏着两尊大佛,实在不敢出现一点儿差错。

一路上季恒秋加足马力,到公司楼下的时候正好给她留了五分钟上楼。

停好车,季恒秋说:"下了班没别的事吧?晚上我来接你。"

江蓁用纸巾擦了擦嘴,从包里拿出口红:"酒馆呢?饭点肯定人多。"

季恒秋笑了笑,没说他之所以另外招主厨做甩手掌柜,就是因为想多点时间和她好好谈恋爱。

"不是周末,人不多,放心吧。"

在抹口红之前,江蓁凑过去亲了季恒秋一口,笑得甜丝丝的:"那就行。"

江蓁心情不错,哼着歌到了部门。于冰盯着她多看了好几眼,倍感新鲜地说:"姐,你今天怎么气色这么好啊?"

江蓁摸摸自己的脸,质疑道:"是吗?"

她今天连腮红都没来得及打啊。

于冰肯定地点点头。

宋青青不知何时凑了过来,调侃道:"这就是被爱情滋润过的女人吧?"

江蓁啧了一声作势要揍她,宋青青赶紧抱住江蓁的胳膊,小声问:"怎么样,'奶狗'好还是老男人好啊?"

江蓁:"呵呵,'奶狗'留给你体验吧,我是没缘分了。"

宋青青心领神会："啧啧啧，看来是老男人好。"

"宋青青。"江蓁咬着后槽牙警告她，"同事的八卦你少打听！"

宋青青朝她做了个鬼脸回了自己座位。

今天下班江蓁照常积极，六点一过就提包走人。

出了公司却发现外面的天被染得漆黑，淅淅沥沥下着雨。

冷风一吹江蓁打了个哆嗦，拢紧外套，兜里手机响起铃声，她接起放到耳边："喂。"

季恒秋在那头问："下班了吗？"

"嗯，在门口了，外面下雨了。"

"站着别动，我来接你。"

一句简简单单的话，却让江蓁突然觉得下雨天也没那么糟糕。

不到五分钟她就在玻璃门外看见了季恒秋，打着一把黑色的伞款步而来，立在屋檐下朝她招了招手。

江蓁走出去，挽上他胳膊，并肩走进雨里。

"饿了吗？"季恒秋问。

江蓁点点头："今天晚上做什么了？"

车就停在路边，季恒秋打开副驾驶的门先送她进去："秦柏做了油泼面，还有卤牛肉。"

江蓁咽了下口水："赶紧回家！"

季恒秋收了伞上车："来的时候就挺堵，不知道这会儿怎么样了。"

雨天路况不佳，在申城堵个把小时都是常事。

十分钟过去了才走了几百米，江蓁捂着肚子，包里的巧克力那天给了程夏，没存货了。

季恒秋车上自然没什么吃的，他在心里记下，以后买点零食备着。

手机收到新消息，季恒秋拿起划开屏幕翻了翻，转头问江蓁："后天晚上有事吗？"

江蓁摇摇头："没，怎么了？"

前面的车子启动了，季恒秋把手机递给江蓁，打转方向盘跟上："王征允生日组了饭局，他们让我叫上你，一起去吗？"

江蓁爽快地答应："行啊。"

季恒秋："给他们回个消息，就说我们去。"

页面上是一个微信群，一共六个人，群名叫"程泽凯单身万岁"。

· 208 ·

江蓁扑哧一声笑出来，一边打字一边说："这群名是他自己改的吧。"

季恒秋毫不留情地揭底："嗯，原来叫'程泽凯赶紧找对象'。"

回完消息，江蓁把手机还给季恒秋："怎么没催你找对象？"

季恒秋偏头看她一眼，回答："以前也催过，我不着急。"

江蓁点点头表示认可："看出来了。"

听程泽凯说季恒秋以前都不怎么出来见人，不是在家就是窝在酒馆后厨，活得很封闭。

所以他俩能相遇，是多么不容易的一件事，谢天谢地，谢谢那勺能辣掉舌头的死亡辣椒酱。

江蓁伸手牵住季恒秋，突然有些感慨。

季恒秋回握住，捏了捏她的手背，当她是等得没耐心了在撒娇，安抚道："乖，马上就到家了。"

人家的恋爱日常是甜的，江蓁则是江湖百味吃香喝辣。

季恒秋每天变着法地给她喂好吃的，一周七天不重样。

和家里视频的时候，江母问江蓁："乖乖，最近是不是胖了点？"

江蓁还没张口，就听到季恒秋在低声笑，她抬头瞪了他一眼。

江母嗅到八卦的气息："哟，家里有谁啊？"

江蓁交代过有男朋友，但没说两人就住楼上楼下，现在等同于同居，一时间有些尴尬不知道怎么回答："啊……"

季恒秋把剥好的芦柑递给江蓁，起身坐到她旁边，朝镜头打了个招呼："阿姨好。"

江母欣慰地笑："你好你好！恒秋吧？江蓁跟我说过你。"

隔着屏幕也聊不了太多，江母问了些日常，季恒秋大方地回答，江蓁盘着腿在旁边吃水果。

等通话结束，她问季恒秋："你见我妈怎么一点儿都不怵？"

季恒秋反问："见丈母娘怵什么？"

江蓁惊讶地挑了下眉，果然是丈母娘看女婿越看越满意，刚刚她妈眼角的鱼尾纹都笑得多了两条。

那天过后季恒秋有些不一样了，看起来没多大变化，但人开朗了一些，笑的时候更多了。

江蓁喜欢这样的他，身上有烟火气，不像以前那样冷清。

这也让江蓁觉得很满足，自己对于他来说是有价值的，她能给季恒秋快乐，她毫不知羞地标榜自己是季恒秋的"小天使"。

季恒秋对这个称呼没发表太多意见，只问了一句"天使和福星是一个次元的吗"，把江蓁逗得狂笑了五分钟。

周四晚上季恒秋来接江蓁下班，王征允把地方定在一家私房菜馆。

楼上大包厢一共摆了两张圆桌，这次兄弟几个都带了家属，程泽凯把程夏也带上了，另外一桌就是王征允的亲朋好友。

季恒秋牵着江蓁到的时候，屋里的人已经坐得差不多，留了两个位置给他俩。

江蓁坐下，和程夏打了个招呼，小孩越来越黏她，一见面就要抱一个。

王征允来给季恒秋倒酒的时候拍拍他的肩，意味深长地说了句："不好意思啊兄弟。"

季恒秋不解，程泽凯清清嗓子，用眼神示意他往另一桌看。

季恒秋狐疑地扫了一眼，在王征允的老婆旁边看见陆梦。他抬手用指节刮了刮下巴，倒也没觉得什么，隔得也挺远，只要待会儿别过来敬酒，其他人也识相地不提，就闹不出什么么蛾子。

陆梦是王征允老婆的朋友，当时也是因为这层关系，程泽凯把她介绍给季恒秋。

两个人试着接触了，不合适。要不是那天陆梦突然来找他，他都快忘了有这个人。

但愿别闹出什么事。

江蓁想喝酒，季恒秋没让，她宿醉早上起来会头疼，到明天起床又是一件大工程，受折磨的人可是他。

季恒秋给她和程夏都要了一杯红罐牛奶，江蓁嘴上抱怨，其实心里乐得被管。

除了赵楠的大儿子在上晚自习没法来，今天人到得很齐，都拖家带口的。杨明和妻子刚生了个女儿，才一岁多。

程夏吃着吃着就要去看妹妹，大人们玩笑说要不给两人定个娃娃亲，程泽凯和杨明更是亲家都互相喊上了。

席间程夏要去厕所，江蓁牵着他出去。

走廊里和陆梦迎面撞上的时候，江蓁视线都没偏一点儿，刚刚在包厢里就认出来了，她只当不知道。

江蓁把程夏带到男厕，自己站在门口。

出乎意料的是，陆梦根本没走，靠在墙上像是就在等她。

江蓁今天穿了高跟鞋，身高上倒也没输掉气势，她挑起一抹笑，走过去问："等我啊？"

陆梦忽略这句话，张口就问："你和季恒秋在一起多久了？"

江蓁忍住心底的反感，佯装无辜地眨了眨眼睛："嗯……一个多月了吧。"

陆梦像是很满意这个答案，往前逼近了两步："那你觉得你对他了解多少？"

江蓁垂眸扯了扯嘴角："怎么，前辈要给我传授经验啊？"

所谓人不可貌相，陆梦的长相温和无害，说话的语气却咄咄逼人："不，妹妹，我是好心提醒你，小心一点儿这样的男人。你以为你有把握了解他，但其实到头来受伤害的可能是你自己。"

江蓁蹙了蹙眉："你什么意思？"

陆梦耸了下肩，挑拨道："你不觉得他这个人很阴暗吗？怎么说来着，长了一张家暴脸？"

听到那两个字，江蓁猛地举起胳膊，又在挥下去的一刻停下，胸膛起伏呼吸颤动。

陆梦微笑着看她，就等着她失控。

没能如陆梦所愿，江蓁深吸一口气放下手，这巴掌她不能打，不管她们之间说了什么，打了性质就变了，到时候难堪的只会是季恒秋。

她抿了抿唇，学着对方的口吻，保持住嘴角的笑："那你何必要求着人家复合？'我还是想你，我后悔了'，我记得你才说没多久，忘了？"

陆梦瞬间变了脸色："季恒秋和你说的？"

江蓁轻蔑地哼笑一声："我自己听到的。你可能把我忘了，那天给你让座的就是我。"

陆梦显然是没料到这一出，闪躲着目光气焰全熄。

江蓁腹诽，自作聪明，跳梁小丑，在这儿给她演笑话看呢？

听到抽水泵的声音，江蓁最后对陆梦说："你可能搞错了，是我比较阴暗，我长了张家暴脸，你不如去提醒提醒季恒秋，让他小心我这个女人。"

说完，江蓁抬脚踢在陆梦的小腿上，动作快准狠。

阴雨天瓷砖上潮湿，挨了尖头鞋跟一下，陆梦重心不稳眼看就要往前倒。

等她结结实实地摔在地上，表情狼狈不堪，江蓁才"哎呀"了一声，弯腰扶起她："小心一点儿呀，地上滑。"

陆梦快抓狂了，咬牙切齿地瞪着她。

"怎么，不要我扶啊？"江蓁蓦地松了手，陆梦又啪一下摔在地上，大概是撞到了骨头，疼得龇牙咧嘴，淑女形象崩塌。

被气红了眼丧失理智，陆梦尖叫一声朝江蓁扑过来。

程夏一出来就看到他姊姊被人掐着脖子，赶紧扬声喊："救命啊！爸！叔！姊姊被人打啦！"

陆梦和江蓁对视一眼，同时放了手。

包厢里的人听到呼喊跑出来的时候，她俩已经站了起来，互相扶持着，看上去很友好。

季恒秋快步走过来，担心地问江蓁："怎么了？"

江蓁解释道："没事，地上滑，我俩摔倒了。"

她朝其他人笑了笑："不好意思啊，闹笑话了。"

陆梦没说什么，像是默认了这话，理了理头发低着头先走了。

店老板一看闹了这么大阵仗，赶紧过来道歉，让员工把门口的水拖干。

虚惊一场，但事情又似乎没这么简单，众人心思各异地回了包厢。

程泽凯胡噜一把程夏的脑袋："崽，没事别谎报军情。"

程夏嘟了嘟嘴，小声说："可是我真的看见她掐姊姊脖子。"

季恒秋也听见了，和程泽凯对视一眼，眸光暗了暗。

程泽凯说："没出大事就算了，毕竟老王生日，别闹得不体面。"

季恒秋点点头，道理他懂，但肯定是没法再在一个屋里待下去，就算江蓁不介意他也硌硬。

走到包厢门口季恒秋停下脚步，让江蓁在原地等他。

没一会儿季恒秋走了出来，拿着她的外套和包。

江蓁问他："要走了吗？"

季恒秋嗯了一声，给她穿上外套："咱们先回家。"

江蓁知道他是顾及自己的心情，扯扯他的衣袖说："我真的没事。"

季恒秋垂眸盯着她看了几秒，眼里的情绪复杂："走吧。"

季恒秋喝了酒，把车钥匙给了江蓁让她开。

一路上江蓁偷瞄了季恒秋好几眼，季恒秋的视线始终落在前方，沉默不言，薄唇抿成一条线，这么冷着脸不说话，像是生气了。

雨刮器有规律地摆动，玻璃窗模糊又清晰，雨下得越来越大，车厢里的空气沉闷，江蓁莫名觉得心慌。

到了楼下，江蓁停好车位熄了火，应急灯关闭，安全带嗒一声收缩归位，他俩却还是坐着，谁都没动。

季恒秋先出声问："谁先动的手？"

还是被看出来了，江蓁抠着方向盘，老实地承认："我。但不是我主动惹事，她先说话难听的。"

怕什么就来什么，还是以最糟糕的形式发生。

季恒秋向后挪了挪座椅，腾出更大的空间，伸出左手对江蓁说："过来。"

江蓁愣了愣，起身坐过去。

空间狭小，季恒秋一只手稳住她的腰，另一只手护着她的头不撞到车顶。

在昏暗中他微微抬起头，找到她的眼睛，问："她说了什么话？"

江蓁撇开视线没回答。

季恒秋扳过她的脸逼着她直视自己，又问一遍："说的什么？"

江蓁深吸一口气，话说得又快又密："她说我配不上你，挑衅我，让我早点离开你，我一冲动就动手了，已经很克制了，你可别教育我啊，我心情已经很差了。"

季恒秋皱了皱眉，语气强硬："江蓁，说实话。"

江蓁不可能说实话，那话太刺耳了，她说不出来，她舍不得让季恒秋伤心。

她装出一副无赖样："反正就是打了，没什么好说的，扯头花不体面，今天算我冲动，但我不后悔。"

江蓁动了动想起身，季恒秋摁着她的背不让。

陆梦和江蓁到底说了什么，季恒秋大概能猜到，绝对不可能是"江蓁配不上他"这种话。

情绪交错复杂，他最后感到的是自责，想直接坦白却没有勇气。

有些东西不是谁都能承受，他自私地想一直这样下去，阴暗的秘密溃烂至死，永远都别让她知道。

他不需要谁来把他拯救，谁来帮他释怀，像这么被爱着已经很奢侈了，他不敢要求江蓁更多。

季恒秋的手臂收紧了些，把江蓁牢牢箍在怀里，动作强势，说的话却温柔了下来："刚刚摔得疼不疼？"

江蓁摇摇头，圈住他的脖子："我没吃亏，她估计挺疼的。"

季恒秋无奈地笑了声："你还挺骄傲。"

他摸着江蓁的头发，小姑娘到底还是受了委屈的，不在他面前抱怨，还这么护着他。

季恒秋心房酸胀，将脑袋埋在江蓁肩窝，哑声说："乖宝，对不起。"

江蓁呼吸一紧，捧着季恒秋的脸，从额头向下细细啄吻。

她吻他眉骨上的疤、鼻梁、嘴角，最后在喉结处流连。

她喜欢的人是什么样，她自己会看，用不着从别人嘴里了解。

陆梦不识货，就让这蠢女人后悔去吧，她的小福星有她爱着。

黑夜沉沉，大雨冲刷世界，寒风呼啸而过。

雨点拍打在车窗上，隐秘琐碎细小的声音。

呼吸声渐渐急促，季恒秋放下椅背，和江蓁调换了上下。

老天爷大概是看他前半生活得太可怜，发善心给他赐了朵玫瑰。

相遇是在秋天，那时花草开始凋零，一个不常被人喜欢的季节。

季恒秋却收获了一朵玫瑰，他小心地护在怀里，怕外头的风雨，也怕自己身上的疤。

偶尔他又贪心地想，玫瑰尝起来是什么味道呢？

——是不是有些甜过了头。

雨看来是要下一整夜，季恒秋抱着江蓁上了楼，他的大衣把她裹得严严实实，遮住所有凌乱的痕迹。

两个人都老大不小，怎么干的事倒越来越疯。

季恒秋一边迈上台阶，一边问："想不想去看雪？"

江蓁闭着眼，有些犯困了："想啊。"

天气这么冷，快到有雪的日子，可惜不落在申城。

江蓁打了个哈欠，往季恒秋怀里缩了缩，春天快来吧，今年的冬天太冷啦。

周五傍晚雨停了，但天色依旧阴沉，冷风吹在脸上像刀子割。

江蓁再臭美也不得已换上了一件厚厚的羽绒服，帽子围巾手套，裹得只露出一双眼睛。

一上车暖气烘面而来，她长长地呼出口气，解开围巾搓了搓脸。

季恒秋把后座上的纸袋递给她，M记的包装袋，还有一杯热可可。

炸物的香味勾得江蓁肚子咕噜叫，她捧着可可拈了两根薯条吃。

"怎么买了这个？"

"给你买的晚饭，路上起码得有三个小时。"

季恒秋掉了个头，车子并不是往回家的方向行驶。

江蓁蒙了，放慢咀嚼的动作："去哪儿啊？"

季恒秋偏过头，挑了下眉，笑得有些痞："带你私奔。"

他头次说这么不正经的话，江蓁觉得新鲜，眨眨眼睛问："私奔？"

"嗯，去吗？"

江蓁根本没在怕的："去，天涯海角我都去。"

她没问目的地，一路安心地啃着鸡翅，爱得太盲目，没有任何犹豫就跟人跑了。

上了高速看到路牌，是往金陵的方向走，她还挺期待，季恒秋能把她拐到哪儿去。

天气不好，入金陵界限已经快晚上十点。

季恒秋没往市区的方向开，车子最后在一栋小别墅停下。

下了车，季恒秋从后备箱里取出行李箱，江蓁的日用品都带上了，洗面奶、面膜一样不落。

别墅是他早订好的民宿，两层楼带个小花园，装修是田园风格，温馨雅致。

"哇！"江蓁进屋边参观边感叹，近四小时路程的疲惫完全被消解了，"这也太漂亮了！"

季恒秋打开空调，把行李箱搬进二楼卧室，用外卖软件叫了餐。看她很满意，他心里也生出满足感，也不枉费他挑花眼睛找的地方。

江蓁把整栋房逛了一圈，跑着扑进季恒秋怀里，眼眸亮晶晶地泛着光："为什么突然想来金陵了呀？"

季恒秋戳戳她额头："带你看雪啊。"

天气预报说今天晚上就会有雪，幸运的话明天早上起来就是一个银装素裹的世界。

江蓁愣住，都快忘记这回事了，也没想到季恒秋会为了实现诺言直接带她去一个有雪的城市。

这样大费周章，这样不切实际的浪漫，就为了她一句想看雪。

江蓁撇着嘴，吸了吸鼻子。

季恒秋捏捏她的脸蛋："哭什么？"

江蓁把脑袋埋在他怀里蹭了蹭，不好意思说。

她二十七年的刚强直女心，真要被融得化成水了。

季恒秋叫了两碗鸭血粉丝，金陵的特色小吃，尽管在别的地方也吃过，但还是本地的最正宗。鸭血软嫩，汤底鲜香，油豆泡吸满汤汁，一口下去回味无穷。

吃饱喝足，神经放松，江蓁摸着肚子，惬意极了。

季恒秋把包装袋收拾好，让她先去洗漱。江蓁这会儿却有些兴奋，不觉得困，只惦记着雪。

最后是季恒秋强制地把人扛上了床，她不累，他开了一晚上车可是早累了。

躺在床上江蓁翻来覆去睡不着，戳戳季恒秋，他已经睡熟了，无意识地抓住她手扣在怀里，嘴里嘟囔了句："宝，睡觉。"

江蓁挪挪身子亲了一口季恒秋，从枕边摸到手机打算刷会儿微博。

在热搜上看到"金陵初雪"，江蓁腾一下起身踩着拖鞋到窗边。

长夜静谧，不知何时已经大雪纷飞，路灯映着雪花簌簌落下。

"季恒秋，季恒秋！"

季恒秋迷迷糊糊地睁眼，半梦半醒之中被江蓁拉了起来。

"下雪了！"

江蓁拽着他去院子里，门一开寒风凛冽，她兴奋地伸手去抓飘落的雪花。

没一会儿手就冻得通红，季恒秋捂在掌心搓了搓，问她："冷不冷？"

江蓁笑着摇摇头，有雪落在她的睫毛上，鼻头也红了，漂亮得惹人心疼。

"季恒秋，初雪快乐！"江蓁大声喊，像是要说给全世界听。

季恒秋不知道这有什么值得庆祝，但还是朗声回："初雪快乐。"

"我希望季恒秋天天开心！"

怎么又许上愿了，季恒秋失笑。

他没什么心愿，就希望年年有今日，岁岁有今朝。

——江蓁永远快乐自由，想要的都拥有，想要的他都给。

后来季恒秋冻得受不了了，把江蓁连抱带扛地拖回房间睡觉。

钻进被窝，江蓁拿手机挑了几张图片发微信朋友圈，两张是被路灯映亮的雪，一张是地上她和季恒秋挨在一起的倒影，还有一张是她偷偷抓拍的季恒秋。

男人上半身裹着大衣，侧脸线条冷峻硬朗，在雪夜里氛围感十足，妥妥一帅气型男。

但只有江蓁知道他下半身穿了一条睡裤，下一瞬间就毫无形象地缩成一团，半求半催地对她说："宝，咱能进去睡觉了吗？"

——在一起的第一年，季恒秋送了我一场雪。

江蓁编辑好文字按下发布，把手机放在床头柜上。

季恒秋抱着她腰收拢进怀里，在她颈边蹭了蹭。

江蓁觉得痒，揉揉他脑袋，不知道能不能这么形容，但季恒秋真的越来越像土豆了。

她爱不释手地亲吻，把一腔柔情全部献出，月亮和星星都揉碎在眼睛里，恋人的怀抱是乌托邦，从此她只看见世间有趣柔软的一切。

第二天，季恒秋罕见地赖了床，江蓁更是不用说，两个人一觉睡过中午才起床。

本来想带着她去周边转一转，但雪天路况不好，天气又冷，季恒秋和江蓁选择待在民宿。

房间里安装了投影仪，一下午他们看了三部电影，《爱在黎明破晓前》《恋恋笔记本》和《现在去见你》。

在冬日午后的昏暗房间里，他们接了很多个吻，浅浅深深，凝视后相拥。

陌生的城市，漫天的大雪，投影仪照在白墙上，小屋无人问津，啤酒还剩下半瓶，他们似乎真的在私奔。

最后一部电影没能看完，片尾字幕滚动，江蓁躺在床上，枕着季恒秋的胳膊。

头发被汗沾湿粘在脖子上，她伸手拨了拨，脸上红晕未退，觉得自己像是泡在了糖水罐头里。

屋里还有未散的余温，缠缠绵绵，他们把时间过得又慢又长。

"季恒秋。"

"嗯。"

江蓁没有说下去，季恒秋觉得那应该是句情话。

"江蓁。"

"啊？"

"我也同样。"

第十五章

孤独的秘密

　　深夜的官宣微信朋友圈让江蓁的微信彻底炸锅，底下评论了好几十条。

　　主要是她以前没干过这样的事，像个小女孩似的秀恩爱，隔着屏幕都能感受到恋爱的酸甜。

　　远在大西北的陆忱要江蓁请吃饭，江蓁爽快地答应。

　　周以问这人怎么这么眼熟，江蓁回答：就是 At Will 的老板啦！

　　周以大为震惊，什么时候"暗度陈仓"上的？上次还和她说那老板长得一般，啧。

　　酒馆里的朋友们齐刷刷地评论了一波"老板老板娘百年好合！度假开心"，江蓁想着大家上班他俩偷闲太不厚道，往群里发了一个大红包。

　　回复完一圈亲朋好友，已经到傍晚了，天光暗沉，早早入夜。

　　季恒秋看外面雪停了，带着江蓁出门吃饭。

　　没走多远，就在附近的一家小餐馆，点了几道家常菜。

　　吃到一半季恒秋接了个电话，是周明磊打来的。

　　"喂。"

　　"喂，哥。店里来了个男的，说是要找你。"

　　"男的？谁啊？"

　　"他没说名字，就说要找你，一直坐着，也不点菜。"

　　"你拍张照片给我看看。"

　　"行。"

　　季恒秋挂了电话，江蓁问他："怎么了？"

　　季恒秋摇摇头，给她夹了块排骨："没事。"

　　很快，周明磊发了照片过来，是偷拍的，距离远像素不清晰，季恒秋放大仔细辨认。男人穿着一件灰色羽绒服，头发有些长，油腻腻地贴着头皮，看上去有四十岁左右的。

周明磊又说：他说他姓夏。

季恒秋的眼皮一跳，愣了好几秒，才收了手机拿起筷子。

江蓁看他脸色不对，有些担心："到底怎么了啊？谁来了？"

一天持续的好心情瞬间被打乱，季恒秋收紧呼吸，突然想抽烟了，也没瞒着，他回答道："夏俊杰，我师父的儿子。"

江蓁啊了一声："你不是说他走了很多年了吗？回来干吗？"

季恒秋叹了声气："要么为了房子，要么为了钱。"

江蓁不太明白这话："找你要？"

季恒秋点点头。

夏俊杰两年前就回来过一次，师父走后遗产全给了季恒秋，一间店铺和一套房子，还有一笔存款。

夏岩原本的打算是把房子卖了，把钱给领养程夏的人家。那笔存款季恒秋全拿来给程夏治病了，房子现在出租出去，收到的租金也是给程夏存着。

但是夏俊杰不知道，觉得这样的分配不合理，他这个亲儿子一分没捞到，凭什么全给季恒秋。

两年前夏俊杰带人把酒馆闹得天翻地覆，停业歇了好几天。当时被陆梦撞见了，也听见了夏俊杰骂他的那些话，把她吓得不轻，没过多久就提了分手。

季恒秋没挽回，欣然接受，但心里还是留下了疙瘩。

这次夏俊杰是独自来的，看上去也和和平平没想闹事，但直觉告诉季恒秋他会比上次更难对付，看外表他过得很落魄，大约是走投无路了。

季恒秋看着江蓁，满是歉意地说："对不起啊，咱们可能要提前回去了。"

江蓁这点事还是明白的，摇摇头宽慰他："没事，吃完咱就回去。"

季恒秋戳戳她额头，又揉了一把她的头发，嘴角的笑却有些勉强。

如果场景再现，江蓁会是什么反应？

季恒秋不敢想。

没了胃口再吃饭，季恒秋和江蓁囫囵咽了两口，回到别墅收拾好行李就往申城赶。

回到酒馆的时候还没到零点，这时候店里正热闹。

虽然申城没下初雪，但店里这两天应景地做了炸鸡和啤酒，正逢周末，来光顾的客人很多。

周明磊发消息说男人还没走，像是要等到打烊，他说了老板在外有事也不走。

夏俊杰和两年前有了变化，头发长了人也更沧桑，整个人瘦了一圈，比实际年龄看上去老很多，周明磊后来才认出来他是之前闹事的那个。

想赶也赶不了，见识过男人的流氓地痞样，真闹起来损失的是酒馆，只能温声伺候着，杨帆还给人倒了一杯水。

下车前季恒秋捏了捏江蓁的手，让她先回家。

江蓁想陪着一起，季恒秋的态度却很强硬："你先回家等我，乖。"

"行吧。"江蓁没再坚持，"那你有事给我打电话。"

季恒秋点了下头。

看着江蓁上了楼，季恒秋坐在车里，降下一半车窗，摸了根烟点燃。

奶白色烟雾缭绕消散于夜色中，季恒秋安静地抽完一整根烟才下车。

木门吱呀一声被推开，储昊宇看见季恒秋，一脸震惊："哥你怎么回来了？"

季恒秋往屋里扫了一眼，问："人呢？"

储昊宇指指一个角落里靠窗的位置："那儿，就这么干坐一晚上了。"

季恒秋向他交代："和店里其他客人说一声，今天打烊得早，让他们早些回去吧。"

储昊宇应道："欸，好。"

"还有，等会儿没叫你们就别过来，我自己能处理。"

"行。"

季恒秋一进屋夏俊杰就看见了，他一路走过去坐到桌子对面，两个人的视线直直碰撞在一起，像是无形中已经展开交锋。

季恒秋双手插着口袋，靠在椅背上，坐姿随意，俨然一副主人的架势："好久不见啊。"

夏俊杰的目光从上至下打量他，声音粗哑，像是混着沙砾："呵，我可是等你一晚上了。"

季恒秋叫来杨帆，上了两瓶啤酒。

风平浪静，好像是一桌久别重逢的老友，季恒秋打开瓶盖，把酒瓶推给夏俊杰，说："请你。"

换来的是夏俊杰一声不屑的冷哼和嘲讽："做了老板就是不一样，季恒秋，你混得不错啊。"

季恒秋没耐心和他多周旋，灌下去一口酒，问："说吧，找我什么事？"

夏俊杰也不支吾，张口就道："五十万。"

季恒秋看着夏俊杰，眼神玩味，良久之后嗤笑一声，起身前留下一句："酒喝完就早点滚。"

夏俊杰自嘲一笑，他听出来了，这杯酒不是请，是打发，是施舍。

"怎么没见程泽凯？"他换了个姿势，"听说他有个儿子，都五岁了。"

季恒秋停下脚步，眸光一凛。

"季恒秋，这条巷子变化是不是挺大的？但那些老太太还是这么喜欢闲聊，你搬张椅子在巷口坐一天，什么样的陈年旧事她们都能说给你听。"

季恒秋大步过去拽起夏俊杰的领口，夏俊杰几乎整个人被拎起。

一口牙快被咬碎，脖子和手背上青筋凸起，季恒秋从喉间挤出两个字："你敢。"

"什么叫我敢？要不是我这次回来我还真不知道董晓娟给我留了这么大一个宝贝。"

店里剩余的客人不多，一看这边起来了都赶紧走了。

陈卓想过去被周明磊拦下，他给程泽凯打电话，对方一直不接。

陈卓性格急躁，这一闹他待不住了："这咋办啊？这人渣真阴魂不散。"

周明磊还算冷静，打不通应该是早早睡下了，季恒秋心里有分寸，怕就怕那人耍无赖。

季恒秋啐了一口，心里堵了一团火，说话也粗了："呸，他跟你有什么关系。别以为我不知道你在羊城已经有老婆孩子了，怎么，家底又被你赌光了？"

夏俊杰破罐破摔，季恒秋的痛点在哪儿他就往哪儿刺："对，我老婆跑了，钱赌光了，你听着觉得是不是很耳熟？我从小就觉得我跟你应该换个爹，你和夏岩情深义重，我和你爸臭味相投。看看，这人生经历一模一样！"

季恒秋怒目圆睁，胸膛剧烈起伏，挥起拳头作势就要砸下。

夏俊杰却一点儿也不怕，挑衅地笑："打啊，你这个样子和你爸可真像，暴力狂，杀人犯，打啊！"

像是坠入烈焰深渊，季恒秋觉得神经快被撕扯灼烧成碎片，他红着眼尾，某一瞬间理智殆尽，冲动地想一拳一拳把夏俊杰打得再发不出声。

"季恒秋！"

江蓁不知何时出现在门口，一脸诧异地看着眼前的场面。

她的声音让季恒秋的某根神经松动，恍惚地被拽回人间。

看季恒秋分了神，夏俊杰认准时机狠狠地往他脸上揍了一拳，接着一脚踹在他腹部借机挣脱开。

脸颊和身上一阵发麻，然后才感到钝痛，嘴角应该是破了，季恒秋舔到了血腥味。

"哟。"夏俊杰看向门口的女人，"这是你女朋友啊？"

季恒秋侧身挡住他的视线："想干吗？"

夏俊杰目光阴森，笑容可怖，扯着嗓子对江蓁喊："我说这位美女，我劝你离他远点吧，你知道他爸是谁吗？"

季恒秋心一沉，回过身想拦住江蓁别听，夏俊杰却已经毫不留情地说了出来——

"杀人犯！把人活生生打死的！尸体血肉模糊，脸都变形了，那叫一个惨不忍睹啊。我好心劝你离他远点吧，小心他也是个暴力狂！"

一字一句像是锋利的刀划在心口。

"江蓁，我……"季恒秋濒临崩溃，眼眶猩红像是泣血，声音哽咽发颤，他想张口解释，却发不出声，笨拙地扯着江蓁胳膊紧紧攥在手里，怕她受到惊吓逃跑离开，然后再也不回来。

江蓁低着头背着光，看不见脸上的表情，周身的气压骤减，她甩了一下胳膊，说："松开。"

季恒秋盯着她，手上力气不减。

江蓁又重复一遍："松开。"

季恒秋闭了闭眼，缓缓松开手指。

屋里只有高跟鞋踩在地板上的嗒嗒声，所有人屏气凝神，目光汇聚在江蓁身上。

她没有转身离开，径直越过季恒秋走到桌边，抄起啤酒瓶握在手里。

夏俊杰看着女人走了过来，警觉地往后退了两步："你想干吗？"

"看不出来吗？打人。"话音未落，江蓁一脚踢在男人腿上，在他吃痛号叫的空隙挥起啤酒瓶砸在他肩上。

啪一声，玻璃碎片飞溅。江蓁的动作干净利索，下手狠而果断，从小就学的防身技巧，终于派上用场。

最后男人撞到桌角摔在地上，痛苦地皱起脸，呻吟不断，狼狈而丑陋。

大概是没想到会被一个女人轻松撂倒，夏俊杰又恼又怒，发疯一般地吼叫道："我要报警！杀人了！救命啊！"

"报！知道是110吗？"江蓁踩在他小腿上，用细长的鞋跟碾压，刚刚他就是用这只脚踹的季恒秋，"老娘从小在警察局长大的，最不怕的就是警察，你赶紧报。"

她倒也没瞎说，江爸是人民警察，所以江蓁从小经常出入警察局，还被迫学了好几招防身的格斗术。

虽然个子小了点，但利用好巧劲，江蓁过肩摔个壮汉都行，像夏俊杰这种体形的根本不在话下。

这一出让一屋子的人都看呆了，同步咽了下口水，面面相觑，不敢相信刚刚那是江蓁干出来的事。

夏俊杰喘着气挣扎着从地上爬起来，季恒秋上前一步把江蓁护在身后。

夏俊杰嚷嚷道："老子要去验伤，赔偿！"

江蓁挑了挑眉，掀唇忿恿："去，快去。你去外头说你这一身伤是我打的，你看谁信？"

夏俊杰气得直发抖，拿手指着江蓁："你……你……"

江蓁心里也冒火，算上之前陆梦的账一并发泄了出来："真搞不懂你们什么思维，一个两个都要我小心季恒秋，就因为这狗屁理由？他爸是谁我一点儿都不关心，也用不着你操心。你一个大男人有手有脚张嘴闭嘴就要钱，要不这样，你现在给我下跪磕三个头，我就当施舍乞丐给你两千块，你磕吗？"

"江蓁……"季恒秋拦住要冲上去的江蓁，"好了。"

江蓁深吸一口气平复情绪，放缓语气问季恒秋："疼不疼？"

季恒秋摇摇头。

江蓁又心疼又替他委屈，小声嘀咕道："都说了让你别受伤了。"

季恒秋俯身抱住她，吻在她额角："是我错了。"

陈卓和周明磊过来把夏俊杰架着，夏俊杰的目的就一个，要钱，不到穷途末路也不会来找季恒秋。

上次快把店砸了也没要到一分，他现在手里捏着把柄，钱必须得拿到。

多年的混社会经历让夏俊杰练就了一张厚脸皮，他摊开手说："行，你不给我钱，那就把儿子还我。"

季恒秋听了觉得可笑："儿子？当初董晓娟给你打了那么多个电话你装死不接，现在来一句儿子，你配吗？"

"我不管，你不给我就天天坐酒馆门口，说这儿的老板抢人儿子。"

陈卓气得无语，忍不住一脚踹在夏俊杰腿上："连人都不做。"

周明磊皱着眉制止他："陈卓，别瞎掺和。"

陈卓噘着嘴撇过头，他还不想管呢。

季恒秋沉着脸，声音又冷了几度，他直直盯着夏俊杰，问："你知道你爸是怎么死的吗？"

夏俊杰冷笑了一声："用不着你提醒我，胃癌，我知道。"

"是生了病。"季恒秋往前逼近一步，居高临下地看着他，"但他是被你害死的。"

夏俊杰抬起头问："你什么意思？"

季恒秋平静地开口，像是宣读一则审判："治疗的钱拿去替你还了债，我和程泽凯快把存款花光了，差一点儿就要去借债。师父知道了，不让，头一次冲我俩发了火。本来打算把房子卖了凑钱，但是董晓娟又找上门。师父一个晚上没睡着，第二天就算了，他不治了，钱留着给孩子用。你以为他是怎么死的？"

季恒秋咬着每个字，重重地说："他是活活熬死的，因为你。"

夏俊杰愕然地看着季恒秋，眼睛混浊无光。

多年郁结在季恒秋心头的怨恨，在这一刻倾泻而出："你知道小孩一生下来是弱听吗？我和程泽凯从申城跑到北京找医生，一边忙着酒馆开业，一边照顾小孩。那个时候你在哪儿？你在外边娶新老婆过得风生水起。我告诉你夏俊杰，夏岩他没儿子，他只有两个徒弟。程夏他也没你这个爹，他只认程泽凯一个爸。你要钱？你凭什么？你哪儿来的脸？"

季恒秋说完最后一句，整个人都在发抖，江蓁牵住他的手，掌心里全是冷汗。

她一下一下地摸着他的背，再开口不自觉地带上了哭腔："恒秋，我们回家吧，好不好？"

夏俊杰瘫坐在地上，盯着面前一个点出神，蓦地又笑起来，放肆地大笑，笑到猛烈咳嗽，像个猖狂的疯子。

夏岩是他害死的，这话多么可笑多么讽刺。

周明磊把人赶了出去，夏俊杰疯疯癫癫地走了，落魄地来，狼狈地走，他大概再也不会回这条巷子。

店里的残局留给杨帆他们收拾，江蓁牵着季恒秋回了家。

他全身肌肉紧绷着，还陷在刚刚的情绪里出不来。

江蓁拿了热毛巾给他擦脸擦手，又仔细清理嘴角的伤口。

"衣服掀起来给我看看。"

季恒秋说："没事，不疼。"

江蓁没管他，自顾自地掀开衣摆，腹部青了好大一块，这叫不疼？

她想抱着季恒秋，又怕弄疼他，一个泪腺不发达的人垂眸间就泪珠盈满眼眶，成串地往下掉。

季恒秋慌了，捧着她的脸："乖宝，别哭啊。"

江蓁泣不成声，断断续续地说："我在家里，越想越担心。我去找你，就看见你……季恒秋，你是白痴吗，怎么总是站着让人揍啊？"

季恒秋慌乱又笨拙地亲吻江蓁，像是犯了错的小孩急于弥补，他不停地道歉，那些眼泪落下全烫在他的心尖上。

抽泣了好一阵，江蓁趴在季恒秋肩上，鼻子都哭红了。

季恒秋揉着她的头发，启唇说："我爸……"

江蓁却制止他说下去："今天不说这个了。"

"好，不说这个。"

想要逗她开心，季恒秋岔开话题道："你在哪儿练的功夫啊？没看出来你还有两下子。"

江蓁骄傲地扬了扬下巴："我爸教的，我靠这几招称霸江北区呢！"

季恒秋很捧场地夸道："哇，厉害啊。"

有一会儿他俩只是互相依偎着，谁也没说话。

夜深了，江蓁打了个哈欠，思维越来越慢。

她倏地听到季恒秋说："其实我特别怕你听到那些话。"

江蓁下意识地问："为什么啊？"

季恒秋捏了捏她的手背，沿着她掌心纹路描摹。

很长一段时间里，大家只记得季恒秋是杀人犯的儿子，而忘了他也是暴力的受害者。

有人悲悯他，有人安慰他，也有人像看病毒一样排斥他，不愿意和他有接触。

"他爸爸是杀人犯，那他会不会也有反社会人格？"

"肯定啊，看他平时都不说话，一个人待在角落里，他说不定也内心阴暗。"

"啊，好可怕！离他远点！"

这样的对话季恒秋无意中撞见过好多回，奇怪，他好像怎么活都不对。

开心是错——"你爸把人活生生打死，你还笑得出来？"

难过是错——"反社会人格也会有同情心吗？"

连面无表情都是错。

季恒秋渐渐变成了一个擅长克制、忍耐的人。

因为一旦他表露出过激的情绪和行为，周围的人就会露出"你看，他果然是这样"的目光，像是验证了那些揣测。

夏岩告诉他，人是活给自己看的，喜骂由人，别人怎么看不重要。

这个荣耀半生清贫平生的男人是他的师父、他的长辈，很多时候又扮演着父亲的角色。

夏岩走后季恒秋消沉了很久，比以前话更少，更不愿意见人。

后来等生活逐渐稳定下来，酒馆的营业迈上正轨，程泽凯开始拉着他到处认识朋友。

季恒秋真的很好奇程泽凯是从哪儿认识这么多人的，各行各业干什么的都有。

一切重新开始，季恒秋慢慢觉得自己好像可以像一个普通人一样生活了，所以程泽凯介绍他和陆梦认识的时候，他没拒绝。

陆梦确实是个挺好的姑娘，温柔漂亮，总是细声细语，"阿秋阿秋"地叫他，季恒秋是真的考虑过和她结婚。

所有的美好泡影都在夏俊杰出现的那天破灭。

今天他和江蓁说的所有话，一模一样的，也在两年前对陆梦说过。

那时陆梦松开了他的手，慌慌张张逃跑似的转身离开。

季恒秋以为她是受到惊吓，几天后却得到一句"分手吧"。

他不怪陆梦，甚至能完全理解她。

只是季恒秋又开始自我怀疑了，自己到底是一个什么样的人？

怎么好像大家都知道，只有他自己不知道。

他是一个不幸的人，他是一个阴暗的人，他是一个孤独的人。

在季恒秋快要接受这样的自己时，江蓁却突然闯了进来。

长得漂漂亮亮，做的事情却奇奇怪怪。

喝醉酒吞一勺辣酱，嫌弃申城的抄手不好吃，管他叫"秋老板"，把棒冰说成棒棒糖，说自己不是酒鬼是美女，莫名其妙又冒充他的女朋友……

季恒秋从来没遇见过这样的人，所以喜欢上她到底是始料未及还是理所应当呢。

江蓁说他是小福星，是大宝贝，偶尔还要学着申城话的腔调喊他"阿拉小啾"，然后自己狂笑一通。

喜欢他，珍惜他，护着他，坚定地没有松开他的手，还上去帮他出气。

哪有这样的人啊，女菩萨下凡吗？也不对，这战斗力起码得是斗战胜佛，太能打了。

在江蓁快要入睡前，季恒秋才给出了问题的答案。

——"因为我特别特别爱你。"

所以特别特别害怕失去你。

寒风席卷城市每个角落，冬夜漫长。

季恒秋穿过江蓁的指缝十指扣住，把她拢进怀里。

他突然想瞬间老去。

这两天降温，程夏周五从幼儿园出来就有些咳嗽流鼻涕，程泽凯一整个周末都在照顾小孩，特殊期间，感冒发烧都要特别小心。

夏俊杰来过的事他后来才知道，发了好大一通火。

再加上这两天董晓娟不停地来联系他，话里话外都是想要见儿子，程泽凯气得肝火旺盛，嘴上都长了个疱。

他这么一个心软好说话的人，态度始终强硬没松口，用不着见，见了又怎样，早就没关系了。

阴雨持续了快半个月，天终于放晴了，挑了个下午季恒秋和程泽凯带着程夏去了墓园。

没带花，老头不喜欢，季恒秋拎了一瓶高粱酒，还有三碟下酒小菜。

程泽凯摸摸程夏的脑袋，说："喊爷爷。"

程夏乖巧地唤："爷爷。"

季恒秋拿了打火机烧了堆纸钱，把酒倒进杯子里放在师父的坟前。

"师父，好久没来看你了，今年我们还带了个人来。"季恒秋拉着程夏上前一步，"这是程夏，你的小孙子，很乖很讨人喜欢，你就放心吧。"

纸堆燃烧，烟雾熏红了季恒秋的眼眶："还有，我有对象了，本来也想带她来的，但她在加班，说要努力赚钱养我，下次再有机会再带给你见见。"

墓碑上的夏岩和蔼地笑，"师父夏岩之墓"，立碑人是徒弟季恒秋、程泽凯。

这个大半辈子都在灶头边忙碌，做了无数道珍馐美食的人，最后死于胃癌，临终前瘦得皮包骨，什么东西都咽不下。

命运是无情的操盘手，在它定下的结局面前，人只能叹息一声无奈地接受。

季恒秋十四岁那年，父亲季雷过失杀人入狱，母亲梁春晓不想带着他，他知道。

在他快要接受自己是个孤儿的时候，是夏岩走到他面前，伸出粗粝、满是老茧的手，问："不是说想学做菜吗，以后跟着我，给我当徒弟，行不行？"

从此他才有了家。

以前夏岩喜欢喝酒，醉了就爱拉着季恒秋说过去。

说在北京的大酒楼，他做的菜是铁打招牌，顾客都是为他来的；说电视台办了厨艺比赛，他拿了冠军后名声大噪，酒楼的生意也跟着翻倍；说他以前也有自己的班底，好几个聪明手巧的乖徒弟。

季恒秋问他："那现在那些徒弟呢？"

夏岩摆摆手，不说话了。

荣华富贵曾经只一步之遥，差一点儿他会带着自己的班底成为某位达官贵人的专聘厨师。

以为生活遇到了转机，噩耗却先一步来临。

妻子难产在医院抢救，家里人给他打了无数个电话。当时夏岩正在后厨忙碌，手机在换衣间里，等他下班了才看到消息。

孩子保住了，老婆大出血没救回来。

三十年前，从北京到申城坐飞机要用大半天。原本是想衣锦还乡荣归故里，他却一身素衣回来参加妻子的葬礼。

夏岩散了班底，辞去了北京的工作，辛苦奋斗这么多年就是承诺要让她过上好日子，可现在一切都成了徒劳。

他突然不知道为谁而活了，消沉度日，在巷子里开了家小餐馆庸碌谋生。

徒弟们有的找了新师父，有的去了别的酒楼，也没再联系过他。

也许是因为那时生存太难，情义成了不必要的奢侈品，失去往日风光的夏岩，再用不着巴结讨好。

夏岩其实没怎么教过季恒秋，这小子只学他想做的，那些基本功他根本就懒得练。

季恒秋想学什么，先来问食谱，夏岩把步骤告诉他，其他的让他自己琢磨捣鼓，只偶尔在旁边提点两句。

幸亏是有天赋，做出来的东西还都挺像样。

程泽凯的到来那就更是个意外了，他不像季恒秋沉闷话少，是个很讨人喜欢的大男孩，嘴甜又机灵，知世故却不圆滑。

当时程泽凯和女朋友在巷子里租了间小公寓，就在夏岩家的楼上，小两口从学生时代就好上了，现在一起来申城打拼事业。

自从知道巷子里的餐馆是夏岩开的，程泽凯经常来打包了带回去吃。

程泽凯那女朋友工作很忙，每天都加班，相比之下程泽凯倒是很清闲。

后来这小子胆子大了，经常跑后厨来和他偷师学艺，说是要学会给女朋友做，以后自己下厨。

夏岩开玩笑说那得收学费，程泽凯第二天拎着一篮大闸蟹和两瓶白酒上门，进屋就喊："师父！"

两个徒弟，都没经过正式的拜师礼，没敬过茶没磕过头，一个是可怜没人管被他带回家的养子，一个是偷师学艺的浑小子。

后来他卧病在床，却是这两个人照顾着，送他百年为他安顿后事。

人与人之间的缘分真是说不准，这一生夏岩辉煌过，失意过，儿子不争气，但有两个好徒弟。

走之前他还看了一眼小孙子，去了地下也能和早逝的妻子有个交代。

咽气前，他拉着季恒秋的手说："我已经很幸福了，没遗憾。"

墓园里空气差，飘着灰尘，程夏感冒还没完全好，程泽凯先带着他回了车上。

纸钱被烧成灰烬，季恒秋最后磕了三个头。

"师父，你让我找个能把我从黑暗里拉出去的人。"季恒秋顿了顿，喉咙口发紧，"我遇到了一个特别好的人，但我不期待她能拉我一把，我就想借着她的光，取一点点暖，这样就够了。"

季恒秋站起身，地上不平整，膝盖跪得有些麻："求你保佑她平安健康，最好，保佑她永远在我身边。"

到了年底手头的事又多了起来，各种各样的总结汇报，江蓁在电脑面前一坐就是一下午。

季恒秋说今天晚上有聚会没法来接她，下了班江蓁在公司附近随便吃了口。

回到巷子已经晚上八点多了，季恒秋还没回来，江蓁打算去酒馆坐着等他。

程泽凯今天也在，江蓁在吧台边坐下，要了杯果酒。

"好久没看到你了。"

程泽凯举起杯子和她碰了碰："儿子这两天感冒了。"

江蓁抿了口酒，指腹摸着杯沿，犹豫了一会儿才开口问："季恒秋他爸，到底是怎么回事啊？"

程泽凯撇开视线："这话你别问我。"

江蓁说："那我也不能去问季恒秋啊。"

程泽凯叹了一声气，握着酒杯晃了晃："陆梦也来问过我，我傻不棱登地告诉她了，然后过两天她就把阿秋甩了。这次我不说，我不背锅。"

江蓁白了他一眼："我和那女的不一样。"

程泽凯还是闭口不谈。

江蓁只能换个问题："行，那我问你，你知道季恒秋去养老院是看谁吗？"

程泽凯皱起眉："养老院？"

"嗯。"江蓁点点头，"他好像经常去的。"

程泽凯摸了摸后脑勺："没听他说过啊，你确定吗？"

连程泽凯都不知道，江蓁咬了咬嘴角，敷衍道："那应该不是什么重要的事吧，我可能搞错了。"

他俩说话间季恒秋回来了，怀里捧着一束玫瑰。

走到江蓁面前，季恒秋把花递过去，引得陈卓和程泽凯一阵起哄。

江蓁接过花，笑意嫣然："怎么没让我去接你啊？"

季恒秋在高脚凳上坐下，要了杯水："就在附近，我走回来的。花店里没你喜欢的那种，将就一下。"

屋里热，季恒秋脱下外套，江蓁这才注意到他今天的打扮，绕着他走了半圈上下打量："哟呵，穿西装了，你今天去参加什么聚会了啊？"

程泽凯嘴快替他回答道："同学聚会，可不得体面一点儿嘛。"

江蓁问："高中同学？"

季恒秋说："大学同学，好久没聚了。"

江蓁抿着嘴眨了眨眼睛，季恒秋戳戳她额头："你这是什么表情？"

江蓁无比纯真地问："你还上过大学啊？"

程泽凯扑哧一声笑了出来，季恒秋眯了眯眼，表情一言难尽。

"那你以为呢？"

江蓁诚实地回答："不喜欢学习的校霸，辍了学但又迫于生计跟人做学徒。"她指指陈卓，"就这样的。"

陈卓没想到自己躺着也能中枪，急了："嫂子你啥意思啊？！"

江蓁赶紧解释："比喻比喻，就比喻一下！"

程泽凯笑得肚子都疼了："那你肯定不知道吧，周明磊还是他学弟呢，他俩一个系的。"

江蓁嘴张成"〇"形，这两个人的气质相差得也太大了。她问："哪个系？"

季恒秋回答："财务管理，但他比我小很多届。"

江蓁感到世界观在摇摇欲坠，愤然道："那你当什么厨子啊！"

季恒秋挑了下眉："不行吗？"

江蓁赔笑道："行，行。"

女人的大脑构造山路十八弯，很快江蓁的关注点又跑到了别处，话锋一转问："你今天穿这么帅，不会是因为大学时期的前女友也在吧？"

季恒秋觉得无语："你从哪儿看出来的？"

江蓁摸着下巴，点了点头："肯定是，不然你们为什么不干脆在酒馆聚？这地儿多好多方便啊，你是不是怕我看见你的白月光！"

季恒秋快气笑了："什么白月光。"

江蓁挺直腰杆，一掌拍在桌子上："那下次就在这里聚，让我也见见你同学！"

季恒秋弹了她脑门一下，恨铁不成钢道："你是笨蛋吗？要在酒馆聚那就得我来做东，两桌二三十个人，一晚上的收入呢。"

"哦……"江蓁恍然大悟，拍拍季恒秋的胳膊，赞许道，"不愧是学财务管理的哦！"

陈卓擦着杯子笑了一声，吐槽道："这不就是抠吗？"

换来老板和老板娘的两道死亡凝视。

——"你大方，你来请。"

——"我抠门，你哥不更抠？"

陈卓一张嘴抵不过两张嘴，欲哭无泪，怎么到头来受伤的只有他！

他一甩头，拿着刚调好的酒找他哥去了，不理这对臭情侣。

程泽凯笑着旁观，心里悄悄地感叹季恒秋是真的变了，身上有活气，会打闹会玩笑。

一个游离在自己世界的人，突然就融入了人群中，这挺好，也多亏了江蓁。

"欸，对了。"想起什么，程泽凯转头问江蓁，"对于你们女孩子来说，比较能接受哪种方式的拒绝？"

江蓁想了想，回答道："我们哪种方式的拒绝都不接受。"

程泽凯："……"

江蓁听出话里的意思，问："怎么啦？你最近惹上什么桃花啦？"

程泽凯喝了口酒，塌下肩嗯了一声。

江蓁八卦道："谁啊？哪家姑娘啊？"

程泽凯摸了摸后脑勺："说起来你还见过。"

"我见过？"江蓁转头看了看季恒秋，他摇摇头表示自己也不知道。

"到底是谁啊？"

程泽凯的视线在他俩身上转了一圈，公布答案道："傅老师，程夏托管班那个。"

江蓁提起一口气睁大双眼，不可思议地看着程泽凯："她？她才多大啊？"

"二十三岁。"

江蓁算了算："和你差了十多岁呢。"

季恒秋也倍感意外，问他："人家怎么就看上你了？"

程泽凯疲惫地叹了一声气，这说到底还是自己造的孽："前两天我去找唐立均，在店门口正好看到她了，和一男的在相亲。"

季恒秋和江蓁排排坐，手里拿着从裴潇潇那儿薅来的一把瓜子："然后呢？"

程泽凯接着往下说，情绪渐渐激动起来："那就一猥琐男，对她动手动脚的，又是揽腰又是摸手，我那两天火气大，本来心情就不好，一看这种事血压一飙就冲上去把人揍了。"

江蓁鼓掌叫好给程泽凯竖了个大拇指，季恒秋扶额叹息一声，以后得让这两人少参与程夏的教育，君子动口不动手，这两个是能动手解决就绝不多说一句废话。

江蓁按照偶像剧的套路，往下猜道："所以英雄救美，她对你沦陷了？"

"也不是吧……"程泽凯仰头四十五度看着吊灯，错就错在他这张犯贱的嘴，"小姑娘吓到了，眼泪啪嗒啪嗒就往下掉。我想安慰她来着，我就说：'你别哭啊，你这么好的女孩不用愁找不到好男人。我就是年龄大了，早几年遇上你我肯定追。'"

江蓁和季恒秋嗑瓜子的动作停住，两人对视一眼，心意相通，认同地对彼此点了点头。

季恒秋："你就是欠的。"

江蓁："造孽啊。"

人家一直都知道他是个单身父亲，他说的时候不过脑子，傅雪吟却当了真。

前两天程泽凯去接儿子的时候被人叫住，傅雪吟问他："如果我不介意你年龄大呢？"

她看着他的目光干净坦荡，隐秘又直白的一句话，饶是向来口才好的程泽凯也哑口无言了。

可以说是落荒而逃，八面玲珑的人少见地翻了车。

这两天程泽凯已经唾骂了自己无数遍，实在没辙了才来找人求助。

他从季恒秋和江蓁手里夺走瓜子，着急地催道："你俩倒是给我想办法啊！"

怪不得今天他一个人在店里喝闷酒，江蓁拍拍手上的碎屑："人家没嫌你年龄大，也没嫌你有孩子，你应该觉得高兴才对啊。"

程泽凯又给自己倒了杯酒，语气闷闷不乐："她年龄小，看事情不成熟，但我不能也犯傻耽误人家啊。"

季恒秋刚刚一直听着，他看着不擅长处理感情问题，这时候却一针见血道："所以你到底是在犹豫怎么拒绝她，还是犹豫要不要拒绝她？"

程泽凯瞳孔颤了一下，呼吸顿住，像是被说中了。

季恒秋问他："你也潇洒这么多年了，真不想找个人好好过日子吗？"

程泽凯摇了摇头："那也不能是她啊。"

季恒秋反问："为什么不能？"

这一句话砸出来，程泽凯好久没再说话。

吊灯的橘光洒下，映得杯子里的酒液发亮，他在酒馆里遇到无数借酒消愁的人，今天也成了其中之一。

安静了一会儿，季恒秋说："别恐惧爱，也别吝啬爱。"他起身拍了拍程泽凯的肩，"这话是你告诉我的。"

有些道理谁都明白，结果轮到自己该纠结的还是照样纠结。

程泽凯烦心了两天，傅雪吟对他的喜欢就像烫手山芋，知道里头是甜的，但他握不住，承受不来。

接下来几周的周日都是季恒秋去托管班接程夏，程泽凯躲着傅雪吟不见，怕见了面尴尬。

他最后拒绝傅雪吟，就说了一句话："那天换了别人我也会这么做这么说。"

江蓁听后说他残忍，心疼人家小傅老师。

季恒秋递了根烟给他，两个人在酒馆外沉默地抽完。

寒风吹动屋檐上的铃铛，燃尽的烟头被碾灭，一缕白烟消散在空中。

程泽凯主动问季恒秋："你没什么要跟我说的吗？"

季恒秋背靠在墙上，轻声开口问："你以后想起她，会后悔吗？"

程泽凯笑意浅淡："也许吧。"

季恒秋也不再多说："你想清楚就行。"

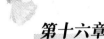

第十六章

老公养你

十二月的最后一个礼拜，江蓁搬了家。

比起上次跨越半个城，这一次就轻松多了，从二楼到三楼，箱子都是季恒秋拎的。

二楼又重新找了个租户，一个考研的大学生，压力应该挺大，江蓁每次看到他都觉得他的头发又稀疏了一点儿。

季恒秋腾了半个衣柜给江蓁，周末江蓁在家里收拾衣服。

想把几个不常背的包收进柜子里，江蓁看了看，就顶上还有点儿空间。

她拿了椅子垫在脚下，想把包塞进去。

放了两个却发现位置不够了，江蓁往里看了看，有个大箱子堵着，不知道季恒秋拿来装了什么。

她想把箱子挪出来，手一点儿一点儿够，还挺沉，她握着边缘没抓好力，箱子脱手砸到了地上。

砰一声吓了她一跳，她呼出一口气跳下椅子。

盖子被摔在一旁，箱子里头全是衣服。

她捡起散落在地上的 T 恤，看上去有些年头了，尺码看着不大，应该是季恒秋小时候穿的。

不过令江蓁觉得奇怪的是，这里面的长衫短衫都色彩鲜艳，和他现在除了黑就是深灰的风格迥然不同，也许是男孩子长大了就不喜欢那些花里胡哨的颜色了吧。

听到屋里的动静，季恒秋走到房间门口问："怎么了？"

江蓁把衣服叠好放进箱子里："没事。"

她刚想问他这箱衣服能不能换个地方收纳，就见季恒秋沉下脸从她手里夺过箱子。

"你翻这个干吗？"季恒秋的语气带着责怪，眉头拧紧像是生气了。

江蓁愣了愣，解释说："我想把我的包放进柜子里，这个占着地方。要不放储物间吧？都是旧衣服了，你还留着啊？"

季恒秋意识到自己话说重了，缓和了一下语气说道："我拿出去吧，你放包。"

因为这一个插曲，吃晚饭的时候两人之间的气氛有些微妙。

谈恋爱后这是季恒秋第一次对江蓁说重话，江蓁不知道那箱衣服有什么重要，能让他这么在乎。

季恒秋也察觉到她情绪不好，小心翼翼地观察她的表情，一直殷勤地给她夹菜。

一碗饭吃了一半江蓁就说饱了，坐在沙发上抱着土豆看电视。

季恒秋是按照她平时的饭量盛的，这下有些不知所措。

他给江蓁留了点饭菜怕她等会儿饿，从冰箱里拿出草莓洗干净，又拿了瓶酸奶。

这都看不出来她生气的话，那这男朋友他也白当了。

季恒秋把草莓递过去，江蓁撇开脸说："不想吃。"

真有小情绪了，季恒秋用指节刮了刮下巴，这要怎么哄啊？

季恒秋叉着腰站了一会儿，突然俯身把江蓁怀里的土豆抱走，赶它回自己狗窝。

江蓁正要表达不满，整个人就腾空被他抱了起来。

看季恒秋要回房间，江蓁愤怒地喊道："季恒秋！这种方式解决不了任何问题！"

季恒秋停下脚步，看着她的眼神委屈巴巴的。

江蓁被季恒秋放在了床上，刚想起身季恒秋就压了下来，力量克制，她挣扎了一下但推不动他。

江蓁更恼火了："你给我起开！"

季恒秋不动，脑袋埋在她肩窝蹭了蹭，闷声道："我不是故意要凶你。"

认错态度倒还算良好，江蓁捏捏他耳朵："那我能听解释吗？"

季恒秋埋着头没回答，半晌后翻身躺在江蓁身边，眼睛盯着天花板。

"我妈在我七八岁的时候就走了，跟一个男人。她走了之后我爸彻底变了一个人，下班了就喝酒，喝醉之后找各种理由骂我打我，所以我小时候过得还挺惨的。"季恒秋说的时候很平静，他每次提起过去都异样地平静，像是转述别人的故事，"但有两个人对我很好，一个是师父，经常给我送吃的，还有就是方姨。"

江蓁侧过身子，头枕在他胳膊上，望着季恒秋的侧脸，专注地聆听。

"方姨在服装厂上班，会做衣服，她儿子的衣服都是她自己做的，穿不下了就拿来给我穿。一开始我还特别高兴，觉得自己有新衣服了，但年龄大一点儿，有自尊心了，我就不愿意穿别人的旧衣服。我个子长得也快，个头和她儿子差不多，后来方姨每次做衣服都做两件，一件给她儿子，一件给我。那箱装的就是她做给我的衣服，她以前对我真的很好。"

满满一箱的衣服也是厚重的人情，江蓁没想到是这样，季恒秋心最软，别人对他的好总是记得牢牢的。她靠过去抱住他，轻声认错："我不该耍脾气的。"

季恒秋把她揽进怀里，吻在她额头上："是我语气不好。"

江蓁问他："那方姨现在在哪儿啊？"

季恒秋抱着她的手臂收紧了些，回答说："后来她就搬走了。"

江蓁点点头，想象着年少时的季恒秋，单薄的少年抽节似的长大，没有父母庇护，外人的一点点关爱都被他小心珍藏，是竹又是树，坚韧沉稳，在风雨中无声成长。

她爱惜地吻在他心口，说："什么时候我们去看看方姨吧，我要谢谢她对你这么照顾。"

季恒秋摩挲着江蓁的发尾，迟迟没有应好。

他这么用力地抱着江蓁，掩藏自己浑身在发抖的迹象。

仅仅是提起这些就花了莫大力气，那又要如何向她坦白他的罪过、他的偷生。

——他卑劣的、早该被剥夺的生命。

和季恒秋同居的这段时间里，江蓁好多生活习惯都变了。

晚上不再熬到深夜一两点，季恒秋会没收她手机督促她睡觉。

早上季恒秋跑完步遛完狗回来，正好叫她起床吃早饭，她的生活作息健康得不行。

今天一大早季恒秋就出门了，说是要和杨明去海鲜市场看货，酒馆里跨年要做大餐。

江蓁定了早上八点的闹钟，没人贴着撒起床气，今天不能赖床，乖乖地爬起来洗漱。

季恒秋把车留给她了，让她等会儿自己开车去上班。

江蓁化完妆看时间还早，打算去巷子口吃个早餐。

阴雨散去，清晨蓝天晴明，街道上的白噪音热闹但不嘈杂。

江蓁拉开推门走进店里，刚要点单就听老板娘问她："你是阿秋的女朋友吗？"

季恒秋说过巷子口的早餐店开了好多年了，店主刘婶是老邻居，江蓁笑着点点头："是啊。"

刘婶从身后的保温箱里拿了杯豆浆还有两个豆沙包，递给她说："阿秋让我给你留一份，不然这会儿早卖光了。"

江蓁接过，乖巧地道谢："谢谢婶婶！"

刘婶摆摆手，常年操劳让她皮肤粗糙，手上生出了冻疮，但笑容朴实亲切，就像这家经年不变的早餐店，装修简朴但又让人觉得温暖。

"阿秋和我说最漂亮的那个就是你，我一看确实漂亮！"

江蓁不好意思地笑笑，挑了个就近的位置坐下，打开塑料袋咬了一口豆沙包，里头的馅香甜绵密。

刘婶问她够不够吃，要不要再拿个茶叶蛋。

江蓁赶忙说："够了够了。"

她拿出手机对着手里的早饭拍了一张，给季恒秋发过去。

江蓁：好甜！

季恒秋：今天没赖床？

江蓁一边嘬着吸管，一边打字：没，没人给我赖。

季恒秋：懂了，以后自己起床，要独立。

江蓁：别，要抱要哄，一醒来没看到你我浑身都没力气！

季恒秋这次回了个语音条："这点腻歪劲儿留着晚上再使。"

江蓁把听筒放在耳边听完，脸上的笑比手里的豆沙馅更甜，越来越不知羞了。

"欸，对了，婶婶。"江蓁抬头问，"您认识方姨吗？她现在在哪儿啊？"

刘婶像是怀疑自己听错了，不敢相信地向她确认："方姨？阿秋跟你说的？"

江蓁嗯了一声："说是以前对他很好的一个邻居，我问他方姨搬去哪儿了他没说，你知道她在哪儿吗？"

刘婶低头擦着桌子，神情有些不自然："她儿子出事之后全家就搬走了，我也不知道，都过去好多年了。"

"哦，这样啊。"江蓁没再问下去，把吃完的塑料袋揉成一团扔进垃圾桶，起身和刘婶告别。

元旦刚好在周末，从这一周开始大街上就张灯结彩，新年新气象，人也有了新希冀和盼头。

需要告别的却不止2020年，跨年夜的前一晚，李潜告诉江蓁他要走了。

不是提起行囊奔赴下一段旅程，是离开申城，找了个南方小城定居下来。

对于江蓁来说，这个消息很意外，听他话里的意思，是连溪尘的身份都要舍去，真的隐匿于世不再归来。

李潜过完元旦就走，离开前也没什么人要道别，想来想去跟江蓁说了一声。两人偶尔会在微信上聊聊天，摄影占多，生活占少，过去只字不提。

酒馆里依旧热闹，人间心事的汇聚地，逢年过节更是生意兴隆。

江蓁和李潜坐在了老位置，一人点了杯酒。

菜上桌后，李潜从包里摸出一个U盘递给江蓁。

江蓁问他："这是什么？"

李潜说："随便拍的一点儿东西，就当是送你的临别礼物。"

江蓁受宠若惊道："天，那可太贵重了。你早说准备了礼物啊，我空手来的。"

李潜轻笑一声："可别，我又不缺什么。"

江蓁把U盘小心地收进包里："多少是个心意。"

李潜举了举杯子："已经送了，这杯酒就是礼物。"

江蓁也举杯，玻璃碰撞发出清脆的响声："好，那我就祝你新年快乐，忘忧忘愁。"

平时隔着屏幕随便一句话就能起头，现在面对面坐着，却有些不知道该聊什么。

聊过去会伤感，聊未来太遥远，聊现在也无趣。

寒暄结束后他们只是坐着，酒喝了半杯，店里的电视机上播着某一部电影。

觉得以后不大会再有交集，江蓁斟酌再三，问出了早就想问的问题："你后来为什么取名叫溪尘啊？"

李潜垂眸看向她，大概是最近没往外面跑，皮肤养回来了，他脸上多了些从前矜贵艺术家的影子："'愿为溪水，洗净尘埃。'用来提醒我自己的。"

江蓁似懂非懂地点点头，艺术家多半也是哲学家，和自己这等俗人不是一

芙醉

个境界。

屏幕上，男女主人公在西藏相遇，荒漠壮阔，天与地遥遥相接，无人区里的爱情故事像风吹草长，野火漫天。

看着他们浪漫邂逅，江蓁眼中流露出艳羡，却蓦地听到李潜说："要我看，可可西里的浪漫其实全是骗局。"

江蓁抓了把桌上的花生："展开说说？"

李潜放下杯子，为她详细说明："缺水、没吃的还算好，一天里见到的全是荒地才叫人崩溃，还有那天空，就是单调的蓝，都不如从头顶上看的申城漂亮，都是被文青吹来的。"

李潜一吐槽就停不下来，江蓁就当听一乐和，对可可西里的滤镜碎一地。

她好奇地发问："那为什么还有这么多人想去呢？"

李潜说："谁知道呢？"

他顿了顿，又说："但让我再去一次，我也还是愿意的。"

江蓁不解："为什么？还甘愿上当啊？"

顶上一盏球形吊灯，李潜的一半身子在光里，一半又在阴影下，他身上总是带了种神秘感："刚去那两天，我实在是崩溃，发了疯地想回来，后悔啊，脑子抽了才跑这地方来。到了第三天晚上，导游喊我出去看星星。"

江蓁："震撼到你了？"

李潜点了点头，移开视线看向别处，像是陷入了回忆中："太漂亮了，语言形容不出来，我头一次见到什么叫'浩瀚银河'，那星星又闪又干净，整片天空都是，用相机拍不出这种美，只能记录在眼睛里。我看了一晚上，别的什么事都忘记了，就单纯看星星。

"为这一片星空，这一趟就值了。我一直这么认为，有些东西没必要十全十美，中间有一瞬间让你觉得幸福就够了，就已经很难得了。"

他说话总是有自己的思想，阅历丰富的成熟男性，见多想得也多，但不会显摆教育，就是单纯地分享，江蓁很愿意和这样的人聊天，能感受到很多东西。

就如此刻，她感受到了李潜的释然和洒脱，那些让他遗憾的还是遗憾，但他好像不再执着于讨一个答案了。

江蓁和李潜碰了个杯，说："有生之年我也想去看看那片星空。"

李潜回敬，是提醒但更像祝福："记得和心爱的人一起。"

话音刚落，"心爱的人"就来了。

季恒秋端着一盘小食出来，给他俩当下酒菜。

江蓁挽着季恒秋的胳膊和李潜介绍："这是我男朋友，季恒秋。"

李潜伸出手："李潜，以前是搞摄影的，现在一无业游民。"

季恒秋回握住："久仰大名。"

李潜不动声色地打量完季恒秋，朝江蓁使了个眼色："你个小姑娘眼光不错哦。"

江蓁嘚瑟地抬了抬下巴，又警觉地抱住季恒秋："我的！"

李潜不屑地喊了一声。

季恒秋还得回后厨帮忙，走之前叮嘱江蓁少喝点酒。

李潜吃着盘子里的炸鸡块，问江蓁："上次我喝醉是不是说了一堆胡话？"

"是，前言不搭后语的。"

"就是想找个人说话，其实我也没那么醉。"

江蓁理解地点点头："明白，反正我也没认真听。"

李潜舒心地笑了，还真的有点儿舍不得这个能一起喝酒聊天的善良朋友："那就好，不用记住，都是废话。"

酒喝到深夜，月亮被高楼挡住，这么抬头看天像一块漆黑的幕布，不知道相隔万里的可可西里此时是怎样的景象。

送别李潜，江蓁在门外呼吸了几口新鲜空气，冷风一吹她打了个寒战，搓搓胳膊回到屋里。

一句"有缘再见"，李潜自明天起就不再属于这个城市，他似乎也从未属于过哪里，对一座城市的眷恋往往来自人，否则来去自由，在哪儿都一样。

人是注定漂泊的，只会为爱停留。

半年前的江蓁也是，确切地说，是遇到季恒秋以前的江蓁。

她从没有觉得申城于她有何特别，但现在不一样了，这是她恋人的所在地，这里有一家叫 At Will 的酒馆，这里有属于她、又拥有她的人。

之前犹疑要不要在申城定居，现在她确定了。

她想要停留，和季恒秋在这条巷子这家酒馆度过岁岁年年，看春天的山樱，喝夏天的梅子酒，吃秋天的柿饼，踏冬天的银杏叶，让每个季节都有回忆。

当然，她永远最喜欢秋天。

回到家江蓁把 U 盘插在电脑上，一共三个文件夹，取名风格很直接，第一个叫景，拍的是山水风光；第二个叫城，是各座城市街道的掠影；第三个叫人，里头是在酒馆里拍的江蓁。

加起来大概快有几百张照片，江蓁大致浏览了一遍，把自己的那几张导入到手机相册。

李潜说自己不会拍了，那是自嘲，他的专业能力在那儿，拍出来的东西不会差。丢失的灵气，作为溪尘的这段时间也慢慢养回来了。

这些照片是李潜最后对自己的一个总结，他把它送给在申城遇到的朋友江蓁，是分享也是纪念。

江蓁深吸一口气，合上电脑，侧身滚到季恒秋怀里。

季恒秋一只手臂搂住她，另一只手塞了瓣橙子到她嘴里。

想想要不是李潜，季恒秋当时也不会吃醋耍小脾气，他不耍脾气的话，他俩还不知道什么时候才能好上。

江蓁咬着橙子咯咯笑，说起来李潜可是大媒人。

季恒秋捏捏她后颈："笑什么呢，这么开心？"

江蓁但笑不语。

听到楼道里响起脚步声，应该是楼下的考研生回来了，这两天他每天都学到挺晚。

季恒秋起身打包好一碗赤豆小丸子，让江蓁给他送去当夜宵。

江蓁拎着饭盒，出门之前又转身问季恒秋："我当租客的时候你怎么没给我送夜宵吃？"

死亡问题，季恒秋梗着脖子回避视线，结巴地说："我、我……你又不考研。"

还理直气壮起来了，江蓁瞪着眼睛继续逼问："我上班不辛苦吗？"

"辛苦辛苦。"季恒秋推着江蓁肩膀，"所以我直接带你回家吃饭了。"

江蓁这次满意了，利索地下楼给邻居送温暖。

跨年那天街上人声鼎沸，辞旧迎新之际，大概是 2020 年的不顺心太多，今年大家格外期盼新的一年到来。

酒馆里的客流量是平时的两三倍，大堂座无虚席，季恒秋和秦柏在后厨忙了一晚上，陈卓数不清调了多少杯酒，手都晃酸了。

江蓁留在店里帮忙，客人们听服务生喊她"嫂子"，都知道这是老板娘。

起先江蓁被这么喊还觉得不习惯，渐渐忙起来就顾不上别扭，别人喊一句"老板娘"，她清脆地应一声"欸"。

零点前一分钟就有人开始倒数，最后十秒的时候所有人都开始齐声呐喊："十！九！八……"

大家都放下手里的事等着新年的钟声敲响，在越来越逼近的数字里收紧呼吸心跳加速。

江蓁转身找到季恒秋的位置，穿过大堂绕到他身边。

"三，二，一！"

最后一声落下，季恒秋捧着江蓁的脸俯下身，江蓁笑着迎上去，唇瓣相贴在一起，带着彼此的体温。

欢呼声沸腾翻了天，在巨大的喧嚷里，季恒秋贴在江蓁耳边说："新年快乐。"

江蓁亲在他下巴上，笑意盈盈地回："新年快乐。"

季恒秋捏了捏她的手背，带她走进后厨，到连接后院的门前停下。

江蓁问他："怎么啦？"

季恒秋掀唇笑了一下，示意她推开那扇门："去看看你的新年礼物。"

江蓁愣住，抬头看着季恒秋，有些紧张地问："什么礼物啊？"

季恒秋带着她往前走："去看看就知道了。"

后院的修葺是季恒秋自己一手操办的，谁都不让进来，江蓁好几次都被他挡在门外，当时她还调侃他是埋尸还是挖宝，搞得这么神秘。

手搭在门把上，江蓁咽了咽口水，心脏怦怦直跳。

短短的几秒内她脑内闪过很多东西，甚至想到了万一门后是鲜花、气球和Marry me，她该不该说我愿意。

随着门被推开，后院的光景一点儿一点儿出现在眼前。

江蓁先是看到了围满藤萝的栅栏，木质的桌椅和遮阳伞，还有一大束的洛神玫瑰。

"上次你说要个专属座位，大堂里的不算，我为你准备了个只属于你的。"

后院的夜很安静，季恒秋的声音低沉，他认真说话的语气总是勾人耳朵，说不出的性感。

在木桌边有一架秋千，窗台下是一排花架，屋檐上挂着风铃，风一吹丁零当啷地响。

满目灯火万千，明亮如昼，都市繁华奢靡，季恒秋却给她搭了座小花园。

这是他想送给江蓁的、独属于她的世界。

这里有他不曾给别人看过的温柔和爱意。

宇宙浩瀚，人类在有限的时间里追寻无限的浪漫。

季恒秋没有说那架秋千他反反复复折腾了三次才做个像样的，没有说钉子钉到手指连心脏都发麻有多疼，没有说为了这块小天地他付出了多少时间和心血。

他只是告诉江蓁："我真的很爱你。"

江蓁捂着嘴，什么话都说不出来，被惊喜砸后脑子都是空白的，她上扬着嘴角眼眶里又是湿润的。

她紧紧攥着季恒秋的手，缓了好久后声音微喘地对他说："你可别再掏个戒指出来，我承受不住了会昏过去。"

季恒秋被她跳脱的思维弄得一头雾水，破坏气氛大王："那不好意思，真没有。"

江蓁转过身伸手要抱，季恒秋圈住她的腰。

她现在的声音软乎乎的，搂着他脖子说："怎么办，我没给你准备礼物。"

季恒秋乐出了声，她的关注点怎么越来越歪了。

"怎么办……"他学着江蓁的语气，把桌上的玫瑰捧在怀里，另一只手牵住她，"只能拿别的来抵了。"

看他要走，江蓁扯扯他的胳膊："店里不管啦？"

季恒秋潇洒道："不管了，反正我是老板。"

江蓁心里罪恶了三秒，回头看了一眼，然后拉着季恒秋加快脚下的步伐："那就不管了！"

大好的元旦，因为前一晚的荒唐折腾季恒秋和江蓁到了中午才起床。

也懒得自己做饭了，他俩洗漱收拾完之后去程泽凯家蹭饭。

门铃被摁响，程泽凯开门看到是他俩，一脸惊讶："你们俩怎么来了？"

季恒秋拎了拎手里的水果，路上刚买的，毫不扭捏地说："来吃饭。"

程夏听到声音，扬声喊道："叔叔婶婶！"

"欸！"江蓁去洗了把手，在餐桌边坐下。

程泽凯进厨房给他俩盛饭："早说要来我就多做两个菜了。"

季恒秋说："够了，这不挺丰盛的？"

一荤一素一汤，父子俩吃当然够，程泽凯还是回厨房又炒了个蛋。

"你俩今天不出去约个会啊？"

江蓁摇摇头："外头人太多了，不去凑热闹了。"

程夏嚼着排骨，拉拉季恒秋的手："叔，我想吃糖葫芦。"

季恒秋点头说："行，等会儿给你做。"

程泽凯用筷子头敲在程夏脑袋上："不是前两天刚吃过吗，小朋友？"

程夏伸出一只手更正道："五天了，不是两天。"

程泽凯被噎得没话反驳，新年第一天也不扫兴了："好，吃吧。你哼啾叔一年给你做的糖葫芦都能堆成山了。"

程夏甜滋滋地笑，季恒秋揉了揉他的头。

江蓁看着他们三个，眼里也沾上笑意："什么糖葫芦，我也要吃。"

程夏眯着眼睛一脸享受地说："哼啾叔做得超——好吃！"

江蓁被他古灵精怪的一面逗笑："超——好吃！"

今天晚上有好几桌客人预订了位置，吃过饭休息一会儿程泽凯和季恒秋就要回店里准备晚饭。

江蓁留在家里带小孩，程夏挺让人省心，她陪着看了一会儿动画片。

下午出了太阳，身上一暖和江蓁就忍不住打哈欠，眼皮子越来越沉。

程夏比江蓁还先睡着，江蓁低头看了眼小孩乖巧的睡颜，替他拿了条毯子盖着。

快五点的时候，季恒秋打电话来喊他俩吃晚饭，江蓁睡得迷迷糊糊，程夏也被闹醒了。

季恒秋说："过来吃饭了。"

江蓁懒洋洋地嗯了一声。

季恒秋在电话那头轻笑："起来吧宝，程夏都没你这么赖。"

江蓁揉揉眼睛，目光涣散地发了一会儿呆，去卫生间洗了把脸才算是彻底清醒过来。

她牵着程夏到酒馆门口的时候恰恰好遇上陈卓和周明磊。

今天兄弟俩的气氛有些微妙，一个在前一个在后，中间隔了很长的一段距离，都阴沉着脸，心情不悦的样子。

江蓁左右看看，问："怎么了？吵架啦？"

周明磊不说话，率先进了屋里。

陈卓冲他背影翻了个白眼，和江蓁抱怨道："他犯病、脑抽！"

江蓁眨了眨眼睛，默默捂上程夏的耳朵。

陈卓一边嘀咕着，一边跟着进去，心里怨气挺大。

兄弟俩闹翻的事很快其他人也察觉到了，"老父亲"程泽凯来调解矛盾，给陈卓做思想工作。

"别惹你哥生气了，乖乖去道个歉。"

陈卓正憋屈着呢，说："我没惹他生气，他自己有病！"

他一急嗓门就大，周明磊肯定也听见了，眉头拧着，脸色更不好看。

"我都二十三岁了，还要被他管东管西！我追谁跟谁谈恋爱是我自己的事，我往身上文什么也是我自己的权利，我用不着他管，还真把自己当我哥了。"

陈卓嘴比脑子快，在气头上该说的不该说的统统骂了出来。

最后一句就是往周明磊的心上扎刀，情绪堆积一瞬爆发，手里的笔被他狠狠甩在桌子上，裴潇潇吓得往后一缩。

从来文质彬彬的人第一次动怒，周明磊咬着后槽牙，眉宇之间净是戾气："对，我不是你哥，我也从来不想当你哥。"

陈卓回嘴："那你管我这么多干吗？"

周明磊迈着大步走到吧台边，桌上是杯刚调好的酒，他端起杯子灌了一大口。酒液滑过喉咙，一路引起烧灼感，他胸膛剧烈起伏，快听不见自己的说话声，耳边只有如鼓在鸣的心跳："陈卓，你是白痴吗？"

陈卓叉着腰不服气地吼回去："你才是白痴呢！哦，我知道了，周明磊你就是见不得我好！你找不到女朋友就来妨碍我！李宛星哪里不好了，我凭什么不能追她？"

周明磊快被气死了，呼吸粗重，眼神狠狠地盯着陈卓，手攥成拳又蓦地松开。他往后退了一步，像是认清现实，卸了满身的力塌下肩和腰："随你吧，爱怎么样就怎么样，以后我不管你了。"说完就转身走了，背影落寞地回了前台。

裴潇潇小心翼翼地打量他，也不敢多说话。

陈卓哼了一声，撇过头去："那最好！"

周明磊说不管了还真的就不管了，这两天兄弟俩照常上班，但谁都不和谁说话。

吃饭的时候，陈卓一个劲儿地吃肉也没人提醒他吃两口蔬菜，和拽哥打球打到深夜也没人再催他回家，日子过得很逍遥，像是早就求之不得。

季恒秋告诉江蓁，陈卓就得有人看着，得有人站在他旁边给他指着路，不然一不留神就走歪了。不是周明磊离不开陈卓，是陈卓离不开他哥。

周明磊这次也不是管多了，陈卓追的那女孩在篮球馆工作，年轻漂亮，他算是一见钟情。为了追人，陈卓砸了不少钱，小姑娘礼物都收了，但一直吊着他不答应，也就陈卓傻傻地以为人家是矜持害羞，乐颠颠地赶着。

他之前不敢让周明磊知道也是因为这个，最近他账户上有几笔不正常支出，周明磊发现端倪一查就知道。

本来陈卓还是好言好语想和他哥解释，被周明磊语气尖锐地讽刺了两句，陈卓也忍不了了，他也不认为自己犯了错，追姑娘谁不花钱？而且他用的是自己的钱，怎么处理是他的事。

兄弟俩难得吵一回架，脾气都挺硬，谁也没要求和的意思。

大家面上没表露出来，其实都更偏袒周明磊一点儿，他不抱怨不解释，一句话也不多说，但就这样看得人心疼。

周明磊管陈卓管了近十年，从最讨人厌的叛逆期到成年，教他为人处世，替他权衡考量，尽了一个兄长的责任，又花了远超于此的心思。

陈卓没有人支持的梦想，开朗外表下柔软的内心，周明磊小心地庇护了这么久，现在却被他质问"你是不是就见不得我好"。

一颗心送出去，却被搅碎了扔回来，这太伤人了。

小男生没心没肺，其他人也帮不了什么，该说的都说了，劝陈卓懂事，劝周明磊消气。

躺在床上的江蓁望着天花板，不知道想到什么，突然叹了一声气。

季恒秋腾出一只手捏捏她的脸："叹什么气呢？"

江蓁翻了个身抱住他手臂，脸贴上去。季恒秋在看一个美食教程，白天江蓁说想吃肥肠鸡。

"我就是感叹相爱好难哦，遇到喜欢的人却没办法在一起。"

季恒秋宽慰她："也许是不合适，对的人还在后头。"

江蓁鼓了鼓腮帮子，问他："那如果我们俩相遇的时候，我不是单身呢？"

季恒秋视线向上抬，想了一会儿说："缓步接近，伺机以待。"

江蓁又换了种假设："万一我是你仇人的女儿？"

"携手私奔，浪迹天涯。"

"兜兜转转发现我们是同父异母的兄妹！"

季恒秋皱起眉，人物设定怎么越来越狗血。他收起手机关了落地灯，拍拍江蓁的脑袋，拉上被子准备睡觉："梦里见吧，江大导演。"

三天的元旦假期一晃而过，周一上班江蓁却没赖床，一醒来就起了。

季恒秋觉得稀奇，吃早饭的时候看她心事重重，问道："公司裁员啊，怎么紧张兮兮的？"

江蓁咬了口鸡蛋，捧着手机不断刷新页面："别说了，我高考查分都没这么紧张。"

今天上午《臻丽》就会公布年度彩妆品牌 Top 10，整个下半年茜雀都在为上榜单奋斗，成败就看现在了。

"要是能上榜单，我就能升职加薪，我得赚钱养家，不然怎么养你啊？"

季恒秋轻声笑，帮她把剩余的蛋壳剥了："那我祝你光荣上榜。"

江蓁嘴里念叨着阿弥陀佛，她早对比过和竞争对手的数据，茜雀有优势但不大，万一评审更偏爱焕言呢。

季恒秋看她吃饭都心不在焉，从她手里拿过手机："先吃饭，结果已经在那了，紧张也没用。"

江蓁抬头看了他两秒，突然扑哧一声笑出来："我高考查分的时候，你这话我爸也说过，一模一样。"

季恒秋挑了下眉："我刚准备说下一句。"

江蓁眯了眯眼睛："什么？不会是'不管结果是什么，你都是我的骄傲'吧？"

季恒秋翘起嘴角扯出一个假笑："是'你要迟到了'。"

江蓁缓缓抬起手表，分针已经划过半圆圈："啊啊啊……都八点四十了！"

"别着急。"季恒秋不慌不忙吃完最后一口馄饨，"老公送你，保证准时。"

江蓁踩着高跟鞋一路狂奔，打卡的时候正好离九点差一分钟。

一进部门她就问："怎么样，怎么样？结果出来了没？"

于冰摇摇头："《臻丽》那边说是上午十点，应该快了。"

早会上陶婷简单说了两句，江蓁精神紧绷着，头一次没开小差专注地听完了全程。

她每隔一分钟就要低头看眼手机，到了九点五十五分，有人喊了一句"出来了"，大家立马一窝蜂地围了过去。

"怎么样啊？"

"有没有咱们啊？"

"快快快！我急死了！"

江蓁一颗心吊到嗓子眼，想知道又怕知道，一秒钟都变得格外漫长。

"第八××××，第九××，第十……Citrus茜雀，是咱们！茜雀！"

"Yes！"

格子间里顿时沸腾，呼声一片。刘轩睿提着嗓子把小编评语朗读出来，声情并茂眉飞色舞的，引得大家哄堂大笑。

"茜雀作为新秀品牌，在秉承品牌理念的同时不断创新发展，高质量、精包装、好口碑，这是一支不容小觑的力量。2020年，首位中国代言人乐翡的加入为其完善了品牌形象……"

几秒的意识空白后，江蓁的心猛地落到地上，她手撑在桌沿长长呼出一口气，高兴是其次，就是觉得这段时间的种种压力和付出都得到了回报，太不容易了。

陶婷从办公室里出来，脸上挂着浅笑，她拍拍手，扬声说："咱们部门这次立了大功，年终奖肯定丰厚，这个周末我请大家吃饭！"

又是一阵欢呼，宋青青走到江蓁身边，笑着说："估计马上就会下通知，提前恭喜你啊，江主管。"

江蓁脸一臊，用胳膊肘推了她一下："你怎么知道是我，万一是你呢？"

宋青青推回去："当然是你了，我除非靠我舅。"

江蓁笑起来："不好意思，要当你上级了哟。"

宋青青嚯哟了一声："那你放心，没这个机会。"

江蓁不明白这话，问："什么意思啊？"

宋青青往左右张望了一下，掩着嘴凑过去小声说："我先偷偷告诉你，过完年我就要离职了。本来到茜雀就是锻炼两年，我有自己的理想要实现。"

刚刚的好心情被这几句话冲散，好不容易处成的朋友突然告诉她要走，江蓁放平了嘴角，问："什么理想，你要去哪儿啊？"

宋青青回答："我想创办自己的珠宝首饰品牌，大学的时候就和我的一个设计师朋友决定好了，我们俩要合伙创业。"

江蓁不知道她还有这样的计划，有些惊讶，更多的是赞赏，没想到她温柔甜美的外表下还藏着一颗这样的事业心："筹备得怎么样了？"

"刚起步，要准备的还挺多，但下半年应该就能开业了吧。"宋青青用肩膀碰了她一下，"蓁姐，要不要来跟我干，我正好缺策划呢。"

江蓁不置可否，只说："要我和你都跑了，婷姐会不会抓狂啊？"

"让她抓去呗，咱把婷姐一起挖来更好！"

"那徐总就要抓狂了！"

两个人哈哈笑起来，刚刚江蓁还觉得难过，不舍得她，现在又释然了。

新的一年刚开始，大家都在朝着一个更好的方向走，不做同事了，还能更坦荡地做朋友，也挺好的。

想起还没告诉季恒秋好消息，江蓁拿出手机点开微信。

江蓁：小福星，小福星，小福星。

江蓁：我要升职啦，我要升职啦，我要升职啦！

季恒秋给她回了一个竖大拇指比赞的表情包。

季恒秋：真棒！

江蓁：你在干吗呢？

季恒秋发了张照片来，背景是菜市场，他手里拎着一只拔了毛的鸡。

季恒秋：给你准备庆功宴，晚上回来喝鸡汤。

江蓁回了两个嘟嘴亲亲的表情，看她家阿秋多贤惠。

晴了两天申城又开始下雨，寒风席卷城市，雨势不大却足够让晚高峰加倍拥堵。

江蓁下楼的时候季恒秋就已经等在了外边，撑着黑色的伞，笑着把她拥进怀里。

路上和季恒秋提起宋青青创业的事，江蓁顿了几秒后开口说："其实她问我要不要跟着干的时候，我还挺心动的。"

季恒秋问："不喜欢现在的工作吗？"

江蓁摇摇头："也不是不喜欢吧，两个工作不一样，我喜欢挑战，在茜雀我脚跟已经站稳了，今后的路也已经清晰了。如果跟着宋青青创业，难度大，不知道会遇到什么问题，但是有意思呀，看着一个品牌从无到有慢慢成长，这种成就感想想就幸福。"

季恒秋捏捏她手背："想去就去。"

要是换了以前江蓁可能脑袋一热就真去了，但现在不一样，她得为两个人考虑："不行，风险太大了，我得养家呀。以后结婚生了孩子，在申城那钱花起来就是流水。"

季恒秋没想到她已经想得那么久远，手握成拳抵在嘴边，忍不住闷声笑起来。

正好遇上一个红绿灯，季恒秋停下车，摸出手机点开某银行 App，输入密码点进账户余额，把手机递给江蓁看："这是我的存款，除此之外还有一辆车、两套房、一家酒馆，有一套房子是给程夏留着的，另一套就是现在我们住的，酒馆的年收入我不清楚，回头让周明磊算一下，应该还行。"

江蓁接过手机，那一串数字有些小，她眯起眼睛，掰着手指头数个十百千万，数到最后一位猛地瞪大双眼，怕自己看花了又重新来一遍。

季恒秋点点她额头："别数了，知道你老公还算有钱就行。"

江蓁机械地抬起头，已经失去语言能力。

"我就是想告诉你，"红灯还有五秒，季恒秋俯身亲了她一口，"不用有顾虑，想做什么就去做，不想做了回来当老板娘也行，老公养你。"

第十七章

危机

江蓁眨巴眨巴眼睛，还是有些难以置信。

也不是她小瞧季恒秋，一来了解了他的家庭状况，这么多年孤身一人也没有父母依靠，她下意识地认定他的积蓄不会多；二来知道餐饮行业头两年都不会盈利，酒馆才开了三年，去年还赶上疫情，到五月初才得以重新开业，不赔本就已经不错了。

"你、你怎么赚了这么多钱？"

红绿灯跳转，季恒秋踩下油门重新启动，耐心地回答她的问题："酒馆是主要收入，开了一年回本之后，生意现在也稳定下来了。我妈以前会时不时给我打一笔钱，我没动，全存卡里。其实赚的钱也不多，只是我这个人没地方花，就都攒下来了。"

江蓁听得频频点头，心里感叹这就是金牛座的理财之道啊，存款是她的三倍。

想想她之前还大言不惭地说养家大任由她来担，啧，江蓁羞耻地闭上眼，怪不得当时季恒秋的表情微妙，她以为是他害羞了，原来人家在憋笑，笑她天真还不自量力。

开了五百米前面又堵住了，季恒秋停下车，雨刮器一嗒一嗒，车前挡风玻璃被刷得模糊又清晰。

眼前突然多了部手机，季恒秋垂眸，问江蓁："怎么了？"

江蓁头扭在另一边，把手机往他面前递了递，因为觉得不好意思语速飞快地说："礼尚往来，给你看我的存款。不许笑，我这人不爱存钱。"

季恒秋瞟了一眼，无声地笑，把手机推回去："下一步是不是要交换体检报告？"

江蓁傻乎乎地当了真，摆摆手说："那倒不用。"

她一本正经的语气太有趣，季恒秋笑的幅度更大，抬手揉了揉她脑袋。

惊讶散去，江蓁后知后觉地回想季恒秋刚刚说的话，"老公养你"，嘿嘿，她掩着嘴偷笑，女人也就这么点小心思。

路上江蓁无聊，顺手点进几个平时屏蔽了的聊天群。

HTG 平台的志愿者群里，张卉发了几张领养者的反馈照片，江蓁一张张划过去，猫猫狗狗们现在干净健康，主要是精气神不一样了，看来新主人把它们照顾得很好。

退出聊天群，江蓁蓦地想起了上次的养老院，后来询问程泽凯也无果，但她找不到由头问季恒秋。

话在嘴边绕了两圈，江蓁选个不那么明显的问法："你还有什么亲戚在申城吗？"

季恒秋明显愣了一下，摇摇头说："没。"

——有也在季雷入狱后断绝了往来。

江蓁点点头，反正是不重要的事情了，季恒秋似乎也好久没再去探望过，她不再好奇。

堵了近半个小时，肚子饿得咕咕叫，江蓁从包里摸出一板巧克力掰开，自己吃了一块，喂给季恒秋一块。

"饿了？"季恒秋咬着巧克力问她。

"嗯啊。"

季恒秋指了指副驾驶前的柜子："里面给你放了零食，先吃点。"

江蓁惊喜地挑起眉毛，身子前倾打开柜子，里头装着一个大塑料袋，她翻了翻，牛奶、薯片、牛肉干、话梅、鸡爪、山楂条，样样都有。

越翻越觉得眼熟，江蓁皱起眉："这不都是我买的吗？"

季恒秋啊了一声："我从茶几上拿的。"

"你偷吃我的零食！"

季恒秋被她这反手一斥斥得措手不及："我……我是给你备着怕你路上饿。"

江蓁拿了一包鸡爪拆开："没偷吃？"

季恒秋沉默了两秒，老实地交代："吃了一包小核桃，那天在车上无聊。"

江蓁嘿嘿笑，举着鸡爪递过去："来一口？"

季恒秋故作嫌弃："不吃，全是你的口水。"

江蓁喊了一声："也没见你少吃。"

说完，她又补了一句："我说口水。"

手机屏幕亮了亮，江蓁低头瞟了一眼，是妈妈发来的微信。她左手拎着纸巾，右手拿着鸡爪，拿胳膊肘捅捅季恒秋："帮我解锁看看我妈说了什么。"

季恒秋拿起手机，向上滑动后显示输入密码："密码。"

江蓁嘴里还有鸡爪，口齿含糊地说："993976，和房门密码一样。"

季恒秋眉心跳了跳，输入六位数字解锁屏幕，装作随口问道："有什么寓意吗？"

江蓁故作神秘地笑起来："你猜。"

季恒秋早把这串数字反复咀嚼过，和年月日无关，又不知道是什么编号，他摇摇头："猜不出来，你快说。"

江蓁啃完鸡爪，抽了张纸巾擦手，一边回复妈妈的消息，一边回答说："我吧，太复杂的数字记不住，那种纯粹的纪念日吧风险又太高，所以我发明了一种独属于我自己的密码。"

季恒秋眯起眼睛，有种不好的预感："什么密码？"

江蓁来了劲，换了个坐姿兴致勃勃地开始讲解："在原本的数字基础上第一位加1，第二位加2，以此类推得到一个新密码，这样又好记别人又猜不到。我聪明吧？我的所有密码都是按照这个思路，一般人肯定猜不到，我打算给它命名为'蓁美丽密码'，怎么样？"

季恒秋没注意她后面说了什么，默默开始心算，993976，第一位减1，第二位减2……

870520，就是他的生日。

嘶——季恒秋猛地倒吸一口气，手掌按在额头上觉得偏头痛。

他就因为这种小儿科把戏心烦了一整个晚上，弱智地把这串数字在百度、搜狗、谷歌搜索了个遍？

江蓁还在继续追问，眨着眼睛给他抛媚眼："我聪明吧？快说我聪不聪明。"

"聪明。"季恒秋微笑着肯定，在心里咬着牙补完后半句——自作聪明的聪明。

他打死都不可能告诉江蓁当时因为这串密码他又恼又酸了多久，太丢人了，说出来肯定得被她笑一辈子。

季恒秋气愤地从储物盒里找出一包小核桃塞江蓁手里。

江蓁推拒道："再吃等会儿晚饭就吃不下了。"

季恒秋扯着嘴角笑了下："多吃点，补脑。"

等回到酒馆夜色黑浓，堵了一个小时，倒也没觉得不耐烦，大概是因为身边有恋人陪着，怎么样都不会无聊。

在暖橙调灯光下，江蓁喝着男友煲的爱心鸡汤，驱了身上的寒意，一路暖到心窝。

"工作上的事想好了吗？"季恒秋问江蓁，刚刚在路上这个话题被打断了。

江蓁嗯了一声："虽然心动，但目前还不打算辞职。我和宋青青都是组长，一起走了不像话，而且在茜雀还有值得我发挥的地方，三年内应该都不会变动，我还是更喜欢现在的工作。"

季恒秋点点头，江蓁向来有主见，很少见她有犹豫纠结的时刻。他把鸡腿上的肉剔到她碗里："你自己心里清楚就好。"

一月份公司没有要紧事，江蓁顺利晋升主管，陶婷也升迁做了总经理。

趁着年前再做一波品牌宣传，基本大家就等着过年放假了。

因为升职加薪，江蓁奖励了自己一辆代步车，车型和配置是季恒秋帮忙挑的，很适合她，颜色是低调又张扬的深酒红。

平时上下班江蓁都自己开车，遇到阴雨天还是让季恒秋接送。

转眼都到了一月下旬，这天季恒秋起早去菜市场进货了，江蓁自己出门吃早饭。

从楼道里出来，走到巷子口却见第二个路灯下摆着一堆花，好几束，有雏菊有百合，像是在祭奠逝者，环卫工人拿着扫把路过时也刻意避开那个位置。

江蓁忍不住多看了两眼，才迈步继续往前走。

刘婶照常给她留了两个豆沙包，她在塑料椅上坐下，对面是个小男孩和送他上学的奶奶。

"婶婶。"江蓁禁不住好奇，看着门口问道，"那路灯下的花是怎么回事啊？给谁的啊？"

刘婶还未张口，就听到桌对面的男孩的奶奶说："是给一个可怜孩子的。欸，小莫桉是真的好，你看，过去二十年了还是有人惦着他，每年这个时候路灯下都是一堆花，一直有人在想他。"

刘婶也叹了一声气，眼里流露出惋惜："是啊，多好一孩子，还是过年前走的，开了年就是高考吧，他的成绩肯定能去个好学校。"

店里都是附近的居民，大多有所耳闻，大家一言一语地聊了起来，江蓁听着他们说话也渐渐了解了个大概。

路灯下的花是给一个叫莫桉的男孩，他长得清秀乖巧很讨人喜欢，因为意外死于二十年前的冬天。

起初是一个暗恋他的女孩在他逝世的地方放了一束白玫瑰，后来渐渐地就多了起来，有家人有同学，也有知道这件事而感到惋惜的陌生人，直到现在每年的这个时候路灯下还是会摆着成堆的花，他始终被人记得、怀念、哀悼。

再路过巷子口的时候，江蓁望着路边的花沉沉地叹了一声气。大概是年龄大了，她现在变得格外感性，看到这样的意难平总要难过很久。

还是这么好的一个男孩。

那个喜欢他的女孩子该有多么难过啊。

江蓁收回目光，不再想下去。

月光沉睡，一同熄灭的却是无数盏灯火。

世间千万种遗憾，死别永远最沉痛。

因为早晨的这一点插曲，江蓁一天都郁郁寡欢。

好不容易忘记了，下了班回到巷子口看到第二个路灯又开始心情沉重。

吃完晚饭，季恒秋牵着土豆问江蓁要不要一起去散步，江蓁应好，挽上他胳膊走出酒馆，绕着周边走了一圈。

路过一家便利店，江蓁问季恒秋："附近是不是有家花店来着？"

季恒秋点点头，指着前面说："好像就在那儿。"

这个点店里没剩什么，江蓁最后挑了一束白桔梗，让店员用牛皮纸小心包装好。

季恒秋没多问，也对花语不了解，只以为她要放在家里装饰。

回到巷子口，江蓁说了声"等等"，挣脱开他的手向路边走去。

手中空了，季恒秋有一瞬的失神，隐隐反应过来她买花是为了什么。

这两天他极力规避那一块地方，不去看不去想，现在却因为追随江蓁的背影不得不将目光投去。

她停在第二个路灯下，弯腰将手中的桔梗轻轻放下，没有立即起身，垂着头不知道在想什么。

昏黄灯光将她和一地的花束都打上一层光圈，柔和而遥远，画面失焦有些不真实。

寒风吹过，随着松开的手好像有什么也一同远去。

季恒秋僵在原地，浑身冰冷得打战。

隔着一条街，江蓁站在路的对面，朝他挥了挥手。

季恒秋轻轻地吸一口气，胸腔紧缩，疼得他心脏发麻。

他不知道自己是否还稳稳站着，意识里他恍惚跌进灰色大海，冰冷海水淹没侵袭，他拼尽全力抓住的那一束光，当夕阳落下就会消失。

江蓁知道她在哀悼谁吗？

季恒秋眼前蒙眬，无助地攥紧手里的牵绳。

她一定不知道，否则怎么还会对他这么温暖地笑。

江蓁一路小跑过来扑进季恒秋的怀里，她很喜欢这个动作，喜欢看季恒秋站在原地向她张开双臂，胸腔碰撞在一起时能感受到彼此鲜活滚烫的心跳。

与接吻和拥抱相比，她甚至更喜欢这样的奔赴。

江蓁圈住季恒秋的腰，扬起脑袋问："你认识那个男孩吗？我今天早上在刘婶店里听邻居们聊了一会儿，好像叫莫……"

江蓁歪着头努力回忆，季恒秋启唇，替她补完那个名字："莫桉，叫莫桉。"

"啊，对，你认识他吗？"

季恒秋摸了摸江蓁的耳垂，轻轻地点了下头："嗯，他就是方姨的儿子。"

江蓁惊讶地睁大眼睛，想起季恒秋说过方姨因为家里出事才搬走，原来指的就是这个。

一家子都是善良的人，太可惜了。江蓁抱紧季恒秋，胸口郁结了股气，怎么叹也叹不尽："所以是出什么意外了？车祸吗？"

今天在店里那些邻居似乎就刻意回避莫桉的死因，只说他走得很可怜，说没想到这样的事会发生在他身上。

季恒秋也只是摇头，替江蓁拢紧外套，牵起她的手说："回去吧。"

江蓁回头看了一眼，大概是真相太残忍，后来的人都不愿意回忆起。

风刮动光秃的树枝，冬夜阴沉萧索。

江蓁搓搓手，塞进季恒秋的外套口袋里，天太冷了，不知道等过年会不会暖起来。

之后几天天气预报连续发布了好几则寒潮预警，随着气温一同下降的还有季恒秋的情绪。

其实和他平时不悲不喜的样子没什么区别，但江蓁能感觉到他在不开心。

总是会走神发呆，抽烟的频率比以往更高，有的时候他嘴角弯着，笑意却不达眼底。

江蓁不刻意逗他开心，也不说安慰排解的话，只在两个人都无言的时候靠在他肩上牵着他的手，让掌心纹路相贴，好像这样能缠绕着融进彼此的命里。

很多个闲暇时刻他们都这样度过，有时候看电视，有时候什么也不干，让大脑彻底放空。

周六是难得的晴天，下午阳光明媚，气温回升了几度，江蓁坐在小花园的秋千上晒太阳，土豆趴在她脚边。

程泽凯牵着程夏进来，把小孩交给江蓁看管。江蓁往旁边挪了挪，分半个秋千给他。

"想不到季恒秋还挺会搞浪漫的。"程泽凯环顾一圈，在遮阳伞下坐下，拿了颗蒜在剥。

江蓁得意地挑了挑眉："那可不。"

之前空荡荡的花架上已经摆满了花盆，是前两天她和季恒秋去花鸟市场买的，里面埋了种子，等春天到了就能发芽。

临近年关，程泽凯问江蓁："过年回家吗？"

秋千小幅度地摇摆，一前一后荡得人犯困，江蓁打了个哈欠，懒洋洋地说："不回啦，和家里说了。"

"不回好。"程泽凯笑了笑，"前几年都是我们爷仨一起过的，无趣。"

江蓁揶揄他："那你什么时候给我们找个大嫂啊？五个人更热闹。"

程泽凯瞪她一眼："怎么你还催我婚呢？"

江蓁哈哈笑起来："不催不催，你自己看着办。"

季恒秋从后厨的窗口喊了声"江蓁"。

"欸。"

他把车钥匙递出来："帮我去后备箱里拿瓶红酒，做牛排。"

江蓁起身接过："好嘞。"

走到车边解锁后备箱，里头没什么东西，江蓁一眼看到包装好的红酒，她弯下腰伸手进去拿，无意中却瞥见旁边放了个中老年奶粉的礼盒和一篮水果。

江蓁捧起红酒瓶，又多看了一眼，摁下车盖上好锁后往回走。

回到酒馆后厨，江蓁把酒递给季恒秋，今天似乎是西餐特辑，秦柏在煮奶油蘑菇汤。

"尝尝。"季恒秋舀了一勺土豆沙拉喂给江蓁，"味道怎么样？"

江蓁细细咀嚼，点评道："好吃，咸淡刚好。"

季恒秋笑了下，用开瓶器把红酒打开。

江蓁靠在桌子边，装作不经意地问道："明天你有事吗？"

季恒秋回答："没啊，想去哪儿玩吗？"

"啊,想看电影了。"

"好啊。"季恒秋捏捏她的手背,"明天去看。"

江蓁盯着地板上的一点,轻轻唤他:"恒秋。"

季恒秋正在专心调酱料的比例,嗯了一声。

江蓁深吸一口气,鼓起勇气说:"你有什么事都可以和我说的。"

季恒秋放下手中的碗和勺子,走到她面前,微微弓着身子问:"怎么了?"

"没。"江蓁摇摇头,"就是觉得你最近好像不开心。"

季恒秋垂下视线,喉结滚了滚:"我知道了。"

手上沾了酱不方便抱她,季恒秋上前一步虚揽了下,吻在江蓁的耳骨上:"我没事。"

江蓁摸了摸他的背,埋在他肩上,闷着声音说:"那就好。"

回到后院,程泽凯剥好了一碗蒜刚要起身,江蓁叫住他,问:"季恒秋他爸是什么时候入狱的呀?"

程泽凯摸了一把后脑勺:"得有二十年了吧,反正当时他就十四五岁。"

江蓁点点头,手指扣在手背上若有所思。

程泽凯欲言又止,最后说了一句:"其实都是陈年往事了,都过去这么久了。"

江蓁对他笑了下:"我就突然想起来问问,没什么。"

不知道是从什么时候养成的习惯,不管前一晚什么时候睡,季恒秋都会在清晨六点半左右醒来。

他不贪睡,深度睡眠总会引起麻烦的噩梦,他总是睡得很浅,所以也很容易清醒。

起床的第一件事是给土豆换水加狗粮,这只金毛是他三十岁的生日礼物,程泽凯送的,理由是怕他孤独。

季恒秋觉得应该还有后半句——怕他孤独,所以给他找点麻烦。

好在土豆除了吃喝难伺候,性格和毛发一样温顺,养起来不费劲。

早起锻炼也是遛狗,带着小金毛遛一圈回来,粥也差不多煮好了。

早上七点五十分的时候,他第一次喊江蓁起床,一般没效果,等到八点再喊一次,这次不管醒不醒直接把人从床上抱起来,先从物理意义上完成起床这项任务。

吃完早饭江蓁去上班,他去菜市场买菜。

午饭一个人吃,草草了事即可,饭后睡个午觉,醒来就得去酒馆准备今天的开业。

这样的日常作息已经有好几个月了，稀松平常，平淡又幸福。

江蓁说他身上多了烟火气，和以前的孤寡生活相比，这确实太温馨。

温馨得像老天爷馈赠的美梦，让他掉以轻心，忘记了自己一半身子还在黑暗里。

季恒秋已经很久没去看过方淑萍，他从前一做噩梦第二天就会去养老院，现在他很少做噩梦了。

走到门口的时候，他望着那棵光秃秃的树才惊觉时间相隔之久。

照顾方淑萍的还是那位护工，她看见季恒秋，表情很意外："好久没见你来了。"

季恒秋笑着点头："最近忙。"

护工告诉他："方阿姨最近有点儿感冒，夜里一直咳嗽，昨天她外甥来过，说要带去医院看看，她不肯去。"

季恒秋把果篮和补品放在桌子上，人正在睡午觉，应该快醒了，已经两点多了。

他正好买了梨，在床边的椅子上坐下找护工要了一把水果刀。

一颗梨削了一半方淑萍就醒了，睁眼之后她盯着季恒秋看了很久，不知道是还没睡醒，还是又不认识他了。

"方姨。"季恒秋喊了声。

"阿秋啊。"方淑萍的声音很哑，脸上也没什么血色。

这一声无意识的称呼让季恒秋停下手里的动作，眼眶酸涩，他点点头应了一声："是我。"

方淑萍生病之后就容易认错人，季恒秋有的时候来，她会叫他"小桉"，有的时候认出他是谁，又会歇斯底里地发狂，更多的时候只是冷漠，好像完全不认识他。

像这样温柔的一声"阿秋"，他已经二十年没再听见过。

过了一会儿，方淑萍又扯着嗓子艰难地发声，说："我给你做的棉服合不合身啊？"

季恒秋把头垂得更低，双手颤抖拿不稳那颗还没削完的梨，喉咙口发紧，像是被石头堵住，他说不出来话，也没脸回答。

看来她还没从梦中清醒，梦里是所有意外还未来临的过去。

护工拿着热水壶进来，刚刚的对话她听见了，叹了一声气对季恒秋说："她好像越来越糊涂了，不记得人不记得时间。"

季恒秋深吸一口气，压住心里翻腾的情绪。

护工帮着方淑萍起身，扶她坐到躺椅上，晒会儿太阳。

季恒秋切了一片梨，递过去的时候她没接。

抬头对上那双衰老混浊的眼睛，他心里一沉，方淑萍认出他来了。

梨被打落在地上，季恒秋顿了顿，弯腰捡起扔进垃圾桶。

"你来干什么？"方淑萍戒备地看着他，说得太急，捂着胸口用力咳嗽起来。

季恒秋继续切梨，平静地说道："感冒了，医院还是得去。"

方淑萍止不住咳嗽，一张脸涨得通红。护工过来帮她顺气，在她旁边劝道："人家年年都来看你，给你带了这么多补品，你好好看看他是谁！"

季恒秋自嘲地笑了笑，抬头对护工说："方便帮我拿个盘子吗？"

护工应好："行，我去拿。"

等护工走出房间，方淑萍呼吸粗重，头垂着不肯看季恒秋。

季恒秋说："你放心，我不会再来了。"

方淑萍的视线抬了抬。

"二十年，不知道偿还得够不够，但我也不会再来了。"季恒秋望着窗外，冬天的景色很单调，看得人乏味，"方姨，那件棉服很合身，我永远感谢你对我的好，对不起的话就不说了，说得已经够多了。以前我想过把命赔给你，真的，活下来的人太痛苦了，我不知道该恨谁，你应该也是吧。"

这一次季恒秋缓了很久，才有力气继续说下去："以前觉得这条命是死是活都无所谓，但是现在不一样了，我也有人爱了，我舍不得她难过，所以我得继续苟且偷生。我很卑鄙地想要忘记这些事情，也希望你不要记得。"

他抬头看向方淑萍，从刚刚开始她就盯着一个地方出神，也不知道他说的她听见了没有。

季恒秋循着她的视线看去，落点是他手里的水果刀。

他扯着嘴角笑了一声，有些无奈。

原来是在想这个吗？

季恒秋从椅子上起身，削好的梨被丢进垃圾桶，他在方淑萍面前蹲下，反手拿住刀，把刀柄递到方淑萍的手里，就这么握住她的手捅向自己。

他像一潭死水，没有波澜没有起伏，近乎冷淡地迎接越来越近的刀尖。

方淑萍盯着他，眼底燃起猩红，牙关紧咬，下颌紧绷，全身抖成筛子。

这是她在脑海里上演无数遍的画面，拿起这把刀扎进他的心脏，就算不足以致命，也要让他尝尝剖心的滋味。

刀尖抵住左胸膛的时候，季恒秋还是面无情绪，不知道是谁的手剧烈颤抖，刀尖左右晃动。

"哎呀！这是在干吗呀！"门口护工的一声尖叫将方淑萍拉回现实，她恍然回神，挣脱开季恒秋的手，张着嘴大口呼吸，咳得快喘不过气。

季恒秋站起身才发现双腿发软，他扶着桌沿站稳，此刻惊醒，他后背上冒出一层冷汗，呼吸和心跳都是乱的。

方淑萍额头上暴着青筋，绝望痛苦地号叫，老泪纵横。

季恒秋用这种极端的方式逼她，拿自己的命争一个了结。

他赌方淑萍下不去手，刀尖落下来的一刻，他又矛盾地希望真的扎进来。

如果一刀就能换从此以后的心安理得，那太值了。

刀还被方淑萍紧紧攥在手里，季恒秋伸手要去夺，方淑萍大概是反应过激，举着挥动了两下，护工站在一旁不知道从何下手。

"你摁住她。"季恒秋说完就走上前，混乱之中握上刀刃，刺痛感让他呼吸一窒，好在护工已经及时控制住人。水果刀掉落在地上，沾着他的血迹，清脆地响了两声。

之后的场景对于季恒秋来说已经是朦胧空白，也许是失血引起的头晕，他再无力气思考，麻木地任人摆布。

他听见方淑萍苍老沙哑的声音从远处传来，分不清是现实还是幻想。

——"我们都忘了吧。"

季恒秋自私地选择信以为真，都忘了吧，腐朽的秘密埋藏在海底，不见天日，别再提起。

"江蓁，给我尝尝你的。江蓁？"

"啊……"江蓁愣愣地回过神，"你说什么？"

宋青青指着她手里的草莓蛋糕："我说我想尝尝你的，你想什么呢这么认真？"

"没什么。"江蓁把盘子递过去，抬起手边的美式抿了一口。

部门的下午茶时间，于冰点了楼下的咖啡和蛋糕，大家正聚在一起讨论年会穿什么礼服。

他们聊得热火朝天，江蓁却听得不专心，坐在一边走神了很久。

从口袋里摸出手机就看见上面的三个未接来电，都是程泽凯打来的。

这是出了什么急事，江蓁心里一紧，刚要回拨一个过去，页面上就弹出通话申请。

她赶紧点击接听把手机放到耳边："喂。"

"江蓁啊，你现在方便吗？季恒秋在医院，你快过去看看。"

江蓁腾地站起身："医院？出什么事了？"

程泽凯大概是在马路上，说话带着喘气声："不是什么大事，他的手受伤了，我在接儿子，你先去看看。"

"好。"江蓁挂了电话，手受伤了也可能很严重，她不知道程泽凯是不是带了安慰的成分，关心则乱，她一颗心吊在半空，慌慌张张地让于冰帮忙请个假，拿了车钥匙就往楼下停车场跑。

坐进车里，江蓁才发现自己手脚都在发抖，车钥匙怎么都插不进去，她深吸一口气，再缓缓吐出来，强迫自己镇定下来。

不是什么大事，冷静一点儿，别自己吓自己。

季恒秋在的医院离公司不算远，江蓁加速开过去，找到他所在科室的时候人正在里面处理伤口。

医院总是充斥着消毒水的味道，江蓁在门口停下，喘着粗气平复呼吸。

隔着五六步的距离，他们远远对视一眼，还没来得及开口说话江蓁就被护士叫走。

"是家属吧，去缴个费。"

江蓁接过病历单，往里看了一眼，也许是因为受了伤，季恒秋现在脸色苍白，看起来很憔悴。

"好。"她转身跟着护士去收费站，一路上也大致了解了情况。

手掌心挨了一刀，口子挺深，再往下一点儿就会伤到神经，送到这儿的时候流了很多血，护士说回去要好好给他补补。

江蓁勉强笑了下向她道谢，缴完费后回到诊室门口却没迈步进去。

她坐在走廊的长椅上，弓着背把脸埋进掌心，看到季恒秋没事，这会儿神经松弛下来，整个人像是脱了力。

十几分钟后季恒秋包扎好从里面出来，江蓁听见脚步声抬起头，白炽灯的光亮让她不适地眯起眼。

季恒秋用没受伤的左手盖在她眼睛上，是她熟悉的温度和触感，替她遮住刺眼的光芒。

一个下意识的举动，江蓁却忽然觉得鼻酸。

她眨了眨眼睛，睫毛扫过掌心，季恒秋觉得痒。

他试着张口，却不知道说什么，只能等着她先开口问。

走廊上人们来来往往，他们一个站一个坐，谁都没说话，直到季恒秋感觉到手心濡湿。

他还未来得及做出反应，江綦就推开他，从椅子上站起来。

"走吧。"她吸了下鼻子，抬手抹掉眼眶里的泪，抬步要往前走。

季恒秋的心揪在一起，声音沙哑地喊她："江綦。"

"走吧，先回家。"

来的时候担心紧张，回去的路上江綦表现得很冷静，她给程泽凯打了个电话，说他们已经从医院出来了。

二十分钟的路程，季恒秋偷偷瞟了江綦好几眼，她什么都不问，近乎无动于衷，让他感到心慌，害怕却又无措。

车子停在公寓楼下，江綦拔了钥匙熄火，引擎停止运行，沉默在车厢里流转。

"我其实已经猜到了。"她轻轻开口。

季恒秋偏过头看向她。

江綦咬了咬嘴角，双手还搭在方向盘上："你爸爸喝醉酒过失打死的人，就是莫桉，对不对？"

知道瞒不住了，但是听她这么亲口说出，季恒秋还是觉得难堪，每一下呼吸都牵起心口刺痛。他点了点头："嗯。"

"护士说你是从养老院里过来的，你去看的人，是方姨？"

这次还没等季恒秋回答，她就又问出下一个问题："那一刀是她划的吧？你反抗了吗？还是又站着让她打你骂你？"

季恒秋听到"又"字愣了愣："你……"

江綦低下头叹了一声气："我之前做志愿者活动，在养老院看见过你一次，我知道你那次额头受伤是因为什么。"

右手伤口的疼痛持续不断地折磨神经，季恒秋一直忍着，他咬牙熬过又一阵的撕裂感，伸出左手想去牵江綦，气息不稳地挤出一句："对不起。"

"我不是怪你这个，那时候我们俩刚在一起没多久，我理解你没法坦白。"江綦用指腹摩挲着季恒秋的手背，"但是季恒秋，后来你有很多个机会来和我聊聊，现在却要我来猜。"

季恒秋的心快烂成一摊泥，哽咽地说："那些事情已经不重要了。"

"怎么不重要？"江綦加重语气，颤抖着声音反问他，"你整天整天不开心，总是受伤，一次比一次严重，这怎么不重要？！"

意识到自己的失控，江綦闭着眼睛调节呼吸，尽量让自己平静下来："你要只想和我谈个恋爱，那就什么都别告诉我，我也不想知道。我以为我表现得够明确了，可是季恒秋，现在不是我不相信你，是你不信任我。"

喜欢是分享甜蜜，但爱需要分担痛苦，在江蓁这里季恒秋犯了大忌，所以她今天生气。

她更加想不通为什么他在方姨面前要这么低声下气，所有人告诉她季恒秋的父亲有多么罪恶让她离开季恒秋的时候，她一遍遍地反驳那与他并无关系，他爸做了什么，关季恒秋什么事呢。

可是为什么他要表现得好像他才是罪犯一样，让自己在陆梦和夏俊杰面前的理直气壮变得可笑荒谬。

没关系的呀，你父亲犯下的错不应该由你来承担啊。

就算对方姨抱有歉疚，但为什么要傻傻地任人出气？

上次是被保温杯砸，这次是刀，那下一次呢？难道还要把命赔给人家吗？

怎么能这么轻贱自己呢？

江蓁说到底还是心疼，舍不得对季恒秋说重话，咬着嘴唇把眼泪和火气都憋回去，她重新开口说："你先回家吧，我还得回去上班，等会儿让程泽凯来照顾你。"

季恒秋看着她，没下车。

江蓁把从医院取回来的药递过去，软下语气说："先回家，我过会儿下班就回来，疼的话袋子里有止痛药。"

看着季恒秋上了楼，江蓁疲惫地趴在方向盘上，其实公司不回去也没关系，但她现在需要一个人透透气。

在外面兜了一圈发现没地方去，江蓁还是回了公司。

于冰看见她回来了，关心地问："姐夫没事吧？"

江蓁摇摇头："没事，不然我也不会回来。"

"那正好，刚刚陶经理来通知开会，我正要帮你请假呢。"

"不用了，我马上去。"

总部临时安排了年前的冲刺任务，一场会议开到快晚上七点才结束。

江蓁抻抻胳膊，投入工作就忘了杂七杂八的事，拿起手机才看见季恒秋给她发了好多条消息。

一开始是问她什么时候回来，后面语气逐渐卑微，每隔五分钟就发一句"什么时候下班"，最后一句停留在：还回来吗？

江蓁忍不住笑了笑，这委屈的小媳妇样儿，她刚要打字回复又停下动作，使坏地选择无视，把手机塞进口袋里准备下班。

加班是常有的事，所以季恒秋一般不会直接打电话过来。

微信消息快刷屏了，屏幕亮了又亮。

等红灯的时候江蓁瞟了一眼手机，季恒秋刚又发了一句：快回来，我饿了。

江蓁一看急了，抓起手机啪啪啪打字：程泽凯呢！他不管你吃饭啊？

上面一栏立马显示"对方正在输入中"，大概是只有左手打字不方便，江蓁等了半天也没等到回复。

绿灯亮了，她放下手机踩下油门。

两分钟后季恒秋的回复才发来：他回店里帮忙了，你什么时候回来，我手疼。

江蓁哼了一声，这时候知道疼了？

她加快马力，打转方向盘超了前面两辆车。

上到三楼刚要摁密码，门就从里面打开，还没看见里面的灯光，江蓁就被拽了一把跌进季恒秋的怀里。

"我错了。"季恒秋贴在她耳边小声说，左手摁着她的背，抱得她要喘不过气。

"你错哪儿了？"

季恒秋不说话了，大概是答不上来，捧着她的脸作势要吻。

江蓁摁住他下巴推开，冷笑一声，踢在他小腿上挣脱开怀抱。

她一眼识破，无情地拆穿："程泽凯教你的吧。"

季恒秋撇开视线，默认了。

江蓁翻了个白眼，嘀咕道："你就不学好的。"

她换好鞋放下包，撸起衣袖去厨房热饭。

季恒秋跟着她进去，三十三岁的男人什么脸皮都不要了："我真知道错了。"

江蓁系上围裙不理他，嫌他一个大高个站在厨房碍手碍脚，要赶他出去。

季恒秋当然不听话，左手从背后抱住她的腰，脑袋在她颈侧蹭了蹭。

江蓁觉得无语，又忍不住想笑："季恒秋你多大的人了！"

季恒秋继续蹭，边蹭边说："别生气了宝。"

停顿了两秒，他又兀自嘟囔了句什么，江蓁没听清："你说什么？"

"我说！"季恒秋脸上发热，一闭眼硬着头皮大声喊，"我不是就想和你谈个恋爱！我想和你天长地久白头到老！"

"季恒秋，你给我小声一点儿，楼下邻居都听见了！"

第十八章

难以触及的过去

嘭一声厨房的推拉门被关上，季恒秋被江蓁一脚踹了出去。

"我……"

换来的是一个嫌弃的白眼。

再黏下去怕起反作用，季恒秋乖乖地滚回沙发上。

土豆叼着玩具球在他腿边转，傻狗纯真无害的表情看得他恼火，季恒秋抬腿踹了它一脚出气："爹妈都感情危机了！"

土豆歪了歪脑袋，听不懂人话。

季恒秋搓搓额头叹了一声气，从茶几上摸到手机找程泽凯求助。

电话接通，季恒秋开口就问："怎么办啊？你教的不管用！"

程泽凯正伺候儿子洗澡，背景音混杂着水流声，手机放在洗手台上，说话得靠喊："啊？不管用啊？"

季恒秋："抱也抱了，表白也表了，一点儿都没消气。"

程泽凯皱起眉头，不应该啊："你是不是哪里说错了？"

季恒秋仔细地想了想："没吧。"

程泽凯依照多年经验，断言道："那肯定就是你还没够到问题的关键点。"

季恒秋往厨房里看了一眼："什么意思？"

"江蓁又不是无理取闹的人，她气的是你作践自己。其实我也不是很理解，你这么多年跑人家死者家属面前没少挨揍吧？为什么啊季恒秋？你又没做伤天害理的事情，我见过爸替儿子道歉，没见过儿子替爸的啊。"

季恒秋躺倒在沙发上，太阳穴胀痛："行了，你就别骂我了。"

"行，我不骂，好好给江蓁道个歉，态度再诚恳一点儿，你手上受着伤，再卖个乖，她肯定就心软了。"

听筒里传来程夏稚嫩的声音："哼啾叔叔加油！"

季恒秋闭着眼睛笑了笑："行，我加油。"

热好饭菜，江蓁拿了两副碗筷，想起季恒秋用左手吃饭不方便，又多拿了个铁勺。

她故意拿了程夏的勺子，勺柄上印着叮当猫，某些人现在连五岁小儿都不如。

左手用不习惯，一块排骨怎么舀都舀不起来，季恒秋抬头看向江蓁求助。

江蓁心里来气，瞪他一眼："人家要往你胸膛里刺你是不是也不躲？手上挨一刀受罪的是谁？"

排骨被丢进碗里，季恒秋心虚得不敢说话，埋下头扒饭。

江蓁又给他夹了几筷子菜到碗里，开口问："你知道自己错哪儿了吗？"

经高人指点，季恒秋差不多想明白了："知道，不该作践自己身体。"

江蓁放下筷子，直视季恒秋道："我和你说过吧，我爸是警察。他年轻的时候什么都不怕，出警肯定冲在第一个，小病小伤从来不当回事。但是和我妈结婚后尤其是生了我之后，他说他突然就特别贪生怕死，也不是怂了，就是觉得得好好保护好自己，得对家里人负责。季恒秋，你知道我接到电话说你在医院的时候是什么心情吗？"

季恒秋从椅子上站起来，江蓁泛红的眼尾看得他心脏抽痛，他把她揽进怀里，左手揉着她头发，轻声说："对不起，以后我不会了，也不会再去见她。"

江蓁早消气了，就想让他长个教训。她揪着他的衣摆，仰起头说："你没有错的，方姨迁怒你是因为她需要一个情绪的发泄口，但是你得知道你没有错。"

季恒秋没有说话，弯腰吻在她额头上，轻轻拍着她的背。

——错了的，他是犯了错的。

所有人都以为季雷那天的暴走是因为酗酒发疯，毕竟酒后失控造成的悲剧并不少见。

但他知道为什么受害者偏偏是莫桉。

所以方姨怨他恨他，季恒秋认了，刀割破皮肤的那一刻，他心里是狠狠松了一口气的。

虽然不及千万分之一，但能体会到当时莫桉的一点点疼他都会少一分痛苦。

只是现在看着江蓁为他担心为他难过，季恒秋又有些后悔。

"乖宝。"他蹲下身，放轻声音喊她。

江蓁戳在他心口，用手指点了点："别受伤，要平安健康地和我过完这一辈子。"

季恒秋心软得一塌糊涂，一腔柔情化成水，他重重地点头："好，我保证。"

江橐捧着他的右手，隔着绑带在他手背上落下轻吻："以后有什么不开心一定要和我说。"

季恒秋哽咽地回："好。"

"我的小福星，要长命百岁。"

季恒秋抚了抚她的眼尾："我尽量。"

江橐踢他一脚："说我一定。"

季恒秋笑意温柔："好，我一定。"

江橐这才满意，奖励似的摸摸他的脑袋。

季恒秋莫名觉得这举动有些像她平时对土豆的样子，搞得他特别想汪两声。

把人哄好了，季恒秋就有些得意忘形，一撂勺子说手疼要喂。

江橐问他："你左手也疼啊？"

季恒秋眼睛眨都不眨就张口胡诌："右手疼得我全身没力，你喂我吧。"

江橐拿他没办法，接过他的碗，舀了一勺菜和饭送到他嘴边。

季恒秋满眼深情地盯着她，满足地笑："老婆真好。"

江橐手一抖，饭上的虾仁掉回碗底，她抿着唇深吸一口气。

季恒秋第一次这么喊，尾音上扬，本来就戳在她审美点上的嗓音，真是要命了，她耳朵尖都是红的。

说起来都是老夫老妻了，自己表现得这么害羞纯情，江橐皱着脸憋回喉间要逸出的尖叫，清清嗓子粗暴地把饭塞进他嘴里："快吃你的，少废话！"

季恒秋这会儿看她凶巴巴的样子都觉得漂亮极了，眼瞳里镶了滤镜，怎么看都是可爱的。

于是他由衷地感叹："你真漂亮。"

江橐把手里的勺子调转方向敲在季恒秋脑门上："你是不是喝假酒了？"

季恒秋捂着额头，还傻呵呵地笑："没，你就是漂亮。"

因为季恒秋手受伤了没法做饭，他和江橐去程泽凯家蹭了好多天的饭。

酒馆里又招了一个帮厨，秦柏挑的人，是个小姑娘，名字里有个春，大家就喊她小春。

小春说起来就是秦柏的徒弟了，这两人一个沉闷一个活泼，不知道组合在一起能碰撞出什么火花。

这天江橐下班回到酒馆的时候，季恒秋坐在吧台边和程泽凯说话。

她放下包走过去，陈卓刚调好一杯酒，江蓁觉得口渴想拿过来喝，被他啪一下拍开手。

"这是给我哥的。"陈卓把瓶子里剩余的雪碧递给她，"嫂子你渴就喝这个。"

这差别待遇，江蓁哟了一声，转头问季恒秋和程泽凯："他俩和好啦？"

季恒秋摇摇头，程泽凯回答说："没呢，小的憋不住了，大的还不想理他，这不在哄着呢。"

江蓁喝了一口饮料，陈卓刚调的酒是她给取的名，"小熊爱生气"，雪碧混烧酒，上面撒了软糖。

"拿这杯哄人，确定不是火上浇油吗？"

话音刚落，陈卓就灰头土脸地回来了，手里的酒一口没动。

偏还有喜欢伤口撒盐的，缺德一号季恒秋问他："怎么了？小熊还气着呢？"

缺德二号程泽凯坏笑道："看来气挺足的，都一个月还冒着泡呢。"

江蓁憋着笑："小熊，啊不对，小周说什么了？"

不喝他自己喝，陈卓闷了一大口酒，生无可恋道："让我滚一边去。"

他除了调酒什么也不会，选那杯献殷勤，就是因为看起来最可爱，没有别的意思，谁知道正中枪口。

周明磊问他想讽刺谁呢，天地良心，真没那个意思，他也用不着这么拐弯抹角，想骂谁一般都正面"刚"。

陈卓洗了杯子重新操作，从身后的柜子里拿出一瓶红酒。

江蓁问他："这杯叫什么？"

陈卓摘了两片花瓶里的玫瑰花瓣，故意提高音量喊："不知道，就叫'带刺的玫瑰'吧！"

周明磊肯定是听到了，反击道："怎么不叫'夜空中最亮的星'？"

他重音咬在星字上，直击要害，一针见血。

陈卓低头捣鼓着杯子里的酒，反应却不是他意想中的着急跳脚："星星没啦，我的石头还丢了。"

周明磊心一沉，走过来问他："你什么意思？"

江蓁三人感觉气氛要变，识相地开溜回后厨偷偷围观。

陈卓和李宛星告吹了，她和别人在一起了，那小子也是篮球馆的常客，陈卓还和他打过几次球，球技不怎么样，球鞋是真的多。

拽哥觉得李宛星明显就是在耍陈卓，愤愤不平要替陈卓讨公道。陈卓却意外地平静，拦住他不让去，说人家姑娘没那个心机。

送出去的礼都打包好还回来了，李宛星和他说了很多遍对不起。

陈卓没什么太大感觉，甚至还玩笑地问她一句："我和他比，输哪儿了啊？我的球鞋也不少啊。"

李宛星尴尬地笑了笑："其实我和他认识很久了，但他一直不表白，我着急啊，和你接触就是想刺激刺激他，对不起啊。"

陈卓摆摆手："没事，我也算是助攻了，祝你俩长长久久。"

给人当了一次工具人，自己什么好处都没捞着，还赔了个温柔体贴的哥哥。

陈卓没怎么体会到失恋的悲伤，坦然接受的程度他自己都觉得意外。

自从那次和周明磊吵完架，他其实对李宛星就没那么上心了，感情都是一阵阵的，他本来就是个三分钟热度的人。

就是和周明磊僵硬的关系让他抓心挠肺，等失去了才发现他哥对他有多好，陈卓心里懊悔啊。

周明磊的小名叫石头，家里这么喊他的只有周爷爷，陈卓听到一次觉得有趣，有时候也没脸没皮地这么叫他。

现在看来这名字取得真对，脾气就跟块石头似的。

陈卓哄人没经验，和程泽凯和季恒秋取了很多经，一招一招试过来通通无效。

他赔笑这么多天了，还是热脸贴冷屁股，现在有点儿自暴自弃，想撂挑子不干了。

"石头不理我啊！脾气又臭又硬，我都早上六点起来给你做早饭了，还要怎么做啊！我的热情也是有限度的，周明磊你别太过分！"

周明磊眉头紧蹙："你早说是你做的，面里有蛋壳我还给王阿姨扣了工资。"

陈卓快气吐血了："你有没有听我说话！"

陈卓一着急说话嗓门就大，周明磊揉揉耳朵："听着呢。"

陈卓气得鼻孔都撑大了，手里的玫瑰花瓣被捏得粉碎："之前的事儿对不起！我不该对你那么说话！"

好家伙，道歉说得跟要干架一样，周明磊手插在口袋里，不为所动。

陈卓的耐心所剩无几，抬手把花瓣碎扔到周明磊身上，就一句话："还能不能和好！"

周明磊觉得自己要说句"不能"，那陈卓等会儿肯定是一拳抡上来。

他吸吸鼻子，佯装不情不愿地说："能吧。"

陈卓又问一遍："到底能不能？"

周明磊吼回去："能！"

陈卓这才满意，语气软了下来："那你别生气了呗，我不该乱花钱，知道错了。"

周明磊还是摆着兄长的架子，冷酷地嗯了一声。

见对方态度松动，陈卓凑上去，觍着脸笑："不生气了吧？"

周明磊睨他一眼，问："以后还要我管你吗？"

陈卓点头如捣蒜："要要要！您是我永远的哥！我下次要谈女朋友肯定先带来给您过目！"

周明磊拿起桌上的杯子，一口闷了里头的酒，对陈卓说："行了，忙去吧。"

陈卓踮脚揽住周明磊的肩膀，亲昵地拿脑袋去撞他："那过年的时候你还给我压岁钱吗？"

周明磊拍开陈卓的手："给。"

陈卓又嬉皮笑脸地贴上去，两个人好久没说过话，可憋死他了，攒了一堆屁事想和周明磊分享呢。

后厨的垂布被放下，默默围观了全程的三人互相看看，一切尽在不言中。

江蓁说："我好像有点儿理解小周了，陈卓这小孩有时候吧招人厌，有时候又真的讨人喜欢。"

三个人还沉浸在情绪里感伤时，就听到身后小春清清嗓子喊道："大哥大姐们，你们要不去后院聊去？我这得端菜呢，你们堵在这儿。"

气氛瞬间被破坏，三人挺起腰背，站作一排给小春让道。

看着小姑娘风风火火地快步出去，把餐盘递给外头的服务生，江蓁挠挠脸问："我们是被员工训了吗？"

程泽凯拍拍季恒秋的肩："江蓁就不说了，咱俩最近是不是确实有点儿不务正业？"

季恒秋回以一笑："我是老板，我的工作就是聘请你们。游手好闲的是你，程经理。"

程泽凯指着他欲言又止，一抬手撸起袖子端菜去："行！我立马去干活！"

江蓁在旁边咯咯咯笑，捶了季恒秋一下，说："你能不能对你员工好点！"

季恒秋揾着胳膊把话还回去："你能不能对你老公好点！"

酒馆总是那么热闹，橙黄灯光下的空气香甜温暖，玻璃杯里酒液晶莹，一

道道别出心裁的主厨特餐，解决最基本的口腹之欲，也上升出精神层面的无限欢愉。

在这里没有崇高理想，没有跌宕人生，只一杯酒一餐食，万事抛却脑后，忘忧忘愁，于夜消解白日悲喜，平凡一天至此结束。

这大抵就是"四方食事，不过一碗人间烟火"。

茜雀的年会定在了本周末，两天一夜，地点在一家度假山庄，酒店里还有温泉，也算是公司给员工们的福利。

周五晚上宋青青约了江蓁逛街，说原先准备的高跟鞋有些磨脚，想去换一双。

从鞋店出来，两人正要往女装区走，江蓁突然停下。

"怎么了？"宋青青问她。

江蓁的视线落在某男装品牌的海报上，上面的代言人是某位正当红的男演员，穿着一件姜黄色的夹克外套，英俊又潇洒。

"青青，陪我去逛逛男装呗。"

宋青青顺着她的视线看去："要给你男朋友买衣服啊？"

江蓁笑着点点头，她刚刚一眼看见就觉得这件衣服会适合季恒秋，他衣柜里都是单调的黑白灰，也该多两件别的颜色了。

"走呗。"宋青青挽住她的胳膊，"我上次和婷姐逛街她也这样，理解你们这些有夫之妇。"

最后江蓁自己一件也没买，倒是给季恒秋买了一件外套和一件衬衫，还挑了几条领带。

衬衫和领带是她的私心，她就喜欢看季恒秋打扮得人模狗样，但季恒秋穿正装的次数屈指可数，平时也是怎么随意怎么来。

江蓁想着要是她买的，那季恒秋肯定得常穿吧。

拎着购物袋回到家，季恒秋还在酒馆，周五客人多，看来不到凌晨不会回来。

明天早上要出发去度假山庄，江蓁收拾完自己的行李，累得手都抬不起来，洗完澡钻进被窝，没一会儿就沉沉睡去。

第二天她被季恒秋叫醒，今天是个阴天，隔着窗户也能听见屋外寒风呼啸。

江蓁打了个哈欠，睡眼惺忪地问几点了？

季恒秋帮她把要穿的衣服拿到床头柜上："八点，你不是说九点出发吗？"

江蓁拎起被子翻了个身："再睡十分钟，青青来接我，还早。"

这一闭眼再睁开，半个小时就过去了。

江蓁一边尖叫，一边手忙脚乱地起床洗漱，季恒秋早就见怪不怪。

"你怎么没再叫我啊？"

季恒秋摸着胸口："天地良心，我叫了你三次，你理都不理我，我还以为你心里有数。"

江蓁欲哭无泪，昨晚逛街又收拾了行李，身体疲惫睡得太沉。

所幸宋青青似乎也睡过了头，和她说路上堵可能会晚些到。

度假山庄离市区要近两个小时，季恒秋切了点水果给她们带着路上吃。

江蓁坐在餐桌旁吃早饭，瞥到沙发上的纸袋才想起来还没告诉季恒秋新衣服的事。

她两口喝完碗里剩余的粥，兴奋地起身拉着季恒秋到客厅里去。

季恒秋不明所以，问她："怎么了？"

江蓁边走边摘了他身上的围裙，推着他到沙发边上，指着那堆袋子说："看看看看，我给你买了新衣服！"

季恒秋指着自己，有些意外："给我买的？"

江蓁点点头，从袋子里拿出外套，献宝似的举到他面前："噔噔噔噔，怎么样？好看吧？"

没听到回答，以为他过于惊喜激动到失言，江蓁放下手，看到的却是季恒秋凝滞住的表情。

"怎么了？"江蓁有些无措，"不喜欢啊？"

季恒秋扯了扯嘴角："喜欢，但是……"

"但是什么？"

"嗯……"季恒秋不知道怎么开口，顿了半天说，"换个颜色吧，还有别的颜色吗？"

江蓁把衣服递给他："你要不先套上试试看？这种姜黄色你穿着应该不错啊，海报上的男模穿的就是这个，很帅的。"

季恒秋推开她的手，神情带着抗拒："不用了。"

江蓁还想再争取一下："你也不能总是黑白灰啊，多穿点别的颜色嘛，肯定好看，试试吧。"

"不用了。"季恒秋沉下声音，"这个颜色不好看，我不喜欢。"

江蓁嘴角的弧度一点儿一点儿消失，她垂眸看着手里的外套，自嘲地笑了一声："我为了找这家店逛了两层楼，走得脚都痛了，欢欣雀跃地拿给你看，你连试一下都不愿意吗？"

季恒秋抿着唇不说话，本就不善表达，这种时刻他更是语塞词穷。

江蓁也是个一点就着的暴脾气，季恒秋的反应让她怒气飙升，一甩手把夹克扔到他身上，说话跟炮仗似的："小票在袋子里你去退了吧。我知道了，以后不会再心血来潮给你买了。"

她回房间拿自己的包和行李，在微信上催了宋青青好几条。

"江蓁。"季恒秋跟过来，似乎是想说什么。

江蓁低着头不看他，两个人僵持着站在门口。

酝酿了半晌，季恒秋干巴巴地说了一句："你别生气。"

丝毫不起作用，甚至火上浇油，江蓁推了他一把往外走。

看着她拿了外套要换鞋，手边是一个大行李箱，季恒秋突然就心慌了，好像她这一走就不会再回来。

他伸手去抓江蓁的胳膊，被一把甩开，打在右手的伤口上，他吃痛地嘶了一声。

平时睡觉都要小心再小心，就怕一不留神碰到这只手，现在江蓁在气头上，眼睛瞟都没瞟一下。

季恒秋心都绞起来了，疼得眉头紧锁，加重语气又喊了一遍："江蓁！"

这次江蓁停下了脚步，回头看向他。

季恒秋深吸一口气，脑子里都是乱的，语无伦次地开口说："我曾经有过一件黄色的棉袄，很暖和，我穿了一整个冬天。小桉哥马上就要高考，所以方姨特地做了黄色的外套，口袋是灰色的，说这样寓意好。小桉哥偷偷和我说他觉得这件衣服很丑，但是他也一直穿着。他是孝顺，我不一样，我就这么一件厚衣服，我没得挑。"

他一口气说完一长段话，没有重点没有逻辑，江蓁听得一头雾水，不理解他想表达什么。

手机铃声响起，楼下有车在摁喇叭，是宋青青到了。

江蓁掐了电话，抬头说："我要走了。"

季恒秋点了点头。

江蓁走之前又看了他一眼，嘴唇动了动却不知道说什么。

门开了又关，咔嗒一声落锁。

季恒秋长长地吐出一口气，紧握的拳头缓缓松开，手背冒起青筋，背上也是一层冷汗。

他扶着墙大口大口呼吸，像是每一次噩梦惊醒后的余波。

他又看见了红色的雨，倾盆而下，腥咸而黏腻。

他无数次溺亡在漫天的红色大雨里。

季恒秋很少会梦见那一天的场景，反复出现在眼前的只是一场猩红大雨。

他被困在黢黑的森林里，血腥味压抑得人喘不过气，怎么往前走都找不到出口，雨点砸在身上冰凉刺痛。

梦醒的时候他需要缓很久才能让意识重新清明，有的时候也害怕自己会永远沉沦在这样的情景里，死都死不安生。

人是会被硬生生逼疯的，季恒秋痛苦地想。

如果那天他没有反抗，没有拎起椅子砸在季雷身上彻底激怒季雷，没有夺门而出，没有逃到街口的网吧躲着，只是像往常的每一次一样挨完打让季雷出完气，也许后面的一切都不会发生。

可悲剧就是这样血淋淋地上演，在所有人的承受范围之外。

救护车急促鸣响，红蓝车灯晃得他睁不开眼睛，他挤过人群，只匆匆看了一眼就被旁边的大人蒙住眼睛。

季雷被铐上手铐搂着肩膀带上警车，担架上的人脸部血肉模糊，身上穿着和他一样的黄色棉袄。

他听到方姨嘶哑恸哭，听到周围议论纷纷，他双腿发软呼吸困难，那一幕刻在脑海里反复鞭笞他的血肉。

莫桉没有抢救回来，法医判定说他被推倒的第一下就已经造成了致命伤，后脑撞击路灯的铁杆，当场就昏厥过去，所以之后也没有反抗。

季恒秋听到这个消息，心里想的却是幸好，季雷的拳头很疼，幸好他已经感觉不到了，他受的痛苦没有想象的多，老天爷真是残忍又慈悲。

季雷清醒之后沉默很久，罪责全部认了，没有申请辩护律师，只是问了一句会判死刑吗？

酗酒的暴徒，不幸的学生，一场意外记录在文书上不过寥寥几页，有的人却需要用一辈子走出那个夜晚。

路灯下的血迹清洗干净，纷扰之后，巷子里又恢复如常。

方姨全家搬走的那个下午，季恒秋也去了。

瘦高的少年躲在墙后，隆冬腊月只穿着一件单衣，冻得瑟瑟发抖。

方姨憔悴了很多，鬓角白发丛生，脸上没有一点儿血色，被人搀扶着勉强站稳。

他们不经意地对视上，隔着几十米的距离，季恒秋惊了一下原本想逃走，却被她的眼神钉在原地。

她是知道的，季恒秋眼眶酸涩。

她在用眼睛告诫他，你一定不能好好活着。

货车扬长而去，那天是正月十四，寒风凛冽像刀割，夏岩找到季恒秋的时候他手脚冻得僵硬。

"你这小孩，跑着来干吗？冷不冷？"

十四岁的孩子，被夏岩用大衣包裹住，显得那么单薄。

季恒秋半合着眼，意识模糊，只一遍遍呢喃着一句"对不起"。

季雷银锒铛入狱，他却畏罪潜逃。

方姨的那一眼把他钉在了十字架上，从此不敢抬头望朗朗白日，活着的每一秒都是偷生。

二十年过去了，他不敢分享自己的痛苦。

他只是希望这件事永远烂在心底，慢慢淡出记忆，然后他就可以像个普通人一样生活。

可为什么就这么难呢？

从回忆中剥离，季恒秋回到客厅，想弯腰捡起地上的姜黄色外套，蹲下身子却忽地站不起来。

膝盖磕在瓷砖上，季恒秋捧着外套，领子是一圈绒毛，暖和柔软，他再也绷不住，掩住脸庞低声呜咽。

一路上江蓁叹了无数声气，手机拿了又放下，一副心事重重的样子。

宋青青关心道："怎么啦，出来玩还不开心点？"

江蓁又叹了一声气，烦躁地抓了抓头发："出门前我们还吵了一架，烦死我了。"

宋青青看了一眼她手边的纸袋："一大清早起来给你准备水果，保温杯里泡好咖啡，你还和他吵架啊？"

江蓁可太委屈了："是我想和他吵吗？谁知道他突然怎么了。就昨天那件外套，我早上拿给他看，他不喜欢说想换个颜色。"

宋青青猜道："所以你不高兴了？"

"我没有啊！"江蓁皱着眉，不悦全写在脸上，"我就想让他先试试，万一穿上效果不错呢，可是他怎么都不肯，说不喜欢不好看，怎么就这么倔呢，试一下会掉块肉吗你说？"

宋青青认同地点点头："是他不对！男人嘛，有的时候他们的心思你也猜不到，你就别想了，好好玩两天。"

到现在还没发来消息，江蓁把手机扔进包里，调大车里的音量按钮，让动感的节奏赶走烦乱的情绪，一挥手道："不管了，随他去吧！"

到了度假山庄，有同事想四处逛逛，宋青青和江蓁选择先睡个午觉，养足精气神。

年会在晚上六点开始，下午睡醒后她俩就开始梳妆打扮。

像茜雀这样的美妆品牌，员工大多都是年轻女孩，难得能穿上礼服，一个个自然都是精心打扮，争取在晚上艳压群芳。

江蓁拿着眼影盘上眼妆，时不时分神瞥一眼手机。

宋青青看穿她的心思，问："他还没找你呢？"

江蓁撇撇嘴："找过了，中午问我到了没，然后就没声了。"

宋青青笑着摇了摇头。

化完妆换好礼服，江蓁往手腕上喷了两泵香水抹开，温柔馥郁的花香，因为季恒秋说喜欢她就再没换过。

她挑的是一件小黑裙，一字肩抹胸款，款式简单但不乏小心机，下摆的纱裙上点缀着红色玫瑰刺绣，配上她一头亮眼的红棕色长鬈发，不喧宾夺主反而锦上添花。

江蓁原地转了一个圈，张开双臂问宋青青："怎么样？"

宋青青正在抹口红，她的礼服是豆沙绿色，衬得她肤白貌美，气质绝佳："漂亮漂亮，倾国倾城。"

江蓁满意地点点头，把手机递给宋青青："给我拍两张。"

宋青青接过手机："要发微信朋友圈啊？"

江蓁仰着下巴摆好姿势："对，我要让他看看我今晚有多漂亮，我急死他。"

宋青青偷偷翻了个白眼，嘴上却很捧场地附和道："他肯定急死，你今晚不被要微信我倒立洗头。"

江蓁被这话取悦，换了个姿势："你也抓点紧，我听说研发部有个帅哥。"

年会对于有的人来说是一次大型联谊，对于江蓁这等不热衷于社交的人，就是找个安静的角落吃东西。

每个部门都要出一个节目，于冰自告奋勇上去唱歌，其他部门还有讲相声的，会客厅里觥筹交错，气氛热闹。

除了陶婷喊她俩和行政部的梁总打了个招呼，宋青青和江蓁一直在沙发上喝酒聊天。

桌上的红酒快被她俩承包了，宋青青偷偷告诉江蓁那瓶最贵，就挑这个喝。

酒意醺红脸颊，江蓁撑着脑袋，兴致缺缺地摇晃着高脚杯。偏是这样慵懒的姿态吸引了目光，好几位男性来找她要联系方式，江蓁统统委婉拒绝，借口说自己手机没带在身上。

有态度比较执着的，她应付不过来，想找宋青青求助，却见宋青青也自顾不暇。

只能硬着头皮给了，什么部门什么职位对方都知道，这会儿不给也能找人要到。

不过很快这个角落就再没有人光顾，茜雀的总裁徐临越身着深蓝色礼服，年近四十的男人气质沉稳，端着一杯香槟款款走来。

他往这儿一站，其他人都不敢过来了。

徐临越和江蓁笑着点了下头算是打过招呼，看向宋青青问："陶经理呢？"

舞台上有人唱了首 rap，音乐声吵闹，宋青青没听清，耳朵往前凑了凑："啊？你说什么？"

徐临越沉下脸色，压低声音说："我问你小舅妈呢！"

"哦哦哦，好像和梁总说话去了。"

"行。"徐临越瞥了眼桌上的酒瓶，叮嘱道，"少喝点酒。"

宋青青眯着眼睛笑，打发他走："知道了知道了，去找你老婆去。"

等徐临越一走，江蓁眼冒桃心，忍不住感叹道："他俩好甜啊，寸步不离！"

宋青青嘿嘿笑："平时在家里更腻歪。"

机会难得，江蓁赶紧八卦："怎么腻歪，他俩到底怎么好上的？"

宋青青摇头晃脑地说了八个字："十年暗恋，终成正果。"

江蓁瞪大眼睛："谁暗恋谁？陶婷暗恋徐总？不会吧？天！"

宋青青及时打住："好了好了，多的不能说了，想知道你自己去问婷姐。"

江蓁晃着她的胳膊，哀求道："你就和我说说呗说说呗。"

"啊啊啊！"于冰突然尖叫着冲过来坐到她们中间，抬起桌上的酒杯灌了一大口。

江蓁看她慌慌张张的样子，问："怎么啦？看见谁了你？"

于冰抚着胸口顺气，摆摆手说："尴尬死我了！这个世界上除了刘轩睿居然还会有男的穿紫色西装！"

宋青青催她："你快说！"

于冰抬手指了个方向："我刚从舞台上下来，看见个男的以为是刘轩睿，差点儿上手拍人家屁股了，救命啊！他回头看我一眼我尴尬到窒息！"

宋青青捂着肚子哈哈大笑，江蓁也跟着笑，她举起酒杯晃了晃，抬眸的一刻不知想到了什么，整个人突然僵住。

"于冰，你刚刚，说什么？"

于冰以为江蓁没听清，重复道："我说刚刚有个人也穿了紫色西装，我认错人，把他当成刘轩睿了。"

"不会吧。"江蓁低着头兀自嘀咕，"不会这么狗血的吧。"

宋青青和于冰面面相觑，不知她这是怎么了。

"认错人了，认错人了。"江蓁念叨着，胸腔里堵了块石头，压着她的气管，她的每一下呼吸都觉得沉重，"是认错人了吗？"

宋青青担心她："江蓁，你没事吧？"

江蓁无助地抓着她的胳膊，手指收紧，眼眶里已经蓄满了泪，一瞬间哽咽道："怎么办啊，那他该有多难过。"

她现在才明白，出门之前季恒秋那段话是什么意思。

为什么他会在方姨面前这么低声下气，为什么那箱衣服他不丢不扔只是藏在衣柜的角落，为什么这段时间他会不开心，为什么他会这么抗拒那件姜黄色的外套。

"……后来方姨每次做衣服都做两件，一件给她儿子，一件给我。"

"我曾经有过一件黄色棉袄，很暖和，我穿了一整个冬天。"

"小桉哥马上就要高考，所以方姨特地做了黄色的外套，口袋是灰色的。"

"他一直穿着，他是孝顺，我不一样，我就这么一件厚衣服，我没得挑。"

一件一件事连接成串，隐藏的真相逐渐清晰，江蓁恍然大悟。

——莫桉不是被随机挑中的倒霉蛋，他是被错认的季恒秋。

二十年前，死于那个冬夜的人原本应该是他。

所以他自责，他痛苦，他在死者家属面前卑躬屈膝，他不敢触碰任何有关过去的事物。

季恒秋看着自己把白色桔梗放在路灯下的时候，在想什么？

江蓁捂着脸泣不成声，心里被挖空了一块，她不停喃喃自语："他该有多难过啊，他该有多难过。"

第十九章

长命百岁

卧室里漆黑一片，季恒秋不知道自己睡了多久，喉咙口紧涩，他舔了舔干裂的嘴唇，掀开被子起身下床。

瞥了眼手机，已经晚上八点了，他从下午开始睡，断断续续做了好几个梦，现在醒来又都不记得，思维运转得很迟缓。

家里空空荡荡，季恒秋给自己倒了杯水，大口喝完才觉得终于清醒了一点儿。

除了程泽凯发来几条消息，其他都是应用软件的推送，季恒秋匆匆扫完通知列表，摁熄手机扔在一旁。

脑子里乱糟糟的，土豆汪汪叫了两声，他才想起还没伺候小祖宗吃饭，赶紧起身去厨房。

今天是自己疏忽了，季恒秋多拿了一盒罐头当作补偿，他正往碗里倒冻干肉，土豆晃着尾巴跑进厨房咬他裤脚。

"好了，好了。"季恒秋揉揉它脑袋，把碗放到地上，"吃吧。"

土豆不动，仰着头吠了两声。

他们无法交流，但保持着一种奇妙的默契，季恒秋意识过来，问："有电话啊？"

土豆又汪了一声。

季恒秋快步走到客厅，手机调了静音模式，这会儿屏幕闪烁，还真是有人打了电话过来。

这个点一般不会有人找他，除了……

季恒秋眼皮一跳，飞快地弯腰捡起手机，看见备注是"乖宝"，他呼吸收紧，慌慌张张地摁下接听放到耳边。

他张口的声音有些发抖："喂，江蓁。"

电话那头没有回应，但能听见轻微的呼吸声。

又等了一会儿还是不出声，季恒秋拿下手机看了眼屏幕确认她还没有挂断，小心翼翼地问："怎么了？"

"季恒秋。"江蓁喊他。

"嗯，在呢。"

听筒里是她的吸气声，像是在忍着什么情绪，她说："我好想你。"

两人分别不过十余个小时，这一句想念她说得很轻，含着不知名的委屈和诉苦。

季恒秋捏紧机身，肃着声音问："怎么了？你遇到什么事情了？被人欺负了？"

江蓁抽泣了一声："没有，我就是想你，特别想。"

季恒秋静默几秒，捞起外套，换鞋准备出门："还在酒店吗？我马上来接你，等我。"

右手的伤口还没完全愈合，他开不了车，在路边拦了一辆出租车，司机一听目的地这么远摆摆手说去不了。

季恒秋说可以付双倍的价格，司机师傅一看他着急忙慌的样子，才点点头勉强同意。

大晚上的又是要去郊外的度假山庄，师傅大抵误以为他这是要千里捉奸，不用等他催就油门踩到底，一路疾驰而去。

一个小时后，出租车在度假山庄门口稳稳停下。

付钱时，司机师傅看向季恒秋，冷不丁地来了一句："小伙子，人生还长，没有什么过不去。"

季恒秋云里雾里地点头和他道谢，打开车门下了车。

夜已深，度假山庄却像一颗遗落的钻石，在夜色中金碧辉煌闪闪发光。

季恒秋大步流星地迈上台阶，刚抬眸就看见个人影在朝自己飞奔过来。

他张开手臂稳稳接住，熟悉的馨香撞了满怀。

江蓁身上只穿着一件抹胸礼服，季恒秋摸到她冰凉的手，半责怪半心疼地说："穿成这样在这等我？想冻死吗？"

江蓁不说话，只一个劲儿地往他怀里钻。

旋转门漏风，门口的温度比大堂里低，她站一会儿就冷得发抖，又想能快点看到季恒秋，硬生生忍着，白皙皮肤下青紫血管清晰可见，脸蛋冻得僵硬，说话都不太利索。

季恒秋脱下大衣裹在她身上，揽进怀里带她进了酒店。

江蓁原本和宋青青住在一屋，季恒秋去前台又开了间房。

拿完房卡乘电梯上楼，两人沉默着到了房间门口。

这个时候两人的脑子都是不清楚的，晕乎，一切发生得太快了，过去一个小时里他们做的事情近乎疯狂。

季恒秋在江蓁身上闻到了酒味，仔细看她的双颊和眼尾都是红的，是醉酒的迹象，她应该喝了不少。

中央空调扫出热风，饮水机开始烧煮，季恒秋走到江蓁面前，半蹲下身子，牵着她的手塞进衣摆。

她冰凉的指尖触到他肚子上的皮肤，季恒秋条件反射地缩了一下，咬牙忍着不适把她整只手都贴上去，用体温一点儿一点儿焐热。

其实江蓁已经哭过了，她不爱掉眼泪，但是一哭就停不下来，在给季恒秋打电话之前她就已经缓了好久的情绪，还去厕所补过一次妆。

但这会儿她又想哭了，鼻子一酸眼前就湿漉模糊。

季恒秋听到她吸鼻子，抬起头摸摸她的脸："怎么了？到底谁惹我们乖宝不开心了？"

江蓁倾身圈住季恒秋的脖子，额头磕在他的肩上："如果我有超能力就好了。"

季恒秋失笑，摸着她的头发："要超能力干什么？"

"我想穿越时空。"江蓁语不着调地说，"我想抱抱十四岁的你。"

一句没头没尾的话，季恒秋却倏地僵在原地无法动弹。

难道江蓁都知道了？他如惊弓之鸟，惴惴不安地猜测。

早上的那段话是情急之下的口不择言，他当时急于解释，说完才感到后悔，同时又侥幸地想江蓁应该不明白那是什么意思。

毕竟这太戏剧化了，老天爷太会挖苦人。

季恒秋松开手，垂眸回避江蓁的视线，不想在她的眼睛里看到自己害怕看见的东西。

同情、怜悯、试图理解和感同身受，他不想看到这些。

江蓁想去牵他，被季恒秋躲开。

"恒秋……"她有些委屈地喊他。

季恒秋站起身往后退，问她："你猜到了是不是？莫桉到底是为什么死的。"

江蓁以沉默作为回答，她想上前去抱他，被他伸出一只手拦住。

他突然的冷漠在江蓁的预料之外，她慌了，笨拙地提醒他："你说好有什么不开心都要和我说的。季恒秋，和我说是没关系的，你的一切，好的坏的，都可以告诉我。"

"怎么告诉你？"季恒秋压着舌根反问。

他脱下上衣，指着布满全身狰狞的疤，一字一句花了泣血的力气："我要怎么告诉你，光是打留不下疤，那些瘀青告到派出所根本不起作用，这些疤，是我自己用刀划的。疼到麻木是什么感觉你知道吗？我一边划一边想，命大活下来我就可以去验伤，再报警把季雷送进监狱，要是这么失血死掉，那更好，活着太累了。"

季恒秋像是一头走投无路的困兽，痛苦地低吼，把自己溃烂的伤口重新撕开，鲜血淋漓地捧给心爱之人看。

"我要怎么告诉你，你在哀悼的人是我害死的，你放下花的位置原本是我的墓碑？

"我要怎么告诉你，陆梦说没错，夏俊杰说得也没错，我就是一个阴暗的疯子，我可以眼睛不眨地自虐，我流着我爸的血，我也会成为一个暴力狂。"

季恒秋的肩一点儿一点儿塌下去，他低着头，嗓音喑哑，像是在自言自语："一开始不说，是怕你像陆梦一样对我避而远之。可是后来你护着我，挡在我的面前，替我出气，你对我那么好，我更不敢说了。我怕你要我释怀，怕你可怜我，怕你把我拉到光下。直视过去我做不到，太痛苦了，我只会逃避。我只要你爱我，爱我就可以了，把我当作一个正常人一样爱我。

"我只是想要这样。"

江蓁深吸一口气，再缓缓吐出，反复做了好几遍才压住心头的刺痛。

季恒秋往自己身上扎刀，疼的是两个人。

她伸出手想去碰他，举到一半又收回。

季恒秋在发抖。

他脆弱得好像一碰就会碎。

"季恒秋，你高看我了。"江蓁轻轻启唇，语气平静而肯定，"我不是天使，我没那么伟大。"

季恒秋缓缓抬起头，江蓁穿着优雅礼服，精心打扮过后明艳动人，她跪在他的身前，像是坠落人间的玫瑰，是热烈的火焰，是浪漫的星辰，是明亮的烛光。

她是季恒秋所能想象的一切美好的代名词。

字斟句酌的是诗歌，真正的情话不需要编排，江蓁说的就是心里想的："我不是来拯救你的，我没有任务、没有责任，喜欢你所以才靠近你，爱你所以才和你在一起。你不想在光下我给你遮太阳，你不喜欢雨天我们就躲在家里不出门。累了和我拥抱，烦恼和我接吻，难过的时候和我睡觉。怪物也好正常人也好，我们都要相爱，我们要爱很多年。"

江蓁捧着季恒秋的脸，安抚他的战栗，亲吻在他的眉骨和嘴角："我的小福星，我好不容易才遇见你。"

她的唇齿间弥留着红酒的香气，脸上红晕未退，无比坚定地说："也许我现在是醉的，但明天醒来我一定比现在更爱你。"

季恒秋的视线变得蒙眬，泪水沿着脸颊滑落砸在手背上。

江蓁长得漂漂亮亮，行为做事也不算成熟，发起酒疯来更是翻天吵地。

但这会儿她伸出手轻轻拍在他的背上，季恒秋的心突然落回了实处。

——他前所未有的心安。

在恋人的臂弯里，他穿过漫天的粉白花瓣，找到那双初见时就沦陷的眼睛。

那里清澈透明，赤忱无畏，他只看见了汹涌的爱意。

再无其他。

风吹得窗户晃动作响，后半夜下起了雨，淅淅而落。

屋内燥热，落地窗上蒙了一层水雾，模糊窗外的夜景。

黑裙挂在沙发背上，裙摆散开像一泉瀑布，季恒秋叼着烟，数上面有几朵玫瑰。

他腰上搭了条手臂，江蓁拱着脑袋趴到他身上，眨着眼睛问："事后一根烟真的很爽吗？"

季恒秋笑了笑，把烟放到唇边吸了一口。

江蓁仰头去吻他，趁他嘴里还含着烟，唇齿交缠，对方的气息渡了过来，她被呛得咳嗽了两声，那味道并不好。

"人是不是都得有样瘾。"江蓁望着天花板，突然感慨起来，"烟、酒、虚拟的游戏世界，金钱美色，权力名声，是不是每个人都要沉迷一样东西？"

季恒秋不说话，掐灭烟头，把她拢进怀里用被子盖好。

江蓁戳了戳他腰侧的肉："我好像有新的瘾了。"

"巧了。"季恒秋抓住她不安分的手，穿过指缝牢牢扣住，"我也是。"

江蓁好奇，问他："什么？"

季恒秋用口型对她说了两个字。

江蓁脸上一臊，抬腿踹了他一脚，气急败坏地控诉："我和你说了那么一长段话，敢情你就听到这两个字了是吧！"

季恒秋哑口无言，他有这么说吗？他只是单纯地有感而发。

凭着体型优势，季恒秋轻而易举地把江蓁整个人掌控在怀："那你呢，你的瘾是什么？"

江蓁斜眼看他，抬起下巴说："我很纯洁，我就是想和你待在一起。"

季恒秋失笑，原来是他格局小了，学到了。

两个人身体都是疲惫的，一晚的折腾早耗干了力气，但又都不想睡，脑子里挤占了太多东西，得慢慢消化，慢慢理完。

过了一会儿，季恒秋想起什么，开口说："我来的时候，司机师傅可能以为我是来捉奸的，但现在看，我更像是来偷情的。"

江蓁闭着眼勾了勾嘴角："我们俩真是绝了。"

是绝了，说出去都怕被人笑，一个语焉不详地打了通电话，一个关心则乱马不停蹄地赶了过来，剖心挖肺终于说开，然后又不知谁先缠上谁，在亲密行为里发泄所有堆积的情绪。

在脑子里把今晚发生的一切重新复盘了一遍，江蓁扯着被子蒙住脸，突然间就害臊了，那些话也就是当时能说得出口，现在清醒过来，觉得太羞耻了，想从脑子里删除这段记忆。

季恒秋却不这样认为，他恨不得反复咀嚼回味，甚至已经偷偷记在了备忘录上，生怕自己有一天忘了。

还能留着将来说给儿女听，他们爹妈的故事不说多轰轰烈烈，但也够跌宕起伏的。

关了壁灯，黑夜沉寂，只有雨滴声淅淅沥沥，房间里残留了很多种味道。

"我决定戒烟。"季恒秋在黑暗里宣布道。

江蓁懒懒地嗯了一声："戒吧。"

"你也戒酒。"

江蓁睁不开眼，随口附和："好，戒。"

"我们要长命百岁。"季恒秋用下巴蹭了蹭江蓁的头发，"我们要有很多很多年。"

应完最后一声"好"，江蓁在他怀里安然入睡。

雨总是一下一整夜，明天大概是阴天，会有雾。

季恒秋听到江蓁的呼吸声渐渐绵长，他轻轻吻在她的额头，哑声道了句："晚安。"

· 284 ·

心结缠绕，也许一辈子也解不开，他闻到血腥味会胸口发闷，他不敢去监狱探望季雷，他看到身上的疤痕还是充满厌恶，他不敢想起莫桉和那个冬夜。

他依旧在黑暗中，不知道还要多久才能走出猩红大雨。

但他再也不惧怕黑暗了。

他有他的光。

小小一束，足够温暖。

他一定要好好活下去。

江蓁定了闹钟掐点醒，她的行李都在楼上房间，没有其他衣服可穿，她套了件季恒秋的大衣，趁着大清早没人偷偷溜回房间。

倒真像偷情去了，这衣衫不整鬼鬼祟祟的样。

昨晚她借口身体不舒服早退，年会应该结束得很晚，宋青青还在睡觉。

江蓁轻手轻脚地收拾好东西，给宋青青留了字条说自己先走了。

回到房间换完衣服，季恒秋已经起床了，她也没了困意，两个人索性下楼吃点早饭再走。

江蓁是真没想到能在这个点遇到同事，天将大白，刚过七点而已。

于冰还是穿着昨晚的礼服，眼下泛青，从吧台上拿了杯咖啡，显然是一夜未睡。

"哟，蓁姐，怎么这么早就起了？"她打了个哈欠，把假睫毛从眼皮上摘掉。

江蓁皱起眉，略有些不满地问她："你一晚上干吗去了？通宵了？"

于冰又是一个哈欠："我们在房间里开黑上分，刚刚结束，我饿了下来找点吃的。"

江蓁摇摇头，叮嘱她多注意身体。

于冰哦了一声。

看于冰一副欲言又止的表情，江蓁把她手里的咖啡换成果汁，说道："有话就说。"

"姐。"于冰凑到江蓁耳边，压低声音说，"你昨天是不是和姐夫吵架啦？"

江蓁摸了摸耳垂："啊，算是吧。"

"那你也不应该那个啊，人一冲动就会干傻事，以后你可别了啊，昨晚喝多了是不？"

江蓁蒙了："什么啊，你说什么啊，什么那个？"

于冰拍拍她的肩："你放心，我不会说出去的，但你下次可别再这样了。"

江蓁脸上摆满问号："啊？哪样？"

于冰推了她一下，着急地跺脚："就昨天晚上啊！你和一个男人开房了，刘轩睿都看见了！和姐夫吵架了你也不应该啊！"

江蓁终于反应过来，又无语又觉得好笑，这都什么脑洞啊。

她拉着于冰的胳膊给于冰指了个方向："看到没？那边坐着的，你姐夫。"

于冰张大嘴巴，后退一步给江蓁连连鞠躬："对不起对不起，姐，我误会你了，是我狭隘了！"

江蓁受不住，扶住于冰让她赶紧回房间补觉。

酒店的早餐是自助式的，长桌上摆满了食物，季恒秋吃了点简单的，清粥小菜，典型的中国胃。

江蓁早起没什么胃口，要了杯牛奶拿了两片烤吐司。

端着餐盘回到桌边，她习惯性地拿起手机，瞄到上面的新消息呼吸一紧。

江蓁眨眨眼睛整理好表情，装作淡定地放下手机，抬起杯子喝了口牛奶。

她把耳边的头发夹到耳后，心虚地抬眸瞥了一眼季恒秋。

视线猝不及防撞上，江蓁心中警铃大作，先发制人地问："看我干吗？"

季恒秋一边剥着水煮蛋，一边用云淡风轻的语气说："研发部潘承，昨晚刚认识的？"

他也不是故意看见的，一连发来五六条，手机叮叮叮地响，他以为有什么急事才拿起看了一眼，谁知道就撞上了一个正觊觎自家媳妇美色的，说的都是些什么乱七八糟的话。

江蓁咬了咬嘴角，老实地交代："他一直缠着我，我真没办法了才加的，我现在就把他拉黑。"

"不用。"季恒秋把剥好的蛋放进江蓁的盘子里，十分周到地说，"一个公司的，拉黑人不好。"

他的语气怎么听都凉飕飕的，江蓁打了个寒战，飞快地打字回复潘承：不好意思我有男朋友了！

江蓁把手机递给季恒秋看，像个要给老师检查作业的小学生。

季恒秋淡淡地瞟了一眼，忍着笑意冷酷地嗯了一声。

"他有一句话倒是说得不错。"季恒秋冷不丁地开口。

"啊？"

季恒秋舀着甜粥，掀起嘴角："昨天晚上的礼服你穿着确实很漂亮。"

江蓁眯起眼睛："怎么，别人夸我你吃醋了？"

季恒秋不屑地轻笑一声："我吃什么醋？你不穿的时候更漂亮，只有我一个人看得见，我用得着吃这个醋？"

江綦瞪大眼睛猛地提起一口气，在桌下狠狠踢了他一脚："季恒秋，你做个人吧！"

确实是解放天性了，季恒秋从昨晚开始整个人就是飘着的。

因为这一句话，之后江綦单方面切断了所有对话，理由是以防他又在公共场合发情。

吃完早饭两人回楼上拿行李，也不知是这度假山庄太小还是生活太巧，他们在电梯门口迎面撞上刚下来的徐临越和陶婷。

季恒秋不认识这两个人，但也察觉到气氛诡异，识相地一言不发，尽量降低自己的存在感。

陶婷先开口道："早啊。"

江綦笑着打招呼："早，婷姐。早，徐总。"

徐总回以一个和蔼可亲的笑，丝毫没有被员工撞见私情的尴尬。

陶婷问："男朋友来接你啊？"

江綦点点头："嗯！来接我！"

陶婷的目光在两人身上转了一圈，看破不说破，擦肩而过时附在江綦耳边悄声道："回头分享个快速消印的方法给你，明天上班注意一点儿，别和我一样被同事看了热闹。"

江綦整张脸涨得通红，捂住脖子拽着季恒秋快步走进电梯。

"她和你说什么了？"季恒秋问江綦。

江綦瞪他一眼："让你别往脖子上啃，明天上班，我讨厌穿高领！"

季恒秋扯了扯自己的衣领，喉结边上一口牙印："我也讨厌穿高领。"

江綦："但你可以不上班！"

季恒秋想想也是："我下次注意。"

越想越委屈，江綦转瞬间变了脸，吸吸鼻子，抹了把根本不存在的泪，可怜巴巴地说："我能辞职回来当老板娘吗？"

季恒秋拍拍她的脑袋："宝，女人要独立。"

江綦甩开他的手，神色惊恐："你以前可不是这么说的。"

季恒秋伸出手指向左平移，做了一个回拉进度条的动作："那重新来一遍。"

他故作深沉，压低嗓音，深情款款道："累了就回家，老公养你。"

江綦抱着手臂冷哼一声，点评道："虚情假意。"

季恒秋没辙了："那你要什么样的？"

江蓁不回答，努努嘴问："所以你之前就是说着哄我开心的，刚刚那句才是你内心的真实想法。"

季恒秋否认道："没有，我就是随口一说，我巴不得你辞职在家天天陪我。"

江蓁伸出手做了个打住的手势："不用说了，我懂。"

"你懂什么了？"

江蓁撇过头去不说话。

叮的一声响，九楼到了，电梯门缓缓拉开。

季恒秋要去牵江蓁的手，被她躲开，封锁后路地把两只手往衣服口袋里一插。

"宝，男人要自强。"江蓁神情淡漠地说。

季恒秋总算明白什么叫咎由自取，笑着摇了摇头，快步追上江蓁，从背后把她整个人搂在怀里。

"放过我吧。"季恒秋贴着江蓁耳边求饶。

江蓁侧过头，露出一个不怀好意的笑："你知道吗，这样的劫持姿势最容易攻破。"

季恒秋灵魂一震，脑海里闪过江蓁曾经的英勇画面，以最快的速度松开手后退一大步，双臂交叠做出一个防御的姿态："你想干吗？"

江蓁勾了勾一边的嘴角，眼神里暗藏危险的信号，像是毒蛇嘶嘶吐着芯子："季恒秋，你猜我能不能过肩摔了你？"

季恒秋往后仰了仰，拔腿就跑。

"季恒秋你跑什么！"

江蓁追上他，搭着他的肩膀跳到他的背上。

季恒秋托住她的大腿稳稳接住，往上颠了颠。

"不跑等你谋杀亲夫啊？"季恒秋就这么背着江蓁往房间里走。

江蓁哈哈笑："试试呗，我小时候这么干翻过我表弟，试试你行不行。"

季恒秋不以为然，说："你给表弟留个童年阴影，还要给老公再整个成年创伤？"

江蓁开始耍招数，嗯嗯啊啊着拿脑袋蹭季恒秋，企图用撒娇击溃敌军防线。

季恒秋被磨得没办法："行！试试。"

回到房间，江蓁立马脱了外套，把袖子捋到小臂，腿架在沙发扶手上做拉伸。

季恒秋看她一副跃跃欲试的样子，喉结滚了滚，为自己的生命安全担忧："你来真的啊？"

江蓁伸长胳膊往左右两边下了下腰："放心，不疼。"

季恒秋怎么也不太相信。

两个人回到刚刚的姿势，季恒秋从背后揽住江蓁的脖子，把她扣在怀里。

江蓁十分体贴地给了个预示："我来了啊，你别躲。"

她舔了舔上唇，摩拳擦掌，正要集中全身力量到右脚抬腿开端，右边脸颊突然被轻轻一碰。

她侧过头去，对上的是季恒秋含笑的眼睛。

她瞬间失去力气，里外都变得绵软，捂着脸嗔怪道："你亲我干什么？！"

季恒秋举起双手做投降状，坦然承认："不好意思，情难自禁。"

心理防线轰然坍塌，正当江蓁满脸娇羞不知如何作答时，腰上一紧整个人倏地腾空。

尖叫哑在喉间，她被季恒秋拦腰拎起扛到了肩上。

江蓁扑腾着双腿控诉："季恒秋你不讲武德！"

季恒秋带着她往床边走："色字头上一把刀，女侠，以后多留个心眼。"

跌进柔软被窝，江蓁痛呼了一声，正撑着胳膊肘要起身，就被季恒秋跨坐着压住。

他不费力气就轻易牵制住她，她挑了挑眉，明知故问："你想怎么处置？"

季恒秋俯身吻在她鼻尖的痣："馋了，过个瘾。"

江蓁意思意思地反抗了两下，就乖乖躺好不动了。

季恒秋问："你不应该守身如玉抵死不从吗？女侠。"

江蓁熟练地解开他皮带上的搭扣："那是对恶贼，对英俊公子我们江湖人一般都以身相许。"

爸妈和睦对孩子的快乐成长起着重要作用，老板和老板娘的幸福恩爱对酒馆来说同样如此。

楼上重新装修后，多设置了个露天小阳台，要是外头天气好，客人们可以选择在楼顶用餐。

江蓁给酒馆创了个微博号，让裴潇潇负责管理，平时经常上传些图片，关注的粉丝已经有小两千。

生意蒸蒸日上，可把管财务的周明磊高兴坏了，连带着陈卓最近的生活都逍遥不少。

小春喜欢研究甜品，江蓁没事干就和她在厨房捣鼓那些器具和烤箱，做了的蛋糕首先给程夏品尝，可惜他爸管控着，每天只能吃一块。

马上春节，店里的植物都被江蓁换成了喜庆的年宵花和冬青。

季恒秋还在后院的花架上放了两盆金橘，寓意大吉大利。

酒馆从大年夜休到年初三，小年夜的晚上，大家一起提前吃了顿年夜饭。

今年不是季恒秋掌勺了，秦柏主力，小春打下手，做了一桌子扎实美味的好菜。

老板和老板娘给每个人都准备了红包，季恒秋出钱，江蓁想祝词。

"祝我们程大哥好事成双，锦上添花！"江蓁抬起杯子，和程泽凯碰了碰。

程泽凯听出话里的意思，笑着抿了口酒："知道了，你们俩比我还急。"

"祝我们程夏小朋友健康成长，天天快乐！"

除了红包，江蓁还偷偷塞了一盒巧克力藏在程夏的口袋里。

程泽凯其实发现了，睁一只眼闭一只眼当没看见。

"祝我们小周财源广进，卓儿就早日暴富吧！"

周明磊和江蓁碰了杯，陈卓却不满意："嫂子，我又不缺钱，你祝我别的呗。"

"嘿。"江蓁乐了，"那你要我祝你什么？"

陈卓提声说："祝我牛年桃花朵朵开！"

这话引来桌上其他人的一片吁声，储昊宇吐槽他："卓哥，算命的说你情路坎坷，就好好搞事业吧你。"

裴潇潇附和："就是，就是！"

储昊宇说的算命的是店里的常客，因为一年四季都穿短裙被他们取了个外号叫"南极丽人"。

丽人小姐喜欢看星座占卜，每次来都要给他们说说近日运势，神神道道的，有的时候说得还挺准。

陈卓不高兴了："听她胡说，封建迷信要不得！"

江蓁一拍桌子："你别说，她还真挺神的，上次她说我最近可能有意外收获，我第二天早上就在车门旁边捡到了一百块钱！"

季恒秋猛地挺起身子："你捡到了？那是我丢的！"

江蓁失望地啊了一声："我还以为我发财了呢！"

正当大堂里聊得火热时，木门被推开，风铃清脆地响。

众人循声望去，见是一个年轻女孩，大概是没想到今天不营业，她脸上的表情有些错愕。

在气氛陡然间冷下来时，程夏先开口喊道："傅老师！"

江蓁这才认出来，这是程夏在托管班的老师，上次在医院见过一面。

虽然仅仅过去几个月，傅雪吟却面目一新，本来的一头黑长直变成了棕色的波浪卷，摘下了眼镜，比从前少了几分文静，更显年轻靓丽。

傅雪吟有些尴尬地挥挥手："不好意思啊，你们继续吧，我先走了。"

"欸，别走啊！"陈卓伸手拦住人家，"小夏的老师？来吃饭的吧，一起啊！"

大家看向程泽凯，平时他是最热情慷慨一人，今天却不知道怎么蔫了，喝着酒不说话。

傅雪吟也看着他，没有说好也没有拒绝。

季恒秋踹了程泽凯一脚："去欢迎欢迎人家啊。"

程泽凯这才清清嗓子，挑起一抹笑，说道："你要是不介意，一起吧。"

江蓁在她和程夏中间给傅雪吟搬了张椅子，看傅雪吟束手束脚的样子，莫名想起那天同样无意中闯入酒馆员工聚餐的自己。

"别拘束啊，想吃什么就自己夹。"江蓁把新的餐具递给傅雪吟。

傅雪吟朝她微笑道："好，谢谢。"

有陈卓和储昊宇这对活宝，再加小春和江蓁时不时地捧哏，饭桌上的气氛一直很热闹，傅雪吟在这样欢快的氛围里渐渐放松下来。

这群人很有趣，总是能把她逗得忍俊不禁。

傅雪吟大概是不怎么能吃辣，江蓁面前放了好几道川菜，她吃了几口就放下筷子不动了。

程泽凯的视线总是克制不住地往某个方向飘，片刻后他突然起身，把桌上的几个菜调换了位置。

他做就做了，偏还要欲盖弥彰地说："夏儿爱吃这个。"

江蓁心中了然，掩着嘴笑了笑，程夏爱吃什么放哪儿都一样，自然有旁边的裴潇潇帮着给他夹菜。

原来外表看上去再成熟稳重的男人，在爱情面前也只是个笨拙的毛头小子。

季恒秋给江蓁夹了剁椒鱼头，让她少喝点酒多吃菜。

江蓁戳戳他胳膊，凑到他身边说："你还记得上次店里聚餐吗，我偷偷把不爱吃的夹到你碗里。"

季恒秋点了下头："怎么了？"

江蓁嘿嘿笑了一声："你现在已经知道我爱吃什么了。"

季恒秋捏捏她的手背，又给她夹了一筷子清炒茼蒿。

江蓁看着碗里绿油油的蔬菜，放平嘴角板着脸："我收回刚刚的话，你不知道。"

她刚想把茼蒿转移到季恒秋碗里,就见他用手盖住碗口。

季恒秋语气强硬地说:"自己吃掉。"

"我不喜欢吃茼蒿。"

"你到现在一口蔬菜都没吃。"

"……"

"就这一口,乖,营养得均衡。"

江蓁含泪咽草,一抬头却发现季恒秋帮她把杯子里剩余的酒喝完了,还给她倒了一杯橙汁,显然是不许她再喝酒的意思。

这是新酿的梅子酒,味道清甜,江蓁觉得喜欢,舍不得喝,都是一小口一小口细细品尝的。

"季恒秋你别太过分!"

"你今晚喝了小半坛了。"

江蓁气呼呼地鼓着腮帮子。

季恒秋抬手戳了戳她脸颊:"我戒烟了,你说好的戒酒呢?"

"那时候我神志不清,不算数!"

"我神志清醒,算数。"

"你无赖!"

其余人或进食或聊天,没有人注意到他俩。

季恒秋在桌下牵着江蓁的手,十指相扣放在大腿上。

他今晚喝得也不少,陪程泽凯喝了半斤白酒,这会儿眼眶泛着红,说话语速比平时更慢。

"宝,我们要长命百岁。"

江蓁顿时无言,酝酿好的话一句都说不出来,心上落了片羽毛,轻盈撩拨,她被季恒秋拿捏得死死的。

这是他们之间的约定和承诺,他们要有很多很多年。

江蓁用指腹抚了抚季恒秋指节上的疤,点头道:"好,长命百岁。"

第二十章

共酣

一顿饭吃到晚上八点，大家吃饱喝足，程夏惦记着要看烟花。

城里是禁止燃放的，季恒秋买了点小的仙女棒，就当过个气氛，热闹热闹。

陈卓和储昊宇十分有仪式感地用烟花在地上摆了个爱心，小春和裴潇潇挤眉弄眼在自拍。

程夏牵着傅雪吟蹦蹦跳跳的，一只手拿着季恒秋做的冰糖草莓，舔得嘴边都是。

他们小年轻出去玩，季恒秋和程泽凯留下收拾桌子。

江蓁把碗筷放到水池里，站在后院门口看了会儿。

仙女棒喷射出的星火虽然渺小，但也足够照亮这一小片天地。

"他今天真是高兴疯了，估计今晚得尿床。"程泽凯说程夏。

江蓁眉眼弯弯，靠在门框上，偏过头说："他很喜欢傅老师。"

程泽凯回："小孩都喜欢这样的。"

江蓁换了个姿势，面向程泽凯："你还记得我刚和季恒秋在一起的时候，你和我说，让我别怕麻烦，多了解他一点儿，多点耐心。"

后院里笑闹声和烟花绽放的声音混作一片，闪烁的光映在脸上，程泽凯看向某处，嗯了一声。

"我那个时候觉得你就是杞人忧天，觉得我和季恒秋不会出现什么问题，可能连架都吵不起来。"江蓁摊了摊手，"热恋期的人就是这样吧，不知道哪儿来的自信。一直没机会和你说，谢谢你啊程大哥，谢谢和我说的那些话，季恒秋能遇到你真好。"

程泽凯和她碰了个拳："别谢我啊，谢你自己，还好你没怕麻烦，你很坚定。"

季恒秋一进后厨看见两人在偷懒，抱怨道："快来帮我啊，怎么就我一个人了？"

江蓁赶忙应："马上来。"

她顺着程泽凯的视线方向看去，傅雪吟正拿着手机给程夏录像，两个人都笑着，画面温馨而和谐。

江蓁意有所指地说："这么温柔漂亮一姑娘，不知道以后谁有福。"

程泽凯笑了笑，想从口袋里拿出手机。

"你真不心动？"江蓁问。

程泽凯愣了一秒，把手机放回去，摇摇头，还是那句："她太小了。"

傅雪吟突然转身看向门口，程泽凯像是被人抓包，闪躲着回避视线。

江蓁把这一切看在眼里，时过境迁，现在轮到她是做心理工作的那个。

也没多说别的，就一句"爱情里最困难的问题是相爱，其余的根本就不叫事儿"，说完就出去帮季恒秋了，让程泽凯自己再好好想想。

季恒秋买了一大箱的仙女棒，都给他们放完了。

外头大冷天，回来的时候一伙人都冒了汗，玩嗨了。

程泽凯给程夏解开外套拉链，摸摸他红扑扑的脸蛋，问："今天怎么这么开心？"

程夏嘿嘿笑，小手捂着嘴，悄悄地凑到程泽凯耳边。

他呼吸的热气钻进耳朵里，程泽凯觉得痒，夹着肩膀下意识地想躲。

程夏说："傅老师今天陪我玩，还给我拍照，钱舒恬她妈妈也这样给她拍照。"

程泽凯揉揉耳朵，胡噜了把他的脑袋："喜欢傅老师啊？"

程夏不假思索地回答："喜欢！"

程泽凯又换了个问题："想要让她当你妈妈？"

这一次程夏却摇了摇头："妈妈是你喜欢的人，要你来选。"

程泽凯愣住，良久后揪了揪程夏的耳朵，没想到他会这么回答，小孩是最善良最真诚的，他们家这个更是一小天使。

"你这小孩。"程泽凯和他顶了顶额头，"知道了，我来选。"

程泽凯起身往大堂里扫视了一圈，却不见傅雪吟的人影："傅老师呢？"

杨帆刚要开口，江蓁就抢话道："刚走！应该是在门口打车吧。"

程泽凯心一沉，嘀咕着"怎么不打声招呼就走了"，快步走向大门。

"姐。"杨帆不解地看向江蓁，指着椅背上的女式外套，"人家不是还没走吗？"

江蓁恨铁不成钢地叹了一声气，拍拍他的肩，叮嘱道："以后做事机灵点。"

杨帆挠挠脑袋，似懂非懂地点点头。

屋外时不时有冷风拂面，出来得急，傅雪吟没拿外套，就穿着一件毛衣，风一吹她打了个寒战。

靠在白墙边，她抬头看屋檐上的风铃，耳边是母亲的喋喋不休。

"那小伙子挺好的，你哪里不喜欢了？"

傅雪吟搬出自己的万能糊弄答案："感觉不对。"

"感觉感觉，得先处才能有感觉啊！"

傅雪吟疲惫地呼了口气，原地跺了跺脚希望能暖和一下身子。

铃铛突然急促地晃动，木门被推开，里头的暖黄色灯光泻了出来。

四目相对，两人俱是一惊。

"妈，我知道了，我先挂了啊。"傅雪吟匆匆地挂了电话，看程泽凯呼吸急促的样子，问道，"怎么了？"

程泽凯蒙了："你、你没走啊？"

傅雪吟举了举手机："我出来接个电话。"

"哦。"大概是意识到自己的失态，程泽凯慌乱地转身想走。

"欸。"傅雪吟叫住他，不知从哪儿冒出股勇气，脱口而出道，"我今天其实不是想来酒馆吃饭，我是来找你的。"

程泽凯看着她，点了下头："嗯。"

傅雪吟揪着衣摆，紧张得不敢直视他："来之前我去相亲了，不过不太顺利，对方说不喜欢我这种年轻小姑娘。"

程泽凯没说话，她自顾自地继续说下去："我问他为什么，他说是因为我们爱作、麻烦，总是要这要那的，心思太难猜了。"

傅雪吟问程泽凯："你拒绝我，是因为觉得我年龄小吗？"

安静了几秒，程泽凯点头承认："我们差了十三岁。"

傅雪吟扯了扯嘴角，笑得有些勉强："所以也是因为怕麻烦？"

程泽凯否定得很快："不是。"

"那为什么？"

程泽凯移开视线，轻声说："不公平。"

傅雪吟着急地追问："你觉得对我不公平？"

程泽凯重新迎上她的视线，加重语气："是对我不公平。"

他的目光含了太多东西，傅雪吟感觉胸腔上被人捶了一拳，她有些喘不过气："什么意思？"

程泽凯舔了舔嘴唇，从口袋里摸出烟盒，抽出一根夹在指间，语气平静，带着刻意为之的冷淡："假如我们谈两年恋爱，然后分手，你那个时候不过二十五岁，正当年轻，你可以很快放下，然后继续你的精彩人生，继续找你的下一任。但是我不一样，过完年我马上就三十七岁了，这两年对于我来说，可能就是人生最后一次，明白吗？"

傅雪吟低着头，并不认同他的话，倔强地试图反驳："可是你凭什么肯定两年后我们就会分手？凭什么肯定我就会很快放下？"

程泽凯喝了酒，这样绕来绕去地聊天有些消磨意志，他揉了揉太阳穴，有些不耐烦："我只是打个比方，你到底懂不懂我的意思？"

刚要启唇，傅雪吟皱着鼻子打了个喷嚏，她搓搓胳膊，身体冷得缩成一团。

程泽凯往她面前挪了挪，挡住风口，说："进屋吧。"

"不进，我还没说完。"话音刚落又是一个喷嚏。

程泽凯皱起眉头，脱下外套搭在她肩上："行，你说。"

男人的夹克宽大温暖，傅雪吟脸上浮出红晕，咬着下唇吞咽了一下，鼓起所剩无几的勇气，为自己搏最后一次："我试着冷静了很久，你有的顾虑也让我迟疑过，我虽然比你小，但也是个成年人，没那么不懂事。你上次和我说完后，我是真的已经打算放弃你了，我去相亲，见了很多个男人，每一个我都会下意识地拿你做比较。程泽凯，我怎么想都还是觉得不甘心。"

傅雪吟抬起头，在昏暗光线中找到程泽凯的眼睛："明明你也喜欢我的，就这么错过，会不会太遗憾了？"

他沉默的时间太久，涌上心头的热血被寒风吹熄后，傅雪吟一点儿一点儿垂下头，只是一眨眼泪水就模糊了视线。

夜晚的巷子静谧安宁，明亮的不止灯火，还有天际一轮圆月。

"你说得对。"

太冷了，傅雪吟觉得脑子都要被冻住，没反应过来他说了什么。

比起言语上的进一步解释，程泽凯选择了行动。

她冰凉的脸被他温暖干燥的大手捧着，眼前暗了，嘴唇蓦地被人含住。

这是一个很好的取暖方式，傅雪吟想，她浑身都在升温，连呼吸都发烫。

"试试吧，好不好？"

傅雪吟大脑宕机，已经不能思考。

程泽凯捏捏她的脸颊："很冷，快说好，说完回屋里。"

傅雪吟憋回眼泪，用力点头，眼眸里闪着光："好！"

木门虚掩着，露出一道缝，门后的人像是一串糖葫芦，一个脑袋叠着一个脑袋。

"看到没！看到没！"江蓁捂着嘴，满脸姨母笑，用力拍打季恒秋的胳膊，"亲上了！"

她一激动下手就没轻重，季恒秋抓住她的手牵在掌心，拖长尾音说："看到了。"

"你俩看什么呢？"陈卓好奇地走过来，也想凑热闹。

"嘘！"江蓁把他瞪回去，"小声点！"

陈卓更好奇了："什么什么呀！"

江蓁故弄玄虚，摇头晃脑道："锦上添花，好事成双！"

因为留在申城过年，江蓁这个春节可太快乐了，没有什么亲戚要拜访，每天就和季恒秋闲在家里虚度光阴。

程泽凯和季恒秋经常约着打游戏，以前还得顾及程夏没人带，现在就不用烦恼了，有个江蓁可以陪着。

这四个人凑了一个不寻常但又格外和谐的家庭，现在还多了一个新成员，年轻漂亮、温柔大方的小傅老师。

傅雪吟有空也会过来玩，再留下一起吃顿饭。家里的分工也很明确，男人做饭女人洗碗。

偶尔想要情侣日，那就一对出去约会一对留在家里带小孩。

闲暇日子一转眼就过去，初七上班，初六宋青青约了江蓁和陶婷逛街。

季恒秋去店里忙了，有两个店员回家过年还没回来，这两天他都得在酒馆。

出门前江蓁在衣柜里翻找，之前给季恒秋买的外套后来被她塞进柜子深处，她想趁着机会拿去换个颜色。

开了两个抽屉都没见到那件外套，江蓁挠挠头发，她记得就是放在这里没错啊。

江蓁拿出手机想打电话问季恒秋，想想又算了，他们之后都没再提过那些事，不想坏了心情。

她没办法消除季恒秋过去的记忆，只能带着他往前看、往前走。

没再找下去，也许是被季恒秋拿到储物间了，江蓁收拾东西准备出门。

到了商场和她们会合，三个人逛了会儿街，等走得累了，陶婷说要请她俩喝下午茶。

找了家安静的咖啡店坐下，点完饮品和蛋糕，陶婷看向江蓁说："其实今天找你出来，还有一件事想问你。"

江蓁一激灵，瞬间回到平时开会的状态，挺直腰板问："什么事啊？"

宋青青笑起来："舅妈你别那么严肃啊，江蓁被你搞得快紧张死了。"

陶婷捏捏耳坠，有些别扭地说："我习惯了嘛。"

江蓁傻笑了声："到底什么事啊？"

没等陶婷开口，宋青青替她回答道："就是舅妈想找你当伴娘啦！"

江蓁惊讶得瞪大眼睛："你要结婚啦！"

陶婷点了点头："开春就办婚礼。我身边的同学朋友都已婚了，所以想问问你愿不愿意。"

"我当然愿意啦！"江蓁握住陶婷的手，"怎么这么快啊，开春就办？"

宋青青说："他俩大忙人，对完行程表就这会儿闲一点儿，早办也好，省得我外公外婆天天念叨我小舅。"

江蓁简直比自己结婚还激动，陶婷和徐临越真不愧是事业强人，办事效率高得出奇，确定好婚期以后诸项事宜也慢慢敲定了。

陶婷把看中的几套婚纱照片分享给江蓁，让她帮忙参谋参谋，三个女人聊了两个多小时，话简直说不完。

江蓁也终于解开了心底的谜团，如愿得知陶婷和徐临越的爱情故事。

其实概括起来也就是那天宋青青说的八个字——十年暗恋，终成正果。

二十一岁的陶婷在学院的讲座上第一次遇见了徐临越。

彼时初露锋芒的年轻企业家，英俊多金、幽默风趣，他几乎没有缺点，想要捕获一颗少女心太容易了。

那场讲座陶婷其实是替人参加的，本想浑水摸鱼过去，因为一个哈欠被眼尖的主讲人留意到，两个人对视了一眼，一个眼里含笑，一个脸颊绯红。

谁知这一眼占据了十年岁月，起初陶婷只是会偶尔留意徐临越的动向，闲来无事时看他的采访，翻阅他的微博账号。

她是因为徐临越才来到茜雀的，等恍然惊觉自己对他的在意和追随都是缘于喜欢的时候，已经无法全身而退了。

"可能是那个时候压力特别大，读研、找工作，我每天都很焦虑，所以需要一个向导。其实也不算喜欢吧，没那么花痴，就是会把他当成目标，想一直这么跟着他一点儿一点儿往前走。也没想真认识他，后来是一次年会上，他主动来和我说话，那一年有个系列的新品是我策划的，销量不错，他夸了我两句。"陶婷一边回忆一边分享，半边身子沐浴着落地窗外的阳光，眉眼间松弛柔和。

江蓁撑着下巴，听得专注，不禁问道："和自己的偶像在一起是什么感觉啊？很幸福吧？"

陶婷却扑哧一声笑了："偶像？屁嘞，真在一起才发现他这个人毛病特别多。"

宋青青接话道："这个我同意，比如特别会嘲讽人，骂你你都反应不过来，不过我妈也一样，可能是他们徐家人的秘技吧。"

陶婷附和："对，外表装得像个绅士，挖苦起人来能把人说哭。有一次他训他秘书，也不直接说人家哪儿错了，就这么笑着来一句：'是不是最近身体不舒服，需不需要我让其他人先接替你的工作？'我听了都毛骨悚然。"

江蓁缩着脖子捂住前胸，代入了一下自己，后背已经发麻了。

女人凑一起聊八卦能聊个三天三夜，陶婷说起来就刹不住车了："还有啊，徐临越其实特别懒，外套脱了都不随手挂回衣架上，一身少爷病。"

江蓁连连点头，如同找到了知己："我们家那个也是，刷完牙牙膏永远不放回去，就这么扔洗手台上，说了多少次都没用。"

最后要不是季恒秋打来电话，问江蓁还回不回来吃晚饭，她们仨估计能聊到打烊。

陶婷那边也来催了，三个人在咖啡店门口分道扬镳，约着改天再一起喝酒。

回到酒馆，江蓁心情大好，走路都是哼着歌的，脚步轻快。

"嫂子回来啦？"杨帆看见她，打了个招呼。

"啊。"江蓁在大堂里没看见人，迈步往后厨走。

秦柏说人在后院里，江蓁推开门，刚要喊季恒秋却怔在原地。

"回来啦？"季恒秋放下手里的水壶，拍拍手说，"走吧，等你吃晚饭呢。"

江蓁指着他，还没从愣怔中缓过来："你……"

季恒秋拍拍自己的外套："怎么啦，穿着不好看吗？"

"没有。"江蓁一瞬鼻酸，憋回眼泪扯起一个灿烂的笑容，夸道，"特别帅！"

季恒秋穿着她买的那件姜黄色外套，机车服的款式，头次见他穿除了黑白灰以外的颜色，让人眼前一亮，身高腿长的，很酷很英俊。

江蓁也偷偷在心里夸了夸自己的眼光。

她走过去抱住季恒秋的腰，问："怎么想起穿这件了？"

季恒秋俯首亲了亲江蓁的额头，说："程泽凯和我炫耀他的新衣服，我说我也有。"

江蓁做了个嫌弃的表情："你俩幼稚不幼稚？"

季恒秋耸耸肩，认了，确实挺幼稚，但忍不住攀比。

斜阳没入云层，天边的晚霞是粉紫色的，申城的玉兰花快要开了。

"今天去哪儿玩了？"

江蓁挽着季恒秋的胳膊，回答说："逛了会儿街，买了一条裙子，后来去咖啡店坐了坐。"

季恒秋有些失落地问："没给我买啊？"

江蓁失笑："忘了，下次一定！"

春节陆忧也终于短暂地放了个假，她回了山城，本以为可以和江蓁聚聚，却没想到江蓁留在了申城。

"早知道我就直接飞过去找你玩了，回了家天天被我妈骂。"陆忧在电话里抱怨道。

江蓁吃着草莓，双腿架在茶几上，土豆在地毯上玩毛绒球："那你现在过来呗。"

"你都要上班了我过去干吗？"

江蓁嘿嘿笑，安慰她："想想你妈做的小酥肉，多好吃啊，挨两声骂就挨吧，谁不被骂呢？"

季恒秋在洗澡，江蓁和陆忧随意聊着天，提起陶婷结婚的事，江蓁说："她今天给我看了婚纱让我帮忙挑，我觉得每一条都好漂亮啊，现在的婚纱设计得都太好了，不是传统的那种白色了，我上次看到还有人穿蓝色的，也挺漂亮的。"

陆忧听她饶有兴致地分享，问道："那你和你们家秋老板打算什么时候结婚啊？"

"啊。"江蓁捏着抱枕边缘，突然有些不自在了，"我们俩现在这样挺好的。"

"那也得结吧，你俩难道有谁是不婚主义啊？"

"那倒不是。"江蓁咬了咬嘴角，犹豫着开口，"其实自从周晋安的事情以后，我就有点儿结婚 PTSD（创伤后应激障碍）了。我总觉得这事要不是两个人想法一致，就特别容易出现矛盾。我也不是不想，但我不敢再主动说了，怕重蹈覆辙。"

陆忧叹了一声气，感叹道："恋爱真麻烦。"

听到浴室没了水声，江蓁说："没事我先挂了啊，下次再聊。"

"行，拜拜。"

季恒秋擦着头发从卫生间走出来坐到沙发上，江蓁给他递了一颗草莓。

看她对着平板电脑一脸认真的样子，季恒秋问："看什么呢？"

江蓁把照片也拿给他看："婷姐让我看看伴娘服，你看这两套，哪套漂亮？"

季恒秋看了看，诚恳地评价："都挺好。"

江蓁知道询问直男意见纯属浪费时间，不再为难他，自己抱着平板电脑研究。

季恒秋看着她专注的侧脸，倏地开口问："婚纱呢，定了吗？"

江蓁切到相册点开一张图片："婷姐选了这个，不过我喜欢另一套，这个，裙摆的纱是红色的，我不喜欢全白的，我想要特别一点儿的。"

季恒秋嗯了一声，揉揉她的头发，又继续问婚礼的时间、地点、风格。

江蓁不知道他怎么突然对这些有了兴趣，一个一个问题回答了，不过到最后说的都是"我喜欢……"。

她自己也意识到了，讪讪一笑道："怎么老说我喜欢呀，我又不是新娘。"

季恒秋拿出手机划拉了两下，不知道在看什么，片刻后转头问江蓁："下个礼拜有空吗？"

江蓁正在回消息，想起之前程泽凯和杨明他们说想去爬山，回答道："要出去玩啊？下个礼拜不行，这个月都够呛的，我可能过两天还得出差，公司给第一季度定的任务不少。"

季恒秋点点头："行，那我自己去吧。"

江蓁抓过他一只手送到嘴边亲了下："嗯，你自己去吧，正好最近天气好，多出去走走。"

开年后复工，江蓁忙得脚不沾地，三八妇女节是第一季度最重要的销售节点。升职后首担大任，她处处都得盯着，比以前更上心。

这一次的新品是粉底液，茜雀针对不同肤质和肤色进行了细致的划分，一个系列共八款粉底，力求让每个人都可以找到最适合自己的一款产品。

茜雀还另外在线上设置了预约链接，只要绑定会员并且点击预约按钮，就可以免费获得新品全系列小样，用户可以先行试用再选择购买自己的色号。

这天江蓁下班回来已经快晚上九点，累得腰都直不起来，想去吃个夜宵补补能量。

走进酒馆看到程泽凯坐在吧台上，她奇怪道："你怎么在这儿？"

程泽凯觉得好笑："我怎么不能在这儿？"

"你不是和季恒秋他们去山上玩了吗？"

"那是周末啊，今天才周四。"

江蓁蒙了："那他今天早上说去机场了，去哪儿啊？"

程泽凯疑惑地看着她："你不知道？"

江蓁摇摇头。

"他去山城了啊。"

江蓁更蒙了，怀疑是自己累过了头出现幻听："山城？"

"对啊，他去你家了。"

江蓁满头问号："去我家干吗？"

"还能干吗——"程泽凯抬起酒杯抿了口酒，"上门提亲，下聘礼。"

江蓁如同石化的雕像，整整缓了五秒，把这几个字反复在脑内拆解分析，还是觉得不可思议："你再说一遍，他去干吗了？"

程泽凯摸摸后脑勺，倒有些不确定起来："你俩不是打算结婚了吗？所以阿秋想去拜访一下你父母。"

江蓁也混乱了："没啊，他没和我说过。"

她从口袋里摸出手机打给季恒秋，响了几声一直没人接，又换拨家里的电话。

"喂，妈。"

"蓁蓁啊。"江母的声音听起来很愉快，"你下班了没？"

"下班了。我问你，今天季恒秋去家里了啊？"

江母在电话那头抱怨起来："嗯。你看看你，工作这么忙，让人家一个人来家里，下午我给你发消息你也没回我。"

江蓁抓了抓头发，她开了一下午的会，微信消息置顶的都是工作群，没空往下翻："我最近真的忙。"

"知道你忙，我和恒秋也说了，等你们俩有空的时候回来一趟，你奶奶念叨你很久了。"

还没联系上季恒秋，江蓁心不在焉地应好："行了妈，我先挂了啊，回头再说。"

"好。"江母顿了顿，又叫住她，"那个，蓁蓁啊。"

"嗯。"

江母放轻了语调，缓声说："你去申城之后，我和你爸好几个晚上都睡不着觉。今天恒秋来家里，我突然就放心了。你在那边好好照顾自己，和他好好过，做事别再像以前那样冲动，有什么事就给家里打电话，知道了吗？"

江蓁很轻地吸了下鼻子，回答说："我知道啦，挂了。"

拿下手机，她呼出一口气，仰起头飞快地眨了眨眼睛。

程泽凯也总算是反应过来，问江蓁："所以你真不知道他今天去你家了？"

江蓁摇摇头，自我检讨道："可能他和我提过，我没放心上仔细听。"

程泽凯的眼睛在她双手上扫了一圈，了然地摸了摸下巴，季恒秋这傻子估计是没什么经验，不知道在登门拜访前还有一个重要步骤。

他抬起手腕看了眼表，说："他好像是晚上七点的飞机，还得有一会儿才到呢。"

江蓁翻了翻微信，季恒秋除了中午那会儿给她发了一句到机场了，就没再说过话。

她妈发来的消息是一段视频，背景就是在家里，她爸正拉着季恒秋显摆自己收藏的酒柜。

看季恒秋点头哈腰一脸乖顺的样子，江蓁忍不住掀唇笑了笑。

"那我先回去等他了。"江蓁和程泽凯道完别，走出酒馆回了家。

上了一天班，这会儿早就疲惫不堪，洗完澡爬上床，江蓁沾到枕头就连打了好几个哈欠。

她揉揉眼睛提起精神，选了部综艺看。

不过四五分钟眼皮就粘在一块，她头一歪，意识拢成空白。

不知道睡了有多久，手背挨到一片冰凉，江蓁噌一下惊醒。

"吵醒你了？"

江蓁在昏暗中眨了两下眼睛，分辨出这是季恒秋的声音。

季恒秋刚脱下外套搭在衣架上，腰就被紧紧圈住，江蓁的脑袋顶着他的腹部，缩在他怀中，像是急于寻求庇护的惊鸟。

季恒秋摸了摸她的头发，轻声问："怎么了啊？"

江蓁心里五味杂陈，不知要从何说起，手上用力掐了一把他腰侧的肉，张口埋怨道："你这人怎么闷声干大事呀？一个人跑去见我爸妈想干吗呀？"

她身上只穿着单薄的睡衣，季恒秋捡起被子裹住她，也不急于解释，先从口袋里摸了样东西递过去。

暗红色的封面，烫金的字，江蓁摸到触感就知道是什么东西，装傻问道："这是什么啊？"

季恒秋在床上坐下和她平视，回答说："户口本，找你爸妈要来了。"

封皮拿在手里还是温热的，江蓁猛地睁大眼睛："你不会就这么一路揣回申城的吧？"

季恒秋咳嗽了声挪开视线，算是默认了。

江蓁有些不知所措，攥着户口本的边沿，支吾半天憋出一句："怎么这么突然就……"

季恒秋牵起她的手，指腹在她手背上刮了刮，说："那天你打电话，我听到了。"

"什么电话？"

"和陆忧打的，说想结婚了。"

江蓁微怔："你都听到了？"

季恒秋嗯了一声，手被焐热，慢慢恢复知觉。他拿过户口本放进抽屉里，和自己的那本叠在一块儿。

"也不是突然就想去，一直都想拜访你父母，趁着这个机会也挺好的。你工作忙，过年又没回去，我应该去一趟的。本来还怕你爸妈会不喜欢我，结果晚饭吃一半你爸就把户口本拿给我了。"季恒秋拿脸颊蹭了蹭江蓁，邀功道，"我表现得还不错吧？"

江蓁心里一片柔软，摸着他的后背："我爸是不是喝多了啊？这么快就给你了。"

季恒秋笑道："确实不少。你爸太能喝了，幸好你妈拦着，后来你大伯大伯母也来了，我差点儿回不来。"

两个人在昏暗的房间里依偎在一起，落地灯的光是暖色的，一时间谁也没再说话。

良久后，江蓁启唇道："为什么呀，你难道都不考虑一下吗？就这么跑去见我爸妈了，你都想好了吗？"

季恒秋仰着身子和她对视，语气平静而坚定："我没什么需要考虑的，可能结婚在别人看来是件大事，我没这种感觉，婚姻和家庭在遇到你以前对我来说都是很遥远的东西。江蓁，我很确定这辈子就是你了，所以我没有顾虑。你想结婚，我们明天就可以把证领了，婚礼等你空了再办。不用不敢和我说，你想要什么都可以告诉我。"

江蓁放缓呼吸，眼眶酸涩。她闭上眼睛压住泪意，埋在季恒秋的肩窝，小声嘟囔："那你自己好歹也考虑考虑啊。"

季恒秋却道："没什么好考虑的，在我这里你早就是爱人。"

江蓁一瞬哽咽，眼泪决堤。

季恒秋感到领口的衣服被濡湿，瞬间紧张起来："乖宝，怎么哭了？"

江蓁摇摇头，紧紧搂着他。

江蓁一直都知道自己的性格有缺陷，想要什么就一定要得到，骄傲张扬、争强好胜、任性冲动。

所以无论是父母老师，还是领导同事，包括前任周晋安，他们都告诉江蓁——这个世界不是只围绕着你转，不是你想要什么就能得到什么。

江蓁习惯了被压制，被告诫，被推着成为一个善于妥协的大人。

可是季恒秋却告诉她：你想要什么都可以，我都会给你。

他送她一场初雪、为她搭建专属领地，从饮食起居到飞跃一千多公里取走她的户口本。

他让江蓁舒舒服服地做回自己，像个被溺爱的小孩。

——我是多么多么幸运。

江蓁在泪眼蒙眬里捧住季恒秋的脸，跪坐在他身前，从他眉骨上的疤吻到下巴，从喉结到腰腹。

她抱着她的福星，犹如怀抱着珍宝，爱不释手，虔诚认真。

同样的问题江蓁也被提问过。

"你考虑好了吗？真的要和他结婚吗？"

她也没有犹豫，十分肯定地点头说："我想好了。"

不是因为觉得季恒秋有多爱她。

而是她无比确定，她再也不会这么爱一个人。

季恒秋大概也是同样的。

他们奉献出全部的爱意和温柔，深沉炙热，绝无仅有。

像烟雾，像星火，像玫瑰花瓣，像漫天大雪，像一杯余韵悠长的甜酒。

去醉吧，玻璃杯盛满冰块，忘记时间的流逝，没有梦想也没有平凡琐事。

去爱吧，和恋人拥抱接吻，呼吸和心跳混乱，做春日阳光下消融的川水。

…………

窗外是寂静的月夜。

江蓁闭着眼，双颊酡红，睫毛如羽翼轻颤。

眼尾的泪被拭去，季恒秋吻在她肩头。

"季恒秋，你是不是忘了一件事？"

"嗯？"他大概是不满意她的不专心，惩罚性地轻咬了一口。

"算了，等你想起来再补吧。"

无名指指骨上套了个圈，稳稳落在指根。

季恒秋的声音哑得不像样，含着无限缱绻："没忘，也放兜里揣了一天。"

"就不单膝跪地了，问你嫁不嫁？"

江綦笑着流泪，点头应允："嫁。"

眼前空白，江綦无意识地叫他，季恒秋一声声回应。

"秋老板。"

"老板娘。"

"季恒秋。"

"江綦。"

"老公……"

"老婆。"

晴空湛蓝，白云淡薄，麻雀啁啾地叫唤，玉兰和山樱开得正盛。

屋檐下风铃摇曳，响声清脆悦耳，木门吱呀一声被推开，门后响起男孩热情的招呼："欢迎光临 At Will！"

见是江綦，储昊宇收起营业假笑："嫂子回来啦。"

江綦伸了个懒腰，问："季恒秋呢？"

"后院。"

江綦走进后院，季恒秋正给花架上的盆栽修剪枝叶。

他穿着一件灰色衬衫，袖子卷起，露出小臂流畅的线条。

江綦停下欣赏了两秒眼前赏心悦目的画面才出声喊："老公。"

季恒秋转身回头："回来了？"

江綦扑进季恒秋的怀里，脑袋在他胸膛上蹭了蹭："累死我了。"

季恒秋响亮地在她脑门上啵了一口："辛苦了。"

江綦见缝插针，眨了眨一双无辜水灵的大眼睛："那我能喝一杯吗？"

季恒秋眉梢轻挑，犹疑半刻，点头同意："行。"

江綦露出得逞的笑容，立马松开他回吧台喊陈卓。

季恒秋无奈地摇头笑了笑，由着她去。

总有客人会问："你们店里的招牌是什么啊？"

酒馆里的店员们心照不宣，给的答案都是一样的："这杯，'美女酒鬼'。"

客人看了看，又问："这杯有什么特别的？"

"倒也没什么特别，就是我们老板一口没喝，却醉了一辈子。"

"什么意思？"

"那就得问我们老板娘了。"

世间的酒种类繁多，清浊冷热，浓烈淡雅，风味各异。

好酒不醉人，而让人清醒沉沦。

红酒为底，糖浆甜蜜，冰块上漂浮着玫瑰花瓣。

江蓁就是季恒秋甘愿沉醉的一杯美酒。

他们在爱里共酣。

—正文完—

番外一

猫狗双全

　　江蓁最近喜欢上了逛超市，这集合采买、散步于一体的休闲运动，成了她除睡觉以外的人生第二大爱好。

　　以前连零食和药品都要在网络上下单，现在江蓁有事没事就要拉着季恒秋上超市。

　　"今天晚上去超市吗？"江蓁扒在厨房门边，探出一个脑袋问季恒秋。

　　季恒秋翻炒着锅里的菜，面无表情地瞟她一眼："不去，家里又不缺什么。"

　　江蓁把手机举到他面前："可是那家麦德龙上了新冰激凌。"

　　季恒秋抿了抿唇："可是现在才四月份。"

　　"去嘛，去嘛。"某人开始耍无赖。

　　季恒秋叹了一声气，把装好盘的排骨递给江蓁："行，去。"

　　江蓁双手捧着盘子，噘嘴"吁"了一口。

　　车是江蓁开的，季恒秋低着头看菜谱，琢磨酒馆的新品开发。

　　到超市的时候还没完全入夜，天边晚霞昏暗。

　　江蓁稳稳地停好车，下车后看见对面的高楼，转头问季恒秋："那个小区怎么样啊？看起来环境挺好的。"

　　季恒秋搂着她的脖子往前走："别看了，买也不买在这里。"

　　江蓁不乐意了："为什么啊？对面就是超市，多方便啊。"

　　季恒秋抬手刮了刮下巴，清清嗓子道："那个，陆梦就住这儿。"

　　"哦。"江蓁点点头，反应过来后猛地睁大眼睛，"你说谁？"

　　她那点脑回路季恒秋已经摸清楚了，以防万一先张口解释："我送她回过一次家，没进去过，别瞎想。"

　　江蓁拱拱鼻子，他怎么知道她下一句要问什么。

"那她喜欢逛超市吗？不会偶遇上吧？"

季恒秋弹了她脑门一下，警告道："别乌鸦嘴。"

在女性用品货架前和陆梦迎面撞上的时候，江蓁想原地给自己来个大嘴巴子。

她回头用眼神向季恒秋求助，却见他推着推车掉头就走，留下一句："我去看看调料啊。"

江蓁表情狰狞地瞪他一眼，再转身时已经挂上了明媚的笑容，手指轻轻撩拨发丝，自认为万种风情道："好巧啊。"

陆梦不动声色地打量她："嗯，好久没看见你们了。"

上次的见面实在不算愉快，江蓁听不出陆梦这句话是真心还是暗讽，但仍旧微笑着点了下头。

拿完两包在打折促销的牌子，江蓁想再囤点夜用的。商品被放在了最高的货架栏上，她踮脚够得有些吃力。

"我来吧。"陆梦边说边抬手，"要几包？"

"一包就行，谢谢啊。"

两个人对视一眼，异口同声道："上次的事……"

又都撇开视线尴尬地笑了。

陆梦说："上次的事对不起啊，我后来想想也觉得自己有病。"

江蓁回："没，我也不对。"

陆梦向她解释："我当时真没想到会突然出现一个你，急了就口不择言了，你别放心上，我都是胡说的。"

江蓁嗨呀了一声，摆摆手说："用不着说这些了。"

那件事两个人都有错，闹成这样，现在想想还有些好笑，竟然在厕所门口扯起头花来，太不体面了。

"其实……"江蓁咬着下唇，话里有话道，"其实你这么漂亮温柔一人，应该不愁找不到对象吧。"

陆梦听懂了她的意思，垂下视线淡淡地笑了笑："你想问我为什么会突然回去找他？"

江蓁斜眼点了点头，之前就好奇，陆梦看起来性格也挺骄傲的，不像会吃回头草的人。

陆梦说："当时我是觉得他的家庭背景太麻烦了，我就想好好找人谈个恋爱，不想背负太多东西，又觉得这个人有点儿猜不透。但后来想想也只有一个季恒秋，他对你好就是掏心掏肺的好，像没有私心一样，处处为别人考虑，什么事都依着别人，宁愿委屈自己。"

捧着一堆卫生巾聊这些总觉得有些怪异。

"不说了。"陆梦深吸一口气调节好表情，"祝你们幸福，也帮我和他说声抱歉。还有你，你是个很好的人，他真有福气能遇见你。"

真心换真心，江蓁放下成见，露出一个真诚的笑容："也祝你幸福。"

和陆梦挥手作别，江蓁在饮料区前找到了季恒秋。

"你俩聊什么了？"季恒秋问。

江蓁耸了下肩："没什么。"

陆梦说那番话时，江蓁立马想起了她刚认识季恒秋的时候。

冷冷清清的男人，看起来凶巴巴的，但又是个不折不扣的烂好人。

因为患得患失吧，所以对身边的人总是有求必应，拿出自己最好的和所有的。

江蓁挽上季恒秋的胳膊，情绪突然涌了上来，最近总是容易多愁善感，眼前这个男人给了她太多笑和泪。

"可乐喝吗？"季恒秋问她。

"喝。"

看着季恒秋拿了一打可口可乐放进购物车，江蓁的脸色蓦地阴沉下去。

"你为什么不拿百事？"

"可口好喝。"

"百事好喝。"

"可口。"

"我喜欢百事。"

"我喜欢可口。"

"百事……"

"可口。"

江蓁松开手后退半步，转瞬变了脸："季恒秋你变了，你现在只想着你自己！"

季恒秋一脸茫然："哈？"

"你以前都是和我一起喝百事的，你现在都不用考虑我的感受了吗？"

季恒秋可太委屈了，江蓁偶尔嘴馋想喝汽水，但喝了两口就扔给他说不想喝了，百事太甜他嫌腻，每次喝完都觉得刺嗓子。

一个只喝两口，一个喝大半瓶，谁来做主？

当然是他了。

季恒秋自认占理，毫不退让，一只手勾着江蓁的脖子，一只手推着购物车往前走，路过百事的时候停下拿了两罐塞进江蓁怀里，还要嘴贱地来一句："拿好你的'洁厕剂'。"

江蓁啧了一声，抬腿想踹季恒秋，季恒秋早已有了经验，娴熟地躲开。

"什么情况下你才会承认百事比可口好喝？"

季恒秋认真地思索，随口糊弄："土豆喊我爹的时候吧。"

"季恒秋！"江蓁气急败坏，"你今天晚上就陪狗睡吧！"

男人立马认尿："别呀，百事好喝，百事全天下最好喝了！"

后来江蓁把这个问题问了酒馆里的所有人，一时间触发一场"百事党"和"可口党"的混战。

以季恒秋、陈卓为首的"可口党"抨击百事可乐只配用来洁厕。

江蓁、裴潇潇立马反驳：你们可口可乐连洁厕剂都不如！废物！

在他们为这无聊的问题大战三百回合时，周明磊端着一杯白开水从战场飘过，淡淡地开口问："这两个有区别吗？不都是可乐？"

一石激起千层浪，双方矛头瞬变，可口 vs 百事暂且打平，无差别党周明磊惨遭群嘲——"一看你就不懂行""味觉失灵""这么多年可乐你白喝了啊"。

某日午后，昆虫和麻雀在树枝上不知疲倦地鸣叫，春花灿烂，暖风吹拂。

江蓁一只脚搭在土豆背上，脑袋倚着季恒秋的胳膊，以一个十分自由的姿势躺在沙发上玩手机。

看见张卉又发了一组猫猫狗狗的照片，江蓁一张一张划过去，心里泛痒，有个想法破土而出。

"哼啾！"

"嗯？"季恒秋的目光从电视机屏幕转移到她的脸上。

江蓁冲他眨了下左眼："我送你个礼物好不好？"

季恒秋识破她的小心思："要什么就直说。"

"我想养只猫。"

季恒秋没立即答应，只问："怎么突然想养猫了？"

"我一直都想啊。"江蓁坐直身子和他平视，"而且啊，土豆也需要一个陪伴，是不？"

季恒秋笑了声："土豆需要什么陪伴，我俩还不够吗？"

江蓁据理力争道："那它听不懂人话，你也不懂狗语啊，它需要一个同类朋友。"

"哦，所以猫和狗就能互通有无了？"

江蓁答不上来，一甩手道："反正我就想养，我们就领养一只呗，就当做个慈善，我会好好养的。行不行吗？"

季恒秋本来也没说不同意，就是不明白江蓁的心血来潮，既然都这么保证了，他也没反对的理由："行，养呗。"

季恒秋一点头，江蓁立马惊呼了一声，点开张卉的聊天框私戳她询问领养细节。

最终江蓁选中的是一只小橘猫，是在某高校宿舍区被学生发现送来的，花色黄白相间，也许是因为长期营养不良，它比一般的同品种猫要瘦小一些。

季恒秋看它总是团成一团懒洋洋的不爱动，为它取名为"柿饼"。

把柿饼接回家的第一天，他俩本还担心小猫见了土豆会怕，结果柿饼到家之后一点儿也不见外，四脚一跃跳上他们准备好的猫爬架，挑了个光线好的位置就趴下眯着眼晒太阳。

反倒是土豆，不知是头次见猫太害羞，还是以为爹妈有了别的崽而惶恐不安，一直汪汪叫着在他俩腿边打转。

"柿饼。"江蓁走到猫爬架前，指指脚边的金毛，"这是你薯大哥，以后它罩着你。"

她又换了个音色，压低嗓子道："土豆，这是你的饼小弟，来，我们跟它打个招呼吧。"

看着江蓁举起土豆的狗爪挥了挥，季恒秋默默叹气摇了摇头。

听到他在笑，江蓁回头问："你笑什么？"

季恒秋说："我就在想，以后生了小孩，你是不是还得让他们仨桃园结义啊？"

江蓁："……我正有此意。"

听闻傅雪吟也养了一只猫，江蓁本着"猫猫也要多多扩充社交圈"的愿望，带着柿饼登门拜访。

她家的是一只英短，蓝白花纹，名叫"好多鱼"。

两家主人是诚心希望它俩能友好建交，但也许是天生气场不对盘，两只猫每次一见面就是你挠一下我，我吼一声你，不打起来就算不错了。

江蓁觉得奇怪，柿饼这么一个小懒蛋性格，一般不会主动惹事，傅雪吟也

· 312 ·

说她家好多鱼对别的猫都挺友好的，不知道为什么对柿饼有这么大的敌意。

强扭的瓜不甜，尝试几次后两人也就放弃了。

也许是为了向好多鱼炫耀自己有狗朋友，柿饼最近特别黏土豆，真成小弟了，走哪儿跟哪儿。

这天下午，四人组了个麻将局。

大人们打麻将，程夏坐在沙发上看电视，土豆陪着小孩。

柿饼又和好多鱼斗上了，两只猫抢飘窗上的一块地方，谁也不让谁，又不真打起来，虚张声势地叫两声挥挥爪子。

傅雪吟和江蓁已经懒得管了，随它俩去吧，谁抢到就是谁的。

季恒秋和傅雪吟都是麻将新手，江蓁本身就是川渝人，牌技不在话下，程泽凯更不用说，牌桌上的老油条了。

几圈下来，也许是有新手 buff（增益）一说，其余两人还在精心布局时，傅雪吟和季恒秋就会以各种意想不到的方式自摸。

每次输个五块十块，虽然不痛不痒，但江蓁心里还是觉得不爽快。

这一把程泽凯终于扬眉吐气，二十四番清一色。

江蓁不情不愿地数钱，嘬了一口奶茶用力嚼着珍珠，敢情就她一个人输了。

季恒秋拍拍江蓁的脑袋，安慰道："没事宝，咱家赢得多。"

江蓁拉下嘴角："可是我输了风采！我丢了渝市人的面子啊！"

程泽凯嘚瑟地数着钞票，傅雪吟哈哈大笑。

在满堂热闹中，程夏突然指着飘窗说："你们看那边！"

四人的目光一同循声望去，窗台边的抱枕上，两只猫正以一个极亲密的姿势搂在一起睡觉，脑袋靠着脑袋，画面温馨又和谐。

默契地安静了下来，所有人都不忍打破此刻的美好，江蓁拿出手机偷偷拍了一张照片。

输钱的郁闷一瞬从心头消散，她笑着说："就当今天输的是聘礼了，虽然我们饼儿绝了育，猫也可以谈个柏拉图的嘛。"

"我们家的也绝育了。"傅雪吟眨眨眼睛，蓦地转头问，"欸，为什么是聘礼，柿饼是公的母的？"

江蓁答："当然是公的了。"

傅雪吟一时失语："……"

她的表情也让江蓁意识到什么："啊这……"

程泽凯倒是不觉得有什么问题："要是你俩生了女儿，可以许给我们程夏的嘛，还是亲家还是亲家。"

季恒秋抄起手边的餐巾纸扔他身上："你见一家女儿就给程夏定一桩亲啊？"

　　傅雪吟悄悄地说："他身边的小女孩多着呢，用不着咱们大人操心。"

　　"哦哟。"江蓁啧啧称叹，"这是谁教的呀？"

　　目光聚集在程泽凯身上，他左看右看，往后仰了仰身子："看我干吗，又不是我教的！"

　　江蓁："懂的都懂。"

　　季恒秋："懂。"

　　傅雪吟露出尴尬而不失礼貌的微笑。

　　程泽凯堪比窦娥冤："你们夫妻俩别太欺负人！"

番外二

四季圆满

不知是从什么时候开始，五月二十日也被默认成为节日，情侣们秀恩爱，暗恋的抓紧机会表白，各家商铺推出的促销活动层出不穷。

季恒秋恰好出生在这样一个温暖明媚的春天，人过了一定岁数，对年龄、生日就没那么大兴趣了，长一岁少一岁，都一样，只有小孩会掰着指头算还有几天过生日。

"四，五……还有十二天啊。"季恒秋伸出食指，指着日历一个一个格子数过去。

江蓁正一边剥着核桃，一边看电视剧，凑过去瞥了一眼，问："什么十二天？"

季恒秋蹙了蹙眉，不满她的不上心："我生日啊。"

江蓁把完整的一颗核桃仁塞进季恒秋嘴里："对哦，你生日快到了。"

季恒秋摁熄屏幕把手机扔在一旁，时针划过四点，得准备晚饭了。他系好围裙带子，从冰箱里拿出一包虾仁，冷不丁地说："我们凑那天去把证领了吧。"

他的语气太稀松平常，江蓁有一瞬间的恍惚，他到底说的是"我们吃虾仁炖蛋吧"，还是"我们去把证领了吧"。

两本户口本叠在一起已经好几个月了，他俩还没怎么仔细地商量过结婚的事，现在被季恒秋这么轻轻提起，江蓁突然有些蒙。

没听到回答，季恒秋从厨房走出来："怎么了？没听见啊？"

江蓁回过神，屏幕上的剧情不知道跳到了哪里，她刚刚没专心看，把进度条拨回了五分钟前，然后点了点头："好啊，就那天吧。"

2021520，这日子可太腻歪了。

江蓁嚼着核桃仁，嘴角不知不觉地咧向耳后根。

尽管在一起这么久，但真要领证结婚，那感觉又完全不一样。

两本红本，是牵绕的红绳，是来自法律的认可，是彼此的责任、承诺、羁绊。

旅居者得以归属，漂泊者终于安定，他们会有一个现实意义上的家庭。

江蓁走进厨房，熟练地跳到季恒秋背上，柿饼大概是闻到香味，一直在他们脚边打转。

"还有十二天哦。"

季恒秋嗯了一声："十二天。"

五月二十日在周四，江蓁请了半天假。

以防这一天领证的情侣太多，他们前一晚约好第二天早早起床。

事实证明定六点的闹钟完全没必要，天还没亮江蓁就迷迷糊糊地转醒，季恒秋更不用说，基本就没怎么睡。

躺在床上，江蓁翻了个身，钻进季恒秋怀里："我怎么这么紧张？"

季恒秋滚了滚喉结，紧紧捏着江蓁的手背："我也有点儿。"

江蓁偏头，吻在他心口："先祝你生日快乐，三十四岁咯。"

季恒秋伸出手摊开掌心，朝她要："礼物呢？"

江蓁把下巴搁上去，歪着脑袋朝他眨眼，插科打诨道："送你一个美丽大方温柔贤惠的老婆，怎么样，满意不？"

季恒秋轻声笑了，捏了捏她的脸颊，拿起手机看了眼时间，才刚过五点。

"还睡吗？"

"睡不着了。"

"那就干点别的。"

话说着，季恒秋已经把江蓁的睡裙推到腰际。

江蓁有些抗拒："别吧，我现在没心情……"

最后一个尾音哑在喉间，她咬着下唇深吸一口气，催促道："……快点。"

最后出门的时间比定好的还要晚半个小时，他们到民政局的时候前面已经排了好几对。

江蓁咬着吸管喝豆浆，清晨的太阳洒在身上暖洋洋的，她眯着眼打了个哈欠，靠在季恒秋的肩上，这会儿开始犯困了。

旁边一对情侣看起来很年轻，两个人有些局促，手紧紧牵着一起，青涩又甜蜜地笑。

江蓁从包里拿出一盒薄荷糖，自己倒了两粒，又递给旁边的女孩，问她："吃吗？看你们挺紧张的。"

"谢谢啊，确实挺紧张的。"女孩把糖塞进嘴里，指着旁边的人说，"他和我都没怎么睡。"

江蓁应和道:"我们俩也是,一大清早就醒了。"

女孩说:"但是我看你们好像特别淡定。"

江蓁和季恒秋对视一眼,哈哈笑了两声:"我们出门前做了点运动。运动,让人放松。"

季恒秋听她一本正经地胡扯,绷着嘴角憋笑。

很快就轮到他俩进去,填表、拍照、宣誓、盖戳。

新鲜的红本捧在手里,江蓁把每一个字都认认真真地欣赏了一遍。

她前不久染回了黑发,剪到锁骨的位置,换了个减龄的发型,整个人看上去也年轻了几岁。

江蓁用指腹摸了摸照片,故意感叹:"啧啧,老夫少妻。"

本来就差了好几岁,季恒秋无言以对,专心开着车不理她。

江蓁继续毫不羞耻地自夸:"说我是大学生都有人信吧。"

前方路口一个红灯,季恒秋停下车,抬手捏了下江蓁的脸颊,疑问道:"欸,那怎么没出水呢?是你不够嫩,还是我不够用力?"

他噎人一向在行,江蓁鼓了鼓腮帮子,大喜日子暂且不同他计较。

信号灯跳转,街道通行,他们重新出发上路。

云层散开,阳光将万物都映得发亮,春天快要结束,甘甜的西瓜已经上市。

程泽凯说今天中午给他俩准备了大餐庆祝,不知道是谁在酒馆门口贴了个喜字,木板上写着——"祝老板老板娘百年好合,今日全场九折,情侣半价!"

下车前,江蓁把结婚证小心地放进包里,突然想起来还没有正式地称呼一声,于是她清清嗓子,抓住季恒秋的手握了握,启唇道:"你好哦,老公先生。"

季恒秋也同样晃了晃她的手,客气地回:"幸会幸会,老婆大人。"

在初夏的某一天,他们选了个晴朗的好日子举办了婚礼。

酒馆重新布置,被洛神玫瑰装扮得像一座浪漫花园,没有太多宾客,江蓁把父母接了过来,其他就都是他俩的好友。

省去烦琐又累人的礼节,这更像一场轻松愉快的聚会。

程泽凯是证婚人,程夏是小花童,在轻盈的音乐声中,江蓁穿着红色纱裙走向西装挺括的季恒秋。

在酒馆举行是江蓁的主意,她说这里最好,他们相遇就在这里。

他们还要在这里度过岁岁年年,清晨醒来,白日忙碌,夜晚留给好友,留给酒精和老电影，留给和爱人的亲吻。

江綦最近总是容易犯困，不知道是不是因为快入冬，身子懒洋洋的，做什么都提不起劲。

这天下班回到家，江綦扔了包就趴到沙发上，一副有气无力的样子。

季恒秋给她热了一杯牛奶，大手替她揉了揉腰："宝，累了就早点去睡。"

江綦接过杯子，嘴唇刚碰到表面漂浮的一层奶皮，她突然停下动作皱起眉。

季恒秋赶紧问："怎么了？"

江綦眨眨眼睛，干呕了一声，意识到身体的反应，她把杯子塞给季恒秋飞奔到水池边。

吐也吐不出什么，但喉咙口就是犯恶心。

从前觉得香甜的味道，今天一闻却胸口发闷。

季恒秋轻轻拍着她的背，给她倒了杯水漱口。

等缓过劲，江綦洗了把脸，抬头却见季恒秋一脸严肃。

"我出门一趟，你先去床上休息。"

看着他匆匆离开的背影，江綦同样反应过来了。

她低头看了看尚且平坦的小腹，抬手轻轻戳了戳肚皮。

会是吗？

心里酸酸胀胀，说不清具体是什么感受，她无措又惊喜，带着对未知生命的恐慌，最后又变为巨大的期待。

季恒秋回来的时候，江綦正坐在沙发上发呆。

他出去得急，连外套都没顾上穿，带回一身寒气。

"里头有说明书，我买了好几种，你都试试。"

江綦点点头，笑着牵住季恒秋的手："你抖什么啊。"

季恒秋刮了刮下巴，说话都不利索了："我、我……我冷。"

江綦替他搓了搓手："那我去了啊。"

季恒秋重重地点头。

四条验孕棒，八条杠。

季恒秋对着它们傻笑了一个多钟头。

江綦实在看不下去，踹了他一脚："季恒秋，你够了啊。"

柿饼团成一团躺在他腿上，季恒秋不方便动，指指茶几上的手机："把手机递给我。"

江綦问："发微信朋友圈啊？"

季恒秋还笑着："不，我给程泽凯打个电话。"

电话接通，季恒秋喂了一声。

程泽凯刚要睡着就被吵醒，语气透着点不耐烦："喂，干吗？"

"嘿嘿，我要当爸爸了。"

"老子六年前就当爹了！多大点儿事，睡觉了！"

江秦隔着半米远都清楚地听到程泽凯的吼声，却见季恒秋仍旧乐着，嘴角的弧度丝毫不减。

程泽凯挂了电话，季恒秋划拉着通讯列表。

"喂，陈卓，你哥呢，睡了没？让他过来一起听。"

江秦叹了一声气，一孕傻三年，还有傻当爹的吗？

次年八月，正值盛夏。

季嘉禾小朋友平安地来到这个世界。

季恒秋孤独生活了半生的房子，迎来前所未有的热闹。

妻子、女儿、猫狗，他拥有的原来这样多。

小孩的大名是季恒秋取的，小名一开始就定好了，从怀孕开始他们就叫她咚咚。

酒馆从此集齐了春夏秋冬，所有的遗憾似乎都在悄悄被填补。

这一年新春，练了毛笔字的程夏担负起写对联的重任。

小少年稚嫩而板正地书写新年愿景，红底黑字，张贴在酒馆正门口。

"岁岁四季圆满，年年出入平安"，横批——"和风常在"。

番外三

别吝啬爱

九月，申城。

雨点沾着初秋的寒气，滴在肩膀上，衬衫洇开一片，变成半透明的质地。

季恒秋加快步伐走到屋檐下，收了伞，抬臂用力甩了下，插进门口的塑料桶里。

已经是晚上七点多，天空昏黑，这条老巷子里只剩这一家店铺还开着门。

秋雨淅沥而落，冷冷清清一条街，只有这里冒着橘黄的暖光，吸引人驻足。

季恒秋刚搬来附近不久，听房东说这里有家装修别致的小酒馆，就藏在巷子深处。

他站在门口打量一眼，没有显眼的牌匾，也听不见木门后的声音，透过玻璃窗隐约能探见几个人影。

一旁的展板上用粉笔写着花体的"At Will"，因沾到了雨，几个字母有些模糊，像加了层阴影特效。

屋檐下的铃铛在风中摇曳，碰撞发出清脆响声，季恒秋向前一步，伸手握上门把，轻轻推开。

咯吱一声响，随着明亮的光芒一点点倾泻，木门后的喧闹从门缝中挤出，侵占原本寂寥的四周。

季恒秋第一眼看到的是一幅字，挂在墙的正上方，字迹潇洒，似一挥而就，颇具气势，写的是"酒到万事除"五个字。

他在心里道了声"有意思"，嘴角微不可见地提了提。

视线向下，他对上一双漂亮的眼睛。

坐在吧台边上的女人穿着酒红色的吊带长裙，长鬈发用鲨鱼夹随意盘起，留了几缕碎发，贴着脖子的线条懒懒地搭在白皙的肩头。

她全身没有佩戴任何首饰，身材娇小但面容明艳，鹅蛋脸杏仁眼，面上挂着笑，明眸皓齿，鼻尖一颗小痣是点睛之笔。

　　看上去是不施粉黛的，但唇是饱满艳丽的红。

　　随着红唇一张一合，女人轻轻开口道："欢迎光临。"

　　季恒秋恍然回神，移开停留过久的目光。

　　女人跳下高脚凳，拿了本菜单向他走过来。

　　"一个人？"

　　季恒秋嗯了一声。

　　"坐这儿行吗？"

　　季恒秋点头，在女人的指引下落座。

　　她把菜单放到他面前，问："吃饭还是喝酒？"

　　"吃饭，也喝酒。"

　　这本菜单也怪有意思的，整整两页 A4 纸都是酒水，名字取得都很特别，什么"美女酒鬼"，什么"小熊爱生气"，乍一听根本不知道喝的是什么。

　　最后一页才是菜品，一共两行字。

　　第一行写着下酒小菜，括号里备注是卤牛肉、拌海带和炒花生三样。

　　第二行只有八个字——"老板今日心情指数"。

　　倒真的应了店名，随意得很，季恒秋从纸页上抬起头，看着女人问："你是老板？"

　　女人语调轻快，模仿游戏里的提示音说了一句"Bingo"。

　　季恒秋又问："那你今天心情好吗？"

　　老板娘耸耸肩："还不错。"

　　"那给我来一份定食。"

　　"有什么忌口吗？"

　　"没。"

　　"喝什么？"

　　"有推荐吗？"

　　老板娘手撑在桌沿，突然弯腰凑近了一点儿，双眸灵动，仔细端详季恒秋这张脸："你是第一次来吧？"

　　"嗯。"

　　老板娘直起身，收走菜单抱在怀里，微微一笑说："那我送你一杯。"

　　她说完就回了吧台，和调酒小哥不知说了些什么，两个人都笑起来，目光若有似无地落在他这个方向。

季恒秋不动声色，安静地喝了口杯子里的柠檬水。

他想起那天房东提及这家酒馆的时候，还附带说了一句："那家的老板娘可漂亮了，就是据说性子太冷，撩不动。"

冷吗？

季恒秋感到质疑，这不挺热情的。

店面不大，大堂里摆了六七张座位，吧台背后的墙是一整面的酒柜，上面摆放着五颜六色、款式不同的酒瓶。

说话声、音乐声，还有各种器皿碰撞在一起的声音喧嚷吵闹，季恒秋却在这里找到了一种独特的静。

他工作了一天，又留下加了两个小时的班，身心俱疲，走出写字楼还发现外头下雨了，行走在这偌大的城市，竟然生出难得的孤独感。

季恒秋今年三十三岁，现任某家公司的财务部主管，事业上算是年轻有为，社交却一塌糊涂，朋友寥寥几个，父母约等于无，更是许久不曾开过桃花。

他这几年性子越发沉闷，话不爱说，情绪总是没太大起伏，他倒也没觉得这样有问题，三十多岁的人了，成熟一点儿是好事。

只是在这样一个下班后的晚上，他坐在一家热闹的小酒馆，看着其他桌的客人三五成群或成双成对，难免不感到落差。

"酒来了。"

咚一声轻响，季恒秋面前多了杯酒。

酒液呈清透的紫红色，表面用银针穿了颗杨梅作装饰，托盘里还撒了几瓣玫瑰花。

季恒秋抬了抬眉毛，问："这杯叫什么？"

老板娘双手交叉抱着手臂，望着他的眼睛回答说："芳心纵火。"

季恒秋在心里想，有够花里胡哨的。

上完了酒，老板娘却没急着离开，还靠在他的桌边，不够认真地盯着他看。

季恒秋抬眸，递了个眼神过去，意思是"没事你可以走了"。

"不好意思。"她笑起来，脸上明明没有半点歉意，"太久没遇到取向狙击了，实在忍不住多看看。"

季恒秋皱起眉头，什么什么狙击？

老板娘像是读懂他的表情，含着笑解释说："取向狙击，就是说你长得很戳我的审美点。"

季恒秋僵住，不可置信地看着眼前的女人，怀疑自己理解错了。

他不觉得自己的相貌或气质上有什么过人之处，会被形容为"取向狙击"。

那老板娘撩完就跑，过了会儿来给他上菜的也变成另一个服务生。

餐盘里装着一口石锅和一个小瓷碗，都盖着盖子，到最后也不忘保持神秘。

隐隐闻到一阵鲜香味，季恒秋揭开碗盖。

石锅里盛着的是海胆豆腐汤，刚出锅，还咕噜咕噜冒着泡，碗里是晶莹的白米饭。

这一餐的实际价值远超菜单上的标价。

季恒秋提起嘴角，看来老板娘的心情确实不错。

一锅汤一碗饭，暖胃驱寒，季恒秋将杯底的最后一口酒喝完。

这杯酒的名字花里胡哨，但其实就是烧酒混了莓果汁，口味酸甜，度数并不高。

账是老板娘给他结的，把小票递过去的同时笑着对他说："有空常来。"

季恒秋点了下头，随手将小票塞进裤子口袋。

应该不会再来了吧，"社畜"的生活偶尔奢侈一把就够了。

接到程泽凯电话的时候，季恒秋还没睡醒，他闭着眼摸索到手机，凭感觉摁下接听放到耳边，懒洋洋地喂了一声。

"喂，阿秋，在家吗？"

"在。"

"行，我刚和杨明去海鲜市场拿了批货，去你新家找你啊，正好给你办个乔迁宴。"

季恒秋睁开眼，一下子清醒了不少："你们要过来？"

"对啊，快到了。"

季恒秋噌地坐起身，放眼他的整间屋子，除了一张床勉强能睡人，其余地方都被纸箱和杂物堆积，连落脚都难，他能勉强住下去，但要招待客人就太不周到了。

搬家之后他工作忙，还没来得及好好收拾，好不容易得了个空闲的周末，一上午又被他睡了过去。

季恒秋掀开被子起身，从行李箱里扒出一件黑色卫衣套上，无奈地扶额叹了声气。

杨明和程泽凯开车到的时候，季恒秋已经穿戴整齐等在楼下。

程泽凯从后备箱里取出泡沫箱，打趣他："怎么还亲自下来欢迎啊？这么隆重呢？"

看他俩径直往楼上走，季恒秋招了下手说："不去家里。"

他把人带到了巷子深处的小酒馆。

这次进屋招待他们的是一个小服务生，三人在靠窗的位置坐下，季恒秋接过程泽凯怀里的泡沫箱，走到吧台边上找老板娘。

江蓁从男人一进门就看见了，但面色不改，继续偏头和调酒师陈卓说话，其实余光一直在留意向这里走过来的男人。

"老板娘。"

江蓁掀起眼皮，演出几分惊喜："哟，好久没见你来了呀。"

季恒秋没和她多寒暄，把手里的箱子往前递了递："能帮我把这些海鲜加工吗？"

"行。"江蓁爽快地答应，抬手要接过那箱子。

季恒秋没让，说："脏，后厨在哪儿，我放进去就行。"

江蓁收回手，抿唇笑了笑："跟我过来。"

掀开垂布，里头就是酒馆的后厨。

灶台边上站着个男人，是店里的主厨秦柏，一旁洗菜的女孩是他的帮厨小春。

看到江蓁进来，他俩都抬头打了声招呼。

"你们忙。"江蓁指着操作台上的一处空位，对季恒秋说，"放那里就行，要什么口味的？"

季恒秋说："香辣爆炒，两只珍宝蟹最好能帮我蒸一蒸。"

江蓁转而提声吩咐厨师："秦柏，这一箱海鲜帮客人炒一下，做香辣的，珍宝蟹蒸一蒸。"

主厨应道："知道了。"

厨房油烟重，江蓁挥挥手："走吧。"

季恒秋向她道了声谢。

"和朋友来的？"

"嗯。"

"有对象了吗？"

季恒秋停下脚步，这问题转得也太突然了。

江蓁抬起头看他，眼神坦荡，毫不避讳："有了吗？"

季恒秋如实地回答："没。"

江蓁嘴角漾开一抹笑。

她今天穿了一件白衬衫，底下是黑色牛仔裤，踩着一双夹拖，两条白花花的细腿露着，也不嫌冷，这都九月了。

季恒秋的目光落在她鼻尖的痣上，被这一笑晃了心神。

摄人心魄的女妖精又留下一句："真巧，我也没。"

回到餐桌上，季恒秋轻呼出一口气，平复急促的呼吸和错乱的心跳。

程泽凯环顾这家酒馆一圈，赞叹道："这巷子老了点，没想到还有这种地方，不错，你这新家搬得对了。"

季恒秋喝了口凉开水，没说话。

兄弟几个好久没聚，酒过三巡，话题换了一个又一个，大家都有些醉了。

程泽凯舌头都大了，季恒秋还行，意识还算清明，但也知道自己不能再喝下去。

桌上的一锅海鲜已经见底，手边一堆剥下的壳。

季恒秋用筷子夹起，大的垒在小的上，玩着无聊的堆积木游戏打发时间。

"阿秋。"程泽凯揽着他的脖子，拍了拍他的肩，呼吸之间全是一股浓郁的酒气，季恒秋偏着脑袋想躲。

程泽凯说："你这人不能一直这么封闭，也该好好找个人，为未来做做打算了。"

季恒秋拨开他的手："你先管好你自己吧。"

杨明剥着花生，也上头了，一个劲儿地傻乐。

程泽凯叹了声气，继续喋喋不休："别吝啬爱，也别恐惧爱。没有人一直在等你，一不小心错过了，你就等着后悔吧。"

他说这话的时候，江蓁端着三杯温水走到他们桌边，问季恒秋："喝多了？"

"嗯。"

"有车吗？帮你们叫个代驾？"

"麻烦了。"

杨明还能自己走，季恒秋扛着程泽凯出去。

一路到车上，程泽凯嘴里还在絮絮叨叨说着话。

季恒秋把人塞进车里，和代驾师傅报了地点。

看着轿车启动驶远，季恒秋叉着腰松了口气。

他转身回头，发现老板娘站在门口。

"我听你朋友喊你'阿邱'，你姓邱？"

季恒秋说："姓季，名字里有秋，秋天的秋。"

江蓁扑哧一声笑了："阿秋阿秋，像打喷嚏。你全名叫什么？"

"季恒秋。"

"季恒秋。我叫江蓁，江水的江，蓁是草字头下一个秦。"

木门开着，屋里的暖光倾泻出来，打在两个人身上。

季恒秋的眉眼在光里变得柔和，他轻轻喊："江蓁。"

江蓁眉眼弯弯，哎了一声。

"你怎么走？"

季恒秋抬手指了个方向："我就住这儿，走回去就行。"

她撒了个小性子："就住附近你还不常来？"

季恒秋尴尬地咳一声，不知怎么回答。

她又问："难道家里有人给你做饭？"

这次季恒秋回答说："没，我自己做。"

她睁圆眼睛："你会做饭？"

"嗯。"

"做得怎么样？"

"还不错。"

"有机会我能尝尝吗？"

季恒秋没应好，抬腕看了眼表说："不早了，我先回去了。"

江蓁摆摆手："再见。"

季恒秋微微颔首："再见。"

身后，女人扬声喊："下次再来！"

季恒秋脚步顿了顿，抬了下手作为回应，然后继续向前。

搬家后的两个月，季恒秋成了 At Will 的常客。

他做着一份朝九晚不定的工作，但下班后的活动是不变的。

酒馆一杯酒，忘忧又解愁。

这天季恒秋落座在吧台边上，看着眼前的一碗馄饨，没立即拿起勺子开动，先抬头问老板娘："怎么，今天心情不好？"

江蓁撑着下巴，店里的电视机在放一部爱情电影，《时空恋旅人》。

她看过好多遍，最喜欢的一幕就是女主角在结婚时穿着红色婚纱。

"你从哪儿看出来的？"

季恒秋舀起一颗馄饨。

江蓁叹了声气："今天我妈给我打电话，又催我回去。"

季恒秋一早看出她不是本地人，看着年龄也不大："催你回去结婚？"

江蓁耸了耸肩："也不是，就是不想让我一个人在外面漂着。"

"你是哪儿的？"

"山城。"

季恒秋翘了翘嘴角，他的笑总是很浅，但还是被江蓁捕捉到。

"你笑什么？"

季恒秋说："听说川渝多美女，看来是真的。"

江蓁捧着脸，往他这里挪了挪："你是在夸我漂亮吗？"

季恒秋抬起玻璃杯抿口酒，嗯了一声。

得到满意的答案，江蓁笑得合不拢嘴。

"老板娘，结账。"

"来了。"江蓁跳下高脚凳，一路走过去，脸上的笑意也退散不见。

"一共128元，微信支付？"

客人拿出手机，亮出的却不是付款码："老板娘，加个微信呗。"

江蓁眼睛都不抬，食指点点桌上的纸："店铺公众号在这儿。"

客人啧了一声："我要的是你的微信。"

江蓁挑起一抹微笑，拒绝道："不好意思，这个不太方便。"

客人俯身靠在前台上，喝了点酒，没那么好打发："加个呗，你看我来那么多次了，你还不眼熟我？"

江蓁压抑住心里的反感，确实没什么印象，她放平嘴角，又重复一遍："一共128元，用什么支付？"

客人把手机扔她面前，板着脸提高声音问："就不给面子了是吧？"

男人嗓门粗大，江蓁有些被唬住，她呼吸发颤，犹犹豫豫地去摸自己的手机，还是不想把场面闹得太难看。

手机拿到一半的时候，她的胳膊被人握住。

"怎么了？"季恒秋走了过来，把她拉到身后。

江蓁看他一眼，摇摇头："没事。"

客人指着突然冒出来的男人问："这是谁啊？"

季恒秋的五官线条冷峻，双眼狭长，左边眉毛上还有道凹陷下去的小疤，是看上去有些凶的长相。

一米八几的男人沉着脸色，气势上一下子就压倒了对方。

江蓁被他这么护在身后，心也落了地。

他薄唇轻启，吐了两个字："老板。"

客人呵了一声，质疑道："我怎么从来没见过？"

季恒秋压根儿不慌，冷静地应对："店里主要是我老婆管着，我不常来。"

江蓁顺势挽住他的胳膊。

"不是要结账吗？到底结不结？"

客人瞧瞧季恒秋，再看看江蓁，不再多说什么，捡起手机付完款，冷哼一声扬长而去。

等他走了，江蓁才松开手。

季恒秋问她："经常遇到这种事？"

江蓁说："要微信的多，但这么无赖的是头一个。"

"看来老板娘太漂亮也是个安全隐患。"

他说得一本正经，江蓁眨了眨眼睛才反应过来他是在变相地夸自己。

原来这人也不是看上去的那么老实沉闷。

"没关系，以后有'老板'了。"

踏入十一月，气温一降再降，转眼就入了冬。

树枝干枯，景色单调，寒风吹过皮肤像刀在割，这几天还时不时飘着细雨，天地间更显寂寥。

季恒秋下了车，撑开雨伞，拢紧大衣外套，加快步伐走向酒馆。

瞥见一道熟悉的身影，他拐了个弯，停在一辆深酒红色的小汽车边。

江蓁弓着腰，不知道在后备箱里拿什么东西，没打伞也没穿外套。

季恒秋把伞罩在她头顶，出声问："找什么呢？"

江蓁停下动作，回头看见是他，笑了笑："红酒，秦柏要煎牛排。"

季恒秋扫了眼，她后备箱里的杂物很多，要拿的红酒卡在最里头，不方便使劲。

"我来吧。"他把伞递给江蓁拿，换到她的位置上去，伸长胳膊摸到酒箱，小心拿起取出。

"谢谢啊。"

他弯着腰还好，一站直江蓁就不得不配合着踮起脚伸直手臂，伞打得太费劲了。

她一边踮着脚走路，一边小声抱怨："你怎么这么高呀？"

季恒秋捧着红酒，弯下一点儿腰，只问："冷不冷？"

江蓁吸吸鼻子："还行。"

进了酒馆里，暖气拂面，季恒秋拍拍大衣上淋到的水珠。

江蓁伸手接过红酒，两个人的手指无意间擦碰到，冰凉的触感让季恒秋皱了皱眉，忍不住叮嘱她：“多穿点。”

　　江蓁朝他笑了下：“知道啦。”

　　季恒秋找了个位置坐下，刚脱下大衣搭在椅背上，就听到有人喊他的名字。

　　季恒秋循声望去，见是陆梦，有些愣怔。

　　一年多不见，她的头发长了些，还是很温婉知性的样子。

　　陆梦走近了些，问他：“你在这儿吃饭？”

　　季恒秋冷淡地嗯了一声。

　　陆梦看着他的眼神有些说不出来的古怪，像怜悯又像惧怕：“你一个人吗？”

　　季恒秋失去耐心：“还有事吗？”

　　陆梦垂眸，欲言又止。

　　“阿秋阿秋，陈卓让你帮忙尝尝他的新品。”江蓁走到桌边，才发现这里的气氛不太对。

　　她的笑容僵住，目光在两人身上流转一圈，问季恒秋：“这是谁啊？”

　　季恒秋的回答是“朋友”。

　　“你慢慢吃吧，我先走了。”陆梦说完就匆匆离去。

　　直觉告诉江蓁，这两人的关系没那么简单。

　　面对江蓁，季恒秋舒展眉眼，温声问：“什么新品？”

　　江蓁回过神，回答说：“还没取名字，去吧台那边吗？”

　　季恒秋点头：“行。”

　　江蓁在结账的时候又遇到了那个女人，她付完钱没立即走，犹犹豫豫像有话要说。

　　“怎么了？有问题吗？”

　　陆梦小心翼翼地问：“你和季恒秋是什么关系？”

　　江蓁反问：“你觉得是什么关系？”

　　陆梦沉默了，女人那么亲密地喊他“阿秋”，显然关系不一般。

　　她压低声音，悄悄地问江蓁：“你难道不觉得他很奇怪吗？”

　　“哪里奇怪？”

　　“你有没有看见过他身上的疤？而且，”陆梦顿了顿，提起一口气说，“我听说，他爸爸是杀人犯。”

　　江蓁脑子空白了几秒，稳住声音问：“所以呢？”

"你不觉得他很可怕吗？"

江蓁撕了小票递到女人手里，冷着脸只回了一句话："你怕了不代表我怕了。"

几个月的相处下来，季恒秋是什么样的人，她心里知道。

看上去是个高冷不好惹的拽哥，其实心肠最软，她家阿秋善良着呢。

江蓁整理了下表情，回到吧台边上时又恢复了笑脸，好似无事发生。

季恒秋却戳穿她："刚刚陆梦找你说什么了？"

江蓁摇摇头："没什么啊。"

季恒秋自嘲地笑了笑："我猜，她是不是让你离我远点？小心我？"

"季恒秋。"这是江蓁第一次这么冷着声音喊他全名。

她语气严肃地告诉他："我喜欢的人是什么样，我自己会看，用不着从别人嘴里了解。"

季恒秋眸光闪了闪，问她："什么样？"

江蓁靠了过来，携着身上淡淡的香甜酒气。

她借用一句文人的情话说："答案很长，我要慢慢发现才能回答你，你要听吗？"

季恒秋点头："听。"